맞장뜨는 여자들

오늘의 여성문학

권명아(權明娥)

1965년 서울 출생.
연세대학교 불어불문학과 졸업.
연세대학교 국어국문학과 석·박사 수료.
1994년 작가세계 신인상(「박완서 문학 연구—억척모성의 이중성과 딸의 세계의 의미」)
으로 문단에 등단.
논문으로 「이기영 문학 연구」, 저작으로 『가족 이야기는 어떻게 만들어지는가』(책세
상, 2000), 편저로 『박완서 문학의 길찾기』(세계사, 2001) 등이 있다.
2001년 한국문학평론가협회 제정 제2회 젊은평론가상 수상.

맞장뜨는 여자들

1판 1쇄 발행 2001년 3월 20일
1판 2쇄 발행 2001년 8월 10일

지은이 / 권명아
펴낸이 / 박성모
펴낸곳 / 소명출판
출판고문 / 김호영
등록 / 제13-522호
주소 / 137-878 서울시 서초구 서초동 1621-18 (란빌딩 1층)
대표전화 / (02) 585-7840
팩시밀리 / (02) 585-7848
somyong@korea.com / somyong@chollian.net / somyong@hitel.net

ⓒ 2001, 권명아

값 13,000원

ISBN 89-88375-60-2   03810

맞장뜨는 여자들

오늘의 여성문학

권명아

소명출판

 이 책에 모은 글들은 지난 몇 년 간 여러 지면을 통해 발표한 글들이다. 젠더에 대한 나의 공부가 '여성 작가 연구'라는 제한된 의미로 한정되기를 바라지 않지만 주제별로 모으다보니 주로 여성 작가에 대한 글들을 모으게 되었다. 젠더 연구야말로 텍스트 연구의 범위를 넘어서는 가장 현실적이고 구체적인 분야이다. 때문에 텍스트 연구자로서 나의 연구의 한계에 대해 절실하게 생각할 때가 많다. 그래도 가장 현실적이고 구체적인 텍스트 연구자가 되기 위해 노력함으로써 나의 한계를 조금이나마 극복할 수 있지 않을까 하는 것이 나의 바램이다.

 젠더에 대한 관심은 사실 한국전쟁의 체험과 문학의 관계에 대한 연구에서 촉발되었다. 한국전쟁의 경험이 분단 이후 한국 사람들의 정체성 형성에 있어서 작용하는 의미에 대한 관심은 나의 연구의 지속적인 테마이다. 역사적이고 현실적인 경험과 주체화 과정, 그리고 서사의 관계에 대한 연구에서 젠더는 대면할 수밖에 없는 중요한 문제틀로 나에게 부각되었다. 이 책에 박완서에 대한 글이 유독 많은 것은 이러한 이유와 무관하지 않다. 또 이와 관련된 나의 연구 작업은 또 다른 책으로 묶어낼 예정이다. 젠더라는 문제틀은 역사적 경험과 주체화 과정에 대한 연구에서 근대라는 역사적 경험과 근대 체제를 유지하고 작동시켜온 근본적인 범주들과 정면으로 대면하는 매개 고리가 된다. 『맞장뜨는 여자들』이라는 이 책의 제목은 젠더 연구의 이러한 측면을 강조하고픈 의도에서 나오게 되었다. 또한 젠더 연구가 여성적 차이나 여성의 피해자로서의 정체성을 강조하는 연구에 국한되는 것이 아니라 근대라는 체제와 문법을 정면으로 파헤치는 연구가 되기를 바라는 나의 소박하지만 진지한 바램을 책의 제목을 통해 나름대로 펼쳐 보이고자 했다. 또 굳이 거리의 언어라고 할 수 있는 이러한 제목을 선택한 것은 나의 연구가 책상머리에서의 연구에 국한되지 않는 현실의 간교함을 포착할 수 있는 가장 현실적이고 구체적인 작업이 되기를 바라는 작은 바램 때문이었다.

이 책에 수록된 글들은 역사적 경험과 주체화의 과정, 현실의 역사적·문화적 지형의 변화들에서 엿볼 수 있는 주체화 과정의 변화를 검토하는 글들로 이루어져 있다. 어떤 글들은 다소 지루하리만치 집요하게 텍스트 분석에 치우친 글들도 있고 반면 어떤 글들은 현실의 지형을 좀 거칠게 목소리를 높여서 비판한 글들도 있다. 이는 나의 텍스트 분석이 미학적인 지점과 정치적인 지점 사이에서 모순적으로 갈등하고 있는 과정적인 면모를 그대로 반영하고 있는 것이라고 생각된다. 이 모순에 찬 과정이 나의 텍스트 연구 뿐 아니라 현실에 대한 나의 시각을 좀더 확대시키고 발전시키는 중요한 디딤돌이 되기를 바랄 뿐이다.

글쓰는 사람으로서의 나의 삶에 가장 큰 격려가 되어주시는 나의 부모님과 가족들, 힘겨운 삶에 서로 기댈 따스한 등을 언제든 내어주는 친구들, 오랜 동안 함께 공부한 세미나 팀원들께 진심으로 감사의 말을 전합니다. 어려운 시절에도 선뜻 책을 내주신 소명출판 여러분들께 감사드립니다.

눈내리는 간이역이 내려다보이는
조그만 보금자리에서
2001년 권명아

맞장뜨는 여자들 오늘의 여성문학

제1부
맞장뜨는 여자들
21세기, 한국 여성들은 어디에 서 있나

제1장
근대 극복의 기획과 페미니즘

1. 젠더화의 전략과 '여성'이라는 문제

90년대 한국의 문학적 페미니즘은 여성적인 것에 대한 질문에 골몰해 있었던 것처럼 보인다. 여성적 글쓰기, 여성적 차이, 여성적 신체 등의 문제들이 페미니즘 문학을 다루는 특집에 주된 아이템을 차지하였다. 여성적인 것에 대한 질문은 남성적인 것과는 다른 차이에 대한 질문인 동시에 지금까지 억압되어왔던 여성적인 것에 대한 복원의 시도로서 중요한 역할을 하였다. 그러나 여성적인 것에 대한 질문이 무수한 차이들에 대한 질문이 되는 대신 여성적이라는 것의 본질을 정립하고 그것을 대안으로 제시하는 방식이 될 때 이는 남성적 차이와 여성적 차이라는 이분법을 반복할 뿐 아니라 본질론적 환원의 위험을 내포하게 된다. 반대로 차이보다는 평등을 문제틀로 삼는 페미니즘 담론은 여성적인 것의 차이보다는 다른 모든 배제된 집단들과의 유비 구도 속에서 문제를 설정한다. 그러나 평등에 대한 문제 설정은 여성적 문제를 고유한 문제로 설정하는 것을 방해하게 된다.

근대 체제의 공적 영역과 사적 영역의 분할은 여성 문제의 본질적인 발현 지점이자 재생산 지점으로 줄곧 논의되어 왔다. 이 문제에 대한 페미니즘 내부의 대응 전략 역시 위의 차이와 평등이라는 문제 설정의 축을 따라 진행되어 왔다. 공적 영역과 사적 영역의 분할은 남성적 영역과 여성적 영역의 분할이라는 젠더 경계의 설정을 의미하는 것이다. 공적 영역이란 여성들에게 접근이 차단된 경계 지역이다. 그렇다면 이 경계를 넘어서는 것이 어떻게 가능할 것인가. 초기 페미니스트들에게 이 문제는 중요한 관심사일 수밖에 없었다. 서구 페미니즘 내에서 여성의 참정권 논의나, 공적 영역의 각 부문들에서의 여성 비율(여성 할당제)의 확보 등이 페미니즘 정치학의 주요한 과제가 되어왔다. 공적 영역의 일원이 됨으로써 젠더의 경계를 넘어 여성의 평등을 획득할 수 있을 것인가, 아니면 여성적 차이를 강화함으로써 젠더의 경계 속에서 자율적 공간을 획득할 것인가 하는 것이 공적 영역을 둘러싼 페미니즘의 고민이 되었다. 그러나 차이의 문제 설정 속에서는 여성적 차이를 지점으로 삼아 한정된 범위 내에서의 자율적 영역을 구축한 듯하지만 여성다움이란 규범을 받아들여야 하는 역설을 내포하게 된다. 반대로 젠더의 경계를 넘어 공적 영역으로 진입하는 전략은 언뜻 평등을 이룬 것 같지만 그 속에서 생산과 전투를 짊어진 여성들은 공적 영역이 남성성을 기준으로 정의되어 있는 한 이류 노동력, 이류 전사가 되는 것에 만족해야만 한다. 그렇지 않으면 스스로 여성성을 부정해 남자와 동등해지는 것을 목표로 하든가 아니면 기껏해야 여성 역할을 유지한 채 보조 노동력화하는 이중부담이라는 선택이 기다리고 있을 뿐이다. 이는 근대 페미니즘이 겪어야 했던 오랜 딜레마이다.

최근의 페미니스트들은 이러한 딜레마에 대해 천착하고 있다. "한국의 근대화를 주로 공공／가정 영역의 분화와 중심／주변이라는 개념을 활용하여 풀어내려고 했으며, 공공／가정 영역의 재구조화를 통해 대안적 근대성을 만들어가"는 것을 목표로 지속적인 작업을 보여주는 죠(한)혜정의 성찰 또한 이러한 딜레마에 대한 페미니스트의 고민을 보여준다. 죠(한)혜정은 공공／가정 영역의 재구조화를 통해 대안적 근대성을 만들어가려는 자신의 10년 간의 노력이 여전히 유효한 방법론이라는 생각에는 변함이 없지만 10년 전 자신이 가졌던 후기 산업 사회적 전망에 대한 낙관적 기대에 대해 다음과 같은 자기 성찰을 보여준다. 후기 산업 시대의 도래와 함께 "다원적 민주 국가 공동체, 시민 세력에 의한 국가 권력의 견제, 민주적 가족, 다양한 형태의 가속과 비 혈연 공동체, 실질적 남녀 평등, 일터와 가정의 유기적 연결, 성 역할 고정 관념의 극복" 등의 낙관적 전망을 기대했던 자신의 비전이 일종의 "계몽주의적 낙관주의"였다는 성찰이 그것이다. 죠(한)혜정은 고도 기술화 과정에서 여성의 노동 시장으로의 진출에 대한 자신의 과거의 낙관적 기대와 달리 오늘날 "핑크 컬러라는 이름으로 불리든, 산업 예비군이라는 이름으로 불리든, 가정과 일을 병행할 수 있는 재택근무라는 이름으로 불리든 여자들의 노동은 집안의 가장과 국가의 가장과 초국적 자본의 가부장들이 좌우했다"[1]고 평가한다. 조(한)혜정이 조안 스콧의 질문을 빌어 제기하듯이 오늘날의 페미니스트들은 차이와 평등이라는 아젠다는 남성 모델을 중심으로 구축된 근대의 개인관과 인식 체계가 여성에게 부과한 의사(疑似) 문제[2]라는 인식을 공유하고 있다. 따라서 근대 페미니즘이 어쩔 수 없이 봉착하였던 차이인가 평등인가의 문제 설정을 오늘날의 페미니스트들은 근대 자체에 대한 사유(근대의 젠더화)로 옮겨가고 있는 것이다.

이러한 사유 속에서 근대 체계의 산물로서 공공 / 가정 영역의 분화에 대한 공략과 그것의 재구조화에 대한 문제 설정은 근대 자체를 젠더화함으로써 근대와 여성 모두를 탈 자연화, 탈 본질화하는 방향으로 나아가고 있다. 이러한 젠더화의 전략 속에서 페미니스트들은 "'여성'이야말로 근대=시민 사회=국민 국가가 만들어낸 바로 그 '창작'이라고, '여성의 국민화', 즉 국민 국가에 '여성'으로서 '참가'하는 것은 그것이 분리형이든 참가형이든 '여성≠시민'이라는 배리를 짊어진 채 국민 국가와 운명을 함께 하는 것에 지나지 않는다. 그리고 그 사정은 '남성=시민'에게는 더욱 벗어나기

---

1) 조(한)혜정, 「근대성, 페미니즘, 그리고 글쓰기」, 『성찰적 근대성과 페미니즘』, 또 하나의 문화, 1998 참조.
2) Joan. W. Scott, *Only Paradoxes to Offer; French Feminism and the Right of Man*, Havard University Press, 1996 참조.

어려운 함정일 것이다"[3]라는 진단에 이른다.

이론의 우회를 거치지 않더라도 근대 국가에서 국민으로서의 여성의 위치와 공적 영역의 엄격한 젠더 경계를 새삼 확인할 수 있는 현상들이 최근 빈번히 일어나고 있다. 손숙 사태로 불려지는 손숙의 장관 퇴임, 병역 가산점 폐지 문제를 둘러싼 논란들, 여성 경찰서장의 매춘과의 전쟁 선포를 둘러싼 일련의 사태들. 먼저 병역 가산점 문제의 이면에 놓여진 것은 국민, 시민이라는 일견 젠더 중립적으로 보이는 영역의 집요한 젠더 경계를 보여주는 것이다. 병역의 의무를 다한 남성들에게 취업시 가산점을 주는 것을 당연하게 여기는 것은 병역이 오랜 동안, (그리고 지금까지도) 국민화의 주요한 열쇠가 되었기 때문이다. "'국민 국가'가 군사력과 생산력 증강을 국가 목표로 '국민'을 '인구', 즉 병력과 노동력으로 환원할 경우 '병역'은 '국민화'의 열쇠가 된다. 그때 '국민'은 '국가를 위해 죽을 수 있는 명예를 가진 사람'과 '국가를 위해 죽을 수 있는 명예를 갖지 못한 사람'으로 나뉘어 전자만이 '국민' 자격을 획득하게 된다."[4] 따라서 병역의 의무가 국민의 의무로 각인된 한국 사회에서 여성이 필연적으로 2등 국민으로 전락하는 것은 당연한 귀결인지 모른다. 게다가 여성은 2등 국민일 뿐더러 2등 시민이다. 병역의 의무가 투표권과 같은 국민으로서의 권리가 아닌 취업이라는 시민으로시의 권리에조차 우선 순위로 작용한다는 것은 국민과 시민이 분리 불가능한 영역에 놓여져 있음을 의미하는 것이다. 즉 국가와 시민 사회의 구별이 존재하지 않는 것이

---

3) 우에노 치즈코, 이선이 역, 『내셔널리즘과 젠더』, 박종철출판사, 1999.
4) 우에노 치즈코, 앞의 책 참조.

다. 따라서 여성은 2등 국민이자 2등 시민이다. 병역을 기피한 남성들이 시민권의 대오에서 낙오하게 되는 것과 마찬가지로 병역의 의무라는 국민의 의무를 다하지 못한 자들(여성, 장애인 등의)은 2등 국민과 2등 시민의 자리에 얌전히 안주해야 하는 것이다. 또한 취업에 있어서 2등 시민의 권리만을 누릴 수밖에 없다는 것은 동시에 노동력으로서의 여성의 가치 또한 2류 등급을 판정 받은 것과 마찬가지이다. 그러면 여성은 1등 국민, 1등 시민, 1등 노동력이 되기 위해 병역의 의무라도 치러야 하는가? 이는 남성 우월주의자들이 여성들에게 종종 가하는 조언이다.

이 문제는 단지 병역을 치르느냐 마느냐의 문제가 아니라 공적 영역으로의 여성의 진입이 여성의 평등을 보장할 수 있는가하는 문제와 결부된 것이다. 이 문제는 역사적으로, 이론적으로, 현실적으로도 여성의 평등 보장을 위한 해결책이 되지 못함이 판명되었다. 최근의 예로 손숙의 수난은 이를 상징적으로 보여준다. 손숙의 장관 사퇴는 표면적으로는 러시아 공연 당시 전경련단의 봉투를 공개적으로 받았다는 것이 빌미가 되었지만 실상 언론의 마녀 사냥은 손숙의 품위와 장관으로서의 자질을 중심으로 진행되었다. 손숙이 장관으로서의 자질이 결여된다는 논리는 그녀가 전경련단에게 90도 각도로 절을 하는 등 장관다운 위엄과 품위(다른 말로 하자면 '권위') 지니지 못했다는 것이다.[5] 이 담론들에서 행해지는

---

5) 『국민일보』 1999년 6월 25일자 20면 기사에서 기자 박병권은 다음과 같이 쓰고 있다. "그렇지만 손 장관이 공인의 신분을 잠시 망각하고 거액을 받으면서 고개를 90도 각도로 숙이는 장면이 보도되자 '돈주는 사람은 당당한데 장관이란 사람이 고개를 숙이며 돈을 받는 것을 보고 공무원으로서 자존심 상했다'는 분위기가 적지 않았다."(강준만, 「손숙을 위한 변명」, 『우리 마음속의 권

품위란 어떤 의미인가. 이는 그간의 공직을 장악한 남성적 권위(뻣뻣함으로 상징되는)를 의미하는 것이다. 그녀의 겸손은(혹은 여성성) 공직 사회에서 요구되는 권위라는 이름의 남성적 뻣뻣함에 미달하는, 결여의 지표로 의미화된다.[6] 공적 영역으로의 여성의 진입은

위주의 체제』, 『인물과사상』 11, 개마고원, 1999에서 재인용) 강준만은 이 문제를 언론의 '테마 저널리즘'의 횡포, 권위주의에 따른 역할에 대한 획일화된 관념, 가부장적 의식 등의 다양한 지점에서 천착하고 있다. 강준만은 손숙에 대한 언론 보도의 문제를 비판하면서 "혹 손숙에겐 권위주의가 전혀 없는 게 문제였던 건 아닐까? "에헴, 이젠 내가 장관인데, 어딜 감히"하는 마음으로 목이 좀더 뻣뻣해지기만 했더라도 이번 사건은 일어나지 않았을지도 모른다는 생각이 든다"고 풍자적으로 적고 있다. 또 강준만은 "대학 시절 나름대로 페미니즘의 세례를 받았을 젊은 여성 기자들까지 '손숙 죽이기'에 앞장 선 것"에 대해 강한 우려를 표하고 있다. 이는 공적 영역으로 진출한 여성들이 남성적 역할을 더욱 강하게 답습함으로써 더 강한 가부장 이데올로기의 수행자가 될 수 있음을 보여준다. 그리고 이 경우 남성적 역할을 강하게 답습하는 여성들은 이를 통해 자신의 여성으로서의 '한계'를 벗어난 '주체성'을 획득했다는 상상적 주체성을 강하게 각인한다.

6) 독일의 나찌 조직과 밀접한 관련을 갖는 Freikorps(자유군단)에 대한 연구인 *Male fantasies*에서 Klaus Theweliet는 이들의 남성적 환상이 "딱딱하고 곧추 선firm and upright"것에 대한 선호(와 강박)와 "축축하고 관능적인 것wet and luscious"에 대한 혐오(와 공포)를 중심으로 구성된다는 것을 밝히고 있다. 이는 단지 상징적인 것이 아니다. 그들의 남성적 환상은 강간을 낳은 것이 아니라 대량 학살을 낳은 것이기 때문이다. 이들의 남성적 환상은 "세계를 '그들'과 '우리', 남성과 여성, 딱딱한 것과 부드러운 것, 고체적인 것과 액체적인 것으로 나누어" 보게 만들며, 이러한 남성적 환상은 모든 '부드럽고 축축하고, 관능적인' 것과의 투쟁으로 나타난다. 그러나 이는 음란물에 대한 혐오나 상징적 의미의 '여성 혐오'에 그치는 것이 아니다. 이들 남성들은 이러한 환상을 '익사에 대한 공포'라는 죽음의 형식으로 치환한다. 그들의 '남성적 환상'이 생산한 공포는 실제로 여성에 대한 살해(자신을 방어한다는 정당화 논리에 입각한)로 이어진 것이다. 이러한 남성적 환상이 여전히 작동하는 한 오늘날의 '남성들' 역시 "광적인 몽상 속에서 사랑과 죽음을, 섹스와 살인을 혼동하게 될 것이다."(Klaus Theweleit, *Male fantasies*, translated by Stephen Conway, University of minesota press, 1987) '여성적인 것'에 대한 혐오가 광범위하게 작동하는 사회는 단지 '보수적인' 사회가 아니라 파시즘적인 '대량 학살'의 충동을 잠재하고 있는 사회라고도 할 수 있을 것이다. 이 점

여성의 평등을 궁극적으로 보장하기보다는 남성다움으로의 동질화와 여성다움의 포기, 내지는 2류 시민으로서의 자기 지위를 인정하도록 요구하는 딜레마를 산출한다. 그렇다고 해서 여성적 차이를 중심으로 젠더 경계 속에서 나름의 자율성을 얻는 것 또한 유사한 딜레마를 산출할 뿐이다.

그렇다면 여성 문제의 해결은 어떤 식으로 가능할 것인가? 이는 한편으로는 여성 문제라는 문제의 지점을 집요하게 천착해나가는 동시에 여성 문제와 무관해 보이는, 다른 말로 하자면 젠더 중립성을 띤 것처럼 보이는 모든 영역들의 신화를 벗겨내는 작업을 필요로 하는 것이다. 국가, 시민 사회, 개인 등 표면적으로 젠더 중립성을 띤 듯한 이 영역들은 페미니즘의 집요한 작업에 의해 젠더 중립성을 박탈당하고 있다.

2· '여성'의 경계를 넘어 새로운 '역사'를 상상하기 위하여

한국의 페미니즘 운동이 급격히 성장하기 시작한 80년대 이후 페미니즘이 문학 제도 내에서 이룩한 성과는 새삼 부언할 필요가 없을 것이다. 그러나 모든 운동이 다 그렇듯이 성과와 효과가 항

에서 현재 사회의 변화를 직시하면서도 동시에 과연 대량 학살의 시대는 사라졌는가, 이제는 미시 권력과 미시 정치, 그리고 '미시적인' 억압들로 모든 억압 체제가 변화되었는가라는 질문을 지속적으로 제기해야 할 필요성이 도출된다.

상 동일한 것은 아니다. 페미니즘은 문학 제도 속에 여성 문제에 대한 인식을 촉발시키고 여성의 글쓰기 행위에 대한 재정립을 위한 다양한 모색을 하였지만 그것이 과연 문학 제도의 남성 중심성에 얼마만큼의 효과적인 변혁을 가져왔는가는 의문스럽다. 남성 중심적 문학사 속에서 배제되어왔던 여성 작가의 복원, 여성적 글쓰기의 차이에 대한 이론적 천착, 그 자체로 하나의 실천이 되었던 글쓰기 행위에의 개입들은 페미니즘의 토대가 일천한 한국의 문학 제도 내에서 어찌 보면 필연적으로 거쳐야 했던 페미니즘 발전의 경로라고 할 수 있을 것이다. 그러나 이러한 실천들이 문학 제도의 남성 중심성, 글쓰기의 남성 중심성에 끼친 영향은 얼마만한 것이었을까? 오히려 페미니즘은 여성 문학이라는 이름 속에서 남성 중심적 문학 제도 내부의 조그마한 할당분만을 거머쥔 채 안주하고 있거나, 그 이상의 실천으로 나아가지 못하는 것은 아닐까? 남성 중심적 문학 제도를 변화시키기 위한 실천적 개입보다는 하나의 권력화의 수단으로 여성 문학이 자리 잡아가는 듯한 현상들은 이러한 우려를 더욱 부추기게 된다.

나는 여성학회나 여성학과가 여성 해방론의 수입상, 여성을 학문적으로 다루는 사람들의 모임, 강사 배출소가 되어갈까봐 걱정하고 있었다. 강사가 많아지는 것은 좋지만 소비 자본주의 시대로 들어서면 조만간 여성학 강의의 수요는 급격하게 줄어들 것이고 지금의 기리큘럼을 가지고는 학생들이 식상해서 달아날 것이며 그러면 운동에도 방해가 될 것이라는 생각에서였다.[7]

페미니즘이 세력을 얻어가면서 오히려 이러한 고민을 하는 여

---

7) 조(한)혜정, 앞의 글 참조.

성들은 더욱 늘고 있다. 그리고 사실은 이러한 고민들이 더욱 확대되고 공감대를 얻어갈 때 페미니즘이 여성 문학, 여성학이라는 한정된 테두리에 안주하지 않을 수 있을 것이다. 문학 제도 내부로의 여성 작가들의 진입, 학교 제도 내로의 여성 학자들의 진입은 한편으로는 여성의 공적 영역의 참여 확대를 통해 여성 인력에 대한 남성 중심적 시선들에 일정한 변화를 초래한 것은 사실이다. 그러나 문학과 학교라는 공적 영역에서의 여성들은 여타의 공적 영역과 마찬가지로 여전히 보조적 노동력이거나 반대로 여성이라는 테두리 속에서의 일정한 지분을 할당받고 있을 뿐이다. 개개의 뛰어난 작가, 연구자들과 학자들이 이러한 한계를 초월한다고 해서 상황이 나아지지는 않는다. 문학과 학교 제도 내에서 공적 여성들을 둘러싼 이데올로기는 다른 영역과 크게 다르지 않다. 대부분의 공적 여성들이 끝없는 소문과 추문의 도마 위에 올려져 여전히 스캔들(주로 성적인)의 담화와 이미지를 벗어나지 못하는 것처럼 문학 제도 내에서의 여성 작가들 또한 스캔들의 담화와 이미지에 의해 구성된다.8)

---

8) 'public woman'은 공적인 여성이라는 의미에서 공적 영역의 여성을 의미하는 동시에 창녀라는 의미를 이중적으로 지닌다. 창녀야말로 남성적 근대화가 공공 / 가정의 구분 속에서 이 구분의 딜레마를 자기 해소하기 위해 산출한 공적 영역의 여성들이다. 근대의 이분적 제도화는 가정을 지킨다는 논리로 일단의 여성을 공공화 시켰다. 공적 영역의 여성들이 끝없는 성적 스캔들의 담론과 이미지화에 휩싸이는 것은 근대의 젠더 경계 설정 작업에 따른 필연적인 부산물이 된다. 최근 파문을 일으켰던 여성 경찰 서장의 매춘과의 전쟁에 대한 언론의 의미화 작업을 보면 이러한 근대의 젠더 경계의 히스테리가 선명하게 드러난다. 남성 경찰서장도 해내지 못했던 힘든 일을 해내는 여성 경찰 서장은 남성적 역할을 남성보다 더 남성적으로 함으로써 공적 여성이 되는 여성의 딜레마를 상징적으로 보여준다. 또한 여성 경찰서장에 의한 매춘과의 전쟁은 남성

나는 20년 동안 도둑이고 창녀고 거지였어요. 이제는 그것보다 더 못해요.[9]

남성성에 의해 질서 지워진 이 건전한 부르주아의 도시에서 여성은 언제나 남성의 영역을 넘보는 도둑이고, 남성적 욕망의 배설장인 창녀이고, 남성적 욕망의 부스러기로 배를 채우는 거지였다. 이제 이 건전한 부르주아의 도시의 파산을 알리는 시대에, 새로운 도시가 건설되고 있다는 이 시대에 여성의 운명은 이와 다른가? "이제는 그것보다 더 못해요"라는 단언적 진술에 이의를 제기할 수 있는 예외적인 여성이 얼마나 될 것인가? 그렇다면 이 건전한 부르주아의 도시의 시민=남성들은 안녕하신가. "이빨도 튼튼하고 시력도 좋고 100미터를 11초에 달릴 수" 있으며 "3년에서 길어야 5년 정도 군대에서 일하고", "머리를 짧게 깎고 몸에 잘 맞는 슈트를 차려 입고"[10] 건전한 부르주아의 도시의 일꾼으로 일해 온 시민=남성들은 낮에는 건전한 일꾼이지만 밤에는 불면증에 시달린 채, 꿈 없는 건전한 부르주아의 도시의 밤거리를 헤맨다. 건전한 부르주아의 도시의 시민들이 꿈 없는 잠에 시달릴 동안 그들의 낮의 쓰레기를 치우기 위해 그녀들은 노동한다. 「건전한 부르주아의 도시」에서 이 도시의 건전한 시민인 피리의 꿈속의 여인이던 달은

적 질서에 의해 유린되는 매춘 여성의 인권은 뒤로한 채 오히려 소탕 대상, 정화 대상으로서의 매춘 여성이라는 이미지를 더욱 강화시키는 결과를 낳았다. 이는 남성적 질서의 상징인 경찰을 여성이 대리 수행함으로써 매춘을 둘러싼 남성적 이데올로기를 은폐하는 효과를 낳는다. 또한 남성적 질서의 대리 수행자로서의 여성은 국가의 가부장들이 수행하던 역할을 훨씬 더 유화적인 동시에 이데올로기적인 방식으로 수행하게 된다.

9) 배수아, 「건전한 부르주아의 도시」, 『심야통신』, 해냄, 1998, 28면.
10) 「건전한 부르주아의 도시」, 앞의 책, 14면.

이제 수많은 피리들의 낮의 배설물을 청소하는 건전한 부르주아의 도시의 밤의 청소부이다. 그녀는 여전히 피리들의 밤을 장식하는 여인들이다. 남성들이 그토록 찾아 헤매는 꿈속의 여인과 남성적 욕망의 쓰레기를 치우기 위해 밤의 도시를 헤매는 여인은 동일한 여성이다. 그녀들은 남성들의 꿈속에서 여전히 마돈나인 동시에 창녀이기 때문이다.

> "난 당신과 다른 종족이오 다르게 태어났고 다르게 자랐소 그리고 이제 상당히 다르게 죽게 되겠지, 그러니 나에게 신경쓰지 마시오"[11]

건전한 낮과 꿈 없는 밤으로 이분화된 건전한 부르주아의 도시는 끝없이 "다른 종족"들을 양산하면서도 그들을 건전한 부르주아의 도시 경계 바깥으로 추방하기에 급급하다. 아니 그들은 그 도시 속에서 건전한 일꾼으로 살아가지만 건전한 부르주아의 일원이 결코 되지 못한다. 건전한 낮과 꿈 없는 밤의 강고한 경계 속에서 그들의 피로는 극에 달했다. 밤은 낮을 위해 존재하고 낮은 밤을 위해 존재한다는 말은 건전한 부르주아의 도시의 경제학 교과서에나 나오는 말이다. 이 세계 속의 인간들의 피로는 극에 달했고, 희망은 보이지 않는다.

> 밤이 되면 아늑하고 따뜻한 불빛 아래에 사람들이 각각의 집으로 모여들고 주정뱅이나 변태 성욕자나 주거 부정의 부랑배들이나 광적인 부두교 신자들이나 기생충에 감염된 불면증 환자는 없는 곳이다. 건전한 부르주아의 도시는 블랙 리스트를 자생시키지 않는 구조를 갖고 있다.[12]

---

11) 「건전한 부르주아의 도시」, 앞의 책, 19면.

이 건전한 부르주아의 도시는 블랙 리스트 따위는 자생시키지 않는다. 다만 사람들은 이유를 알 수 없는 병에 감염되어 아무도 모르게 죽어갈 뿐이다. 이 도시의 시민=남성도 시민≠여성도 결코 이 도시의 주인이 되어보지 못한 채 소멸된다. 그리고 이들의 죽음 이야말로 이 도시를 번창하게 하는 생산의 메커니즘인 것이다.

여성이라는 문제를 사유하기 위해 공적 영역과 사적 영역의 분화, 공공/가정의 분화를 재구조화하는 작업은 이제 단지 여성의 문제에 국한되는 것이 아니라 근대라는 큰 틀 속에서 새로운 형식의 역사를 상상하지 않으면 안된다. 이를 위해 페미니즘 이론은 단지 여성이라는 카테고리에 유폐되기를 거부하고 "학문적인 분야에서 지배적인 개념과 맞붙어 싸우"는 실천을 형성하고 있다. 차이와 평등이라는 근대가 페미니즘에 부과한 의사문제를 성찰하면서 페미니즘의 새로운 실천을 희망하는 한 페미니스트의 글은 오늘날의 페미니즘의 고민을 첨예하게 보여준다.

> 최근 여성사 연구의 높은 질적 수준에도 불구하고 여성사가 역사학 분야 전체에서는 여전히 주변적인 위치에 머무르고 있다는 사실 속에서 나타나는 모순은, 학문적인 분야에서 지배적인 개념과 맞붙어 싸우지 않는, 또는 적어도 이들 개념이 지니는 힘을 뒤흔들어서 반드시 개념 자체를 변용시키고자 하는 것과 같은 형태로 맞붙어 싸우지 않는 서술적인 접근법의 한계를 분명하게 나타내고 있는 것이다. 여성에게도 역사가 있었다든가 서양 문명의 중요한 정치적 변혁에 여성도 참가했다는 사실을 증명하는 것만으로는 여성사 연구자에게 충분하지 않았던 것이다. 여성의 역사라고 할 경우, 대체로 페미니스트가 아닌 역사학자의 반응은 일단 승인은 하고 그 다음 격리하든다 또

---

12) 「건전한 부르주아의 도시」, 앞의 책, 29면.

는 깨끗하게 잊어버리는 것이었다. '여성에게는 남성과는 다른 역사가 있었다고 하니 페미니스트들에게 여성사를 하도록 하자. 우리는 관계없는 듯하다.' 또는 '여성사라는 것은 성이라든지 가족이라는 것에 대한 연구이니까 정치사나 경제사와는 다른 곳에서 하도록 하지 않으면'이라는 식이다. 여성의 참가에 관해 반응이 있다 해도 겨우 슬쩍 관심을 보이는 정도였다. '여성도 프랑스 혁명에 참가했었다는 것을 알았다고 해도 이 혁명에 대한 내 이해가 변하는 것은 아니다.'[13]

페미니즘이 여성 문제로 환원되는 현실 속에서 여성 문학 연구든 여성 비평이든 여성학이든 모든 여성 학문(문학)은 남성적 세계 속에서 보완적인 역할, 떨어진 이삭줍기 학문(문학)으로 치부되게 된다. 페미니즘이 필요하다는 것을 부정하지는 않지만 나는 페미니스트는 아니다라는 마니페스토가 난무하는 현실은 한국 페미니즘의 문제점을 보여주는 동시에 페미니즘이 당면한 과제를 보여주는 것이다. 페미니즘이 여성의 문제, 여성적 차이에 대한 카테고리화를 넘어 학문과 문학 실천의 장에서 지배적인 개념들과 맞붙어 싸우면서 그 개념들을 변용시켜 나갈 때 남성적 질서의 해체를 위한 페미니즘의 상상력은 근대를 탈구축하면서 새로운 역사를 상상하는 어려운 실험을 진행하게 될 것이다.

---

13) 조안 스콧, 앞의 책, 우에노 치즈코, 앞의 책에서 재인용.

제2장
'맞장뜨는' 여자들, 팜므 파탈(femme fatal)
에 대한 농담, 혹은 진실

여성성이란 이미지와 기호 등의 상징 체계에 의해 생산된다. 따라서 여성적인 것에 대한 논의는 이러한 이미지와 기호 등의 재현 체계에 대한 논의와 불가분의 관계에 놓인다. 남성적 환상에 의해 생산된 여성성의 이미지 중 가장 낯익은 것이 아마도 치명적인 여인, 즉 팜므 파탈의 이미지일 것이다. 가정을 가진 남자에 대한 비정상적인 집착으로 그와 그의 가정을 파괴하려하는 위험한 여인(영화『Fatal attraction』), 이성적이고 지적인 중년의 남성을 파괴로 몰고가는 로리타, 수많은 남성 애국자들을 죽음으로 몰고 간 마타하리 등의 여성 기호들이 전형적인 팜므 파탈의 이미지를 체현한다.

프로이트가 금기란 강한 욕망의 표현이라고 이야기했듯이 팜므 파탈은 남성들이 가장 원하면서도 가장 공포스러워 하는, 그래서 금기시 되는 여성상으로 구성된다. 또 팜므 파탈은 남성적 힘으로도 대처할 수 없는 강한 힘을 체현한 모습으로 그려진다. 주로 성적 매력으로 표현되기도 하는 이 여성의 비정상적인 힘은 강한 여성에 대한 사회적으로 만연한 남성적 공포를 반영하는 것이다. 남성적 파워에 의해 억압되고 유약한 것으로 자리 매김 됨으로써 여성들에게 힘의 영역은 터부의 영역이 되었다. 따라서 강한 여성들의 존재는 터부를 위반한 무언가 위험하고 불순한 것, 따라서 남성적 질서를 전복시킬 치명적인 것으로 상상된다.

이러한 강한 여성에 대한 공포는 사회적, 역사적 문맥에 의해 전혀 다른 방식의 서사를 형성한다. 최근 우리 사회에서 발현되는 강한 여성에 대한 공포는 한편으로는 페미니즘으로 상징되는 여성의 권력화, 또는 힘을 얻어 가는 여성에 대한 공포와 밀접한 관련을 맺는다. 이는 단지 여성의 문제에 한정된 것이 아니라 그간 우리 사회에서 발언의 기회를 박탈당한 채 익명의 집단으로만 존재하던 소수집단들이 각자의 존재성을 드러내는 것에 대한 사회적 공포와 이질감과도 밀접한 관련을 갖는 것이다. 그 대표적인 예가 신세대에 대한 사회적 관심과 우려 속에서 발견된다. 신세대, X세대, N세대에 이르기까지 다양한 이름으로 호명되는 이 새로운 세대들은 기성 세대에게 놀라운 호기심과 경악의 대상이 된다. 여성과 신세대는 기성의 질서와 그 인식 체계 속에서는 이해될 수 없는 기이한 무엇이다. 그래서 그 사회적 존재를 드러내고 있는 여성과 새로운 세대들은 기성 질서의 메커니즘의 강한 호기심과 선망, 공포라는 기이한 복합 심리(complex)의 대상이 된다.

최근 들어 대중 문화 텍스트를 화려하게 장식하는 신세대 여성의 아이콘들에는 이러한 여성에 대한 콤플렉스와 신세대에 대한 콤플렉스가 투영되어 있다. 신세대 여성의 이미지는 자유롭고 분방하며 무엇이든지 자기 맘대로 하는 존재로 서사화된다. 이정현이나 배두나와 같은 신세대 여성의 아이콘은 이러한 이미지를 극명하게 체현하고 있다. 최근 들어 N세대를 겨냥한 광고에 등장하는 신세대 여성의 이미지가 보여주는 바처럼 그들은 친구의 남자친구도 스스럼없이 뺏을 수 있을 정도로 기성 세대와는 다른 라이프 스타일을 가진 것으로 의미화된다. 그녀들은 기성 세대들의 낭만적 연애관이나 한 남자에게 연연하는 순결 콤플렉스로부터도 자유로운 것처럼 이미지화된다. 이는 실제의 신세대 여성들이 어떠한가라는 문제와는 전혀 관계를 맺지 않는 것이다. 오히려 거꾸로 이러한 신세대 여성이라는 이미지가 실제의 신세대 여성들에게 사회적으로 부여되며 이러한 이미지들을 통해 개별적 차이를 지닌 다양한 존재들은 신세대 여성으로 동일화되면서 아이덴티티를 부여받게 되는 것이다. 그러나 이러한 신세대 여성이라는 이미지는 한편으로는 일정한 신화화를 동반하는 것이다. 그들은 모든 기성 질서로부터 자유로운 것처럼 신화화된다. 그리고 이러한 신화화는 실상은 이 집단들에 대한 사회적 공포를 반영하는 것이다. 어떠한 집단이 신화화된다는 것은 동시에 그들이 기성 질서와는 무언가 다른 이질적인 존재로 규정된다는 것이고 이러한 이질화는 필연적으로 그들에 대한 추방 심리를 내포하는 것이기 때문이다. 최근 신세대 여성에 대한 충격 보고서가 된 영화 『노랑머리』

의 경우를 보자면 이 노랑머리들은 무엇이든 마음대로 할 수 있고, 게다가 재능도 풍부하여 어떠한 구속도 받지 않고 독립적으로 살아가는 것처럼 이미지화된다. 그러나 이들의 자유로움과 분방함은 실은 남자들에 대한 소유욕과 집착을 내포하며 남자들을 죽음으로 몰고 간다. 그녀들의 자유는 남자들의 죽음을 대가로 한 것이다. 따라서 자유로운 그녀들은 남성의 죽음을 연상시킨다. 이러한 식으로 자유롭고 독립적이라는 신세대 여성의 이미지는 그 이면에 그녀들을 엽기적인 존재로 여기는 남성적 공포를 동반하는 것이다.

김호식의 장편 소설 『엽기적인 그녀』(슈퍼북)는 통신에 연재되면서 그야말로 폭발적인 인기를 끌었던 작품이다. 김호식의 ID인 견우의 팬클럽까지 결성될 정도이니 그 인기가 어떠한지 알 수 있다. 이 작품은 제목에서도 알 수 있듯이 엽기적인 행동을 하는 견우의 애인 그녀와 엽기적인 그녀로 인해 항상 곤경에 처하는 견우의 이야기를 줄거리로 진행된다. 통신에 연재될 당시 이 이야기는 견우의 하소연 비슷한 형식으로 진행되었다. 사람들은 견우를 동정하고 기꺼이 그의 카운슬러가 되기까지 하였다. 제목만 보자면 이 작품은 위에서 살펴본 팜므 파탈의 이미지를 그대로 재현하는 작품처럼 보인다. 그리고 그녀가 하는 엽기적인 행동과 그로 인한 견우의 시련은 가히 '무서운 여자 만나면 죽는다'라는 팜므 파탈 이미지에 투영된 남성적 환상을 보여주고 있는 것처럼 보인다. 그리고 이 작품의 대중적 인기에는 이러한 엽기적인 여인에 대한 호기심과 공포라는 복합 심리가 작용하고 있는 것 또한 사실이다. 그러나 『엽기적인 그녀』는 신세대 여성에 대한 진지한 동시에 신화적인 의미화에 대한 농담이라고도 할 수 있다. 사회적 언어로서 농담과 유우머는 기성의 언어가 강력하게 질서화시키고 있는 의미 체계를 가볍게 비틀어버리는 효과를 갖는다. 비록 농담과 유우머가 그 자체로는 기성의 의미화 체계 자체를 체계적으로 비판하지는 못할지라도 오히려 농담은 기성 언어의 틀을 가볍게 넘어버림으로써 일종의 카타르시스적인 해방감과 비판 효과를 낳는 것이다. 그리고 이러한 카타르시스를 통해 기성 언어에 의해 진지하고 신화적으로 묶여 있던 대상들에게 자기 긍정의 해방감을 부여하는 것이다. 『엽기적인 그녀』를 보고 있으면 이러한 자기 긍정의 즐거움과 카타르시스가 바로 이 작품의 웃음의 계기가 되고 있다는 것을 알 수 있다. 그녀가 저지르는 엽기적인 행동과 견우의 곤경은 표면적인 웃음의 요인이 되지만 이 작품이 웃음과 함께 잔잔한 감동을 주는 것은 그 웃음을 통해 오히려 견우와 그녀가 새로운 모습으로 형상화되기 때문이다. 신세대 커플의 아기자기한 사랑의 모습 속에서 기존의 여성과 남성의 성 역할과 권력 관계로서의 연애가 다른 방식으로 경험되는 것이다. 표면적으로는 엽기적인 그녀의 행동과 무능력한 견우의 모습은 강한 여성(그래서 기존의 코드로는 여성적이지 않은)과 작아지는 남성(그래서 기존의 코드로는 남성적이지 못한)이라는 서사 속에서 결국 엽기적인 그녀는 그럼에도 불구하고 귀여운 여자이고 무능한 견우는 그녀를 끝까지 책임시는 남자다운 남자라는 식의 남성적 환상의 되풀이처럼 보이는 면도 있다. 그러나 『엽기적인 그녀』는 그러한 에피소드들 속에서 기존의 여성과 남성에게 가해지는 시선들을 비틀어서 보여줌으로써 그녀를 엽기적인 그녀로 바라보는 남성화된 시선을 풍자적으로 보여주고 있는 것이다.

제3장
나는 페미니스트가 아니다라고 부르짖는 사회는 어떤 사회인가?

90년대는 여성 작가들의 시대였다고 말해진다. 그것은 사실이기도 하다. 그러나 이러한 여성 작가들의 약진이 여성의 삶 전반을 급격하게 변화시키거나 최소한 글쓰는 여성들의 지위를 강화시킨 것이라고 보기는 어렵다. 물론 여성이라는 코드는 이제 우리 사회의 중요한 현실적인 담론의 장 속으로 진입하게 되었다. 그러나 이 코드는 (대부분의 새로운 코드들이 맞이하는 운명과 유사하게) 상호 충돌적이기 조차한 모순적인 의미체계들로 이루어져 있다. 따라서 우리 사회에서 여성이라는 코드는 단일한 하나의 의미로 환원되기 힘든 복합적인 의미망을 이룬다는 사실이 먼저 확인되어야 한다. 여성이라는 코드가 이처럼 복합적인 의미망 속에서 구축되는 것이라면 여성의 인간다운 삶, 그리고 그것을 목표로 하는 페미니즘 운동 역시 단일한 하나의 의미로 환원되기 어려운 것이다. 일단 인간다운 삶에 대한 가치가 상충될 수 있는 판단을 내포한 것이라면 결국 인간다운 삶을 위한 투쟁은 상충되는 판단들의 (때로는 양립 불가능한) 싸움이 될 것이기 때문이다. 따라서 페미니즘은 하나의 고정된 의미체계(또는 편협한 문학이론의 한 분과가 아니라)가 아니라 끝없이 진행중인 운동체로서 파악되어야 한다.

이러한 이야기를 길게 하는 까닭은 우리 사회에 만연된 페미니즘에 대한 거부감, 혹은 편견에 대해 논할 필요가 있기 때문이다. 앞서 90년대가 여성 작가의 시대라고 했을 때, 90년대는 어느 시대보다 여성이 담론의 도마 위에 자주 올려진 시대이기도 하다는 것을 말하는 것이다. 어떤 점에서 90년대는 여성 작가의 시대라기보다는 여성이 도마 위에 자주 오르내려져 요리된 시대인지도 모른다. 여성이란 여전히 요리사의 분부를 기다리는 요리 재료감, 때로는 보시기에 좋도록 준비된 눈요깃감일 뿐이다.

90년대 후반 들어 빈번히 등장하는 현상이 '나는 페미니스트는 (가) 아니다'라는 마니페스토(선언)이다. 이 선언의 의미도 다양하다. 때로는 나는 여성의 문제를 다루고는 있지만 여성해방이라는 페미니즘의 수준에는 이르지 못한다는 겸양의 표현(이런 경우는 극히 드물지만)이거나, 아니면 나는 여성의 문제를 다루기보다는 그저 내 삶의 문제를 다루는 것이므로 무슨 해방 같은 구닥다리의(때로는 독자들이나 남성적 평론가들이 시껍할 만한) 그런 레떼르는 붙이지 말아달라는 뜻의 곡진한 표현, 또 주로 비평가들의 담론에서 페미니즘은 사소한 문제에 한정되어 있거나 특정 유파의 비평 이론을 상정하는 것이므로 나는 거기서 빼달라는 식의 표현(최근 한 평론가는 공선옥론에서 "결코 내가 페미니스트가 아니라는 점"을 강조하면서 글을 쓰고 있다), 또는 90년대 여성 소설을 다룬 비평은 일단 페미니즘 비평으로 분류하는 태도의 소산인 경우, 이런 경우 외에 가장 빈번하게 사용되는 것은 페미니즘은 너무 강퍅하고 성마르고, 분노에 차 있으며, 근시안적이다라고 일반화하는 경우이다. 이런 일반화가 어떤 구체적인 작품을 토대로 수행된 것일 경우는 문제가 없지만 대부분의 경우는 요즘 페미니즘 소설은 하는 식으로 근거 없는 일반화를 수행하는 경우가 비일비재하다. 이때 요즘 페미니즘이란 요즘 것들은 이라는 수천 년 간 진행된 기성세대의 한탄과 동궤에 놓인다.

물론 이러한 현상에는 현재 우리 사회에서 진행되고 있는 페미니즘 운동의 문제점이 반영되어 있는 것이다. 각 분야에서 이루어지고 있는 페미니즘 운동에 대한 논의를 하기에는 필자의 역량이 부족하므로 문학과 관련된 분야의 논의로 국한시킨다면, 페미니즘은 90년대적 현상의 하나로서 주로 포스트모더니즘 이론의 연장선상에서 논의되는 경우가 많다. 이 경우 페미니즘의 공과는 한국에서의 포스트모더니즘의 공과와 같은 것으로 평가된다. 다른 경우 페미니즘은 문학 이론의 한 분과로서 주로 글쓰는 여성들의 할당 분으로 치부된다. 여성 작가의 텍스트를 다루거나, 여성의 삶을 다루는 것이 페미니즘과 등가를 이룬다. 이때 문학 내부에서 페미니즘은 더 이상 운동으로 존재하지 않는다. 그것은 그저 기성 문단 권력과의 차별화를 위한 수단이거나 자신의 지분을 배분 받기 위한 도구에 불과한 것이 된다. 따라서 문학제도 속에서 페미니즘은 문학적 여성 할당제에 불과한 것이다. 그것은 결코 정치적 여성 할당제가 되지도 못한다. 현재의 문학 제도 속에서, 문학적 페미니즘 속에서 결여된 것은 예술적 완성도의 결여(여성 소설의 유치함을 논하는 필자들이 지적하는 것과 같은 식의 완성도의 결여)가 아니라 오히려 정치적 민감성의 결여이다. 어떤 면에서 90년대 페미니즘이라고 불려진 소설들은 정치성의 결여를 그 특징으로 한다. 이러한 정치성의 결여는 흔히 여성성이라는 범주로 왜곡되고 과대/과소 평가된다.

정치적일 수밖에 없는 운동으로서의 페미니즘과 기성화 되고 권력 지향적이며 탈정치적인 페미니즘이 우리 사회의 페미니즘이라는 담론의 현실 속에서 질주한다. 페미니즘적인 것은 강퍅한 것이고(공선옥이나 이혜경 소설에 대한 우려에 내포되는) 여성적인 것은 유치하다는(신경숙이나 은희경 소설에 대한 우려에 내포되는) 우리 사회에 만연된, 그리고 잠재된 언표들이 이러한 질주 속에서 생산된다. 이러한 모순의 틈바구니 속에서 우리 사회의 여성들은 신경쇠약직전의 상태에 빠져있을 수밖에 없지 않을까? 그리고 이러한 여성적인 고민을 공유할 의사를 갖고 있는 '문학인(Men of Letters)'은 그리많은 것 같지는 않다.

페미니즘 작가로 널리 알려진 이경자의 근작『情은 늙지도 않아』를 보면서 한국 사회에서 페미니즘이란 무엇인가에 대해 질문을 던져보게 되었다. 이경자는『절반의 실패』와『황홀한 반란』등의 작품으로 강퍅한, 성마른 페미니즘이라는 수사를 아마도 가장 많이 들었음직한 작가이다. 작가는 최근작『사랑과 상처』를 통해 문단의 재조명을 받고 있는데 그 이유는 "페미니즘의 가파른 시각"과 "피상적이고 왜곡된 여성주의 소설에 대한 항의와 성찰을" 이 작품이 불러일으킨다는 점 때문이라고 한다. 『정(情)은 늙지도 않아』는 『사랑과 상처』의 연장선상에 놓인 작품이다. 뒤의 두 작품은 모두 전통적인 여성상의 수난사적 성격을 띠고 있다. 『정(情)은 늙지도 않아』라는 제목이 암시하듯이 이 작품은 '전통적인 여인상의 수난사'라는 형식을 인연과 정의 깊음을 이야기하기 위한 장치로 사용하고 있다. 여기서 문제되고 있는 것은 이 여인들의 '수난'의 근원이 되는 여성 억압적인 삶의 이데올로기가 아니라 질긴 인연의 끈이다. 아이를 못 낳아 평생 씨받이를 들이는 것을 업으로 사는 조강지처 필례나 다리를 하나 못쓰는 병신으로 결국 후처의 한을 풀지 못한 영실의 삶은 그들의 한 남편 도철과의 끈 질긴 인연과 정의 깊음으로 환원된다. 필례와 도철이 그다지도 깊은 정에도 불구하고 아들을 낳아야한다는 질긴 업(이데올로기)에 질질 끌려 사는 것은 그들의 정 깊음을 부각시키는 효과로 이어진다('씨받이'의 방으로 들어가면서 필례에게 방고리를 열어두라는 도철의 은밀한 귀뜸으로 상징되는). 영실과 필례의 평생에 걸친 원한 또한 그들의 미운 정으로 환원되고 한판의 '살풀이'(지노귀굿)로 해소된다. 물론 이 작품은 현실의 질곡 속에 허덕이며 나름의 인간적인 정을 유지하고자 애쓰는 이들의 필사의 노력을 기록하고자 했다고 볼 수도 있다. 그러나 모든 작품들이 그렇듯이 글을 쓰는 공적인 행위는 담론의 장 속에 자신의 발언을 행하는 이데올로기적 행위일 수밖에 없다. 그런 면에서 지금 이 시점에서 정의 중요함을 인간적인 삶을 위한 대안으로 제시하는 이러한 글쓰기 행위가 의미하는 바는 무엇인가? 『절반의 실패』로부터 『정(情)은 늙지도 않아』에 이르는 이경자의 "놀라운 변신"은 여러 점에서 문제적이다. 먼저 『절반의 실패』와 같은 작품이 여성의 인간적인 삶에 대한 문제를 편협한 방식으로 제기한 측면이 사실상 존재하였지만 그러한 방식으로부터의 변신이 이러한 복고적 방식으로 이루어져야 하는 것일까? 우리에게는 강퍅함과 정의 이데올로기라는 두 가지 폐쇄회로밖에는 존재하지 않는가? 여성의 삶에 대한 선정적인 구호의 나열이나 그래도 인간적인 정이 중요하다는 식의 복고적 발언은 모두 동전의 양면과 같은 것이다. 그것은 공히 여성의 실제적 삶과 너무나 동떨어져 있는 이데올로기의 복창일 뿐이기 때문이다.

우리는 무엇을 위해 글을 쓰는가? 아마도 대부분 자신 나름의 인간다운 삶을 위해 글쓰기에 매달리는 것이리라. 그리고 그 고투의 흔적이 각기 다른 모양일 수밖에 없음 또한 인정해야 할 것이다. 그러나 인간다운 삶을 위한 몸부림이 어쩔 수 없는 마찰을 피할 수 없다면 나의 글쓰기 또한 그러한 마찰의 한 표현일 뿐일 것이다. 그리고 이경자의 작품 또한 그러한 고투의 흔적일 것이다. 다만 나는 한 여성으로서, 이러한 글쓰기가 우리 모두의 인간적인 삶을 위한 대안이라고 여겨지는 사회적 분위기에 대한 우려를 금할 수가 없다. 이것은 난시 한 작품의 문제가 아니라 억압받고 있는 여성적인 소수 집단들의 급진적인 변화 열망에 대한 보수적인 공포와 무관하지 않기 때문이다. 인간적인 정은 중요하다. 그러나 정(情)의 이데올로기만큼 우리 사회를 옥죄었던 보수적이고 억압적인 이데올로기가 또 있는가? 우리 사회의 만연된 억압의 사슬들이 모두 정과 인간적이라는 미명 하에 사회를 감옥으로 만들고 있지 않은가? 그리고 사회의 급진적인 변화로부터 기득권을 유지하고자 했던 보수세력의 가장 그럴듯한 이데올로기가 '인정(人情)'의 이데올로기였다는 것은 주지의 사실이다. 이러한 이데올로기는 모든 것을 인간적인 정과 파괴적인 투쟁의 양분법으로 재단한다. 우리 사회에서 페미니즘을 둘러싼, 여성적인 것과 그 해방을 둘러싼 담론들의 이데올로기 또한 이와 무관하지 않다. 따라서 우리는 요즘 페미니즘의 파괴성(강퍅함)을 우려하거나 또는 여타의 이유로 '나는 페미니스트가 아니다'라고 말할 때 결코 이러한 이데올로기로부터 자유로울 수는 없는 것이다.

아줌마 뭐해요?

1. 누가 '아줌마'를 부르는가

　하나의 사례로부터 출발하자. 얼마 전 경찰서에 출두해야 할 일이 있었다. 작년쯤 교통 경찰에게 속도 위반이라는 미명 하에 딱지를 떼었다. 차들이 속도를 낼 수밖에 없는 급경사 도로의 막바지에 속도계를 숨겨놓고 실시한 과속 단속이었으므로 나는 그런 식의 단속에 동의할 수 없으며, 따라서 딱지 발급에 대해서도 동의할 수 없다는 이의를 강력하게 제기했고 딱지에 대한 서명 날인을 거부했다. 교통 경찰은 서명란에 날인 거부라고 휘갈겨서는 내

차 안으로 던져 넣었다. 범칙금을 납부하라는 고지서가 날아왔지만 나는 서명을 거부했고, 이러한 조처에 대해 동의하지 않으므로 법칙금도 내지 않았다. 이런 식으로 개긴 것은 이런 경우 경찰을 상대로 이의 제기를 해서 승리한다는 것이 불가능하다는 것을 알고 있기 때문이기도 했다. 그 결과 일년 후 면허 정지 처분을 받았다. 면허 정지 관계로 경찰서 교통계와 민원실을 오고가는 지루한 입씨름이 있었지만 나는 이 사태가 해결될 것이라는 희망 따위는 갖고 있지 않았다. 교통계의 경찰은 날인 거부 같은 것은 이의 제기 사항도 안 된다고 했다. 반면 민원실의 경찰은 이런 경우 변호사를 사서 소송을 할 수 있지만 비용과 시간이 엄청나게 들것이라며 알아서 하라고 했다. 민원실 경찰은 처음에는 매우 공식적이고 사무적인 듯한 태도로 이런 사항을 알려주고 나서는 말투를 바꾸어서 "근데 이런 경우 그 교통 경찰도 잘못했지만, 내가 보기에는 아줌마도 잘못한 거야"라며 말을 이었다. 물론 이어지는 말은 그냥 면허정지를 받아들이는 게 좋을 것이라는 이야기였다. 이런 식의 진술 방식은 한국 사회에서 소위 아줌마 취급을 받아 본 여성들에게는 낯익은 방식일 것이다.

먼저 단순 비교를 해보자. 성인 남성을 부르는 호칭은 아저씨가 일반적이다. 그러나 실제적 언어 행위에 있어서 성인 남성에 대한 호칭은 성인 여성에 비해 세분화되어 있다. 선생님이라는 호칭은 보통 아저씨의 범주에 드는 사람에 대해 좀더 공식적인 어투가 된다. 같은 나이의 성인 남자인 경우에도 옷차림이 좀 허름하다든지, 아니면 상대방을 공식적인 관계가 아닌 지점에서 호명할 때는 아저씨라는 호칭이 사용된다. 예를 들어 버스 기사들은 대부분의 성인 남자들에게 아저씨라는 일관된 호칭을 사용한다. 이는 언어사용의 권력성을 나타내는 데 이 경우 기사는 모든 사람을 자기가 운반하는 승객으로 여기고 승객에 대한 자신의 우월성을 언어 속에 투영하는 것이다. 이와 달리 소위 관공서에서의 언어사용을 보면 세련된 차림에 약간의 권위가 묻어나는 성인 남성들은 주로 선생님이라고 불린다. 이때 아저씨와 선생님이라는 호칭의 차이는 뚜렷하게 권력 관계와 관계되며, 특히 선생님이라는 호칭은 상대방을 공적인 관계 속에서 호명하는 것이라는 차이를 보인다.

이와 비교해 볼 때 성인 여성에게는 성인 남성을 호명하는 선생님에 상응하는 호칭이 존재하지 않는다. 관공서에서도 성인 여성에게 선생님이라는 호칭을 사용하는 경우는 극히 드물다. 선생님이라는 호칭이 성별화된 것이 아님에도 불구하고 실제적 언어사용에서는 이미 성별화되어 있는 것이다. 이는 성인 여성의 경우 어떤 자리에서도 공적인 관계로 자리매김되지 않는다는 것을 의미한다. 아줌마라는 호칭은 성인 남성에 대한 아저씨라는 호명과도 달리 극명한 권력 관계의 표현을 내포하는 것이다. 어떤 자리에서든 실제적인 언어사용에서 성인 여성을 아줌마라고 부르는 것은 그 여성을 자신보다 열등한 존재로 호명하는 것이다. 즉 이 경우 아줌마라는 호명은 발화자의 권력적 우월함의 우회적인 표현이다. 앞의 예에서 아줌마라는 호칭은 대화 상대자인 여성의 기를 죽여서(언어적 제압) 상황을 자신에게 유리하도록 이끌고 동시에 상대방으로 하여금 그 상황을 인정하도록 하는 권력 작용이 시작된다는 신호탄이다. 이러한 권력 작용은 여성이 공적인 문제에 대해 무지하다는 사실을 환기시키는 효과적인 수단이 된다. 예를 들어 당신이 컴퓨터 관련 A/S를 받아야 할 때나, 전자 제품에 대해 A/S를 받을 때, 또는 관공서에 공적인 일 등으로 일 처리를 해야 할 때 상대방이 성인 여성과 성인 남성에게 수행하는 언어사용을 비교해본다면 이 점은 매우 명확하게 드러날 것이다. 예를 들어 성인 여성이 컴퓨터에 대한 수리를 의뢰하거나 했을 때 A/S 직원들은 성인 남성에게 하듯이 말하지 않는다. 성인 남성에게는(만일 그가 전혀 컴퓨터에 무지해 보이지 않는다면) 일종의 의논 투로 이야기한다(잘 아시겠지만 이 부품은 이런 용도에 쓰이는 거지요 이게 이렇게 문제가 생겨서…… 이런 경우에는 이런 시스템에 문제가 있는 거지요 등등). 그러나 성인 여성에게는 그 여성이 아무리 컴퓨터에 대한 일정한 지식을 갖고 있다고 할지라도 일방적인 통고나 주의로 일관한다(컴퓨터 쓰다가 뭐 잘못 누른 거 없어요? 아무거나 막 누르거나 하면 안 되요 이런 고장은 사용상 부주의로 생기는 경우가 많아요 뭐 이런 건 쓸 일도 별로 없죠 등등). 성인 여성이 제기하는 의문은 무지의 소산이고 성인 남성이 제기하는 의문은 마땅히 제기될 수 있는 의문이라고 치부된다.

　이러한 언어사용은 여성에 대한 언어사용이 철저히 사적인 관계에 고착되어 있기 때문이다. 예를 들어 남성들에 대한 사회적 호칭은 주로 그들이 종사하는 직업, 지위와 관련된 호칭이 대부분이다(물론 이런 식으로 신분을 지칭하는 언어로 상대방을 호명하는 것은 잘못된 언어사용이다). 사장님·교수님·박사님 기타 등등. 그러나 이러한 언어사용은 여성에게는 적용되지 않는다. (적용되어야 한다는 의미가 아니다.) 즉 여성에 대한 언어사용 자체가 이미 여성을 공적 영역으로부터 추출, 배제하는 식으로 이루어지는 것이다.1)

---

1) '아줌마'에 대한 담론화 작업을 시도한 여성들의 다음과 같은 진술은 이의

혹자는 이렇게 말할 것이다. 아니 잘 모르는 사람이 상대방이 무엇을 하는 사람인지 알고 공식적인 관계에 따른 호칭을 사용할 수 있느냐고. 그렇다면 거꾸로 질문하자. 잘 알지도 못하면서 상대방이 기혼 여성인지, 미혼 여성인지 나이가 몇 살인지 어떻게 알아서 임의적으로 아줌마라고 부를 수 있느냐고.

이와 비슷한 예가 아가씨와 학생이라는 언어사용에서도 나타난다. 20대의 성인 여성과 남성에 대한 호칭을 보면 대부분의 20대 여성들은 아가씨라고 불린다. 그러면 아가씨에 상응하는 성인 남성에 대한 호칭은 무엇인가? 총각? 이는 일종의 농담으로 사용하는 경우를 제외하고는 거의 쓰이지 않는다. 미스터라는 호칭 역시 직장 외의 영역에서는 그리 일반적으로 사용하지 않는다. 20대 성인 남성들에 대해서는 상당히 흥미롭게도 대부분 학생이라는 호칭을 사용한다. 20대 성인 여성의 경우 비슷한 또래의 남성들과 섞여 있거나, 대학가와 같은 특정 지역에서가 아닌 경우 학생보다는 아가씨라는 호칭으로 불린다. 그러나 20대 성인 남성은 동료들에 의해 구별의 지표를 부가적으로 얻지 않더라도 언제 어디서나 학생이라는 호칭으로 불린다. 이는 성인 남성의 경우 학생-직장

연장선에 놓인다. "직장에 다니든 전업 주부이든 분명히 중년의 여성은 존경받는 이 땅의 어머니이며, 젊은 시절보다 훨씬 당당한 자기 삶의 주인이나. 가족 사이에서도 어느 정도 당당해졌고 학부형으로, 동네 일꾼으로 바쁜 하루를 보낸다. 그런데 아줌마가 자신 있게 자기를 드러낼 수 있는 공간은 보이지 않는 금이 그어진 것 같다. 동네 일을 건의하러 구청에 가거나 교통 사고로 보험 회사에 가거나 하다 못해 큰 병원에만 가도 왠지 주눅들고 남편을 내세우고 싶어진다. 시장에서는 서로 정겹기만 하던 '아줌마'도 이런 큰 건물 속에서는 갑자기 주책없어 보이고 떼어 내고 싶은 꼬리표가 되고 만다." 여성을 위한 모임, 『제3의 성-중년 여성 바로 보기』(현암사, 1999)의 「책머리 글」 중에서.

인의 단계를 거치고 여성의 경우는 아가씨-아줌마라는 단계가 일반적이라는 이데올로기의 소산인 것이다.

각각의 여성들의 현실과 무관하게 이러한 언어 사용은 이미 여성을 지식과 공적 영역으로부터 배제하고 추출하는, 또는 지식과 공적 영역에서의 여성의 존재를 인정하지 않겠다는 정치적 무의식의 소산인 것이다.

여성들이 '아줌마'라고 불리는 것에 대해 미묘한, 또는 노골적인 불쾌감을 느끼게 되는 것은 이러한 이유 때문이다. 어떤 사람들은 당신이 기혼 여성에 애 엄마인데 왜 아줌마라고 불리는 것을 불쾌해 하느냐, 그거야말로 이데올로기적인 것 아니냐, 처녀 취급 받고 싶어하고 스스로 아줌마를 부정적인 것으로 생각하는 것 아니냐라고 질문할지도 모른다. 실제로 아줌마라는 호칭에 대해, 불쾌해하는 여성들에게 남성들이 줄곧 하는 반론 또한 이러한 것이다. 그러나 이 질문에도 역시 여성을 아가씨와 아줌마라는 범주로 고착시키는 이데올로기(아가씨 / 아줌마의 악순환적 범주)가 작동하고 있다는 점에서 더욱 문제적이다.

2. 힘내라 아줌마? 아줌마는 누구인가

최근 들어 아줌마 담론이 부쩍 일고 있다. 특히 아줌마 담론은 이미지 메이킹의 차원에서 먼저 동원되고 있다. 광고, 드라마, 영화, 쇼 프로그램까지 아줌마 담론이 가열되고 있다. 물론 학계에서도(특히 페미니즘 담론 내부에서) 아줌마를 담론화하려는 움직임이 일고 있다. 먼저 '힘내라 아줌마'로 상징되는 이미지 (리)메이킹 작업을 살펴보자. 이러한 이미지화가 생산한 몇몇 아이콘을 중심으로 살펴보자. 전원주 아줌마는 구세대 아줌마의 표상으로 남편과 자식을 위해 헌신하고 허리띠 졸라매어 자식 유학 보내고 자신은 여직도 몸뻬 바지에 김치 하나로 밥을 때우는 아줌마의 이미지를 체현한다. 이의 연장선에 놓인 아줌마 아이콘의 하나인 엄앵란은 젊은 날 남편의 바람기를 견디는 인고의 세월 덕에 단란한 가정을 지켜나간 어머니이자 중년이 너머 재기에 성공한 여성의 이미지를 생산한다. 이와 달리 최유라라는 아이콘은 전업 주부이지만 가사일 뿐 아니라 경제적 능력(코스닥 투자에도 밝은)까지 겸비한 만능 주부의 의미를 중심으로 구성된다(만능 주부 최유라라는 아이콘에서 그녀는 배우가 아닌 주부이다. 이러한 의미의 삭제는 여성에 대한 의미화에서 자주 발생한다). 이 만능 주부는 슈퍼 우먼이나 미시 주부와 변별되면서 공통의 지점을 보여준다. 슈퍼 우먼은 직장과 가정 모두를 병행하는 다중 역할의 수행자이고, 미시는 이의 연장선상에서 주부이되 일과 가정 모두를 병행하면서 기존의 주부의 이미지를 탈피힌 미스 같은 주부의 이미지로 그려졌다. 반면 만능 주부는 전업 주부라는 기반을 확고하게 가지면서 주부의 역할을 가사가 아닌 다양한 방면으로 확대하는 방식으로 이미지화된다. 주식 투자, 환경 보호, (아이들의) 교육 담당자 등등 만능 주부는 미시 주부나 슈퍼 우먼이 일과 가정이라는 분업 속에서 수행하던 일을 주부라는 일 속에 모두 확대 투영하여 수행하는 여성으로 그려진다.

슈퍼 우먼의 이미지는 직장과 가정이라는 여성이 놓인 현실적 분리의 메커니즘을 개인의 능력을 통한 극복이라는 이데올로기로 봉인한 것이며, 직장과 가정이라는 공 / 사 영역의 분리를 이데올로기적으로 재생산하는 이미지이다. 반면 미시란 표면적으로는 아가씨(미스)와 아줌마라는 여성에 대한 생물학적이고 가부장적인(결혼 유무와 생물학적 연령에 의한 구별의 지표 부여라는 의미에서) 이분법을 탈피한 것처럼 보이지만 실상 미시라는 이미지 자체야말로 미스 같은 아줌마라는 이미지화를 통해 여성을 끝없이 미스와 아줌마의 악순환적 범주 안에 고정시켜 놓는 역할을 하는 것이다. 또한 만능 주부의 이미지는 한편으로는 주부를 신성한 일로 신비화시켜 놓으면서 여성이 놓여질 수 있는 개별적인 차이의 영역을 모두 주부라는 단일한 역할로 강제적으로 환원하는 이데올로기를 생산한다. 경제 활동, 사회 활동 등이 주부라는 역할과 모순적이지 않으므로 굳이 주부가 아닌 다른 역할을 고집할 필요가 무엇이 있겠는가, 굳이 어려운 남성적 경쟁 영역에 진입하려고 노력하기보다는 주부라는 여성의 영역에서 남성들이 수행할 수 있는(또는 수행할 수도 없는) 모든 일을 즐겁고 보람차게 할 수 있지 않은가. 만능 주부의 이미지는 이렇게 주부의 이미지를 신성화함으로써 주부 이외의 다른 영역을 여성에게 봉쇄한다. 물론 어떤 점에서 이러한 아이콘들이 기존에는 천덕꾸러기로 내몰렸던 주부의 이미지를 리-메이킹하는 것이라고 평가할 수 있을 것이다. 그러나 주부의 신성화로(또는 공사영역 분리의 재 확증으로) 집중되는 이러한 리-메이킹은 실상 여성에 대한 가부장적이고 생물학적인 이데올로기를 리-메이킹하는(보다 정교하게) 것이라는 점에서 오히려 문제적이다.

게다가 이러한 이미지 리-메이킹 작업은 한편으로는 여성에 대한 지배 이데올로기를 강화하는 동시에 여성(특히 전업 주부 층의)의 피해자로서의 보상 심리를 교묘히 자극하는 형식으로 이루어진다는 점에서 문제적이다. 여성이 역사적으로 타자화된 존재라는 자기 인식 속에서 여성을 주체로 설정하는 작업과 스스로를 일방적인 피해자로 정립하는 것은 기묘한 착종 관계에 놓여져 있는 것 같다. 피해자로서의 자기 인식은 (여성이든 어떠한 집단 주체나 개별 주체 모두에게 공히) 자기를 객관적으로 성찰할 수 있는 반성적 인식을 근본적으로 차단하게 된다는 점에서 문제적이기 때문이다. (역사 해석에서나 현실 기술에서나) 여성을 주체(agency)로 정립한다는 것은 여성이 단지 피해자가 아니라 가해자이기도 했으며 언제든지 그럴 가능성 또한 존재한다는 것에 대한 명확한 인식을 제기하는 것이기도 하다. '아줌마' 담론은 타자화된 여성의 존재를 선명하게 부각하는 이데올로기적 효과를 갖는 것이 사실이며, 현실적으로도 '아줌마'라는 집단적 주체성은 여성들 내부에서도 더욱 차별화된 존재이기도 하다. 또 여성이라는 일반적 개념이나 보편자적 주체성에 입각한 담론이 아줌마 담론과 같이 보다 세분화된 집단적 주체성의 형태로 진행되는 것은 현실적으로도 매우 유의미한 현상이다. 그러나 아줌마 담론이 지배 이데올로기의 악순환으로부터 벗어나기 위해서는 많은 걸림돌들이 포진하고 있는 것 또한 사실이다.

먼저 앞서 살펴 본 것과 같이 '아줌마'라는 호칭은 가장 반여성적이라 할 수 있는 여성에 대한 생물학적, 가부장적 구별의 지표를 끝없이 재생산하는 것이다. 그렇다면 여성에 대한 이러한 지배 이데올로기를 탈피하기 위한 일환으로서 아줌마 담론을 구성하고자 할 때, 또는 아줌마를 하나의 집단적 대안 주체성으로 설정하고자 할 때 이처럼 이데올로기적으로 오염된 호명 기제를 동원하는 것이 딜레마에 봉착할 수 있는 것이다. 또 아줌마가 하나의 대안적인 집단적 주체성으로 설정된다고 했을 때 여기서 말하는 아줌마란 구체적으로 어떤 집단을 상정할 수 있는 것인가? 일하는 여성과 다른 전업 주부가 아줌마인가, 아니면 처녀가 아닌 기혼의 자녀를 둔 여성이 아줌마인가, 중년에 접어든 기혼의, 자녀를 둔 여성이 아줌마인가. 이 중 어떤 집단이 상정된다고 해도 이러한 구별의 지표 자체가 공/사 영역의 구별과 처녀-아줌마, 미혼-기혼 등의 여성에 대한 생물학적이고 가부장적인 구별화의 작업으로부터 자유로울 수 없다는 점이 가장 큰 딜레마일 것이다. 물론 현실적으로 아줌마라고 지칭될 수 있는 집단이 존재하지 않는다는 것이 아니다. 현실적으로 아줌마라는 집단은 공/사의 구별, 기혼/미혼의 구별, 젊은 여자/늙은 여자라는 식의 구별에 의해 여성들에게 무차별적으로 규정되고 있는 것이 사실이기 때문이다. 그렇다면 이러한 여성에 대한 무차별적 규정, 여성의 차이들을 무차별화시키는 규정을 여성의 차이를 위한 전략적 준거점으로 삼는 역설을 어떻게 극복할 수 있을 것인가. 물론 여성들은 이러한 현실적인 이데올로기에 의해 처녀시절과 아줌마가 된 후에, 직장 여성으로서와 전업 주부로서의 너무나 상이한 경험들을 구성하게 되는 것이 사실이다. 그리고 이러한 경험의 질 다른 차이를 규정하고 서로 다른 경험들 속에서 부딪치는 이데올로기 생산의 차이들을 변별화하는 작업 자체의 유의미함을 부정할 수는 없다. 그럼에도 불구하고 문제는 남는다.

　이 지점에서 페미니즘 정치학의 딜레마가 도출될 수 있다. 페미니즘은 초창기의 작업을 통해 한편으로는 근대의 공적 영역과 사적 영역의 분화 속에서 여성을 사적 영역에 가둬버리는 이데올로기적 작업에 대한 문제제기를 멈추지 않았다. 이 과정 속에서 기존의 근대적 분화 과정이 산출한 사적 영역에 대한 시민권 박탈의 과정이 고발되었으며 이에 따라 한편으로는 공적 영역으로의 진출에 의한 여성의 시민권 획득과 사적 영역 자체에 대한 시민권 부여의 작업이 동시적으로 수행되었다. 가사 노동의 신성함에 대한 강조, 모성의 중요성에 대한 강조가 페미니즘 정치학의 한 틀이 되었던 것은 이러한 시민권 획득 운동의 일환이었다. 그러나 문제는 여성을 사적 영역에 유폐시켜놓고 한편으로는 여성의 영역을 공적 영역에 비해 열등한 것으로 사회로부터 축출하면서 재생산자로서의 여성의 역할을 신화화시킨 것 역시 근대적 이데올로기의 귀결물이었다는 점이다. 따라서 페미니즘 정치학이 가사 노동과 모성의 중요성을 강조하는 이데올로기적 의도와 무관하게 그 전략은 페미니즘이 공략하는 이데올로기와 마주보면서 만나게 되는 딜레마에 처하게 된 것이다. 위에서 살펴본 아줌마 이미지들은 주부와 모성의 역할을 신성한 것으로 강조하면서 기존의 천덕꾸러기 아줌마의 이미지를 탈피한 것처럼 보인다. 그러나 위의 분석에서 살펴 본 것처럼 이러한 탈피는 오히려 여성에게 부과된 기존의 가부장적이고 생물학적인 이데올로기를 보다 정교하게 리-메이킹하고 있다. 그렇다면 가사 노동과 모성의 신성함을 역설하는 전략은 이와 무관한 지점에서 수행될 수 있을 것인가? 물론 이는 페미니즘 정치학의 오류를 말하고자 하는 것이라기보다는 페미니즘 정치학의 딜레마에 대해 논의하고자 하는 것이다. 한 페미니스트가 한탄했듯이 이러한 문제는 정치학이 실험될 시간조차 주지 않은 채 너무 빨리 변화하고 있는 현실, 모든 급진적 정치학을 지배 이데올로기 속에 수렴시켜 재생산하는 속도가 가속화되고 있는 현실과도 무관하지 않다.

3. '피해자' 담론을 넘어서기 위하여

여성이 역사적으로, 현실적으로 타자화된 존재라는 인식과 여성을 일방적인 '피해자'로 규정하는 문제 설정은 착잡하게 얽혀 있는 듯하다. 현실적으로 여성을 둘러싼 강고한 이데올로기들은 여성의 피해 의식과 수난 심리를 가중시키기에 부족함이 없다. 페미니즘 담론이 급부상한 80년대 이후 과연 한국 여성의 살림살이는 얼마나 나아졌는가? 많은 여성들이 결코 행복한 결론을 도출하기 어려울 것이다. "페미니스트들은 왜 항상 화를 내는거냐"라는 질문에, "그렇다면 나를 화나게 하지 마라"라고 응답한 한 페미니스트의 현명한 답변처럼 한국의 여성들은 여전히 화를 내고, 도처에서 '싸움 닭' 취급을 받으면서도 여전히 답답하리 만치 변화되지 않는 현실 속에서 살아가고 있다. 얼마 전 만난 한 학자는(그래도 합리적인 지식인이라고 인정할 만하다고 생각되었던) 자신은 페미니스트라고 하는 사람들이 하는 이야기 중 한 마디도 귀담아들을 만한 것을 발견하지 못했다고 술회했다. 아마도 이는 기본적으로 한국의 페미니즘의 문제점들, 즉 담론화 작업의 실패, 적절한 문제 설정의 실패, 학계에서 여성 할당제 수준으로 전락한 페미니즘이라는 이름의 작업들, 현실에 대한 고민보다는 이론의 수입상, 강사 배출소, 여성 단위의 학회 결성소가 되어버린 페미니즘이라는 이름의 집단들에 대한 팽배한 불신의 한 표현일 것이다. 이러한 페미니즘 작업의 문제점을 충분히 인정한다고 하더라고 페미니즘에 대한 불만은 한편으로는 강한 남성중심적 이데올로기의 표현인 경우가 많다. 비판적인 지식인들조차 자신이 기반하고 있는 남성중심적 이데올로기에 대해 반성의 시선을 보내지 않고 있는 것이 한국의 현실이다. 한국에서 페미니스트임을 표방하는 남성 지식인은 거의 없지만 페미니스트가 아니라고 주장하는 지식인은 눈에 띄게 많은 것은 이러한 사실을 입증하는 하나의 사례일 것이다. 이러한 현실들이 여성들의 피해 의식을 가중시킨다. 하물며 지식과 공적 영역에 대한 접근이 원천적으로 봉쇄된 채 가사 노동과 육아와 게다가 경제 능력까지 요구받고 있는 주부들, 자신들의 정당성을 한번도 가져보지 못한 수많은 소위 아줌마들의 피해 의식과 수난 심리는 아마도 하늘을 찌르고도 남음이 있을 것이다. 그러나 타자화된 존재들이 현실의 모순을 반성적으로 인식할 수 있는 물질적 토대를 상대적으로 지니고 있다는 원칙적인 논의가 가능할지라도 역설적으로 타자화된 존재들의 피해의식과 수난 심리 자체가 거꾸로 현실의 지배 이데올로기를 강화시킬 수 있는 가능성, 더 나아가 팽배한 수난 심리와 피해 의식에 의해 자신의 존재 근거에 대한 객관적 성찰을 원천적으로 봉쇄할 수 있는 가능성은 역사와 현실을 통해 끝없이 확인되고 있다. 아줌마 담론을 고민하던 와중에 선거를 앞두고 벌어지는 한국 사회의 고질적인 지역주의의 재연을 보면서 서로가 피해자라고 강력히 주장하는 집단들(이번 선거를 앞둔 모든 정당들이 영남이든, 경북이든, 호남이든, 충청이든 서로가 자신들이 피해자라는 희극적인 수난 심리를 너무나 철저하게 내면화시키고 있다는 것을 국민 모두가 확인할 수 있었을 것이다)의 행태 속에서 이런 식의 피해자의 이데올로기가 단순한 지배 이데올로기의 재생산을 넘어 엄청난 보수적 복수극의 피바다를 불러오는 정당화의 근거로 작용할 수 있다는 사실을 다시 확인하였다. 이러한 문제는 여성뿐 아니라 모든 차별받는 집단들에 대한 문제를 함께 고민하는 사람들이 마주치는 어려움과 괴로움일 것이다. 물론 이러한 문제제기가 흔히 반 페미니즘적 담론의 키워드로 설정되는 여성에게도 문제가 있다는 식의 이데올로기적 환원론을 제기하는 것은 아니다(즉 필자가 제기하고 싶은 문제는 지역주의 이데올로기의 생산자들이 호남 차별의 원인은 호남에도 있다는 식의 환원론을 설파하는 것과 같은, 또는 호남이든 영남이든 경북이든 모두 마찬가지다라는 식의 이데올로기적 희석 작업을 수행하고자 하는 것이 아님을 밝혀두고 싶다). 다만 페미니즘이 여성이라는 문제 설정 속에서 차별 받는 집단이자, 시민권을 박탈당한 집단, 정치적 소수 집단으로서 현실의 모순에 대해 문제제기하고자 하는 것이라고 한다면, 여성은 소수 집단이기 때문에 대안적일 수 있다는 확신보다는 그러한 확신이 가져올 수 있는 자기 도취와 자기 도취로 인한 배타적인 자기 정당성의 문제에 대해서도 섬세한 자기 성찰을 수행할 수 있어야 한다는 것이다. 그럴 때 비로소 여성으로서 우리는 남성적 이데올로기의 담지자들, 현실의 모순을 강화하는 모든 지배 이데올로기의 담지자들에 대한 이데올로기적 비판의 진정한 수행자(agency)로 스스로를 정립할 수 있을 것이다.

제2부
엄마들의 이야기
그녀들의 역사와 이야기

제 **1** 장

억척 모성의 이중성과 딸의 세계의 의미

1. 글을 시작하며

얼마전 한 비평가는 90년대를 바라보면서 박완서의 작품의 글귀를 따라 "적응은 곧 망각이라지만, 나는 그게 못내 서글프다"고 토로했다. 90년내는 우리 격동의 현대사 속에서 아마도 하나의 휴지기라고 할까. 변혁에 대한 갈망과 보다 나은 세상에 대한 꿈들은 망각의 강속으로 사라지는 것만 같고, 사람들은 황폐한 가슴을 채 여미지도 못하고 자신의 집들로 돌아가 적응의 세월을 보내고 있다. 문학은 그들의 황폐한 내면을 토로하기에 급급하거나 파편화된 자아의 분열 속에 탐닉하고, 그것도 아니면 마이더스의 손길을 따라 상업적 성공을 최상의 미덕으로 여기며 말초적 감각을 키우기에 급급하다. 90년대의 문단은 한편으로는 소위 포스트 모던하다는 상업주의 문학의 물결에 휩쓸려 본격문학의 위기를 고심하고, 한편으로는 『화두』와 같은 작품들의 상업적 성공을 보면서 본격문학의 생존 가능성을 타진해 보기도 한다. 이런 와중에 작가 박완서는 「티타임의 모녀」와 같은 작품을 통해 역사와 이상을 쉽게 망각하는 현실 적응 논리에 대한 비판이라는 정공법을 우리에게 보여 주었다. 사실 이 작가의 정공법은 그의 등단작인 『나목』에서부터 줄곧 보여준 그것으로 우리에게 낯설지는 않은 방법이다.

박완서는 마흔의 나이로 뒤늦게 등단한 71년 이후로 줄곧 역사의 질곡 속에서 상처받은 개인의 삶의 문제를 탐색해 왔다. 이러한 탐색은 자신의 삶의 과정과 무관하지 않지만, 작가는 결코 상처받은 개인의 내면 토로나 한풀이에 그치지 않고, 언제나 개인과 역사의 지평 속에서 이러한 문제들에 접근하고 있다. 작가로 하여금 현실적인 어떤 난국에 부딪혀서도 회피하거나 외면하지 않고 정면으로 대응할 수 있게 하는 저력의 근거는 격동의 세월을 온몸으로 살아온 작가의 삶의 깊이와 그 속에서 다져진 작품 세계의 견고함에 있다. 박완서의 작품 세계는 왜곡된 현대사의 출발점인 한국전쟁에 그 뿌리를 두고 있다. 그의 작품에는 줄곧 전쟁의 참혹한 기억에 사로잡혀 고통받는 모녀의 모습이 자리잡고 있다. 이 모녀의 모습은 자신의 자전적 사실과 무관한 것이 아님을 작가 스스로도 밝히고 있지만, 그러한 모녀의 모습을 통해 작가가 제시하는 것은 체험적 사실 자체를 넘어서는 것이다. 박완서의 작품에서 기억이란 과거에 대한 낭만적 반추가 아닌, 현재 속에서 재구성되고 재해석되는 과거로서, 극복되지 않은 현대사의 모순을 현실 속에서 끝없이 환기하는 기제가 되고 있다. 따라서 박완서의 작품에서 줄곧 반복되어 나타나는 이 모녀상은 체험적 의미로 환원될 수 없는 문학적 의미망을 지니고 있을 뿐 아니라, 박완서의 작품에서 역사와 현실, 개인과 과거의 관계를 탐구하는 기본적이고 본질적인 단위가 되고 있다.

박완서의 작품 세계에 대해서는 다양한 방식으로 많은 논의가 이루어져 왔음에도 불구하고, 작가의 작품 세계의 본질적 영역이라 할 이 모녀상의 문제에 대해서는 심도 깊은 연구가 이뤄지지 못했다. 박완서의 작품은 여성주의 문학의 전형으로 평가되어 왔음에도 불구하고, 여성주의 비평에서의 이 모녀상에 대한 평가는 여전히 "페미니스트들의 어머니의 삶 엿보기"[1]식의 체험적 문제에 한정되어 있거나, "모성성의 수용"이라는 당위적 주장의 차원에 머물고 있다.[2] 박완서의 작품의 현실비판적 성격을 주로 논하는 경우에 있어서도 이러한 모녀상에 대한 평가는 역사의 질곡을

---

1) 여성주의 입장에서 박완서 작품에 대해 지속적인 평가를 해 온 『또 하나의 문화』의 경우도 역시 이러한 한계를 보여주고 있다. 조은의 「『그 많던 싱아는 누가 다 먹었을까』가 우리에게 던진 숙제-어머니들의 삶 다시 읽기」(『또 하나의 문화』 9호, 1992.12) 경우 박완서의 문학을 문학이 아닌 작가의 삶, 페미니스트들의 삶의 문제로 환원시키는 한계를 보이고 있다.

2) 정영자는 「모성적 원리 수용과 여성 해방의 시각」(『문학사상』, 1990.2)이나 「현대 인기 소설의 특성과 그 문제점」(『분단현실과 비평문학』, 한국문학평론가 협회, 1986) 등의 글에서 한국의 여성주의 비평이 여성의 주체적 각성의 문제에만 사로잡혀 있는 것은 배타성과 타자에 대한 배제라는 남성적 원리를 반복하는 오류라고 지적하면서 통합의 원리로써 모성적 원리의 수용이라는 정당한 주장을 하고 있으나 이는 그야말로 당위의 차원에서의 주장일 뿐이다.

헤쳐온 억척모성의 강인한 생명력이라는 정도의 평가에 한정되어 있다. 또한 이러한 모녀상의 의미는 전쟁 체험을 다룬 작품들에만 국한되는 것으로 평가되어 박완서의 작품세계의 본질적 특징의 차원에서는 평가되지 못하고 있다. 이는 박완서의 작품에 대한 평가에서 사회비판적 성격과 여성의 정체성에 대한 역사적 탐구의 문제가 한 틀로 평가되기보다는 서로 분리되어 평가되어 온 점과 무관하지 않다.

전쟁에서 출발한 현대사의 질곡을 뚫고 나갔던 강인한 모성성은 한편으로는 반생명적이고 비인간적인 역사 속에서 인간적인 가치를 보존함으로써 역사의 질곡에 대응한다는 긍정적인 의미를 지니지만, 또한 외부의 위협 속에서 자신을 지키고자 하는 그 모성성의 속성은 가족 이기주의, 보신주의, 경제 제일주의 등 한국 현대사의 부정적인 양상과 결합되는 이중적 의미를 지닌다. 박완서의 소설은 이러한 모성성의 이중성을 어머니와 딸의 충돌과 얽힘, 혹은 딸의 세계를 통해 잘 드러내고 있다. 역사의 소용돌이를 뚫고 나가는 억척 모성의 생명력의 이중성과 그러한 어머니의 이중성에 대한 비판과 이해의 모순에 찬 운동과정 속에서 자신의 정체성을 획득해 나가는 딸의 세계는 박완서의 작품 세계의 본질적인 특징을 이루는 것이다. 작가는 딸의 세계에 대한 가치 부여를 통해 역사의 질곡 속에서 고통받은 어머니의 삶을 껴안음과 동시에, 그 삶의 이중성을 극복하고, 한편으로는 역사에 대한 망각을 거부하는 딸의 세계를 통해 지속적으로 역사의 기억을 환기함으로써 치유되지 않은 역사의 모순을 현실 속에서 재구성하게 되고 이를 통해 진정한 모성성의 의미를 묻고 있다.

본고는 박완서 작품에 나타난 이러한 모성성과 딸의 세계의 의미를 통해 박완서 작품의 본질적 특성을 재구축해 보고자 한다. 따라서 연구의 대상은 이러한 특징이 가장 잘 드러나는 초기작, 「카메라와 워커」·「부처님 근처」와 「엄마의 말뚝」 연작, 그리고 이러한 특성들이 보다 심화되고 승화된 형식으로 나타나는 최근작, 「나의 가장 나종 지니인 것」이 중심이 된다.

2. 삼켜버린 죽음과 억척 모성의 이중성

「부처님 근처」(『현대문학』, 1973.7)는 박완서 작품에 지속적으로 반복되어 나타나는 모티브인, 6·25 전쟁이 남긴 참혹한 기억을 품고 그 고통과 역경 속에서도 강인한 생명력으로 삶을 살아가는 어머니와 딸의 모습이 고스란히 담긴 작품이다. 이 어머니와 딸의 모습은 한편으로는 사실 자체에 근접함이라는 특성으로 인해, 작품에 나타난 세세 항목까지도 작가의 체험의 문제와 연결해보려는 유혹을 일으키기도 한다. 그러나 이 작품은 작품의 구조와 개인적 체험과의 관계 문제를 밝히는 문제보다, 어머니와 딸로만 형성된 가족 구도와 그 모녀의 공감대, 참혹한 죽음에 대한 기억과 그로 인해 억척의 세월을 살아온 어머니에 대한 딸의 공감과 반감의 상반된 반응의 양식, 이러한 참혹한 기억의 치유와 현실의 모순에 대한 극복의 가능성으로서의 승화된 모성성의 의미 등, 박완서의 작품들에서 지속적으로 반복되거나 변형된 형태로 드러나는 구조들의 심층적 의미를 밝히는 데 주요한 단서를 제공하고 있다는 점에서 큰 의미가 있는 작품이다. 『나목』의 경우에도 역시 이러한 형태와 구조가 잘 드러나지만, 「부처님 근처」·「카메라와 워커」는 이러한 인물들의 치유되지 않은 상처들이 물신주의적인 현실에 대한 비판으로 자연스레 연결되는 기제를 보다 명확하게 보여주고 있다.

「부처님 근처」에서 어머니와 딸은 22년 전 전쟁 중에 비참하게 죽은 아버지와 오빠의 제사를 처음으로 모시기 위해 절을 찾는다. 어머니와 딸은 반동 분자로, 빨갱이로 죽은 오빠와 아버지의 욕된 죽음을 어느 누구에게도 알리지 않고, 실종자로 처리해 버림으로써 그들이 죽은 지 22년이 지난 지금까지도 한 번의 제사조차 지내지 못하고 있었다. 어머니와 딸은 그 비참한 죽음의 기억에 20여 년 간이나 사로잡혀 고통의 세월을 보냈고 이제 어머니의 원을 따라 그 죽은 자들의 제사를 모시게 된 것이다.

딸은 어머니와 마찬가지로 그 비참한 죽음의 기억에 사로잡혀 있으면서도, 박수무당을 통해서나, 속물스러움이 가득 배인 절간에서 그 상처를 치유하려는 어머니의 모습이 한편으로는 경멸스럽고 한편으로는 측은하다. 주술적인 세계 속에서 상처를 치유하려는 어머니의 모습을 통해 딸은 자신의 모습을 확인하지만, 반면 고통받는 어머니의 모습을 통해 자신의 고통을 대상화시킬 수 있다. 그러나 처음으로 아버지와 오빠의 제사를 모시는 어머니의 조용하지만 간절한 몸짓 속에서 딸은 그 죽음들이 서로 다른 방식일지언정 얼마나 오랫동안 어머니와 자신 모두를 사로잡아 왔으며, 그 죽음으로부터 벗어나려고 했던 어머니와 자신의 공통의 갈망이 얼마나 큰 것이었나를 선명하게 확인한다. 그 죽음이 그토록 오래 그들을 괴롭힌 것은 그들이 전쟁 중에 참혹하게 죽은 아비와 오빠의 죽음을 "마치 새끼를 낳고는 탯덩이를 집어삼키고, 구정물까지 싹싹 핥아먹는 짐승처럼 앙큼하고 태연하게" 그 죽음들을 "꿀꺽 삼"켰기 때문이다. 그 죽음은 "반동"으로 죽었건 "빨갱이"로 죽었건 둘 다 그 당시로선 "떳떳치 못한 죽음"이었다. 이 죽음을 삼켜버린 모녀는 가까운 사람에게조차 그 죽음을 위장하는 "공모"를 하고, 결국 그 죽음을 삼켜버린 고통은 두 모녀만의 것이 된다.

딸인 나는 그 죽음을 삼켜버림으로써 그 비참한 죽음의 기억에서 벗어나지 못하고 마치 체증이나 신경통처럼 그 죽음의 기억을 자신의 내부의 한 가운데에서 항상 의식한다. 그녀는 그 죽음의 기억에서 벗어나기 위해 오빠나 아버지와는 다른 "처자식만 아는 착실한 남자"를 만나 행복하게 살고 있음에도 그 죽음의 기억은 결코 사라지지 않고 더욱 뚜렷해만 진다. 그런 딸에게 어머니의 삶은 "건강한 생활인의 자세를 유지하고 있는 것"으로 보이지만, 실상 그 삶이란 불경을 마치 "마법사의 주문"처럼 외우는 것으로 유지되는 삶이다. 그 삶은 참혹한 죽음에 대한 고통의 기억 속에서, 그것에 대한 치유 욕망의 발현인 자기 보존적 본능에 의해 유지되는 삶이다. 어머니의 주문 외우기란 외부의 위협으로부터 자신을 지키고자 하는 자기 보존적인 본능의 발현이며, 하늘에까지 닿도록 외우는 이 주문은 이 자기 보존적 본능을 무의식 속에 깊이 각인시켜 놓는다. 무의식에 깊이 각인된 자기 보존적 본능에 의한 어머니의 삶은 해석이나 설명이 침입할 수 없는 영역의 삶이며, 따라서 어머니의 고통은 제사라는 죽은 자로부터 산 자의 자유 획득의 제의를 통해 승화된다. 그러나 딸인 나의 삶은 언제나 그 삼켜버린 죽음들을 자신의 내부에 뚜렷이 의식하고 있는 삶이며, 어머니의 무의식적인 주문에 대해서도 해석과 설명을 요구하는 삶이다. 따라서 그녀는 제의를 통해서가 아니라 고통을 직접 말하기, 나아가 그것을 글로 쓰기라는 차원으로 확대함으로써 자신의 고통을 승화시키려 한다. 그러나 그것은 아무도 들어주지 않는 "문상객이 없는" 곡성이다. 어머니와 딸은 아직도 20여 년 전의 그 고통에서 벗어나지 못하고 있음에도 불구하고 "시대가 변한" 지금, 사람들의 관심은 "오로지 어떻게 하면 더 잘 살 수 있나에 대해 곤충의 촉각처럼 예민할 따름"이기 때문이다. 따라서 글쓰기를 통해, 그것의 활자화를 통해 자신의 고통을 승화시키려던 딸의 시도는 실패로 끝나고 딸은 어머니에게 엄살 떨기로 자신의 고통을 위로 받고자 한다. 그 엄살 떨기는 어머니의 일견 "건강한 생활인의 모습을 유지하는 듯한" 자세에 대한 앙탈이라 할 수 있다. 그러나 어머니와 함께 아버지의 제사를 마치고 돌아오는 길에 평생 마음에 걸리던 일을 이제야 끝내고 평화로운 잠에 빠진 어머니의 모습을 보면서 딸은 마치 "내 어머니의 어머니가 된 듯한 느낌"을 받는다. 그것은 어머니가 왜곡된 현실 속에서 자기 보존적 본능으로 지켜온 모성의 생명력과는 다른 승화된 모성으로서의 생명성이다.

전쟁으로 인해 모든 집안의 남자들이 사라지고 무기력화된 상황에서 자기 보존적인 본능으로 삶의 역경을 헤치고 지금의 딸들을 지켜온 것이 억척 모성—박완서 소설 속의, 그리고 우리들의 어머니의 삶인 것이다. 어머니의 이러한 자기 보존적 본능에 의해 유지된 딸들의 삶은 바로 그 탯줄/말뚝에 연결된 삶이다. 그러나 딸의 세계는 어머니의 그러한 자기 보존적 본능에 대해 설명과 해석을 요구하는 삶으로서, 어머니의 세계에 대해 공감을 하면서도 거부하는 상반된 반응의 양식을 드러낸다. 그 딸의 세계는 자신의 고통을 어머니의 고통을 통해 대상화시킬 수 있음으로 인해 어머니의 자기 보존적 본능에 의한 삶의 이중성을 외면할 수가 없다. 바로 한국전쟁이라는 상황 속에 잉태된 이러한 억척 모성의 자기 보존적 본능은, 한편으로는 계속되는 역사의 소용돌이 속에서 반생명적, 반인간적 상황에 대한 생명성의 보존이라는 건강한 아이를 잉태하였다면 또 다른 한편으로는 이러한 전쟁의 결과로서의 자기보존적 본능은 남한이라는 사회가 전세계에 유래가 없는 자본주의의 발달을 하게 한 원동력의 상징이며, 보신(保身)주의, 가족 이기주의, 경제 제일주의, 배금주의, 출세주의라는 또 다른 쌍생아를 잉태한 그 모성이다.

결국, 곡성하기를 통해서도, 글쓰기를 통해서도 해소되지 못한 삼켜버린 죽음의 고통은 어머니의 어머니 되기를 통해 , 즉 자기 보존적 본능으로서의 어머니의 모성의 딜레마를 인식한 딸의 세계를 통해 치유의 가능성을 갖게 된다. 그러나 이러한 어머니의 어머니 되기라는 의식으로 나타나는 딸의 세계는 어머니의 세계에 대한 단절이나, 어머니라는 고통의 존재의 사라짐을 통한 고통의 극복이 아닌, 그 어머니의 고통 속에서 자신의 고통의 모습을 보면서, 그 고통의 깊이를 이해하면서도, 어머니의 방식과는 다른 그 고통에 대한 진정한 치유를 요구하는 세계이다. 그러나 진정한 치유에 대한 요구는 어머니의 고통의 치유 방식의 딜레마에 대한 이해로부터 나온 것이지만 아직은 그와는 다른 대안적인 치유의 방식을 모색하고 있지는 못하다. 따라서 딸의 세계는 어머니에 대한 공감과 반감이 모순적으로 결합된, 그리고 어머니의 고통의 치유 방식에 대한 부정(否定)과 새로운 치유방식의 부정(不定) 사이에서 갈등하고 혼란에 처해 있는 불확정의 세계이다.

「부처님 근처」를 비롯한 박완서의 작품 곳곳에 드러나는 어머니와 딸의 관계에서, 억척모성에 대한 딸의 공감과 반감이라는 모순적인 공존의 양식은 바로 이 억척모성의 이중성과 그것에 대한 인식을 통해 자신의 정체성을 형성해 나가는 딸의 세계에 대한 작가의 가치 부여와 깊은 관련이 있다. 딸의 세계는 어머니의 본능적 차원의 생명 지키기로서의 모성의 이중성에 대한 인식 속에서 본능으로서의 모성이 개인적 차원의 욕망이 아닌 좀 더 높은 사회적 차원으로 승화될 수 있는 그러한 모성에 대한 희구(希求)를 담고 있다. 딸의 세계에 대한 가치 부여를 통해 작가는 전쟁의 상처의 치유와 상실된 것들의 복원은 본능적이고 따라서 수동적인 자기 지키기를 통해서가 아니라 적극적인 새로운 가치 창출, "어머니의 어머니 되기"를 통해 가능하다는 염원을 보여 준다. 그러나 그 염원은 아직은 소망적 차원일 뿐 여전히 혼란에 놓여 있다. 이러한 본능적인 생명 지키기로서의 모성의 양면성과 딸의 세계의 혼란을 보다 잘 드러내고 있는 소설은 「카메라와 워커」이다.

「카메라와 워커」(『한국문학』, 1975.2)에서 전쟁통에 빨갱이 아들을 잃은 어머니는 손자 훈이가 "좋은 학교 나와서 착실한 직장 가지고 결혼해서 일요일날이면 처자식 데리고 카메라 메고 놀러 나가고 당신은 집을 봐 주는 게 평생 소원"이다. 어머니와 나는 전쟁으로 인해 온 땅이 불모화되고 모든 사람들의 삶이 뿌리 뽑혀 가는 것을 목도하고, 그 속에서 살아남은 조카만이라도 자기 아버지와 달리 먹고사는 일에만 관심을 갖고 그렇게 해서 이 땅에서 뿌리뽑히지 않도록 "이 땅에 가장 잘 맞는 품종으로" 키우고자 했다. 갓난 조카의 배고픔을 덜어주고픈 나의 갈망은 너무도 집요하여, 결혼조차 해보지 않은 자신의 젖가슴에 실제로 젖이 도는 것과 같은 착각을 일으킬 정도였다. 나의 조카에 대한 애정은 부모 없이 자란 조카에 대한 연민의 차원과는 다른 "이를테면 모성"이었던 것이다. 그러나 이 모성이란 바로 조카를 "이 땅에 잘 맞는 품종으로" 키움으로써 자신이 겪은 전쟁에 대한 통쾌한 복수와 전쟁의 상처를 보상받고자 하는 욕망의 발현이다. 따라서 이 모성은 전쟁의 상처 속에서 어떤 식으로든 자신을 지키고자하는 자기 보존 본능에 가까운 것이다. 조카인 훈이가 나와 어머니의 소망을 결국 거부함으로써, 나는 조카를 "이 땅에 뿌리내리기 가장 무난한 품종"으로 키우려는 나의 소망이 "빗나가고 만 것을 자인"할 수밖에 없다. 그러나 그것은 후회라기보다는 혼란이다. 나 역시 자신의 그러한 모성이 일종의 허영이고 과장된 것임을 알고 있으면서도, 아직도 "뿌리내리기 힘든" 이 고장에 자신들의 뿌리를 깊이 내릴 수 있는 다른 방도를 알 수 없기 때문이다.

조카인 훈이는 성장과정 내내 나와 어머니의 소망에 대해 무언의 거부를 지속해 왔지만, 자신의 파국만을 기다리고 있는 황폐한 상태에 이른 지금까지도 고모나 할머니의 소망의 방식과는 다른 어떤 대안적 삶의 방식을 알지 못한다. 그러나 훈이는 전쟁의 고통과 원한을 기억하면서 이 땅에 억척같이 뿌리내리려는 어머니 세대와는 달리, 그러한 고통과 원한으로부터 거리를 둠으로써 이 땅과 자유롭게 관계 맺기를 원하는 세대에 속한다. 또한 나와 어머니의 소망에 대한 조카의 거부는 단지 그들의 고통의 기억에서 자유롭고자 하는 욕망에만 기인하는 것이 아니라, 그러한 소망 충족의 방식이 더 이상 현실적이지 못함을 암시하는 것이기도 하다. 나와 어머니가 바라는 착실하고 정직하게 살면서 주말이면 온 가족이 카메라를 메고 놀러 나가는 그런 삶은 나와 어머니에게는 자신들이 누려 보지 못한 너무도 당연한 일상적인 삶에 대한 갈구이지만, 그러한 소망 충족을 위해 맹목적으로 통제당하고 사고의 마비를 강요당한 조카는 그러한 소망의 모순적 속성을 느낄 수밖에 없다. 이러한 소설의 구도는 전쟁의 비참한 고통의 치유에 대한 욕망에서 비롯된 어머니와 나의 소망의 간절함을 이해하면서도 그 욕망의 맹목적인 추구가 야기할 또 다른 가치의 훼손과 인간성의 파괴에 대한 경고를 담고 있는 것이며, 이는 바로 생명성과 반생명성의 쌍생아를 잉태할 수 있는 자기 보존적 본능으로서의 모성의 이중성에 대한 경계라고 할 수 있다. 이러한 경계는 이 소설이 쓰여진 70년대의 개발독재의 상황과 긴밀한 연관성을 지니고 있어 박완서 작품의 선구적인 면모를 확인하게 된다.

한국전쟁은 그 전쟁을 체험한 이들에게 치유될 수 없는 깊은 상처를 남겼다. 전쟁 이후 분단의 지속으로 남북은 각기 다른 방향으로 사상적으로든 정치적으로든 단일화되면서 전쟁으로 인한 상처의 치유는 더욱 요원한 일이 되고 있다. 한국전쟁 직후 남한 사회에서 모든 진보적 세력은 고갈되었고, 과거의 지배 계급이었던 지주 계급은 소멸되었으며, 노동자와 농민은 지도자와 조직과 사상을 잃었다. 이러한 전쟁으로 인한 사회적, 계급적 변화는 남한의 자본주의의 전 세계적으로 유달리 빠른 성장의 한 요인이 되었다.[3] 이 급속한 자본주의의 성장은 자본주의적 모순에 대한 모든 비판의 가능성을 전쟁이라는 기억 속에 모두 차압함으로써 가능하게 된 것이다. 따라서 전쟁의 상처는 사람들의 기억 속에 치유되지 않은 채, 즉 그 비참한 죽음들을 삼켜버린 채 지속될 수밖에 없다. 박완서의 작품이 발표되기 시작한 70년대는 한국전쟁과 분단으로 시작된 남한의 자본주의가 바야흐로 개발독재라는 고도의 성장을 이루는 시기였다. 그 속에서 삼켜버린 죽음들을 토해내고 그 상처를 치유함으로써 현실의 일원이 된다는 것은 불가능하게 된다. 그 죽음을 토해내는 일이란 단지 아픈 상처를 어루만지는 일이 아니라 속물성과 배금주의와 반생명성으로 가득찬 현실의 모순의 근원을 탐색하는 일이기 때문이다. 즉 그 죽음들을 삼켜버릴 수밖에 없었던 고통을 극복하고 상실된 것들을 복원하는 것은 바로 그 고통을 기억 속에 차압시키도록 하는 현실의 근원적 모순을 해결하는 일로 연결되는 것이다. 따라서 박완서 작품에 지속적으로 드러나는 전쟁의 상처의 기억들은 단지 치유되지 못한 상처의 기록이라기보다는 그 상처의 심연에 각인된 현실의 모순을 끝없이 환기시키는 요인이다.

---

3) 주대환, 『진보정치의 논리』, 현장문학사, 1994 참조.

3. 딸의 세계의 문학적 의미—복원되지 못한 것들을 위하여

「엄마의 말뚝」 연작은 「엄마의 말뚝 1」이 80년(『문학사상』 9)에, 「엄마의 말뚝 2」가 다음해인 81년(『문학사상』 8)에, 「엄마의 말뚝 3」이 91년(『작가세계』, 봄호)에 발표되었다. 10년에 걸쳐 발표된 이 작품들은 서로 연결된 스토리를 지니면서도 각 작품들이 독립된 구조를 갖고 있어 일종의 연작 형태라고 할 수 있다. 따라서 본고에서는 각 작품들의 독자적 특성과 함께 세 편의 일관된 구조를 살펴보고자 한다.

「엄마의 말뚝 1」은 유년기의 삶의 터전이자, 삶의 낙원이었던 박적골을 떠나, 엄마의 손에 이끌려 대처로 나서게 된 어린 딸의 시각을 통해 엄마가 그토록 간절히 뿌리박고자 했던 대처의 삶의 이중성을 보여준다.

양의사에게 보이면 간단히 나을 수 있던 병에 걸린 남편을 무당굿이니 뭐니 하느라 허망하게 잃은 엄마는 시부모 공양과 봉제사라는 "신성한 의무"를 저버리고 아들, 딸을 대처에서 훌륭하게 키워보겠다는 소망 하나로 대처로 떠난다. 그러나 대처에서의 삶이란 "온갖 상종 못할 것들로만 가득찬" 당면의 현실과 그 현실에 어울릴 것 같지도 않은 엄마의 높은 이상과의 끝없는 갈등의 연속이다. 엄마는 당면한 현실의 추잡함과 속물성 속에서 자신을 지키는 긍지를 자신이 스스로 배반한 박적골의 세계로부터 찾고 있다. 이런 엄마의 모습은 나에게는 일종의 허영이요 이율배반적인 모습으로 보인다. "상종하지 못할 것들"로 가득찬 환경에서 나를 떼어놓으려는 엄마의 부단한 노력은 어린 나의 삶을 "늘 어떤 조바심 같은 것에 쫓기게" 만들고, '문 밖'에서건 '문 안'에서건 이질감으로 겉도는 괴로운 생활을 반복하게 만든다. 어린 딸은 이런 이질감 속에서 엄마가 애써 하나로 만들고 싶어하는 높은 이상향과 당면한 현실의 낙차를 절실히 느끼게 된다. 우여곡절 끝에 현저동 꼭대기에 집을 장만함으로써 엄마는 서울에 "엄마의 최초의 말뚝"을 박았고, 이후의 우리의 삶은 더 나아졌지만 엄마의 삶은 언제나 그 최초의 말뚝에 매인 삶이다. 엄마는 어려운 삶 속에서도 잃지 않았던 그 "터무니없는 귀골스러움"을 점점 잃고 있고, 그것은 딸인 내가 보기에 근거를 잃어버린 엄마의 삶의 징표이다. 그 어린 시절로부터 40여 년이 지난 지금 중년의 부인이 된 딸은 엄마의 최초의 말뚝이었던 현저동집이 사라진 지점에서 결국 자신의 삶 역시 엄마의 말뚝이 풀어준 새끼줄에 매달린 삶이라는 것을 확인한다.

「엄마의 말뚝 1」에서 엄마의 말뚝은 바늘하나 꽂을 여지없이 척박한 이 땅에 뿌리박고자 했던 어머니의 삶을 상징한다. 여기서 어머니는 자신에게 주어진 삶을 수동적으로 받아들이는 것이 아니라 적극적으로 삶을 개척해 나가는 모습으로 나타난다. 그러나 삶에 대한 어머니의 적극적인 태도에도 불구하고 엄마의 말뚝은 이 땅에 단단히 뿌리내리지를 못한다. 엄마의 말뚝은 자신의 삶의 근거였던 세계를 부정하고 맹목적으로 매달린 새로운 세계에 대한 집착에서 오는 현실과 이상의 부조화를 의미하며, 이 최초의 말뚝에 매인 어머니의 삶은 자신이 버릴 수밖에 없었던 이전의 삶과 그토록 집착한 새로운 삶 모두에서 근거를 찾지 못한, "근거를 잃은" 삶이다. 엄마에게 있어 박적골의 삶이란 자신의 남편을 어이없이 죽게 한 무지의 세계로, 부정되어야 할 세계이며, 대처의 삶은 자신이 떠나온 세계의 부정성을 넘어서는 이상적 세계이다. 그러나 현실적으로 대처의 삶은 어머니의 이상의 실현 장소가 되기에는 너무나 속물적이고 가치 훼손적이다. 어머니는 박적골의 세계의 가치와 자식들에 대한 기대로 자신의 이상과 현실의 간극을 극복하고자 한다. 그러나 엄마의 삶을 이율배반적인 것으로 느끼는 딸이 박적골에 대해 품고 있는 애착이 이러한 엄마의 이율배반적 삶에 대한 대안적 삶의 방식으로 드러나는 것은 아니다. 생명성이 넘치는 박적골의 삶에 대한 어린 딸의 애착은 때로는 박완서 작품의 가치 세계가 "과거 지향적인 것"이라는 비판의 근거가 되기도 하지만, 박적골의 삶은 실상 유년기의 추억일 뿐 이상과 현실의 갈등을 지향할 수 있는 세계의 모습은 아니다. 이는 박적골을 다시 찾은 어린 딸이 할아버지의 모습을 우물안 개구리처럼 느끼게 되는 과정을 통해서도 확인된다. 오히려 박적골의 삶이란 어떤 현실적인 실체를 갖는 것이라기보다는 정신적인 어떤 것, 즉 이상향으로써만 존재하는 어떤 가치의 세계이다. 현실적 실체로서의 박적골의 삶은 엄마에게 무지와 비합리성의 세계이지만 긍지로서의 박적골의 삶은 대처의 속물성과 천박함에 의해 훼손된 가치들, 즉 뒤란의 뜰과 학덕 높은 할아버지의 위엄에 담긴 생명성과 인간적 가치의 의미이다. 어머니는 대처의 삶 속에 뿌리박고자 아둥바둥 평생을 살고, 자식을 위해서는 온갖 일을 마다 않고 해 왔지만, 결코 대처라는 훼손된 가치의 세계에 편입되지는 않았다. 그러나 대처의 훼손된 가치를 거부할 수 있는 어머니의 유일한 방도는 자신이 버릴 수밖에 없었던 세계의 가치에 기대거나, 자식의 성공을 통해 자신이 잃어버린 가치의 세계를 보상받기를 바라는 것뿐이다. 따라서 어머니의 삶은 박적골의 세계도, 대처의 세계도 현실적 실체로서의 자신의 근거가 될 수 없는, 근거를 잃은 삶이다. 그런 어머니의 삶을 이율배반적으로 느꼈던 어린 딸이 성인이 된 지금, 엄마의 최초의 말뚝이 사라진 지점에서 느끼는 것은 그런 이율배반성이 어머니의 삶에 가했을 고통에 대한 이해이다. 그것은 어머니의 그것과는 성격을 달리 할지언정, 자신의 삶 역시 뿌리박기 힘든 이 땅에 자신과 가족을 위한 말뚝을 박고자 아둥바둥했던 어머니의 근거 잃은 삶의 모습과 그리 다르지 않음을 발견함으로써 가능해진다.

이와 같이 딸인 나의 정체성의 확인은 엄마의 정체성에 대한 이해가 동시에 수반되는 과정이며, 자신 안에 있는 모순적인 의식을 발견하고 이해함으로써, 엄마의 삶의 이율배반성을 비로소 고통으로 인식할 수 있게 된다. 즉 딸의 세계는 척박한 땅에 아둥바둥 말뚝을 박으려고 분투한 어머니의 고단한 삶 속에서 이율배반적인 모습을 봄과 동시에 바로 그 어머니의 세계의 이율배반을 인식하는 지점에서 자신의 정체성을 확인함에 의해 형성된다. 어머니의 세계는 그 이율배반 자체 속에서 "근거를 잃은" 삶의 고통이 지속될 수밖에 없지만 딸의 세계는 어머니의 세계의 이율배반의 고통을 이해함으로써, 그 삶의 역사적 질을 껴안음으로써만, 자신의 삶의 근거를 찾을 수 있다.

중년이 된 나는 이미 다섯 남매의 엄마이고 남편과 함께 행복한 삶을 살고 있다(「엄마의 말뚝 2」). 그러나 자신의 살림의 "종신집

권"을 꿈꾸는 딸의 삶은 왠지 무의미함과 위기의식으로 위태로운 모습이다. 낙상사고를 당하신 어머니는 여든 여섯의 나이에 견디기 어려운 수술을 끝내고도 식구들의 비웃음을 살 정도로 지칠 줄 모르는 근력을 보인다. 그런 어머니의 의식의 끝에는, 실은 그 옛날 어머니의 어긋난 손목을 위해 산골을 구해왔던 오빠에 대한 기억이 자리잡고 있다. 이 기억은 어머니가 오랜 세월 덮어놓고 있었던 오빠의 죽음을 다시 불러일으킨다. 전쟁통에 정신이 망가져 버린 오빠를 지키기 위해 엄마와 나는 인심 사나운 동네를 떠나 엄마의 최초의 말뚝이었던 현저동 집으로 숨어 들어가지만, 결국 오빠는 그곳에서 처참한 죽음을 맞는다. 엄마의 말뚝은 그렇게 무참히 뽑혀지고 만 것이다. 전쟁이 끝나자 아비 없는 아들들에게 무덤이라도 남겨줘야 한다는 올케의 반대에도 불구하고 엄마는 오빠를 화장하여 가족의 선영이 지적에 보이는 바다에 훨훨 날렸다. 그 먼지와 바람은 비록 미약한 것이었지만, 그것은 엄마에게는 "어머니를 짓밟고 모든 것을 빼앗아간, 어머니가 도저히 이해할 수 없는 분단이란 괴물을 홀로 거역할 수 있는 유일한 수단이었던 것"이다. 어머니는 그러한 "거역"의 행위를 통해 그리고 말년에는 부처에 귀의함으로써 "참척의 고통"을 극복한 것처럼 보였다. 그러나 그런 어머니의 "奥地에 감춰진" 원한과 저주와 미움이 어머니의 의식이 잠든 틈을 비집고 터져 버렸다. 그런 어머니의 고통은 어머니의 단 하나 남은 일촌인 나 외에는 아무도 이해할 수 없는 "우리 모녀만의 것"이다. 어머니는 홀로 외로이 "분단이라는 괴물"에 대한 거역을 계속해 왔지만, 세상은 쉽게 변하지 않고 오히려 무심해져만 갈 뿐이기 때문이다.

「엄마의 말뚝 2」는 구성상 두 부분으로 이뤄졌다. 한 부분은 중년이 된 딸이 가정에서 느끼는 자신의 정체성에 대한 위기의식의 문제이고, 또 한 부분은 80이 넘은 어머니의 오지에 숨겨져 있던 오빠의 죽음의 기억에 관한 것이다. 이러한 구성은 두 부분의 상호 결합 관계가 미약한 "구성상의 결점"이라고 할 수도 있다. 그러나 이러한 구성은 자신의 세계에서의 가족과 어머니 세계의 가족의 의미의 역사적 차이를 통해서 전쟁으로 인한 고통의 기억과 상실된 것들에 대한 복구를 희구하는 딸의 세계에 대한 작가의 가치부여와 밀접한 관련이 있다. 어머니의 세계는 역사의 소용돌이 속에서 가족의 해체와 가부장의 종언을 경험한 세계이다. 그런 어머니의 세계에서 가족을 지킨다는 의미는 단지 자신의 가족에 대한 집착이라기보다 역사의 질곡에 대한 대응의 의미를 지닌다. 「부처님 근처」와 「카메라와 워커」에서 가족을 지키고자 하는 어머니의 집착은 역사의 질곡 속에서 수동적인 자기 지키기로 한정되었던 반면, 「엄마의 말뚝 2」에서 어머니의 모습은 비록 개인적인 고통의 기억에 사로잡혀 있다는 공통성을 갖지만, 더 이상 그 기억 속에 매몰되어 있는 것이 아닌, 자신의 방식대로 홀로 외로이 그 역사의 질곡에 대한 거부의 몸짓을 지속하는 모습으로 변화된다. 따라서 여기서 어머니에게 가족을 지킨다는 것은 더 이상 수동적인 자기 보존 본능이 아니라 역사의 질곡과 맞서고자 하는 외로운 몸부림이다. 또한 전쟁 속에서 참혹한 죽음을 맞이한 오빠에 대한 기억은 벗어날 수 없는 개인적 고통이라는 협소한 의미로부터 역사의 모순에 대한 지속적인 환기의 의미로 확장된다. 이는 앞의 작품들과 달리 오빠의 죽음이 전쟁 중에 일어난 하나의 개인적 고통이면서도 중산층의 속물성과 비인간적 양태와 결부되는 변화와도 관계 깊다. 딸인 나의 정체성은 역사의 질곡 속에서 가족을 지켜나간 어머니의 세계 속에서 형성된 것이지만, 그러한 어머니의 삶이 근거를 잃은 삶이듯 나의 삶 역시 근거를 확인하기 힘든 삶이다. 자신의 남편과 아이들이라는 가족 속에 삶의 근거를 갖고 있다고 생각하는 딸인 나의 삶 역시 실상은 위기의식과 무의미한 일상의 반복에 지나지 않는다. 어머니의 세대는 가족의 존립 자체를 위협하는 역사의 질곡 속에서 가족을 지킨다는 것이 모순된 현실에 대한 하나의 대응이 될 수 있었고, 어머니에게 가족을 지킨다는 것과 자신을 지킨다는 것은 분리될 수 없었다. 그러나 딸인 나의 세대에서 가족을 지킨다는 것은 항상 자신을 지킨다는 것, 자신의 정체성을 확립한다는 것과 모순적일 수밖에 없다. 따라서 가족을 지키고 가족 속에서 자신의 정체성을 확립하고자하는 딸의 욕망은 언제나 허망한 위기의식으로 귀결될 뿐이며 그 딸은 어머니가 되지 못한다. 즉 가족 지키기로서의 모성을 통해서는 자신의 정체성을 확립할 수 없는 것이다. 이 딸이 진정한 어머니가 되기 위해서는 어머니의 세계를 감싸안으면서도 극복해야 하며, 가족의 진정한 의미를 이루기 위해 가족이란 테두리 자체를 벗어나야만 한다. 딸이 어머니가 되는 길은 어머니의 고통의 삶의 현장인 역사 속에서 자신의 정체성을 확인해 나감으로써 가능해진다. 이는 박완서가 일련의 작품들을 통해 가족에 매몰된 여성의 정체성의 위기를 탐구하는 작업으로 이어지며, 그 작업은 모성의 부정을 통한 주체적인 여성성의 확립에 한정되는 것이 아니라 이 땅의 진정한 고통을 끌어안음으로써 진정한 어머니로, 진정한 한 인간으로 형성되는 길을 탐색하는 작업으로 귀결된다.

　7년 간의 투병 끝에 어머니의 병세는 호전되었으나 자신의 상태로는 다시는 "잇집에 갈 수 없게" 되었다는 것을 아신 어머니는 스스로 생명줄을 놓아버린다(「엄마의 말뚝 3」). 잇집네는 오빠의 무덤이고, 어머니의 상처인 그 바다에 가장 가까운 곳에 있는, 어머니의 재당질녀의 집으로, 어머니는 스스로 자제하면서도 일년에 한 두 차례씩은 그 곳을 찾아 그 바다와 그 너머의 고향을 오래도록 바라봄으로써 자신의 원한을 새기고, 홀로이 외로운 거역의 몸짓을 계속해온 장소이다. 딸인 나를 비롯한 가족은 이제 그런 어머니의 "청승을 상상하는 것만으로도 넌더리"가 나고, 더 이상 그런 한풀이를 지속하고 싶지가 않다. 그러나 어머니의 그 고통을 이해하고 함께 할 수 있는 것은 딸인 나뿐이다. 딸인 나의 세계는 바로 그런 어머니의 삶을 껴안음으로써만 가능했던 것이 아니었던가. 따라서 나는 어머니의 마지막 거역의 행위를 수행하고 싶다. 그러나 "할머니나 고모의 그런 유난스러운 한풀이를 되풀이하는 것은" 이제는 "쇼 부리는 것 밖에 안된다"는 조카의 반대에 나는 쉽게 꺾이고 만다. 나의 조카나 자식 세대에게 어머니 세대의 원한은 "풍쟁이들의" 꼴사나운 작태일 뿐이고, 그들은 "저런 늙은이 다 죽어야 통일이 된다"는 모진 말도 현실적으로 쉽게 할 수 있는 "현대인들"이다. 나는 어머니의 원한 풀기의 방식을 시속하고 싶지는 않지만 나의 자식 세대들의 그런 사고 방식에는 "영원한 위화감"을 느낄 수밖에 없는 갈등과 혼란의 상태에 놓여있다.

　엄마의 최초의 말뚝인 현저동 집도, 신주단지를 배신한 엄마의 새로운 신주단지였던 오빠라는 또 다른 말뚝도 무참히 뿌리뽑혀진 지금, 엄마의 말뚝은 조그만 봉분 위에 꽂힌 엄마의 이름 석자 새겨진 조그만 말뚝으로 남아 있다. 죽은 후에라도 아들의 재를 뿌린 그 바다에 뿌려짐으로써 외로운 거역의 몸짓을 지속하고자 했던 엄마의 소망은 실현되지 못한 채 말뚝으로 남겨졌다. 결국 마지막 엄마의 말뚝 역시 실현되지 못한 엄마의 소망의 징표인 것이다. 『엄마의 말뚝』 연작을 관통하는 이 말뚝의 의미는 뿌리 뽑혀진 채, 복원되지 못한 것들로 가득찬 어머니의 세계를 상징하고 있다. 딸인 나는 그 복원되지 못한 것들로 가득 찬 어머니의 세계를 회한 어린 시선으로 바라 볼 수밖에 없다. 역사의 고통은 이러한 딸의 세계를 통해서만 치유될 수 있는 것이 아닐까? 참척의 고통과 비인간적이고 반생명적인 역사의 고통을 온 몸으로 살아온 어머니 세계의 고통을 끌어안으면서도 그 어머니 세계의 이율배반적인 모습을 인식하고, 그 어머니의 세계의 이율배반적인 모순을 통해 자신 속에 있는 모순을 의식하고 자신의 정체성을 확인해 나가면서, 역사의 고통을 잊지 않는 세계가 바로 딸의 세계인 것이다. 그 딸은 어머니가 되었지만 여전히 딸의 세계로만 박완서 작품들에 존재하는 것은 그 역사의 고통과 그 고통의 근원을 잊어가는 세대에 대해 어머니가 될 수 없음, 즉 그 세대와의 어쩔 수 없는 "영원한 위화감"을 지닐 수밖에 없기 때문이다. 오늘의 세대들이 망각의 역사 속에서 어머니들의 치유되지 않은 상처를 복원해 내고 그 고통의 근원을 망각하지 않을 때 그 딸은 비로소 그 세대의 어머니가 될 수 있고 어머니의 역사는 지속될 것이다.

4. 이 땅의 진정한 어머니 되기의 고통
—억압된 것의 복원으로서의 수다의 형식

「나의 가장 나종 지니인 것」(『상상』, 1993년 가을)은 여성의 쓸데없는 수다 떨기를 소설의 형식으로 삼고 있다. 이 수다의 형식은 그 자체로 이미 소설의 내용을 담보하고 있다고 해도 과언이 아니다. 지배적인 남성의 이데올로기는 여자는 쓸데없는 일에 대해서 수다를 떨지만, 남성은 진지한 문제에 대해 토론을 벌인다는 편견을 유포하고 있다. 따라서 여성의 수다는 단지 안방 여성들의 하찮은 언어행위로 인식되었을 뿐이며, 이러한 수다의 형식을 소설 쓰기에 본격적으로 도입했던 박완서의 작품들은 그 형식 자체로 인해 평가절하 되기도 했다. 그러나 여성이 쓸데없는 수다를 늘어놓는 것은 그밖에 별다른 방법을 찾을 수 없기 때문이며, 남성위주의 사회에서 권위를 인정받지 못할 때 그 욕구불만을 해소하기 위한 수단으로 볼 수 있다. 따라서 수다란 권위의 대체, 권위 부재에 대한 보상 심리라 할 수 있다.[4] 수다란 대화의 형식이긴 하지만 그 내용에서는 대화적이라기보다는 말의 쏟아냄이며, 그것은 억압된 욕망의 분출을 의미한다. 「나의 가장 나종 지니인 것」에서 백골단의 쇠파이프에 아들을 잃은 어머니의 끝없는 수다는 바로 그 아들을 잃은 슬픔을 보상받고자 하는 욕망의 대체된 형식이다. 어머니는 아들의 죽음을 자신만의 "개별적인 것"으로 받아들이면서, 그

---

4) 마리나 야겔로, 강주헌 역, 『언어와 여성』, 솔, 1994 참조.

고통을 단지 개인의 것으로서 토해내는 것이 아니라, "깜깜한 시대" 모든 아들의 죽음이라는 더 넓은 역사의 지평 속에서 바라봄으로써 자신의 고통을 승화시키려는 "눈물겨운 노력"을 하고 있다. 수다 떨기나 민가협 어머니들과의 고통 나누기는 "그 지경을 당하고도 하루하루를 죽은목숨처럼 살지 않을 수 있는 유일한 방법"이다. 즉 수다 떨기나 민가협 어머니들을 통한 의식화는 아들을 잃은 개인적인 고통과 그 슬픔을 보상받고자 하는 욕망을 보다 넓은 사회적 차원으로 승화시키고자 하는 힘겨운 노력인 셈이다. 그러나 고통이 승화되었다고 해도 어디까지나 고통은 남아 있을 수밖에 없다. 수다는 여성이 자신의 소외된 욕망을 직시하는 것이 아니라 소외된 욕망을 대체하는 방식이므로 소외의 진정한 극복은 그 소외를 소외로 직시하는 과정이 필요하다. 따라서 수다 자체로는 억압과 고통을 극복하는 욕망의 진정한 달성에는 이를 수 없다. 그러므로 무정형의 말의 분출, 맹목적인 욕망의 분출인 수다를 소설의 형식이라는 공식적인 담론으로 승화시킴으로써 일상적 담론으로서의 수다의 한계를 극복한 소설의 형식은, 고통을 수다나 의식화로 대체함으로써 풀 수 없는, 욕망의 진정한 충족을 위한 과정이라는 소설의 내용과 절묘한 결합을 이루고 있다. 따라서 아들을 잃은 이 어머니에게 수다나 의식화나 모두 "너무 견딜 수 없을 때 외우는" 은하계의 주문처럼 뜻도 정확도도 필요 없이, 단지 그 맹목적인 주문 뒤에 오는 나른함과 허무감 뒤에 오는 일시적인 고통의 해소 방식이다. 이 어머니의 고통의 진정한 치유는 수다를 통한 고통의 대체가 아닌, 바로 고통을 고통으로 바라보기를 통해 가능해진다. 고통을 고통으로 바라봄으로써 어머니는 비로소 진정한 "해방감"을 느끼게 된다. "참 모진 세상도" 살아낸 어머니들이지만 정말 "그 모진 세상을 다 살아내기나 한"것이겠는가? 이 어머니가 "울음을 참고 살 때도", 언제나 통곡의 벽이 되어주었던 절벽 같은 "형님"의 울음은 아직도 이 땅의 진정한 어머니가 되기 위한 고통은 얼마나 큰 것인가를 보여주는 것이다.

5. 결론

박완서 작품은 등단작인 『나목』에서 최근의 『그 많던 싱아는 누가 다 먹었을까』에 이르기까지 전쟁의 참혹한 기억과 그로 인한 고통의 문제를 지속적으로 탐구하고 있다. 물론 이는 작가의 체험적 사실과 결코 무관하지 않지만, 단지 체험의 반복의 문제라기보다는 지속적으로 과거의 기억을 환기하고픈 작가의 욕망과 더욱 밀접한 관련이 있다고 보인다. 우리 현대사의 출발점이었던 한국 전쟁은 이 땅의 민중들에게 수많은 고통을 안겨주었고, 그 고통의 치유는 여전히 요원하다. 그 고통의 기억은 여전히 분단된 이 땅의 현실을 통해서도, 또 그 고통을 기억 속에 사입힘으로써 오늘에 이른 이 왜곡된 현대사의 모순된 현실을 통해서도 끝없이 환기된다. 박완서 문학에서 전쟁의 체험과 그 고통의 기억이 단지 기억 자체로만 나타나는 것이 아니라 언제나 현실의 모순에 대한 비판적 시야와 결합되어 나타나는 것은 작가가 전쟁의 상처를 단지 개인적인 과거의 체험이 아닌 끝나지 않은 현대사의 질곡의 과정 속에서 바라봄에 의해 가능한 것이다. 박완서의 작품들은 이 질곡의 세월 속에서 생명성을 지켜나가기 위한 억척 모성의 세계에 그 뿌리를 두고 있지만, 그 억척 모성의 한계를 지양해 나갈 수 있는 딸의 세계에 가치를 부여한다. 이 딸의 세계는 어머니의 세계와의 단절이 아닌, 자신의 모태로서 어머니의 삶의 이중성을 비판적으로 바라보면서, 보다 승화된 형태의 모성의 세계를 꿈꿀 수 있는 세계이다. 승화된 형태의 모성은 나의 '어머니의 어머니 되기', 즉 비인간적이고, 가치 훼손적이며, 반생명적인 현실의 모순에 대해 수동적인 자기 지키기가 아닌 적극적인 가치의 창출을 이뤄내는 세계이다.

그러나 그 딸의 세계는 그 꿈을 이룰 수도 또는 이루지 못할 수도 있는, 가능성의 세계일 뿐이다. 그 가능성의 세계로서 딸의 세계는 미래의 전망이 불확정적이고 불투명한 한계를 지니기도 한다. 그러나 새로운 가치의 창출이란 언제나 불확정적이고 역동적이며 모순에 찬 운동 과정이라 할 때 박완서 문학의 딸의 세계는 바로 그 새로운 가치 창출 과정의 모순에 찬 운동성과 불확정성을 보여주기에 가장 적합한 방식이라 할 수 있다. 또한 그 딸의 세계는 박완서 작품에서 하나의 고정된 형태로 드러나는 것이 아니라, 시대적 변화에 따라 차이를 갖는다. 그 딸의 세계는 어머니의 고통의 삶의 현장인 역사 속에서 자신의 정체성을 확인해 나감으로써 진정한 어머니가 되는 도정에 놓여있다. 그러나 아직도 견뎌내야 할 모진 세월이 끝나지 않았으므로 이 땅의 진정한 어머니가 되기 위한 고통은 계속될 수밖에 없다. 박완서는 이 시대의 소외되고 억압된 모든 이들의 고통을 진정한 어머니로 이 땅에 서기 위한 딸의 고통을 통해 바라보고 있다. 그것은 여성의 역사에 한정되는 것이 아닌 이 땅의 모든 민중의 역사이다. 이런 점에서 박완서의 문학은 여성의 삶과 소외된 모든 이들의 삶의 모순을 새로운 세계에 대한 지향 속에서 하나로 통합하는 가능성으로서 의미를 지니고 있는 것이다.

제2장
자기 상실의 '근대사'와 참된 자기를 찾아가는 여성들의 역사

1. 여성의 역사는 흐른다

작가 박완서는 1931년 경기도 개풍군에서 태어났다. 해방되기 일 년 전인 1944년에 숙명여고에 입학하고, 전쟁 발발직전인 1950년 서울대 문리대 국문과에 입학하였으나 한국전쟁의 발발로 중퇴하고 미군 부대 초상화부에 취직하게 된다. 1970년 마흔의 나이에 『나목』으로 등단하여 현재까지 활발한 활동을 벌이고 있다. 등단작 『나목』에서 보이듯이 전쟁 체험은 박완서 소설 곳곳에 여러 가지 형태로 각인되어 있다. 이제 막 청춘의 열정과 "소다수처럼 맛있"[1]는 삶의 신선함을 맛보아야 했을 박완서는 전쟁으로 청춘의 이른 막을 내려야 했다. 대신 박완서를 기다리고 있던 것은 오빠의 죽음과, 딸 대신 아들을 데려간 하늘을 원망하는 어머니의 원한과 "밥줄의 준엄함, 그 신성불가침에 치를 떨면서 서서히 굴복할 준비"[2]를 해야만 하는 처절한 생존의 장이었다. 전쟁 체험이 반영된 박완서의 소설에는 오빠의 죽음을 둘러싼 "그 며칠 동안의 낭자한 유혈과 하늘에 맺힌 원한"과 함께 "사는 일의 악착같음" 속에서 자기를 상실해 가는 한 여성의 자기 회복에 대한 갈망이 투영되어 있다. 특히 등단작인 『나목』은 작가 스스로도 밝힌 바와 같이 이러한 자기 상실 속에서 "다시 본연의 자기를 찾기까지의 과정"[3]을 작품 구성의 축으로 하고 있다. 또한 어려서 아버지를 잃고 아버지를 대신하던 오빠마저 전쟁 중에 잃은 채 엄마와 딸이 만들어 가는 삶의 모습들은 가장으로서의 어머니의 전형이라 할 억척모성의 표상과 함께 어머니와 딸의 관계라는 여성적 정체성 형성의 주요한 고리에 대한 탐색을 낳게 된다.

박완서의 작품세계가 전쟁과 분단, 왜곡된 근대화 과정에서의 비인간화와 이데올로기적 억압으로 인한 여성의 비인간화 등의 주제에 걸쳐 대단히 폭넓게 전개되어왔으며 우리 문학의 질적 성장을 이끌어왔다는 것은 새삼 강조할 필요가 없을 것이나. 또한

---

1) 『목마른 계절』, 1978. 이 작품은 원래 『旱魃期』라는 제목으로 1972년 『여성동아』에 연재된 작품임. 여기서는 세계사 본 『박완서 소설 전집』, 1994, 22면.
2) 『그 산이 정말 거기 있었을까』, 웅진출판, 1995, 253면.
3) 「개성과 저문 날을 건너오는 소설의 징검다리」(박완서·김경수·황도경 대담), 『문학정신』, 1991년 11월호.

일제 시대와 해방, 전쟁과 분단, 근대화 과정을 온 몸으로 겪어낸 박완서의 작품 세계는 말 그대로 우리 역사를 체현하고 있는 것이기도 하다. 이는 단지 박완서의 삶이 그 시절을 관통해 왔기 때문에 얻어진 성과가 아님은 물론이다. 기억으로서의 소설이라는 소설 장르적 특질을 가장 잘 체현하고 있다고 평가되는 박완서의 소설은 일제 시대에서 지금, 이곳에 이르는 우리의 역사적 시간들을 항상 현재형으로 이 자리에 불러낸다. 따라서 박완서 소설에서 과거의 기억은 단지 체험의 반복과 기록에의 소명에 의해 추동 된다기보다 현재의 우리 삶에 대한 끝없는 성찰의 동력으로 작용한다.

'우리가 그렇게 살았다우'
이 태평성세를 향하여 안타깝게 환기시키려다가도 변화의 속도가 하도 눈부시고 망각의 힘은 막강하여, 정말로 그런 모진 세월이 있었을까, 문득문득 내 기억력이 의심스러워지면서, 이런 일의 부질없음에 마음이 저려 오곤 했던 것도 쓰는 동안에 힘들었던 일 중의 하나이다.[4]

박완서 소설에서 체험과 기억이란 "태평성세"를 구가하는 이 세상을 향한 안타까운 환기의 노력에 다름 아니다. 작가는 우리가 망각의 켜 속에 묻어 둔 그 세월이 바로 오늘의 우리들의 원뿌리. 임을 끝없이 환기시킨다. 우리 스스로의 자기 됨을 성찰하고자 한다면 우리는 망각으로부터 벗어나야만 한다. 그 수 없는 망각, 그것이 우리의 역사적인 자기 됨의 왜곡의 원천이 아니었던가. 특히 박완서의 소설은 전쟁과 분단으로 이어지는 과정에서 반공 이데올로기와 성장 이데올로기가 어떻게 과거에 대한 망각을 통해 왜

---

4) 『그 산이 정말 거기 있었을까』(앞의 책)의 「작가의 말」 중에서.

곡된 현재를 구성해 가는지를 치밀하게 탐색하고 있다. 따라서 우리는 참된 자기를 회복하기 위해서 이 망각의 굴레로부터 벗어나야만 한다. 박완서 소설에서 기억이란 참된 자기를 향한 손짓에 다름 아니다. 특히 여성의 역사라는 측면에서 보자면 박완서의 문학에는 이 땅에서 여성들이 참된 자기의 모습을 찾아가려는 고달픈 투쟁의 현장들이 치열하게 각인되어 있다. 또한 이 참된 자기를 찾아가는 여성들의 역사는 이 땅의 억압받은, 자유롭지 못한 사람들이 참된 자기를 찾아가는 여정에 다름 아니다.

2. 억척 모성의 이중성과 딸의 세계가 갖는 문학적 의미

박완서 문학이 여성의 역사를 내포하고 있다는 것은 두 가지 층위에서 논의될 수 있다. 첫째로 여성의 역사의 형성이라는 측면에서 볼 때 여성이 남편이나 아들에 얽매인 이름 없는 존재들로서 익명성의 역사만을 구현하던 시기로부터 자신의 이름으로, 자신의 역사를 갖게 되는 과정이 박완서의 소설에 깊이 각인되어 있다. 『엄마의 말뚝』연작은 이 과정에 대한 피맺힌 기록이다. 이 연작의 마지막편인 「엄마의 말뚝 3」의 마지막 장면은 여성이 자신의 이름으로 된 역사를 갖기까지, 그 속에서 무수하게 스러져간 익명의 존재들에 대한 작가의 애틋한 연민과 애정의 헌사라 할 만하다.

삼우날 다시 찾은 산소에서 나는 어머니의 성함이 한 개의 말뚝이 되어 꽂혀 있는 걸 보았다. 정식 비석은 달포쯤 있어야 된다고 했다. 말뚝에 적힌 한자로 된 어머니의 성함에 나는 빨려들듯이 이끌렸다. 어머니의 성함 중, 이름을 따로 뜻으로 읽어보긴 처음이었다. 참으로 신기한 일이었다. 어머닌 부드럽고 나직하게 속삭이며 아직도 내 의식 밑바닥에 응어리진 자책을 어루만지는 것 같았다. 딸아, 괜찮다 괜찮아. 그까짓 몸 아무데 누우면 어떠냐. 너희들이 마련해 준 데가 곧 내 잠자리인 것을.

생전의 어머니는 깔끔한 대신 차가운 분이어서 한번도 그렇게 곰살궂게 군적이 없었음에도 불구하고 어머니의 생애만큼 먼 옛날의 작명(作名)이 나에게 그런 위무를 해주고 있었다.

어머니의 함자는 몸 기(己)자, 잘 숙(宿)자여서 어려서부터 끝자가 맑을 숙자가 아닌 걸 참 이상하게 여겼었다.[5]

"급체인지 맹장염인지 걸린 남편을 굿해서 고치려다 잃고 층층시하와 봉제사의 의무와 안질에 거머리가 약인 무지를 떨치고 도시로 나온 엄마의 지식과 자유스러움에 대한 피맺힌 원한과 갈망"[6]은 박완서의 소설 곳곳에서 드러난다. 『나목』에서 시작하여 『엄마의 말뚝』 연작, 「부처님 근처」·「카메라와 워커」·『그 많던 싱아는 누가 다 먹었을까』·『그 산이 정말 거기 있었을까』 등의 작품은 이러한 어머니들의 자유와 지식에 대한 피맺힌 갈망에 대한 기록들이다. 이 작품들에서 딸이 신여성이 되기를 바라는 엄마의 소망, 즉 "공부를 많이 해서 이 세상의 이치에 대해 모르는 게 없고 마음먹은 건 뭐든지 마음대로 할 수 있는 여자"로 딸이 살기

5) 「엄마의 말뚝 3」, 『작가세계』, 1991년 봄호(여기서는 『박완서 소설 전집』, 세계사, 1994에서 인용), 131면.
6) 「엄마의 말뚝 1」, 『문학사상』, 1980년 9월호(여기서는 『박완서 소설 전집』, 세계사, 1994에서 인용), 47면.

를 바라는 소망에는 사실상 어머니 자신이 되고 싶은 그런 여자의 모습이 각인되어 있다. 그러나 이 어머니들은 지식과 자유스러움에 대한 피맺힌 갈망을 자식들을 통해서 밖에는 실현할 수가 없었다. 그 어머니들은 신여성이 될 수 있을만한 지식도 사회적 근거도 갖지 못한 여인들이었기 때문이다. 즉 이 어머니들은 지식과 자유스러움에 대한 갈망으로 봉제사와 무지로 표상되는 봉건적 질서를 박차고 도시로 나왔으나 그 도시에서는 기생 바느질과 같은 수공업적 노동력 외에는 어떤 기반도 갖지 못한 이들이었을 뿐이다. 이 어머니들은 "미처 도달하지 못한 이상향과 당장 처한 현실과의 갈등" 속에서 억척모성이 되는 길 외에는 그들의 이상을 실현할 방도가 없었다. 물론 우리의 역사 속에 깊이 각인되어 있는 억척 모성의 표상은 전쟁과 분단 등의 역사적 격변기 속에서 가장으로서의 어머니가 형성되어 온 과정과 맞물려 있는 것이다.[7] 즉 박완서의 문학에 이르러 가장 뚜렷하고도 선명한 문학적 표상을 얻은 억척모성은 우리 근대사의 격변의 산물인 동시에 근대사의 과정에서 여성의 자기 정체성 찾기의 특질을 가장 명확하게 보여주고 있는 것이다.

따라서 박완서 문학에서 억척모성이라는 표상은 모성의 생명력이라는 추상적 규정으로 단일하게 환원될 수 있는 그런 것이 아니다. 오히려 억척모성이라는 표상에는 모성이라는 보편적 범주보다는 우리 역사 속에서 여성이 하나의 자유로운 자기 됨을 얻기 위해 치러야 했던 갈등과 질곡의 의미가 더 깊이 새겨져 있다. 박완

---

7) 이에 대해서는 졸고 「박완서 문학 연구—억척 모성의 이중성과 딸의 세계의 의미」, 『작가세계』, 1994년 겨울호 참조.

서 문학에서 이 억척모성들은 딸의 시선 속에서 대상화되어 드러난다. 딸의 시선에서 대상화된 억척모성의 면모는 바로 그들의 이상과 현실간의 낙차와 그들이 버리고 온 근거와 새로이 마련한 말뚝 사이의 갈등이다. 딸의 시각에서 신주단지를 배반한 엄마는 오빠라는 또 다른 신주단지를 받들고 있을 따름이며, 서울에서도 끝없이 문 밖 의식에 시달리면서 문 밖의 이웃을 상종 못할 상것 취급함으로써 자신의 문 밖 의식을 위로하고, 또 그러한 이웃에 대한 경멸이 다름 아닌 "자신이 배반한 시골에 둔 근거"에 기반하고 있다는 것은 딸의 시각에서는 기묘한 "모순된 관계"인 것이다. 그러나 이 모순된 관계는 단지 자식에 집착하는 어머니들의 허구나 허영에 불과한 것일까? 아니면 반대로 우리 사회가 그토록 목말라 하는 어머니들의 헌신적이고 무한정한 포용, 즉 모성의 신화의 현실태인 것인가?

『살아있는 날의 시작』·『휘청거리는 오후』·『서 있는 여자』와 같은 박완서의 다른 소설들에서도 이렇게 자식(특히 아들)에 집착하는 어머니들의 왜곡된 모성이 반복적으로 드러난다. 이는 박완서 문학의 주요한 모티프이기도 하다. 그러나 이러한 계열의 소설들과 『엄마의 말뚝』 연작과 같은 계열의 소설에서 어머니들의 이중성은 그 의미를 달리한다. 이는 두 계열의 소설들이 모두 모성 일반을 문제시하는 것이 아니라 여성의 자기 됨의 역사적 과정에서 규정되는 어머니 되기의 역사적 의미를 탐구하고 있기 때문이다. 『엄마의 말뚝』 계열의 작품들이 주로 일제에서 해방, 전쟁과 분단의 역사적 과정 속에서 여성의 자기됨과 어머니 되기의 문제를 다루고 있다면, 『살아있는 날의 시작』이나 『휘청거리는 오후』·『서

있는 여자』등의 작품에서는 주로 7~80년대를 전후한 산업화시기라는 역사적 규정 속에서 여성의 자기됨과 어머니 되기의 문제를 다루고 있다.

『엄마의 말뚝』계열에서 억척모성의 표상으로 드러나는 여성들은 지식과 자유스러움에 대한 피맺힌 원한과 갈망, 즉 하나의 개별 존재로서의 여성의 자기됨에 대한 처절한 갈망을 갖고 있음에도 불구하고 그 자기됨의 갈망을 자식을 위한 헌신이라는 매개물을 통해 충족할 수밖에 없었다는 점에서 여전히 익명의 존재로서 여성의 운명을 넘어서지 못하고 있다. 이 억척모성들이 벗어날 수 없었던 문 밖 의식이란 바로 자기됨에 대한 처절한 갈망과 여전히 익명의 존재로서 그 갈망을 실현할 수밖에 없었던 현실과의 너무나 먼 낙차를 상징적으로 표현하고 있다. 그러나 박완서의 소설들은 이 낙차를 애틋하게 기록하고 보여주는데 그치는 것이 아니다. 박완서 소설에서 이 억척모성들이 처한 이중성, 익명적 존재와 자기됨에 대한 갈망 사이의 모순된 관계는 딸의 세계를 통해 익명적 존재의 굴레를 벗게 된다. 박완서 소설에서 억척모성의 이중성을 공감과 반감의 이중적 태도 속에서 바라보는 딸의 세계는 이 억척모성의 모순의 발견자이자 그들의 이름의 발견자라는 이중의 역할을 갖고 있다. 어머니는 평생 "낯설고 바늘 끝도 안 들어가게 척박한 땅에다가 아등바등 말뚝을 박으시넌서" 살다 가셨지만, 이제 그 어머니의 말뚝들은 다 뿌리뽑혀버리고 어머니는 무덤 가에 놓인 하나의 말뚝만을 갖고 계실 뿐이다. 그 무덤 가에서 딸이 발견하는 것이 다름 아닌 어머니의 이름이라는 것은 다분히 상징적이라 할 수 있다.

어머니란 무엇인가. 어머니란 그저 보편적이고 일반적인 하나의 지칭일 뿐이라는 점에서 어떤 개별 존재자의 의미가 각인되지 않은 하나의 명사일 뿐이다. 그때 어머니란 그저 하나의 추상적인 범주에 불과한 것이다. 그러나 나의 어머니란 이러한 추상적 범주일 수 없는 하나의 고유한 호칭이 된다. 비록 그 고유한 호칭은 여전히 익명적이지만 그 익명성 속에 개별 존재자의 고유한 의미를 고스란히 각인하고 있는 것이다. 박완서 소설에서 딸의 세계는 바로 이러한 것이다. 어머니의 세계의 발견자로서의 딸은 어머니라는 이름 속에서 익명성 속에 가려진 개별 존재자의 고유한 의미를 복원해낸다. 그 복원의 작업은 어머니라는 보편의 이름의 발견이 아닌 기숙(己宿)이라는 하나의 개별적 존재자로서의 어머니의 이름의 발견에서 완성된다. 또한 이 발견의 과정은 딸에게 자신을 발견하는 성찰의 과정이기도 하다. 어머니의 이름을 발견하는 과정은 보편의 이름(이는 억척모성이라는 표상이 내포하듯 어머니라는 보편의 이름에서 시대와 역사의 규정이라는 보편의 이름까지를 아우른다)과 개별 존재자의 이름 사이의 처절한 갈등과 그 조화에 대한 도달할 수 없었던 갈망에 대한 성찰의 과정이라 할 수 있다. 따라서 딸은 억척모성으로서의 어머니의 세계에 대한 발견을 통해 바로 보편의 이름과 개별 존재자의 이름 사이의 관계에 대한 성찰을 수행하는 것이며 이 성찰의 과정은 자신이 놓여진 역사적, 현실적 맥락 속에서 자신의 존재에 대한 성찰에 이르게 된다.

어머니가 낯설고 바늘 끝도 안 들어가게 척박한 땅에다가 아둥바둥 말뚝을 박으시면서 나에게 제발 되어지이다라고 그렇게도 간절히 바란 신여성보다 지금 나는 너무 멋쟁이가 돼 있지 않은가. 그러나 신여성이 할 수 있는 일이라고 어머니가 생각한 것으로부터는 얼마나 얼토당토않게 못 미쳐 있는가. 엄마의 생각은 그 당시에도 당돌했지만 현재에도 역시 당돌했다. (…중략…) 어머니가 세운 신여성이란 것의 기준이 되었던 너무 뒤떨어진 외양과 터무니없는 이상과의 갈등, 점잖은 근거와 속된 허영과의 모순, 영원한 문 밖 의식, 그건 아직도 나의 의식 내용이었다.[8]

딸은 어머니의 세계에 대한 성찰을 통해 결국 억척모성의 이중성의 내용이던 높은 이상과 뒤떨어진 외양(척박한 현실), 자기됨의 진정한 근거에 대한 갈망과 현실적 기반 사이의 낙차와 갈등이 단지 억척 모성의 이중성의 내용에 그치는 것이 아닌 오늘의 여성들의 삶의 이중성의 내용임을 발견한다. 이러한 발견은 박완서의 소설에서 오늘의 여성의 삶의 이중성과 갈등, 이상과 현실의 낙차와 의식과 실천 사이의 편차를 통찰하는 작업으로 이어진다. 또한 이는 박완서 소설에서 모성의 신화화에 대한 줄기찬 비판작업의 토대가 되고 있기도 하다. 앞서 살펴 본 바와 같이 박완서 소설에서 억척모성의 표상은 어머니라는 보편의 이름으로 환원될 수 없는 것이며 오히려 이러한 보편의 이름과 개별적 존재자의 이름 사이의 처절한 갈등을 내포하는 것이다. 따라서 박완서 소설에서 모성은 여성이라면 누구나 갖고 있는 유적 본능이나, 자식을 위한 헌신적인 사랑과 포용력, 생명력의 상징으로서의 모성의 신비화와 철저하게 구별된다. 억척모성이 보여주는 강인한 생명력은 역사적 현실의 규정력 속에서 여성들이 진정한 자기됨을 추구하는 과정에서 역사적 규정력의 억압과 그에 대한 대결의 처절한 산물일 뿐

---

8) 「엄마의 말뚝 1」,. 앞의 책, 80면.

이었지 결코 필연적인 것도, 당위적인 것도 아니기 때문이다.

이와 관련하여 박완서 소설에서 평생을 억척모성의 역할 속에서 자신을 소진한 어머니들의 묘사가 자주 바스라짐의 이미지 속에 놓인다는 점은 주목을 요한다.

> 비단옷 속의 어머니의 몸은 진액이 다 빠진 삭정이처럼 여위고 가벼웠다.
> 조금만 힘을 주면 바스라질 것 같았다.
> "엄만 어쩌면 이렇게 작아?"
> 그 여자는 울 것 같아 얼른 어리광을 부렸다.[9]

생존 환경이 극도로 악화될 때 엄마 거미는 새끼들에게 자신의 몸을 먹이로 내어준다고 한다. 새끼들에게 자신의 몸을 다 내주고 껍데기만 남은 엄마 거미는 거미줄에 대롱대롱 매달려 바람이 불 때마다 이리저리 흔들린다. 그걸 본 아기 거미들이 "야 우리 엄마 그네 잘 탄다"라고 박수와 환성을 질렀다. 박완서 소설의 억척모성의 이미지는 이 엄마 거미들의 운명을 연상시킨다. 그들이 억척모성의 역할 속에서 자신을 소진시킬 수밖에 없었던 것은 그들이 모성이라는 천성을 타고난 위대한 여성이어서가 아니라 다만 열악한 생존 환경이라는 역사적·현실적 규정력의 결과일 뿐이다. 이러한 억척모성을 신화화하여 이 땅의 여성들에게 위대한 어머니 노릇을 강요하는 것은 아마도 바람이 불 때마다 이리저리 흔들리는 엄마 거미의 껍데기만 남은 텅 빈 몸을 보고 박수를 치고 환성을 지르는 것보다 더 비정한 일일 것이다.

따라서 일부 페미니즘 담론에서조차 여성성이나 모성을 포용력

---

9) 『살아있는 날의 시작』, 『박완서 소설 전집』 4, 세계사, 1993, 235면.

이나 생명력으로 신화화하는 것은 가장 현실적이고 역사적인 담론으로서의 페미니즘을 추상적이고 비현실적인 담론으로 환원하는 것이며 그 결과 페미니즘 담론으로부터 현실성을 박탈하게 되는 것이다. 또한 이러한 담론에서 모성에 대한 신화화가 대부분 서구의 모성 상징인 마돈나와 같은 이미지에 기대고 있다는 점에서 이 담론들의 비현실성은 더욱 문제적이다. 우리의 어머니들, 여성들은 마돈나와 같이 우유빛의 풍성한 육체와 그 속에서 은은히 빛을 발하는 실핏줄들이 만들어내는 살 냄새와 젖 냄새 가득한 생명과 포용의 이미지로 환원될 수가 없다. 우리의 여성들은 척박한 역사의 과정 속에서 몸 안의 진액을 다 소진시키고 삭정이만 남은 바스러질 것 같은 존재로서의 표상을 지닌다.

3. 근대적 '성장' 이데올로기와 근대적 가정 '윤리'의 근친성

박완서 소설에서 억척모성의 이중성에 대한 고찰은 여성적 정체성 형성의 역사적 과정에 대한 성찰과 함께 왜곡된 방식의 성장으로 점철된 근대화 과정에 대한 비판으로 이어진다. 따라서 여성적 정체성 형성의 역사적 과정에 대한 탐구는 '성장 이데올로기'라는 근대화의 역사적 규정력 속에 놓여진다. 개발독재의 열풍이 한창이던 1970년대 중반 박완서는 「카메라와 워커」(1975)[10]와 「부처님 근처」(1973)[11]를 통해 "오로지 어떻게 하면 더 잘 살 수 있나에 대해 곤충의 촉각처럼 예민할 따름"인 고도 성장주의의 이데올로기적 근원을 탐색하고 있다. 이들 소설에서 '잘 살아보세'로 표명된 성장 제일주의의 근대화 이데올로기는 뿌리내리기라는 다분히 봉건적 성격의 이데올로기와 근친적 관계로 드러난다. 물론 이들 소설에서 뿌리내리기란 전쟁으로 인한 뿌리뽑힘의 경험에 밀착되어 있다는 점에서 온전한 의미의 봉건적인 이데올로기와는 구별된다. 그러나 「카메라와 워커」에서 보이듯이 전쟁 중에 남자들이 다 뿌리뽑혀버리고 그나마 살아남은 집안의 장손인 조카를 "이 땅에 가장 잘 맞는 품종으로"[12] 키우려는 나의 욕망은 일종의 도착적인 모성의 형식을 취한다. 여기서 도착적인 모성의 형식을 취하는 뿌리내리기 욕망은 한 개인의 생존방식에 국한되는 것이 아니라, 모든 사람들이 맹목적으로 사로잡혀 있는 집단적 착란에 가까운 것으로 드러난다.

억척모성의 이중성의 내용이던 "너무 뒤떨어진 외양과 터무니없는 이상과의 갈등, 점잖은 근거와 속된 허영과의 모순"은 고도 성장주의라는 근대화의 이데올로기와 결부되면서 좀 더 첨예한 갈등 속에 놓여진다. 박완서의 소설은 중산층적 시각에 갇혀있다는 비판을 받기도 하였지만 실상 박완서 소설만큼 중산층의 허위의식을 낱낱이 탐색, 비판한 소설은 드물다고 할 수 있다. 또한 성장 제일주의의 근대화 과정에서 모든 계층을 망라하여 모든 사람들이 "오로지 어떻게 하면 더 잘 살 수 있나에 대해 곤충의 촉각

---

10) 『한국문학』, 1975년 2월호.
11) 『현대문학』, 1973년 7월호.
12) 「카메라와 워커」, 앞의 책.

처럼 예민할 따름"이기는 마찬가지였다. 그러나 박완서 소설에서 줄곧 비판의 대상이 되고 있는 것은 단지 뿌리내리기라는 생존 욕망 그 자체라기보다는 곤충의 촉각을 그럴듯한 외양으로 가장하는 이데올로기적 형식이다. 따라서 박완서 소설은 엄밀한 의미에서 중산층의 허위의식을 비판한 소설이라기보다는 우리의 근대화 과정의 이데올로기적 형식에 대한 비판을 수행하고 있는 소설이라고 말할 수 있다.

박완서 소설에서 이러한 근대화 과정의 이데올로기적 형식은 말 그대로 중층적으로 드러난다. 교육에 대한 맹목적 집착은 자기 자식만을 우세종으로 키우려는 욕망에서 비롯된다는 점에서 봉건적인 뿌리의식이 비윤리적 성장 이데올로기와 교접하여 만들어낸 전형적인 생성물이다. 최소한의 자본주의적 윤리와 가치조차 성립될 여지없이 무차별적인 성장 욕구만을 촉진시킨 우리의 근대화 이데올로기는 채 청산되지도 못한 봉건적 잔재와 접붙어 인간의 참된 윤리와는 거리가 먼 가정 의례 준칙 같은 윤리의 허울을 걸치고 나타난다. 진정한 인간적 윤리를 대신하여 윤리의 탈을 쓰고 나타나는 이러한 가정 의례 준칙 식의 봉건적 이데올로기는 윤리로서의 가치 내용은 상실된 채 철저한 배타적인 강제의 논리로 작동한다. 따라서 박완서 소설에서 가정이라는 공간은 하나의 사적인 공간이 아니라 우리의 근대화 과정의 이데올보기석 형식이 칠두칠미하게 관철되고 재생산되는 이데올로기적 기구로서의 의미를 갖는다. 『휘청거리는 오후』13) ·『살아있는 날의 시작』14) ·『서 있는 여

_____

13) 1977년, 창작과비평사 출간. 본고에서는 세계사 본『박완서 소설 전집』을 참조하였다.

자』[15]와 같은 소설들은 혼인, 부부 관계, 고부 관계, 자녀 교육을 둘러싼 엄마 노릇, 여성의 일과 가정의 갈등 등의 가정의 문제를 중심으로 근대화 과정의 이데올로기적 형식을 탐색하고 있다.

『살아있는 날의 시작』은 여성적 정체성 형성의 역사라는 관점에서 하나의 흥미로운 지점을 제공한다. 소설에서 문청희는『엄마의 말뚝』계열의 소설에 등장하는 억척모성과는 여러 점에서 그 면모를 달리한다. 표면적으로 그녀는 억척 모성들처럼 일차적인 수공업적 노동력만을 갖고 있는 여성이 아니다. 그녀는 오히려 그 억척 모성들이 그토록 바라던 신여성다운 외양을 다 갖추고 있다고 보인다. 높은 학력과 경제력, 사회적으로 인정받는 일을 갖고 있고 성공한 문청희의 면모는 억척 모성들의 이 상태에 거의 도달한 것처럼 보인다. 그러나 박완서가 억척모성들의 딸들인 문청희들에게서 발견하는 이중성은 보다 완고하고, 훨씬 내면화된 형태로 드러난다. 이는 근대화의 과정 속에서 수행되는 중층의 이데올로기들이 여성들에게 내면화되는 과정에 대한 탐색과 결부된다.

> 아무리 옳지 못한 것이라도 모든 사람이 하고 있을 때는 그걸 안하는 게 오히려 옳지 못한 짓이라는 착란에 그 여자는 자주 빠지곤 했다. 그리고 옳지 못한 짓을 안 할 자유조차 없는 것처럼 느꼈다. 그건 그 여자의 엄마 노릇이 빠져든 기묘한 함정이었다.
> 자기 아니라도 엄마들은 누구나 제각기 자식들을 위한답시고 요새 그들이 하고 있는 일이 잘못된 일이라는 걸 명백히 알고 있고 그것 때문에 적지 아니 고민하고 개탄하고 있음을 그 여자는 알고 있었다. 그러나 그런 하나하나

---

14) 1980년 전예원 출간. 본고에서는 세계사 본『박완서 소설 전집』을 참조.
15) 1985년 학원사 출간. 본고에서는 세계사 본『박완서 소설 전집』을 참조.

의 엄마가 모여 모든 엄마가 됐을 때 그 명백한 잘못은 걷잡을 수 없이 큰 힘이 되고 스스로를 정당화하면서 거기 동조 안하는 쪽을 오히려 부당하게 만들고 있었다. 모두란 하나하나가 모여 되었으련만 하나하나의 뜻과는 얼토당토않은 것이 되어 있다는, 그 사이의 엄청난 착오에서 그 여자는 헤어나지 못했다.16)

각각의 엄마들이 생각하는 엄마노릇의 참됨 / 거짓됨에 대한 가치판단은 모든 엄마들이 만들어내는 엄마노릇의 자기 정당화 논리와 배타적인 강제에 의해 추방되고 설자리를 잃는다. 즉 모든이라는 거대한 주체가 만들어내는 이데올로기적 형식이 개별 존재자들의 가치 판단과 참된 자기됨에 대한 규정을 박탈해버리는 것, 이것이 박완서가 성찰하는 우리의 삶을 구성하는 이데올로기적 형식들이다. 이는 모든 이데올로기적 형식의 일반적 작동 원리와 공통성을 지니는 것이기도 하지만 우리의 경우 이러한 이데올로기적 형식의 강제는 최소한의 판단 계기나 성찰 가능성조차 배제한 채 사람들을 휘둘러 그들은 "한결같이 영문 모르게 휘둘리고 시달린 미친 사람의 자식들인 양" 내몰린다. 억척모성들의 삶의 양태에 대한 판단이 최소한 출분이라는 형식의 자기 나름의 가치판단에 입각한 것이었다면 오늘의 엄마 노릇은 각 개인의 가치판단과는 무관한 모든 엄마들이 미쳐 휘둘리는 엄마 노릇에 자신을 내맡기는 것에 불과하다. 따라서 박완서 소설에서 이 시대가 말하는 엄마 노릇이란 기껏 자신들의 무차별적 뿌리내리기 욕망의 변형태에 불과한 것, 즉 "뭔가가 넘쳐서 옆구리로 꾸역꾸역 꿰져 나오는 것"으로 표현된다. 이는 뿌리내리기 욕망이 한 개인들의 처

---

16) 『살아있는 날의 시작』, 앞의 책, 129면.

절한 생존 욕구의 차원이 아니라 이 사회를 철두철미하게 관리하는 하나의 이데올로기적 형식으로 완강하게 자리잡아가고 있는 과정에 대한 성찰에 다름 아니다. 이제 엄마의 말뚝 속에 모순적으로 공존하던 신성함과 뿌리내리기 욕망은 뿌리내리기의 집요함으로 대체된다.

> 그 여자는 마음속으로 자기 혼자 힘으로 어쩔 수 없는 시대적인 엄마노릇의 시점을 헤아리고 있던 중이었다. 그 여자는 유구하고 신성한 엄마 노릇이 종점에 다다른 것처럼 느끼고 있었다. 엄마 노릇의 참다운 것, 거룩한 것은 모조리 퇴화하고 추악한 흔적만 남은 시점에 그 여자 시대의 엄마노릇이 와 있을지도 모른다는 참담한 불행감과, 그 여자가 서 있는 지점의 황량함은 참으로 잘 어울렸다.[17]

모든 사람들이 미쳐 날뛰는 뿌리내리기 욕망의 집요함에 의해 억척모성에 내포된 자기 헌신과 자기됨에 대한 갈망과 같은 가치 지향은 모조리 퇴화되어 버린다. 이 시대가 말하는 엄마노릇이란 자기 자식을 우세종으로 키우기 위해서 이 시대의 타락한 가치에 적극적으로 편승하는 것이다. 또한 이 시대가 말하는 엄마 노릇에는 엄마 노릇의 진정한 가치는 박탈되어버렸지만 오히려 도덕과 윤리로서의 자기 정당화 논리는 더욱 강화된 형태로 드러난다. 박완서의 소설에서 줄곧 비판되는 "여성이라는 마성과 모성이라는 신화"는 여성됨이나 엄마 됨이라는 규정 속에 참된 가치나 의미 내용은 박탈된 채 도덕과 윤리의 이름으로 완고하고 배타적인 이데올로기로서의 기능으로 철두철미하게 작동한다. 여기서 중요한

---

17) 『살아있는 날의 시작』, 앞의 책, 100면.

점은 박완서의 소설에서 여성의 삶을 옥죄는 이데올로기적 형식들에 대한 비판이 여성성 대 남성성이라는 추상적인 자기 규정 속에서만 작동하는 것이 아니라는 점이다. 여성됨이나 엄마 됨에 대한 이 시대의 이데올로기적 억압에 대한 박완서의 비판은 그럴듯한 허울과 진정한 가치의 부재라는 우리의 근대화 이데올로기의 작동 과정에 대한 비판과 동일한 형식을 지닌다. 아니 어떤 점에서는 미풍 양속이라는 허울좋은 윤리의 형식으로 여성들의 자유로운 삶을 철저히 박탈하고 생산력만을 착취하는 근대적 가정에 대한 박완서의 비판은 우리의 근대화 이데올로기의 기형적인 이중성을 보다 본질적인 차원에서 접근할 수 있게 하는 지점이라고 할 수 있다.[18]

18) 이점에서 사회적으로 성공하고 나름의 자의식을 갖고 있는 청희가 "아무리 미풍양속의 위력이 대단하다 해도 유독 남편과 부덕에 대해서만 근 20여 년의 세월동안 아무런 문제점을 못 느꼈고 따라서 시정의 노력도 기울이지 않았다는 점은 쉽사리 납득이 안되"며, 따라서 청희가 처한 문제는 "'부덕'과 '미풍양속'외에도 그것을 그토록 미련하게 신봉했던 청희 자신에게도 일정한 책임이 물어져야 한다"는 비판(전승희, 「여성문학과 진정한 비판의식」, 『창작과비평』, 1991년 여름호)은 이데올로기를 한갓 관념이나 허구의식으로 설정하여 의식의 각성이 곧 허구의식의 극복으로 이어진다는 신념에 기반한 다분히 관념적인 비판이라 할 수 있다. 전승희는 또한 청희가 직업을 가진 여성이므로 "경제력이 전무한 전업주부보다 더 큰 발언권을 가질 것은 아무리 가부장적 이데올로기의 위력이 크다 해도 상식적으로 당연히 기대될 법한 사실"인데 "작품은 그런 면에 대해 별다른 시사를 하지 않"는다며 이 작품이 리얼리즘에 미달했다고 비판한다. 그러니 이러한 평가는 생산력을 제공할 권리는 주되 자유롭고 참된 인간으로서의 권리는 주지 않는다는 우리의 근대화 과정의 이데올로기와 여성에 대한 이데올로기의 연관구조를 전혀 배려하지 않은 추상적인 작품 분석에서 비롯된 것이라 보인다. 『살아있는 날의 시작』에 대한 기존의 평가는 리얼리즘이냐 여성문학이냐라는 소모적인 도식 속에 갇혀 오히려 박완서 문학이 갖고 있는 이데올로기들의 연쇄구조와 작동원리에 대한 중층적 탐구를 일면적으로 평가하고 있다. 전승희의 논지를 비판한 조혜정의 글(「박완서 문학에 있

이 점에서 『살아 있는 날의 시작』에서 문청희가 처해있는 이중성은 단지 여성의 삶의 이중성뿐 아니라 우리 근대화 과정의 이중성을 명확하게 보여주는 상징적 장치로서 의미를 지닌다. 문청희는 남편 정인철과 함께 대학에서 공부를 하고 대학 강사로 활동하여 남편보다 일찍 전임강사가 될 수 있는 기회가 있었지만 여자가 남자보다 먼저 전임이 되는 것은 남편 앞길 가로막는 집안 망신이라는 시어머니의 협박과 남편의 회유에 전임강사 자리를 포기해 버린다. 전임강사 자리를 포기한 문청희는 작은 미용실을 차려 집안의 경제적인 문제를 떠맡고 남편이 대학 교수가 된 후에도 여전히 집안의 경제적 문제를 도맡고 있다. 번창한 미용실의 마담이자 미용 학원의 원장인 문청희는 사회적으로 성공한 여성이자 집안에서는 부덕의 화신으로 흔히 말하는 슈퍼 우먼의 면모를 보인다. 그런데 여기서 박완서가 그리는 슈퍼 우먼 문청희는 모든 것을 잘하는 여자라기보다는 철저하게 자신의 생산력을 착취당하는 존재로 그려진다. 즉 슈퍼우먼이란 생산력을 제공할 권리는 인정받되 하나의 독립적인 인간으로서의 권리와 자유는 철저하게 차압된 여성의 다른 이름이다. 이는 '일은 하되 권리는 없다'라는 우리 근대화 과정에서 생산력을 착취당한 수많은 피착취 집단의 공통의 운명이기도 하다.

『살아있는 날의 시작』에서 문청희와 정인철은 하나의 유형적 인물이라 할 수 있다. 그런데 이들의 유형화는 여성성과 남성성이라는 추상적 규정에 따른 유형화가 아니다. 이들은 오히려 박완서

어 비평은 무엇인가」, 『작가세계』, 1991년 여름호) 역시 여성에 대한 가부장적 이데올로기 문제에만 초점을 과도하게 부여함으로써 동일한 오류를 보여준다.

의 다른 소설에서 나타나는 '문 밖 의식'과 '문 안의 질서'의 특수한 역사적 변형으로 드러난다. 물론 개별 작품에 대한 평가의 입장에서 볼 때 청희와 인철은 유형화된 인물의 일반적 한계를 보인다는 점에서 아쉬움을 남기기도 한다. 그러나 중요한 점은 이들이 무엇을 대표하는 유형이냐 하는 점이다. 이 인물을 단지 여성과 남성 일반의 유형으로 본다면 이들의 성격이 극단화되었다거나 일면적이라는 비판을 받을 수 있다. 그러나 이들은 여성 일반과 남성 일반이라는 추상적 규정의 유형화에 불과한 것이 아니라 우리의 근대화 과정의 특수한 지점에서 도출되는 면모를 대표하는 것이라고 볼 수 있다.

여기서 청희와 인철이 각기 종사하는 영역의 성격은 하나의 시사점을 제공한다. 청희가 종사하는 미용업은 수공업적 노동력과 자본이 결합된 형태라 할 수 있다. 반면 인철의 영역은 대학교수라는 학문, 지식의 영역이다. 또한 청희는 대학교수라는 학문의 영역으로부터 추방되면서 수공업적 노동력에 기반한 일에 종사하게 된다. 그녀의 일이 자본의 형식까지를 갖게 된 것은 순전히 그녀의 노력의 결과였지 일 자체의 성격에서 기인한 것은 아니다. 『엄마의 말뚝』계열의 소설에서 억척모성들의 시대와 『살아있는 날의 시작』에서 청희의 시대는 자연적 시간에 있어서도 최소한 삼십년이 넘는 격차를 갖고 있고 그간의 우리 시대의 변화처럼 "눈부시다는 형용사를 잘 받는 말도 없"음에도 불구하고 여성의 삶의 본질은 눈부시게 변화하지 못하였다는 것, 그것이 박완서가 오늘의 여성의 삶을 여전히 엄마의 말뚝의 연장에 놓인 삶으로 보게 되는 한 근거이기도 하다. 억척모성들이 대처로의 출분을 통해 언고자 했던 지식과 자유스러움의 영역은 오늘의 시대에서는 표면적으로는 많은 여성들이 대처의 신여성이 됨으로써 그들에게 자신의 문을 활짝 열어 놓은 것처럼 보이지만 여전히 지식과 자유스러움의 영역은 남성적 질서 속에서 그 문을 견고하게 닫고 있을 뿐이다.

또한 어떤 면에서 오늘의 여성의 삶이 처한 이중성은 훨씬 더 기형적이어서 그들은 표면적으로는 지식과 자유를 얻은 듯하지만 그들의 지식과 자유는 엄마 노릇과 여자 노릇, 아니면 생산력 제공자로서의 노릇에 적절한 선에서만 허용되는 것이다. 이는 『살아있는 날의 시작』이나 『서있는 여자』에서 지식과 자유를 철저히 남성적 영역으로 폐쇄시키면서 여성의 지식과 자유에 대한 갈망은 '뿌리내리기(가정 지키기, 여자노릇하기, 엄마 노릇하기 등의)'의 신성함이라는 윤리의 이름으로 박탈하고, 동시에 여성의 생산력은 뿌리내리기의 이름(남성의 출세와 성공을 위한 여성의 헌신과 내조라는 식으로 드러나는)으로 얼마든지 착취하는 우리 사회의 이데올로기적 구조에 대한 비판으로 드러난다.[19]

또한 뿌리내리기 형식으로 작동하는 이데올로기는 남성의 성은 범람하고, 여성의 성은 피폐하게 만드는 결과로 이어진다. 또 남성의 성의 범람은 뿌리내리기의 윤리를 통해 정당화되고, 여성의 성은 뿌리내리기에 의해 제약된다. 뿌리내리기의 윤리에 의해 제약되지 않은 여성의 욕망은 불결한 것으로 치부될 뿐이다. 여성에게

---

19) 『살아있는 날의 시작』에서 "우리 사회의 의붓 자식"인 콩쥐(옥희)가 오빠들의 공부를 위해 자신의 노동력과 정신을 온전히 착취당하는 것과 청희의 부덕은 이러한 동일한 이데올로기적 구조 속에서 대비된다.

허용된 성은 뿌리내리기의 도구거나 ("나는 하염없는 마음으로 내가 인큐베이터에 지나지 않았다는 걸 수락했다"[20]) 베개 밑 송사 같은 도구적인 것뿐이다. 이러한 이데올로기의 내면화는 여성들조차 자기 안에서 우러나오는 성적인 욕망을 자연스러운 것으로 느끼기보다 무엇인가 이질적인 것으로 느끼는 결벽증에 시달리게 한다. 『서있는 여자』에서 학문이라는 위대한 시앗에게 남편을 빼앗기고 자신의 육체를 거부하는 남편의 방문 앞에서 애원과 절망을 번갈아 맛보는 경숙 여사의 비참한 모습은 지식과 성의 자유를 갖지 못한 여성의 운명을 상징적으로 보여준다.

여기서 뿌리내리기로 표상되는 이데올로기는 단지 가부장적 이데올로기에 그치는 것이 아니라, 여성들이 지켜야 할 도리이고 여성의 권리를 박탈하는 이데올로기를 정당화하는 기제라는 점에서 봉건적 성격을 내포하면서 동시에 여성을 권리 없는 생산력 제공자로 내모는 합법적 근거로 작동한다는 점에서 우리의 근대화 과정의 이데올로기적 메커니즘을 체현하는 것이다. 또한 성장 제일주의의 근대화 과정에서 근대적 합리성을 대신하여 가정 의례준칙과 같은 식의 봉건의 얼굴을 한 합리성이 윤리를 자처하고 나섰던 점을 상기할 때 뿌리내리기의 이데올로기적 구조를 통해 여성의 삶의 이중성을 탐색한 박완서의 소설은 단지 가부장적 이데올로기 비판에 그친 것이 아니라 우리 사회의 근대적 메기니즘에 대한 총체적 비판을 보여주고 있다고 할 수 있다.

---

20) 「꿈꾸는 인큐베이터」, 『현대문학』, 1993년 1월호; 『한 말씀만 하소서』, 솔, 1994, 204면.

4. 자기 상실의 '근대사'와 익명성과의 투쟁

박완서는 일제와 해방, 전쟁과 분단, 분단으로 인한 독재와 맹목적 성장 이데올로기로 점철된 우리의 근대사를 자신의 개인사를 통해 집요하게 재생하고 있는 작가이기도 하다. 등단작 『나목』과 「엄마의 말뚝」 연작, 『목마른 계절』·『그 많던 싱아는 누가 다 먹었을까』·『그 산이 정말 거기 있었을까』 등의 작품들은 박완서라는 한 개인의 역사의 기록이자, 여성의 역사의 기록이며 근대적 삶의 역사의 기록이라는 성격을 지닌다. 즉 박완서의 작품은 한 개인의 자기 의식의 형성의 기록이며, 여성의, 우리의 근대적 자기 의식의 형성의 기록이다. 특히 이 작품들은 우리 역사 속에서 형성되어 가는 근대적 면모들을 한 개인의 삶 속에 체현함으로써 우리의 근대적 경험의 생생한 층위들을 담아내고 있다. 또 이 작품들은 박적골로 표상되는 봉건적 질서와 대처로 표상되는 근대적 경험들이 서로 공존하면서 갈등하는 면모들을 이제 막 자신의 정체성에 눈 떠 가는 개별자(화자)의 시각과 두 이질적인 질서 사이에서 자신의 정체성을 새로이 정립하려는 개별자(어머니) 사이의 관계 속에 놓음으로써 기존의 질서를 부정하면서 동시에 새로운 질서를 수립하고 이를 통해 참된 자기의 정체성을 구현해야했던 우리 근대사의 이중의 과제를 담아낼 수 있게 된다. 즉 박완서의 소설은 구 질서의 부정과 새 질서의 외관을 걸친 속악한 현실 속에서 '문 밖 의식'에 속박되어 온 우리의 자기의식의 보편태를 반영한다고 할 수 있다.

여기서 '문 밖 의식'으로서의 자기의식이란 자기 됨의 참된 근거의 박탈과 새로운 근거의 부재로 일반화할 수 있다. 또 이 '문 밖 의식'은 박탈의식에 의해 자기됨의 근거를 욕망하는 추동력이 되기도 한다. 그런데 박완서가 '문 밖 의식'을 우리의 자기 의식의 보편태로 보게 되는 것은 우리의 근대화를 철저한 자기 상실(단절에서 박탈에 이르는 상이한 지표를 내포하는)의 과정으로 보는 관점과 결부된다. 이러한 자기 상실은 엄마의 출분과 같은 자발적인 단절이나 정체성 형성의 과정에서 형성되는 자발적인 동시에 타율적인 단절(어린 딸의 대처로의 진입이 표상하는 바와 같은)에서부터, 전쟁의 체험을 통한 극단적인 자기박탈의 경험과 분단에 의한 현실적인 단절, 이데올로기적 강제에 의한 타율적인 자기 상실에 이르기까지 광범위하게 드러난다. 즉 박완서의 작품은 자기 상실의 역사적 과정과 이데올로기적 과정의 복합성을 일관된 과제로 탐색하고 있는 것이다.

박완서 소설에서 그 면모를 달리하며 나타나는 이 자기 박탈의 경험은 인간들을 철저한 생존 욕망의 포로로 만들거나, 증오의 화신으로 만들거나하면서 우리 삶의 근거의 총체적 박탈로 이어진다. 이 자기 박탈의 경험 이후 우리의 삶은 박탈된 자기를 복원하거나 박탈된 근거를 수립하는 과정이었다기보다는 근거와는 무관한 생존의 뿌리, 욕망의 뿌리만을 기형적으로 키워온 과정이기 때문이다.

박완서의 소설에서 이러한 자기 상실의 과정은 일관되게 익명성으로 드러나는 모든의 이름에 의한 개별 존재자의 이름의 억압과 훼손의 형태로 드러난다. 앞서 살펴 본 억척모성의 이중성이 익명성 속에서 개별 존재자의 자기 이름 찾기의 갈등과 모순을 담고 있는 것이라면, 이러한 갈등은 치유되지 못한 전쟁의 상처와, 분단과 그 이후의 맹목적 성장 이데올로기에 휘둘리는 삶의 양태 속에서도 고스란히 반복된다. 전쟁의 경험을 토대로 한 박완서의 작품에는 오빠의 죽음에 대한 피맺힌 원한과 상처만이 아니라, 본질적으로는 같은 집단에 대한 맹목과 집착, 다른 집단에 대한 공포와 증오라는 우리의 특정한 역사적 자기 의식의 왜곡된 상이 또렷이 각인되어 있다. 박완서의 작품에서 반복되는 오빠의 죽음은 단지 한 개인의 상처의 되풀이에 불과한 것이 아니라, 그 죽음을 둘러싼 원인 규명 의지의 강력한 표출이다. "살기 위한 방편으로서의 변신" 대신 "자신과의 신의를 지키고자 했"던 오빠의 갈등은 "국민을 좋은 말로 달래 적 치하에 팽개치고 저희끼리 뺑소니친" 정부의 무책임함, "빨갱이라면 젖먹이 어린것까지도 덮어놓고 징그러워하고 꺼리던" 사람들의 맹목과 배타성과 대비를 이룬다. 따라서 박완서는 오빠의 죽음과 가족의 곤경이 "6·25라는 커다란 민족적 비극 속의 한 작은 단위에 불과했지만, 중산층이 모여사는 점잖은 동네의 인심의 간사함, 표리부동성과도 불가분의 관계가 있었다"라고 규명하게 된다. 이러한 오빠의 죽음은 "난리를 함께 겪는다는 동병상련조차 없"[21]이 같은 집단에 대한 맹목과 다른 집단에 대한 증오에 휩싸인 사람들 속에서 "빨갱이도 흰둥이도 될 수 없는 우유부단한"[22] 존재들의 시련으로 박완서 소설에서 반복된다. 개인들을 죽음으로 내모는 빨갱이냐 흰둥이냐 하는 구별의

---

21) 『목마른 계절』, 앞의 책, 39면.
22) 『목마른 계절』, 앞의 책, 36면.

지표는 사실상 어떠한 개별적인 구별의 지표도 내포하지 않은 채 사람들에게 구별의 원리로 작동한다. 사람들은 오로지 살기 위해 하나의 집단에 귀속됨으로써 자기를 보존한다. 그러나 이러한 자기보존의 방식은 철저한 익명성으로의 자발적 투항의 과정이다. 사람들은 자기를 버린 대가로 집단이라는 익명성의 안전을 구하는 것이다.

익명성으로의 자발적 투항에 의한 집단적 귀속에의 욕망은 모든의 이름으로 변형되면서 타자에 대한 배타적 강제의 논리가 된다. 전쟁 체험을 다룬 박완서 소설에서 반복적으로 표현되는 "빨갱이는 모두 죽여야 한다"는 악담은 우리에게 자기 보존 욕망이 어떻게 타자에 대한 배타적 증오의 논리로 귀결되는지를 선명하게 보여준다.23) 따라서 이 배타적 강제의 논리에 의한 집단적 귀속을 택하는 대신 "자신과의 신의를 지키고자 했던" 개인들은 익명성 속에 자신을 투항하지 않음으로써 결코 안전할 수 없었다. 박완서 소설에서 반복되는 오빠의 죽음의 모티프는 단지 개인의 원한과 기억의 반복에 그치는 것이 아니라 이러한 익명성으로의 자발적 투항 속에서 주체의 안전을 도모할 수 없었던 개별자들의 자기 됨에 대한 처절한 갈망을 성찰하는 작업과 결부된다.

오빠가 먼 길을 도망쳐 오며 꿈꾸던 것도 바로 그런 만족한 생활이 아니었을까? 나는 문득 생각하곤 했다. 무엇보다도 자기가 어떠어떠한 사람이라는 걸 나타내 보이려고 말씨나 행동을 꾸밀 필요가 없다는 게 오빠의 치유에 도

---

23) 이는 단지 전쟁 체험의 소설화에 국한되는 것이 아니다. 박완서의 소설에서 우리의 근대사를 추동한 성장 제일주의의 뿌리내리기 이데올로기는 이러한 자기 보존본능과 쌍을 이루는 타자에 대한 배타적 증오와 배제의 연장선에 놓인다.

움이 되리라는 희망이 생겼다.[24]

「엄마의 말뚝」에서 화자가 오빠의 꿈을 성찰하는 과정에서 오빠의 죽음과 꿈을 익명성 속에서의 주체의 안전과 개별성 속에서의 주체의 자유("자기가 어떠어떠한 사람이라는 걸 나타내 보이려고 말씨나 행동을 꾸밀 필요가 없"는 상태)의 대비 속에서 성찰하는 것은 이러한 지점을 명확히 보여준다. 이때 우리의 시대가 요구하는 익명성 속에서의 주체의 안전이란 주체의 자기됨의 내적 지표를 상실하고 철저히 외적 요구와 외적 규정에 종속되는 주체의 부자유의 다른 이름이다. 따라서 박완서 소설에서 개별 주체의 자기 됨에 대한 갈망은 내 안에서 우러나오는 내적 규정을 통한 자기 규정 속에서의 주체의 자유로움에 대한 갈망으로 드러난다. 또한 이러한 주체의 자유로움에 대한 갈망은 주체의 자기 내적 규정을 추방하고 철저히 외적 규정으로의 종속을 강요하는 이 시대의 익명성에의 요구와의 갈등의 양상을 취한다.

익명성으로의 자발적 투항 속에서 개별성의 표지를 상실한 개인은 개별적인 자기 의식을 상실한 대신 집단적 주체의 이름, 즉 모든의 이름을 얻는다. 일반적 의미에서 주체의 구성은 이러한 집단적 주체로의 호명과 개별적 주체성의 형성이 동시적이며 비균질적인 과정으로 이루어진다. 그런데 박완서 소설에서 살펴볼 수 있는 바와 같이 전쟁의 경험과 분단으로 이어지는 근대사의 과정에서 우리의 집단적 주체로의 호명은 개별주체의 자발적 포기와 동시적으로 진행된다. 또한 개별 주체의 자발적 자기 포기

---

24) 「엄마의 말뚝 2」, 앞의 책, 105면.

는 무사안일로 표현되는 자기보존 욕망과 이에 근거한 성장 제일주의와 결부된다. 따라서 우리의 근대사를 작동시키는 뿌리내리기 이데올로기는 진정한 자기 됨의 근거 찾기가 아닌 주체의 자발적 포기(에의 강요)와 결부된다.

생각해 보게. 우리 나이가 좀 흉한 나인가? 일제 때도 징용, 징병 끌려가기 꼭 알맞은 나이이고, 6·25땐 또 그때대로 어느 편이든 안 들 수 없게 혈기왕성한 나이고, 아무튼 줄곧 이날 이때까지 어려운 고비도 많았건만 그때마다 우리 동창들은 어디 가서 잘 엎드렸다가 목숨 안 다치고 기어 나왔으니 그게 어딘가? 암인가 뭔가로 죽은 친구가 하나 있긴 해도 요즈막 일이니 요절했달 순 없고, 그밖에 고스란히 그 굽이굽이 어려운 고비에 목숨 보전을 잘 했는데 흉작이 웬말인가? 가당치 않으이.[25]

작품 「유실(遺失)」은 이와 같은 익명성으로의 자발적 투항을 통한 주체의 안전 도모와 주체의 자발적 포기(에의 강요)를 정당화하는 뿌리내리기의 이데올로기가 결국은 주체의 자기 상실 과정에 다름 아니라는 점을 뚜렷하게 보여준다. 자신을 "시험관 속의 뻔한 현상"처럼 객관화할 수 있는 명증한 자기 의식을 갖고 있고, 자신의 존재가 "통속적인 빽하곤 인연이 먼" "큰 뿌리"에 근거를 두고 있다고 믿던 김경태 씨의 믿음이 무너지는 과정은 우리의 자기 의식의 허구성에 대한 비판을 투영하고 있다. 김경태 씨가 갖고 있던 명증한 자기 의식에 대한 믿음은 자신이 어떠한 외적 규정에도 종속되지 않은 자기 내적 규정으로 충만한 독립적인 주체

---

25) 「遺失」, 『문학사상』, 1982년 5월호(『박완서 소설 전집』 7, 『엄마의 말뚝』, 세계사, 1994에서 인용), 151면.

라는 주체의 자유로움에 대한 믿음에 기반한다. 또한 이 주체의 자유로움에 대한 믿음은 자신의 근거가 통속적인 집단적 뿌리와는 다른 진정한 근거를 갖고 있다는 믿음과 결부된다. 그러나 작품은 김경태 씨의 이러한 근거가 "어디 가서 잘 엎드렸다가 목숨 안 다치고 기어나"온 익명성으로의 투항과 이를 통한 주체의 안전 도모라는 점에서 주체의 자발적 포기에 다름 아니었다는 것을 보여준다. 또한 그러한 근거에 뿌리내린 우리의 자기 의식이란 실은 자기상실의 과정일 뿐이며, 또 이러한 자기 의식의 허구성은 상실에 대한 망각을 통해 강화된다("비로소 그는 성남시 어디멘가에 잃어버린 게 무엇인지 알 것 같았다. 그것은 녀석이었다. 녀석은 어쩌면 자신이었다. 그의 유실은 엄청났고 돌이킬 수 없었다").

게다가 이러한 익명성으로의 투항을 통한 주체의 자발적 포기에 의해 작동하는 자기 상실의 기제는 개별적 존재자들의 자기됨에 대한 욕망을 모든이라는 집단적 주체의 이름으로 추방하면서 집단적 주체의 익명성을 재생산한다.

'여자는 여자니라'와 '매력 없어'는 전혀 딴사람의 목소리면서 일맥상통하는 공모자의 목소리가 되어 그 여자를 주눅들게 했었다. 그 여자도 차차 그들 모자가 손발이 잘 맞는 공모자가 되어 내쫓으려는 자기 속에 있는 자기 나름의 것을 마치 못된 악령처럼 인식하기에 이르렀다. 그래서 푸닥거리꾼한테 맡겨진 병자처럼 스스로를 억제하기에 전념을 다했다. (…중략…) 그러나 그 여자는 느닷없이 어둠을 향해 힘껏 솟구치면서 소리 없이 절규했다. 돌아 오라. 돌아와. 그때 내쫓겼던 나의 참모습은 지금 어디 있는가. 제발 돌아오렴. 제발.26)

---

26) 『살아있는 날의 시작』, 앞의 책, 80~81면.

「유실(遺失)」·『목마른 계절』·『살아있는 날의 시작』에서 드러나듯이 일제와 해방, 전쟁과 분단을 겪은 세대들이 자신의 주체성을 형성하는 과정은 집단적 주체의 익명성으로의 투항에 다름 아닌 것이다. 그런데 이때 이들 세대가 획득한 집단적 주체의 이름이 실상은 이름이라기보다는 익명성이라는 것은 주목을 요한다. 그들은 개별 주체로서의 자기 정체성뿐 아니라, 분단 세대로서, (소)시민으로서, 여성으로서 자기 정체성을 '익명'의 것으로밖에 갖지 못하였다. 따라서 박완서 소설에서 여자는 '여자니라'라는 외적 규정은 여성적이라는 집단적 주체의 자기 됨이나 개별 주체의 자기 됨의 근거 모두를 갖지 못한 모든의 이름이 행사하는 이데올로기적 폭력일 뿐이다. 이름 값을 하지 못하는 모든 것이 허울 좋은 명분으로 사람들을 강제하듯이 우리의 집단적 주체성 역시 그 이름의 진리 값은 상실한 채 하나의 명분으로 작동할 뿐이다.

즉 박완서의 소설에 줄곧 드러나는 우리 근대사의 과정에서 집단적 주체의 형성 과정은 사실 익명 / 모든이라는 기이한 이름을 얻는 이중의 과정으로 드러난다. 즉 박완서의 소설은 우리의 개별적 주체의 자기됨뿐 아니라 집단적 주체로서의 자기 됨 또한 여전히 익명의 상태를 벗어나지 못하였다는 것에 천착한다. 따라서 개별적 주체의 자기됨을 규정하는 이러한 모든의 이름은 집단적 주체로서의 자기됨의 근거조차 되지 못하는 섯이다. 즉 우리는 한 개별 존재자로서의 자기 됨 뿐 아니라, 시민적, 여성적, 남성적, 분단 세대적 등등의 집단적 자기 정체성의 근거 또한 여전히 갖고 있지 못하다. 아니 오히려 모든의 이름의 강제는 이러한 집단적 주체성의 차이조차 무화시킨 채 맹목적인 익명성으로의 투항을 강요하는 것이다. 따라서 박완서 소설에서 우리 역사 속에서 시민 계급의 형성과 여성적 정체성의 형성, 분단 세대의 역사적 자기 의식이 형성되는 과정은 집단적 주체의 자기됨의 익명적 상태와 개별 존재자들의 자기 됨의 익명적 상태라는 이중의 익명성을 극복하는 과정으로 일관되게 연결된다. 따라서 박완서 소설은 이러한 집단적 주체들의 자기 의식이 형성되는 과정의 상이함을 천착하면서, 이 주체 구성의 과정에 놓인 이중의 익명성의 굴레에 대한 통찰을 통해 집단적 주체 구성의 차이와 유기적 연관성을 동시에 탐색하게 된다. 박완서 소설에서 여성적 정체성 형성의 역사가 다른 집단적 주체의 정체성 형성의 역사와 복합적인 연관 속에 구성되는 것은 이 때문이다.

박완서 소설은 이 과정에서 참된 자기를 찾아가는 우리의 발길에 이중의 과제를 제시한다. 우리의 자기 의식이 이중의 익명성의 질곡을 벗어나지 못하였다는 것은 곧 우리에게 놓여진 주체 형성의 과제가 집단적 주체성의 이름과 개별 주체의 이름이라는 두 개의 이름의 진리값을 찾아야 하는 험난한 여정이라는 것이다. 우리의 근대화란 익명으로서의 집단화 원리에 의해 추동된 것이었으며, 우리는 여전히 집단적 주체에 값하는 이름도, 개별 주체에 값하는 이름도 얻지 못한 문 밖의 존재들인 것이다.

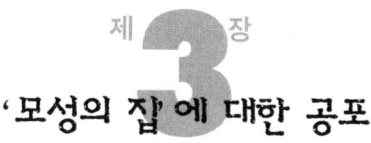

'모성의 집'에 대한 공포

조경란의 소설

1999년, 남성은 여성 공포에 시달리고 여성은 모성 공포에 시달린다. 여성의 목소리가 두드러지기 시작한 90년대, 여성작가의 범람을 경계하는 목소리가 도처에서 들려온다. 넘쳐흐르는, 밀려오는 물의 이미지(범람)로 표상되는 여성에 대한 공포는 모성, 또는 그 상징으로서 자궁에 대한 공포와 밀접한 관련을 갖는다. 자궁에 대한 공포는 익사에 대한 공포로 치환되기도 한다. (센더로서) 남성은 도처에서 만나는 (젠더로서) 여성의 존재에서 익사의 공포를 경험한다. 그들은 이 거센 물결에 휩쓸려 이 세계로부터 밀려나거나 표류하게 되거나, 익사하게 될까봐 두렵다. 그들은 온 몸의 모공 하나하나 마다로 비집고 들어오는 그 습기, 그 축축함이 두렵다, 그래서 혐오스럽다. 축축함은 여성적인 것과 모성적인 것을 동시에 환기시킨다. 축축함에 대한 혐오는 이것을 여성적이지도 모성적이지도 않은 무언가 다른 것으로 환치시킨다, 소녀적인 것으로. 여성 작가들의 작품에 독특한 습기는 소녀 취향으로 환치되어 언표됨으로써 남성들의 익사 공포는 완화된다. 그러나 강한 공포는 강한 선망을 동반하기 마련이다. 익사의 공포가 강해질수록 남성들은 모성에 집착한다. 그들은 세상의 모든 집을 자궁으로 만들고자 한다. 그리고 그 욕망은 어느 정도, 라고 말하기에는 과도하게 실현되었다.

여성의 모성 공포는 여기서 시작된다. 여성들에게 세상의 모든 집은 자궁처럼 보여진다. 남성들에게 자궁 / 집은 공포로부터의 피난처이지만 여성에게 자궁 / 집은 공포의 생산소이다. 공포와 생산의 양가성. 여성은 생산의 즐거움으로 공포를 극복하기를 요구받는다. 그러나 남성이 자궁에 대한 선망과 공포의 양가성을 극복하기 어렵듯이 여성 또한 공포와 희열의 양가성을 극복하기 어렵다. 이 극복이 어려운 것은 본능 때문이 아니다. 자궁 / 집은 그녀의 성적 정체성과 동일시된다. 집을 부정하는 것은 자궁을 도려내는 것이 된다. 세상의 모든 집이 자궁으로 보이기 때문에 집에 대한 여성의 공포와 선망의 충돌은 극대화된다. 게다가 이 무의식적 선망이 강한 의식의 통제하에 놓이게 되는 상황에서 여성에게는 집에 대한 공포만이 극대화될 수밖에 없다. 90년대 소설들, 특히 여성 작가들의 소설에서 여성의 자기 의식의 확대가 집에 대한 공포를 동반하는 것은 이 때문이다. 자기 의식의 확대는 집에 대한 선망을 이데올로기적인 것으로 억제하게 되고 이 과정에서 집에 대한 공포는 더 깊이 내면화된다.

조경란의 『가족의 기원』은 이 지점에서 읽혀져야 한다. 작품은 가족 이데올로기의 허구성, '가족은 없다'라는 주제를 중심으로 구성된 것처럼 보인다. 작가 또한 작품 곳곳에서 이러한 주제 의식을 표면적으로 부각시키고 있다. 백부에게 사기를 당한 후 몰락하는 집안, 무기력 속에서 비대해져 가는 엄마와 가출한 아버지, 집안 경제를 떠맡아오다가는 캐나다 어디론가 도망치듯 유학 떠나버린 동생 정후, 집 밖을 맴도는 정수, 집 안에서 항상 무기력한 방관자일 뿐인 나, 정원. 사실 이 작품의 주제는 "이 땅에서 몰락한 집 맏딸로 살기란 얼마나 구차하고 고통스러운가"라는 정원의 독백 속에 함축되어 있다. 몰락하는 집을 저버리고 유부남 애인의 도움으로 또 다른 자기만의 집을 찾아 헤매던 정원은 애인을 집으로 돌려보내고 가족의 구조 요청도 물리치고 혼자만의 방을 찾아 길을 떠난다. 정원은 "나는 다시 집으로 돌아가지 않는다"라고 잠속에서까지 주문을 외운다. 작품 또한 이런 다짐을 주문처럼 반복한다. 정원은 가족에게나 애인에게나, 또는 주변의 모든 사람에게 무관심하고 방관적인 듯하다. 작가는 정원의 시선을 통해 집착과 맹목으로 휩싸인 관계의 허구성, 집착과 무관심의 극단만을 오가는 우리 관계의 무의미함을 그려낸다. 그러나 매우 흥미롭게도 가족과 애인을 바라보는 정원의 냉소적인 시선, 집의 허구성에 대한 정원의 부정적인 진술은 정원의 것이기도 하고 작가의 것이기도 한 대상에 대한 애정 어린 시선과 충돌하고 있다. 그런 점에서 『가족의 기원』에서 주목할 지점은 가족의 허구성에 대한 인물의 직접적 진술이나 표면적 태도보다는 작품의 이면을 가로지르는 정원의 무의식적 갈등이라고 보인다.

집에 대한 갈등적 시선은 정원과 엄마와의 관계 속에 투영되어 있다. 작품 속에서 어머니는 "안방에서 목을 맨 엄마, 욕실에서 동맥을 긋고 쓰러져 있는 엄마, 약을 먹고 널브러져 있는 엄마, 죽은 엄마, 자살해 버린 엄마, 피칠갑을 한 엄마"라는 이미지로 현상한다. 정원은 "엄마의 죽음을 지켜보기 싫"어서 집을 나가기로 결심한다. 그녀는 난 엄마처럼 살지 않을 거야라고 외치면서 엄마로부터 달아나는 것일까? 그녀의 삶을 살기 위해서? 작품의 어떤 측면은 그렇다고 말한다. 그러나 작품의 다른 측면은 이를 부정한다. 그녀는 사실 자기의 무의식으로부터 달아나고 있는 것이다. 정원은 왜 엄마를 죽음의 이미지와 강박적으로 결부시키는 것일까? 작품에서 정원은 엄마가 자살할 것이라고 단정한다. 그러나 사실 정원은 자신이 어머니를 살해할까봐 두려워서 달아나고 있는 것이다. 작품에서 집은 거미의 집이다. 어머니와 아버지(이 둘은 모두 '모성'의 상징이다)는 집안이 되돌이킬 수 없이 몰락해 가는 데도 딸들을 꽃처럼 가꾸었다. 그러나 정원은 어느 날 자신이 꽃이 아닌 거미라는 사실을 자각하게 된다. 부모의 살을 파먹고 자라는 거미 새끼라는 것을. 어머니와 아버지의 가족에 대한 헌신은 정원에게 마치 자기 몸을 먹이로 내주는 거미의 본능처럼 다가온다. 그 본능은 위대하기보다 두려운 것이다. 또한 거미로 키워진 그녀는 자신이 언젠가 자기의 본능에 따라 어미 거미들을 먹어치워버릴까 두렵다("우리는 꽃이 아니라 차라리 그늘이 있어야만 잘 자랄 수 있는 녹색 이끼 같은 음지식물에 지나지 않았다. 나는 내 몸에 있는 가시들을 너무 늦게 발견했다"). 그녀는 귀소 본능이 두렵다("나는 연어나 거북이, 고래, 꿀벌,

그리고 무지개 송어 같은 세상의 동물들을 혐오했다. 생래적으로 지구 자기장을 감지하는 능력이 있어 제가 태어난 곳으로 어떻게든 타박타박 걸어 회귀하는 것들"). 비대해진 어머니는 자신의 욕망으로 비대해진 것이 아니다. 작품에서 어머니는 가족에 대한 집착도 여성으로서의 욕망도 두드러지게 보이지 않는다. 그녀가 갖고 있는 것은 가족에게 제 몸을 언제든 먹이로 내줄 수 있는 본능적인 모성이다. 엄마에게 그것은 너무나 자연스러운 일이다. 따라서 작품에서 집은 비대해진 어머니로 표상되는 본능적인 모성의 집에 대한 공포와 선망의 양가 감정 속에 놓여진다. 그 집이 공포인 것은 새끼 거미에게나 어미 거미에게나 헌신은 곧 죽음과 살육의 다른 이름이기 때문이다. 그 집이 선망의 대상인 것은 딸들은 결코 그 거미 엄마를 증오할 수 없기 때문이다. 그것은 선망이라기보다 어미 거미의 운명에 대한 애달픈 연민이다. 그 엄마들은 사회·역사적인 오래 된 기형적 진화 과정에서 거미 엄마로 변신한 슬픈 '그레고르 잠자'들이기 때문이다. 그녀들의 진화 과정은 너무나 오래 된 것이어서 어떤 사람들은 아직 눈치채지 못했거나, 일부 사람들은 너무나 늦게 알아챘지만 짐짓 모른 채 하고 있는 것이다. 다만 엄마 자신만 모르고 있을 뿐이다. 그녀들의 변신은 그녀들의 본능에 의한 것이 아니다. 그러나 엄마들은 그것을 본능으로 여긴다. 거미 엄마들의 딸은 거미로의 변신, 그 진화의 법칙을 깨트리고자 한다. 딸들에게 변신은 곧 죽음이다. 어머니와 딸 모두를 죽이는. 따라서 그 변신은 모성과 여성성 모두에 대한 살해이다. 그러나 오랜 세월 축적된 진화의 법칙은 각 개인들의 몸 속에서 변신을 본능으로 각인시켜 놓았다. 따라서 변신을 피하기 위해 딸들은 자신의 본능으로부터 도망쳐야한다. 이 불가능한 도주. 그 곳에 『가족의 기원』의 딸들, 90년대의 딸들은 서 있다.

정원은 귀소를 거부하고 집이 아닌 집을 찾아 떠돌지만 그녀가 갈 곳은 아무데도 없다. 세상의 모든 집은 이미 거미의 집, 모성의 집, 자궁이다. 그녀는 인간의 집을 찾아 길을 나섰지만 본능을 억제할 수 있는, 살해의 본능으로부터 도주할 수 있는 길은 아무데도 없다. 우리는 거미의 집이 아닌 인간의 집을 가져본 적이 없다. 게다가 거미의 집을 무너뜨린다고 해서 인간의 집이 지어질 것 같지도 않은 우울한 전망에 사로잡혀 있다. 여성들은 가출하고 있지 않다. 다만 내쫓기고 있거나 도망치고 있을 뿐이다. 거미의 유전자로부터 도망치기 위해 그녀들은 자신의 자궁을 드러내야만 하는 막다른 골목에 처해 있다. 열심히 달린 것 같지만, 우리는 이제 겨우 여기까지밖에 오지 못했다.

제 **4** 장

불편한 존재들과 함께 살기

페드로 알모도바르의 『내 어머니의 모든 것』

익숙하고 편안하며 서로를 잘 아는 사람들과 함께 사는 것은 그다지 어려운 일이 아니다. 함께 살기가 유행성 구호로 난무하는 한국 사회에서 함께 살기란 익숙하고 편안한 사람들과 끼리끼리 몰려 살기 정도의 의미로 유통되고 있다. 그러나 서로 이해하기 힘들고 대면하기조차 힘든 사람들과 더불어 살기 위한 노력이 아마도 진정한 의미의 함께 살기가 아닐까.

알모도바르의 『내 어머니의 모든 것』은 많은 이야기를 담고 있다. 제목에서도 알 수 있듯이 이 영화는 『이브의 모든 것(All about Eve)』의 알모도바르 버전이라 할 수 있으며 테네시 윌리암스의 『욕망이라는 이름의 열차』에 대한 또 하나의 드라마이기도 하다. 기존의 텍스트에 대한 패러디이자 다시 쓰기로서 『내 어머니의 모든 것』은 소위 여성적 정체성에 대한 다시 쓰기와 패러디이기도 하다. 과연 여성적인 것이란 무엇인가, 또는 우리가 자신을 규정하는, 또는 사회적으로 규정되는 정체성이란 무엇인가? 알모도바르는 『내 어머니의 모든 것』을 통해 이러한 질문을 던진다.

　어느 날 가슴을 달고 나타난 남편을 보고 그로부터 달아나 새로운 삶을 살아가는 마누엘라, 가슴을 달았지만 생물학적인 남성의 기능을 여전히 지닌, 마누엘라의 남편이었던 롤라(남자였을 때는 에스테반이었던), 그의(혹은 그녀의) 아이를 임신한 수녀 로사, 마누엘라의 절친한 친구인 여장 남자 아그라도, 마누엘라의 유일한 것이자 전부였던 아들 에스테반을 죽게 한 여배우 위마와 그녀의 연인인 마약 중독의 여배우. 알모도바르는 이 괴이하고 문제투성이의 여자들을 통해 과연 여성적인 것 혹은 정체성이란 무엇인가라고 질문한다. 이 여자들 / 남자들에게는 이미 여자 / 남자라는 정체성과 구별이 무의미해진다. 오히려 이들에게 정체성이란 인생이라는 무대에서 때에 따라 부여되는 하나의(혹은 다수의) 역할일 뿐이다. 거리의 창녀였던 아그라도가 무대 위의 재간꾼이 되어서 사람들을 즐겁게 하고 자신도 행복해지는 즐거운 배역을 맡게 되는 것처럼, 그들은 자신에게 어울리는 역할을 맡았을 때는 행복할 수 있지만 그렇지 않을 경우 그들은 어울리지 않는 역할을 억지로 수행해야 하는 고행을 되풀이해야 한다.

　『내 어머니의 모든 것』은 자신의 전부였던 아들 에스테반을 잃은 어머니 마누엘라의 여행의 형식을 취한다. 이 여행은 마누엘라에게 아들로부터 자신이 빼앗았던 인생의 반쪽(아버지)을 되찾아주려는 여행인 동시에 자신이 상실한 인생의 의미와 정체성을 되찾아 가는 여정이다. 마누엘라는 이 여행을 통해 한때는 자신의 남편이었던 롤라의 아이를 임신한 수녀 로사를 어머니처럼 보살펴주게 되고, 자신의 아들을 앗아간 우마와도 서로의 상처를 보듬는 친구가 된다. 그리고 롤라에게 얻은 병(에이즈)으로 로사가 죽자 그녀의 아들 에스테반을 자신의 아들처럼 보살핀다. 이 여행의 과정에서 영화는 어머니의 모든 것은 자식이다라는 식의 진부한 문법을 벗어나 인생의 무대 어디쯤에서든 만나게 되는 사람들, 때로는 절대로 용서할 수 없고 용납할 수 없을 것 같은 사람들까지 자신의 품에 받아들이는 것, 그것이야말로 어머니라는 배역에 가장 어울리는 연기라는 것을 보여준다.

제 **5** 장

엄마의 이야기는 그녀에게 어떤 의미였을까

기억과 해석을 통한 역사적 경험의 재구성

1. 그녀의 이야기, 혹은 다른 사람들의 이야기

작가 박완서의 삶과 문학의 관계는 잘 알려져 있다. 또한 박완서의 작품에는 유년의 기억과 전쟁 중의 개인적인 체험 등 개인적인 이야기들이 반영되었다는 점도 주지의 사실이다. 남편을 잃고 홀로 아이들을 키워야 했던 어머니의 억척스러운 삶, 전쟁으로 인한 참척의 고통을 삼켜버린 모녀의 처절한 삶의 이야기가 박완서의 작품에는 고스란히 드러난다. 소위 사소설적 절실함이라고도 논의되는 박완서 문학은 그런 점에서 박완서, 그녀의 이야기이기도 하다. 그러나 박완서의 작품 속에 각인된 개인적 체험은 그녀의 이야기이자, 엄마·오빠·할아버지·할머니 등의 가족들, 그리고 그녀가 결부되었던 삶 속에서 부딪쳐야 했던 사람들에 대한 이야기이기도 하다. 그런 점에서 박완서의 문학은 그녀의 이야기이자 다른 사람들의 이야기이다.

이런 점에서 박완서 문학에서 삶과 문학의 관계는 그녀가 자신의 이야기를 구성하는 과정에 경험의 형식으로 개입하는 다른 사람들의 이야기와의 관계일 것이다. 달리 말하자면 박완서의 작품에서 경험이란 그녀에 의해 해석된 것이라는 점에서 그녀의 이야기이자 다른 사람들에 관한 이야기로서의 그녀의 이야기인 것이다. 결국 박완서 문학에서 경험이란 나와 타자가 만나는 공간이자 타자에 대한 참조를 통해 구성되는 나의 정체성이다. 박완서 문학을 살펴보는 데 있어서 그녀의 경험이 한 매개가 된다는 것은 그녀의 경험이 박완서 문학에 대한 지식을 생산하는 근원적 지위를 갖고 있다는 점에서는 아니다. 오히려 박완서 문학을 설명하는 지식에 있어서 그녀가 기술하는 경험은 바로 이러한 경험을 기술하는 방식이 작가 박완서의 정체성을 어떻게 구성하고 있는가에 대한 질문의 의미를 지니는 것이다.

식민지 시대를 관통하는 유년의 기억, 전쟁 중의 참척의 고통과 오빠에 대한 애칙, 엄마와의 갈등적 관계에서 보이는 가족 관계에 대한 그녀의 이야기와 이기적이고 그악스러운 자기 보존 본능만을 남겨준 전쟁과 분단, 개발 독재 등의 역사적 과정들에 대한 그녀의 경험은 바로 이러한 경험(물질적, 경제적이고 개개인간의 관계를 내포하는 사회적·역사적 경험으로서)과 그에 대한 해석을 통해 사회적 현실 속에서 자신의 위치를 지정하거나 할당받는 주체 구성의 형식을 의미한다. 즉 박완서 그녀의 경험은 박완서 문학을 설명할 수 있는 기원적이고 근원적인 권위를 갖고 있는 텍스트라기보다는 권력 투쟁의 장이자 복합적이고 갈등적인 요구의 장인 아이덴티티가 형성되는 과정을 내포하는 텍스트이다. 즉 그녀의 경험은 실재적이라기보다 담론적인 것이다. 그녀의 경험을 이러한 담론적 텍스트로 다가감으로써 그 속에서 특정한 아이덴티티가 형성되고 또 다른 아이덴티티들이 거부되는 복합적이고 변화하는 주체화 과정을 살펴볼 수 있을 것이다. 그런 의미에서 경험은 주체의 역사이며 언어는 역사가 작동하는 장소이다. 경험은 항상 이미 해석이며 해석을 필요로 한다.

2. 그녀의 아름다운 고향 박적골

박완서는 1931년 개풍군 청송면 묵송리 박적골에서 태어났다. 박적골에서의 유년 시절은 그녀의 작품 곳곳에서 변주되어 드러난다. 박적골로 상징되는 유년의 기억은 바슐라르가 존재의 집이라고 명명했던 그러한 집의 이미지로 구성된다. 이 때의 유년의 집은 우리가 아름다운 추억이라고 부를 수 있는 그러한 기억의 형식을 보여준다. 바슐라르의 논지를 다시 빌자면 추억이 아름다워 보이는 것은 상상력이 추억, 즉 과거의 이미지를 그것이 지향하는 바, 즉 원형으로 변화시켜 나가기 때문이다. 그러므로 추억과 원형은 상상력을 통해 종합된다. 추억이 개인의 과거에 속하는 것이라면 원형은 인류의 과거에 속하는 것이다. 이 때 아름다운 추억으로서의 박적골의 모습은 우리의 원형적 삶(시원적 삶)의 형식으로 그려진다.

박적골엔 이렇게 두 양반집과, 열여섯인가 열일곱 호의 양반 아닌 집이 있었지만 지주와 소작인으로 나누어져 있진 않았다. 바위라고는 하나도 없이 능선이 부드럽고 밋밋한 동산이 두 팔을 벌려 얼싸안은 듯한 동네는 앞이 탁 트이고 벌이 넓었다. 넓은 벌 한가운데를 개울이 흐르고, 정지용의 시 말마따나 '옛 이야기 지즐대는 실개천'은 아무 데나 흐르고 있었다. 우리 집에서 뒷간에 가려도 실개천을 건너야 했다. 실개천은 흐르다가 논을 만나면 곧잘 웅덩이를 만들곤 했는데 우리는 그걸 군 우물이라고 해서 먹는 우물과 구별했다. 지금 생각하니 소규모의 저수지가 아니었던가 싶다. 거의 흉년이 들지 않는 넓은 농지는 다 우리 마을 사람들 소유였다. 땅을 독차지한 집도 땅을 못 가진 집도 없었다. 다들 일 년 먹을 양식 걱정은 안 해도 될 자작농들이었고 부지런했다.

그런 고장에서 여덟 살까지 자라는 동안 이 세상에 부자와 가난뱅이가 따로 있다는 걸 알 기회가 없었다. 동무들과 손잡고 딴 동네를 가 볼 기회도 그리 많지 않았다. 넓은 앞벌로는 아무리 멀리 나가도 딴 마을이 나오지 않았다. 뒷동산을 넘어야만 이웃마을이 나왔고, 이웃마을의 풍경도 별로 신기할 게 없었다. 옆구리에 텃밭을 낀 집들이 산기슭에 안겨 있었고, 넓은 벌을 풍성한 치맛자락처럼 거느리고 있었다. 사람들은 다들 그렇게 사는 줄만 알았다.[1]

"바위라고는 하나도 없이 능선이 부드럽고 밋밋한 동산"은 바로

1) 『그 많던 싱아는 누가 다 먹었을까』, 웅진출판사, 1992년, 15면 참조.

박완서 그녀에게 존재의 안락감으로 충만한 원형적 세계를 상징한다. 그 세계는 "하늘의 뇌우와 삶의 뇌우를 거치면서도 인간을 붙잡아주는" 원초적 집이다. "옛 이야기 지즐대는 실개천"이 어디나 지천인 곳, "거의 흉년이 들지 않는 넓은 농지", 양식 걱정을 안 하는 삶, "부자와 가난뱅이가 따로" 없는 삶, 이러한 아름다운 고향의 추억은 박적골을 떠난 이후의 삶과 대비되어 고향의 기억을 존재의 요람처럼 안락감에 가득찬 모습으로 기억하게 한다. 따라서 박적골의 안락감은 이후의 삶과 대비되는 피난처에 보호받고 있는 존재의 충만함을 상징한다. 그런 점에서 아름다운 박적골의 기억은 박완서에게 세계에 내던져지기 이전의 상태이자 세계 속의 하나이자 전체로서, 스스로가 하나의 우주로 충만하게 이 땅에 뿌리박고 있었던 상태에 대한 동경을 내포한다. "사람들은 다들 그렇게 사는 줄만 알았던" 그 충만한 상태는 바로 인간 삶의 원형적 모습에 가깝다. 이처럼 보호받는 존재의 충만함을 상징하는 또하나의 기억이 할아버지의 두루마기 자락에 대한 것이다.

3. 할아버지의 두루마기 자락과 엄마의 농담

박완서의 집안은 박적골 토박이는 아니다. "19세기 말 나라가 어지러울 때 과거에도 번번이 실패하고 생계도 곤궁해진 선조가 부자 친척의 배려로 그 쪽으로 이주했다고 한다." 박완서의 집안은 "송도 수유를 지내면서 많은 토지를 장만해서 그 고장에서 떵떵거리며 살게 된 그 친척과 집을 나란히 하고 살았다"고 한다. "두 집이 다 현재 살고 있는 그 지방 풍속보다도 떠나온 서울 풍속을 더 존중하며 살았다. 특히 할아버지의 의식은 서울 지향적이어서, 매사에 우리가 마을 사람보다 지체 높은 양반이고 또 서울 사람이라는 티를 내고 싶어했다."[2] 할아버지에 대한 기억은 여러 작품에서 변주되어 나타나지만 할아버지는 박적골로 상징되는 존재의 근원적 고향과 인간 삶의 원형적 삶의 모습으로 기억된다. 할아버지란 박완서에게 근거 있는 삶의 인간적 품위를 상징한다. 따라서 때로 할아버지란 훼손되기 전의 순결한 민족적 삶의 원형을 간직한 모습으로 그려진다. 이는 작품 『미망』에서 드러나는 할아버지 전치만과 손녀딸 태임의 관계에도 투영되어 나타난다.

흰옷이란 얼마나 좋은 것인지, 초가지붕마다 뽑아 올린 저녁연기가 스멀스멀 먹물처럼 퍼져 길과 논밭과 수풀과 동산의 경계를 부드럽게 지워 버려, 마침내 잿빛 하늘을 인 거대한 한 덩어리가 되었을 때도 흰 옷 입은 사람이 산모롱이를 돌아오는 것은 잘 분간이 되었다. 그러나 마을 사람들은 다들 흰옷을 입었다. 특히 송도 나들이를 갈 때는 때도 안 묻은 고운 흰옷으로 호사를 했다. 그래도 나는 할아버지와 딴 사람이 헷갈리지 않았다.
할아버지의 독특한 걸음걸이는 말로 표현할 수는 없었지만 강렬한 빛처럼 직통으로 나에게 와 박혔다. '우리 할아버지다!'라고 생각하자마자 나는 총알처럼 동구 밖으로 내달았다. 단 한 번도 작작 같은 선 하시 않았다. 숨을 헐떡이며 열렬하게 매달린 할아버지의 두루마기 자락은 다듬이질이 잘 돼 늘 칼날처럼 차게 서슬이 서 있었다. 그리고 송도의 냄새가 묻어있었다. 나는 그

---

2) 박완서, 「포스트 식민지적 상황에서의 글쓰기」, 『2000 서울국제문화포럼』 발표문, 22면.

냄새가 좋았다. 그러나 할아버지는 곧 오냐, 오냐, 내 새끼, 하면서 번쩍 안아 올렸고 그의 품은 든든하고 입김은 훈훈했다.[3]

할아버지의 두루마기 자락으로 상징되는 흰옷은 박완서에게 개인적 기억인 고향에 대한 아름다운 추억이 훼손되지 않은 원형적 삶으로서의 민족적 기억과 만나는 지점이다. 또 할아버지의 두루마기 자락은 근거 있는 삶의 품위와 보호받고 있는 존재의 안락감이라는 의미와 결부된다. 또 그것은 존재의 든든한 안식처이자 보호처로서 고향과 같은 의미를 지닌다. 또 할아버지의 두루마기 자락에 담겨 온 송도의 냄새는 서울의 기억과 달리 막연한 신세계에 대한 동경을 담고 있다. 세 살 적에 아버지를 잃은 박완서에게 할아버지는 아버지를 대신하는 의미를 지닌다. 박완서는 동풍에 걸려 무력해진 할아버지를 보는 것은 "나에게 두 번 째의 아버지 상실"이었다고 술회하고 있다.

또한 서울 우러름증으로 표현되는 할아버지의 서울 지향적 태도에 대한 진술은 아버지와 같은 할아버지와의 밀착(동일시)이 할머니나 엄마, 숙모 등 집안 여자들의 시선과의 갈등적인 관계 속에서 구성되는 것을 보여준다. 할아버지를 공경하고 할아버지의 위엄에 복종하면서도 때로는 할아버지를 웃음거리로 만드는 집안 여자들의 소곤대는 목소리들은 할아버지에 대한 어린 손녀의 밀착된 관계와 절대적인 동경을 가로지르는 타자들의 음성을 담고 있다.

---

3) 『그 많던 싱아는 누가 다 먹었을까』, 앞의 책, 18면.

할아버지는 걸음이 재고, 화가 날 때는 무엄한 말로 하면 방정맞다 싶을 정도였는데, 안채로 그렇게 급하게 들어오신다는 것은 불호령이 떨어질 징조였다. 며느리들이 황황히 일손을 놓고 또 무슨 벼락이 떨어지나 기다리는 순간에도 슬쩍슬쩍 농담들을 했다.

그런 농담은 엄마가 제일 잘 했다. "여보게 부엌에서 밥이 타나보이"라고 엄마가 숙모 귀에 소곤대면 숙모는 웃음을 참느라 사색이 되곤 했다. 부엌에서 진짜 밥이 타고 있어서가 아니라 그건 주걱턱이라는 할아버지의 별명과 관계가 있었다. 수염이 길게 자라지 못하고 고슬고슬 엉겨붙어서 약간 튀어나온 듯한 턱을 더욱 밥주걱처럼 만들고 있었다.[4]

권위와 근거 있는 삶의 상징으로서의 할아버지가 어린 손녀딸인 박완서의 유년의 아름다운 추억의 한 장을 구성한다면 할아버지의 위엄과 불호령을 소근대는 농담들로 해체하는 집안 여자들은 유년의 집에 신비스러운 위엄과 함께 그런 위엄과 권위를 해체하는 카니발적인 면모를 부여한다. 특히 유년의 기억 속에서 엄마는 할아버지의 권위에 대한 신성박탈적인 카니발적 주체의 면모로 구성된다. 즉 유년기 경험에 대한 진술들 속에서 박완서의 정체성은 위엄과 권위, 존재의 안락한 느낌으로서의 할아버지와 그러한 할아버지의 권위를 농담의 방식으로 해체하는 카니발적 주체로서의 엄마 사이에서 구성된다. 물론 할아버지와 어머니로 상징되는 두 가지 형식의 주체성은 갈등적이면서 보완적인 형식으로 구성된다. 박석골에서 서울 사람의 삶을 살려던 할아버지와 할아버지의 박적골을 떠나 서울로 출분한 어머니는 결국 엄마의 말뚝에서 하나로 만난다.

---

4) 『그 많던 싱아는 누가 다 먹었을까』, 앞의 책, 16면.

4. 근대 경험의 형식 1 – '종종 머리'와 단발

　박적골, 송도, 서울로 이어지는 유년기의 여행은 박완서 소설에서 오래된 세계와 새로운 세계 사이에 선 자의 경계에 대한 민감한 의식으로 드러난다. 박완서 소설에서 자주 등장하는 엄마의 '문 밖 의식'은 딸인 박완서에게는 문턱에 대한 민감함으로 드러난다. 문 밖 의식이 안과 밖 사이의 해소될 수 없는 단절에 대한 의식이라면 문턱에 대한 민감함은 서로 다른 세계의 만남과 차이, 혹은 차이화에 대한 의식과 관련된다. 고향에서 서울로의 여행의 형식 속에는 이러한 문 턱 의식이 뚜렷하게 각인되어 있다. 그리고 박완서 개인의 경험이 근대 체험이라는 역사적 형식과 만나는 것은 이 지점에서다.

　박완서 소설에서 이러한 역사적 경험으로서의 개인의 기억이 드러나는 것은 주로 실감의 차원, 혹은 실감의 차이화에 대한 경험 속에서다. 이것은 박완서 문학의 현실성과 역사성이 발현하는 지점이기도 하다. 또 이러한 실감, 혹은 실감의 차이화에 대한 경험은 소위 풍속의 재현과는 구별되는 면모를 보인다. 박완서 문학에서 근대를 실감의 차이로 경험하는 최초의 기억은 종종머리와 단발머리에 대한 기억이다. 이 기억은 「엄마의 말뚝 1」과 『그 많던 싱아는 누가 다 먹었을까』에서 약간 상이한 형태로 드러난다. 두 인용문에 드러난 경험에 대한 진술의 차이 역시 흥미롭다.

　　소용없는 분란에 먼저 종지부를 찍은 건 엄마였다. 실상 엄마에겐 마냥 그러고 있을 시간도 없었으리라. 엄마는 아무에게도 상의 안 하고, 심지어 나한테도 안 물어 보고 내 머리를 빗겨주는 척하면서 싹뚝 잘라 버렸다. 나는 그때까지 우리 동네 계집애들이 다 그랬듯이 종종머리를 땋고 있었다.

종종머리란 계집애들이 댕기를 들여 길게 머리 꼬랑이를 땋을 수 있게 되기 전까지 빗는 머리로, 정수리로부터 머리칼을 바둑판처럼 나누어 가닥가닥 땋다가 색실이나 헝겊오라기를 들여 끝마무리를 하는 머리였다. 손이 많이 가고 매일 손질해 주지 않으면 두억시니같이 돼 버리기 때문에 머리만 봐도 집에서 위해 기르는 아인지 아닌지 알아볼 수가 있었다.

내 머리는 고모가 시집가기 전서부터 취미 삼아 가꾸며 길들여 놓을 걸 숙모가 이어받아 늘 단정하고 반들반들하게 빗겨 놓아, 난 그게 은근히 자랑스러웠다. 어려서부터 혹시 누가 나한테 예쁘다든가 앙증맞다는 소리를 하면 내 머리를 가지고 그러는 구나, 알아차릴 만큼 내가 가진 것 중에서 가장 자신 있는 거기도 했다.

그런 머리를 엄마는 싹둑 잘라 냈을 뿐 아니라 뒤를 높이 치깎고 뒤통수를 허옇게 밀어 버렸다. 서울 애들은 다들 그런 머리를 하고 있다고 엄마는 내가 앙탈할 새도 없이 윽박지르기부터 했다.

"세상에, 망측해라."

할머니도 벌린 입을 못 다물었고 나도 이마에서 일직선으로 자른 앞머리보다 뒤통수의 허전함이 이루 말할 수 없이 고약했다. 시험적으로 밖에 나가 본 나는 곧 아이들의 놀림감이 됐다.

"알라리 꼴라리, 누구누구는 뒤통수에도 얼굴이 달렸대요."

당시의 단발머리는 뒤를 너무 높이 깎아 정말 뒤에도 얼굴이 달린 형상을 하고 있었다. 나는 동무들의 놀림을 받으면서도 믿는 데가 있어서 그다지 기죽지 않았다.

"서울 아이들은 다 이런 머리를 하고 있단다. 너희들은 모르지만."

나는 재빨리 그것도 모르는 동무들을 얕잡고 있었다. 내 단발머리는 할머니를 단념시켰을 뿐 아니라 내 마음도 시골에서 뜨게 했다. 어서 엄마하고 떠나고 싶었다.[5]

---

5) 『그 많던 싱아는 누가 다 먹었을까』, 앞의 책, 42~43면.

종종머리는 댕기를 땋기 전 계집아이들이 하던 머리이다. 종종
머리는 종종머리·댕기머리·쪽진 머리로 이어지는 오래된 세계
속에서의 여성의 정체성을 드러내는 일종의 사회적 통과 제의를
상징한다. 박완서의 유년의 기억 속에서 종종머리는 이러한 민족
의 오래된 집단적 정체성에 대한 기억 뿐 아니라 "집에서 위해 기
르는 아인지 아닌지"를 구별해주는 지표이기도 하다. 즉 종종머리
에 대한 기억은 가족들의 사랑과 보호 속에서 자라던 아이로서의
존재의 충만함과 결부된다. 종종머리를 땋아주던 손은 고모에서
숙모로, 엄마로 변화되고 엄마의 서울 행 이후에는 할머니의 몫이
된다. 종종머리를 땋아주던 손은 유년의 박완서에게 사랑받는 아
이라는 느낌을 갖게 할 수 있었던 충만한 동일성의 세계를 상징한
다. 종종머리를 땋아주던 손에 대한 기억은 세계와 주체가 분열되
지 않은 채 충만한 하나로 경험되는 방식을 의미한다. 종종머리의
기억은 "내가 가진 것 중에서 가장 자신 있는 거," 내가 가진 가장
처음의 것이 아닐까. 그리고 쫑쫑 땋아 흐트러짐이 없이 만들어주
던 엄마의 손이 사라지자 유년의 계집아이의 충만한 세계에 미세
한 균열이 형성된다. 「엄마의 말뚝 1」에는 세계와의 충만한 합일
의 경험에 형성되는 미세한 균열이 다음과 같이 기록된다.

> 내가 엄마 없는 동안 엄마 생각을 한 적이 있다면 그건 아침마다 종종머리
> 를 땋을 때였다. 할머니도 삼촌댁들도 엄마처럼 정확하게 정수리 머리를 여
> 섯 가닥으로 반듯하게 나누어서 온종일 뛰어 놀아도 잔털 하나 일지 않게 야
> 무지고 꼼꼼하게 땋으려면 아직아직 멀었다. 그래서 엄마가 없고부터 내 얼
> 굴을 늘 좀 허술하고 좀 비뚤어져 보였다. 나는 삼촌댁의 체경에 이런 내 얼
> 굴을 비춰보면서 그게 엄마 없는 티가 아닐까 싶어 문득 심란해질 적도 있었

지만 심각할 정도는 아니었다. 계집애 티보다는 선머슴 흉내를 내는 게 훨씬 편했기 때문에 거울 같은 걸 자주 보지 않았다.

내가 나를 데리러 온 엄마한테 적의를 품고 의식적으로 가까이 하지 않으면서도 머리 빗을 때만은 기꺼이 엄마의 손에 나를 내맡겼던 것도 이왕이면 예쁘게 빗고 싶다는 계집애다운 소망하곤 좀 다른 거였다. 엄마의 야무진 손 끝을 통해 전달되는 애정 있는 성깔을 깊이 좋아하고 있었기 때문이었다.[6]

할머니와 삼촌댁들의 종종머리 땋는 실력이 "아직아직 멀었다" 라는 구절은 서울 간 엄마를 기다리는 헛된 노력과 강렬한 소망을 담고 있는 "엄마가 오려면 아직아직 멀었다"의 다른 표현이다. 종종머리를 땋아주던 엄마의 손이 사라진 세계는 "허술하고 비뚤어져"보이는 얼굴처럼 유년의 박완서에게 충만한 동일성의 세계의 균열의 징후로 드러난다. 또한 종종머리는 "집에서 위해 기르는 아닌지 아닌지 알아 볼 수 있"는 차별화의 기제이지만 마을의 모든 아이들과 자신을 동일시하는 기제이기도 하다. 또 "색실이나 헝겊 오라기를 들여 끝마무리를 하는" 종종머리는 아름다운 고향 박적골의 추억처럼 근거 있는 삶의 아름다움과 맞물려 분열 없는 세계 속에서 삶을 아름답게 만들고자 하는 욕망(삶의 미화)과 아름다운 삶(미학적 삶)이 분열되지 않던 세계에 대한 동경의 형식을 구성한다.

반면 종종머리를 땋아주던 엄마의 손에 의해 만들어진 단발머리는 박완서가 고향과 할아버지와 마을 사람들 속의 아이가 아니라 엄마의 딸이 되는 과정을 상징적으로 보여준다. 이제 계집아이 박완서는 더 이상 마을의 다른 아이들과 같은 아이가 아니다. 단

---

6) 「엄마의 말뚝 1」, 『엄마의 말뚝』(『박완서 소설 전집』), 세계사, 1994, 18면.

발머리는 박완서가 충만한 세계 속에서 분리되는 경험을 낯선 존재감으로 경험하는 근원적인 형식을 보여준다. 그리고 그 낯선 존재감은 한편으로는 이제 계집 아이 박완서의 정체성이 엄마의 딸의 형식으로 구성되는 모순적인 과정을 보여준다. 엄마는 앞서 살펴 본 것처럼 할아버지의 권위에 대한 신성박탈을 하는 카니발적 주체이자 동시에 할아버지와 재롱동이이자 행복한 공동체의 아이였던 박완서를 그 충만한 동일성의 세계로부터 분리하여 엄마의 세계로 불러들이는 주체이다. 따라서 단발머리로 인한 낯선 존재감, 엄마에 대한 공포감은 동시에 엄마의 세계에 대한 동일시 욕망을 갈등적으로 내포한다. "서울 아이들은 다 이런 머리를 하고 있단다. 너희들은 모르지만"이라는 계집아이의 진술은 엄마의 명령에 동일시함으로써 박적골의 세계로부터 분리되어 다른 정체성을 형성하는 과정을 상징적으로 드러낸다. 또 박완서라는 개인의 주체 형성 과정의 이러한 방식은 "너희들은 모르"는 세계 즉 서울로 상징되는 근대라는 새로운 세계에 대한 식민지 근대인들의 모순적인 경험의 형식을 내포한다. 단발머리의 기억에 내포된 엄마의 세계에 대한 선망과 공포는 서울로 상징되는 근대에 대한 선망과 공포를 내포한다. 이렇게 해서 박완서의 개인 기억은 역사적 기억의 형식을 구성하며, 식민지 근대의 경험이 형성하는 모순적인 주체 구성의 과정을 보여준다.

5. 근대 경험의 형식 2―싱아와 유리창과 기차

박적골에서 서울로 가는 유년의 여행은 행복한 공동체의 아이
가 엄마의 딸이 되는 과정을 상징적으로 보여준다. 여기서 엄마의
딸이 되는 과정이란 서울, 신여성으로 상징되는 엄마의 소망의 형
식으로 구성되는 주체화의 과정을 의미한다. 이는 단지 공동체의
아이로부터 엄마의 딸로의 주체성의 변화만을 의미하지 않는다.
엄마의 소망을 상징하는 서울과 신여성은 근대적 삶의 형식을 의
미하며 엄마의 딸이란 바로 근대적 세계 속에서 구성되는 새로운
주체성의 형식을 의미한다. 또한 신여성과 서울에 대한 엄마의 소
망이 허구적이고 모순적이라는 것을 깨달아 가는 어린 소녀의 자
기 의식의 형성 과정은 유년의 기억에 대한 해석의 작업을 통해
근대적 주체 형성 과정의 역사적인 형식을 비판적으로 재해석하
는 과정이다. 이 과정에 내포되는 주체의 분열과 갈등은 박완서
소설에서 자연의 일부로부터 만들어진 세계로의 진입으로 경험된
다. 엄마의 소망이란 바로 이러한 만들어진 세계로서의 근대의 다
른 이름이다.

우리는 그냥 자연의 일부였다. 자연이 한시도 정지해 있지 않고 살아 움직
이고 변화하니까 우리도 심심할 겨를이 없었다. 농사꾼이 곡식이나 푸성귀를
씨 뿌리고, 싹트고 줄기 뻗고 꽃피고 열매 맺는 동안 제아무리 부지런히 수고
해 봤자 결코 그것들이 스스로 그렇게 돼 가는 부산함을 앞지르지 못한다.
아이들도 마찬가지였다. 우리는 어려서부터 삼시 밥 외의 군것질 거리와
소일거리를 스스로 산과 들에서 구했다. 삘기, 찔레순, 산딸기, 칡뿌리, 메뿌

리, 싱아, 밤, 도토리가 지천이었고, 궁금한 입맛 뿐 아니라 어른을 기쁘게 하는 일거리도 많았다.

(…중략…) 아아, 그것은 실로 폭발적인 환희였다. 우리는 하늘을 향해 미친 듯한 환성을 지르며 비를 흠뻑 맞았고, 웅성대던 들판도 덩달아 환희의 춤을 추었다. 그럴 때 우리는 너울대는 옥수수나무나 파마자나무와 자신을 구별할 수가 없었다. 환희뿐 아니라 비애도 자연으로부터 왔다.7)

발아래 생전 처음 보는 풍경이 펼쳐졌다. 말로만 듣던 송도였다. 나는 탄성을 질렀다. 은빛으로 빛나는 아름다운 도시였다. 길도 집도 왜 그렇게 새하얗게만 보였던지. 나중에 안 것이지만 송도고보, 호수돈고녀를 비롯한 신식의 큰 건물들은 모두 화강암으로 지었고 토지도 사질(砂質)이어서 길이나 바위가 유난히 흰 게 개성 지방의 특징이었다. 사람이 저렇게도 살 수 있는 거로구나, 나는 벌린 입을 못 다물고 그 인공적인 정연함과 정결함에 오직 황홀한 눈길을 보냈다.

그때였다. 네모난 건물 한귀퉁에서 눈부신 불덩이 같은 게 이글거리는 게 내 눈을 쏘았다. 여태껏 내가 본 어떤 빛하고도 달랐다. 불길이 치솟지는 않았지만 불길보다 더 강렬한 빛이었다. 나는 두려워하면서 엄마에게 매달렸다. 엄마는 바보처럼 굴지 말라고, 저건 유리창에 햇빛이 비친 거라고 말했다. 그러고 보니 해가 뭐하고 부딪쳐 박살이 난 것 같은 빛이었다. 엄마는 내가 유리창을 못 알아듣자 송도나 서울 같은 대처에서는 집집마다 유리로 들창을 만든다고 했다. (…중략…)

나는 농바위 고개에 서 있는 게 아니라 전혀 이질적인 두 개의 세계의 경계에 서 있는 것처럼 느꼈다. 미지의 세계에 덮어놓고 이끌리면서 한편 뒷걸음치고 싶었다.

가슴이 두근대는 소리가 들리는 것 같았다. 그것은 내 마음 속에서 평화와 조화가 깨지는 소리였고, 순응하던 삶에서 투쟁하는 삶으로 가는 갈림길에서 본능적으로 감지한 두려움이었다.8)

---

7) 『그 많던 싱아는 누가 다 먹었을까』, 앞의 책, 27~29면.
8) 『그 많던 싱아는 누가 다 먹었을까』, 앞의 책, 44~45면.

첫 번째 인용문은 시골 아이의 무료함을 그린 이상의 수필 「권태」에 비추어 자신의 유년의 기억을 회고하는 장면이다. 자연의 일부인 아이들은 자연 속에서 충만한 삶의 환희를 느끼는 존재들이다. 이는 앞서 살펴 본 충만한 동일성의 세계로서의 고향의 의미와 맞닿아 있다. 반면 엄마 손에 이끌린 채 처음 본 대처의 모습은 바로 이러한 자연의 아이로서의 환희가 깨어지는 경험으로 그려진다. 유리창에 비친 햇살이 "해가 뭐하고 부딪쳐 박살이 난 것 같은 빛"으로 각인되는 경험은 자연의 아이로서의 정체성이 대처에 부딪쳐 박살이 나는 과정을 상징적으로 보여준다. "순응하던 삶에서 투쟁하는 삶으로 가는 갈림길"은 엄마의 소망에 의해 구성되는 엄마의 딸로서의 박완서의 주체성이 자연적 삶에 동일화된 세계로부터 만들어진 세계 속에서의 투쟁과 갈등으로 구성되는 것을 보여준다. 또한 유리창을 "해가 뭐하고 부딪쳐 박살이 난 것 같은 빛"으로 경험하는 과정은 박적골로 상징되는 자연적 삶, 충만한 동일성의 삶, 근원적인 삶의 형식이 휘발되어 사라지는 경험과 관련된다.

근대성의 경험에 대한 연구에서 볼프강 쉬벨부쉬는 19세기에 세워진 일련의 유리 건축들(런던 만국 박람회장, 유리 궁전, 파리 만국 박람회장 등)은 19세기 사람들에게 최초의 열차 여행이 빚어낸 것과 비슷한 인식의 충격을 가져왔다고 분석한다. 즉 유리 건축은 빛과 그림자의 가치 진도, 공간 경계의 가치 전도(외부와 내부의 사라짐)를 통해 익숙한 빛과 그림자의 대비를 해소하게 된다. 유리 건축은 순전히 밝은 공간을 만들어내어 익숙한 빛과 그림자에 대한 인지 방식이 눈부심으로 가려지게 된다. 같은 정도의 밝기, 빛과 그림자의 대조가 없음은 이러한 대비에 익숙하던 인식 체제를 갖고 있던 사람들에게 방향 감각을 상실하게 한다. 그것은 마치 열차의 신종 속도가 전래의 공간 의식을 혼란시켜 놓은 것과 같다. 유리 건축은 거의 실체가 없는 상자를 통해 자연의 전체 환경과의 연관에서 빛과 대기를 떼어내어, 이 빛과 대기를 새로운 상태로 옮겨 놓는다. 빛과 대기는 이제 그 자체로 드러나는, 대상적인 세계에 종속되지 않는 자립적인 성질로 인식된다.[9]

농바위 고개에서 마주친 송도의 유리 건물들에 대한 기억은 바로 이러한 지점에서 자연의 법칙(소위 순리) 속에 놓여져 있던 존재의 모든 인식 체계를 전도시키는 경험이다. 박적골에서 서울로의 여정은 고향 상실과 충만한 존재감으로부터의 박탈을 의미하는 동시에 모든 것이 휘발되어 사라지는 근대적 경험과 역사적으로 조우하는 과정을 담고 있다. "내 눈을 쏘"아보는 유리창의 빛은 근대 체험이 문명(새로운 세계)에 대한 눈뜸이자 바로 그 눈을 뜨게 하는 빛의 강렬함 속에서 모든 것이 휘발되어 사라져 방향감각을 잃게 되는 모순적 과정임을 상징적으로 보여준다. "그 많던 싱아는 누가 다 먹었을까"라는 질문은 이렇게 박완서 개인의 추억의 집을 다시 그리기 위한 질문에 그치는 것이 아니라 모든 것이 휘발되어 사라져버리는 근대적 경험에 대한 질문과 탐색을 내포하는 것이다. 모든 것이 휘발되어 사라지는 근대로의 여행은 "유리창이 엄청 많이 달린 엄청나게 큰 구렁이 같은 기차에 얼떨결에 올라"탄 채 출발한다.

한편 송도에 대한 기억을 묘사하는 지점에서 "은빛으로 빛나는

9) 볼프강 쉬벨부쉬, 박진희 역, 『철도 여행의 역사―철도는 시간과 공간을 어떻게 변화시켰는가』, 궁리, 2000 참조

아름다운 도시" 송도는 할아버지의 두루마기 자락의 흰 빛과 더불어 고향을 기억하는 원초적인 색감으로 박완서의 작품에 자주 등장한다. 흰 색 두루마기는 송도의 은빛과 함께 서울과 대비되는 고향의 색깔이다. 송도의 은빛은 어머니의 이야기 속에서 박완서의 기억에 더한층 구체화되었다고 한다. 특히 "송도에서는 버선 빨래를 하면 눈부시게 새하얀 색이 되고, 파주쯤만 와도 황토물 때문에 버선이 벌게지고, 서울에서는 버선이 푸르스름해진다"는 어머니의 이야기는 송도의 은빛을 다른 고장과는 다른 그곳만의 색감으로 기억하게 한다. 서울에는 조개탄이나 연탄을 때는 곳이 많아서 빨래를 하면 검은 색이 빠지지 않아 하얀 버선도 푸르스름하게 되었던 것 같다고 한다. 특히 서울에 대한 구체적인 실감을 표현하는 검은 색은 "검정치마, 검정 구두, 검정 한도바꾸"를 든 신여성이나, 흰색 한복과 대비되는 검정 양복, 순사들이 입던 검은 옷의 기억과 결부된다. 특히 서대문 구치소 옆에 있던 현저동 집에서는 순사들을 자주 보게 되었는데 순사의 검은 양복은 박완서에게 알 수 없는 공포감을 심어준다. 이는 서울의 질서와 위압감이 검은색에 대한 알 수 없는 거리감과 공포로 드러나는 것이다. 또한 이는 서울의 질서를 상징적으로 보여주는 선생님에 대한 기억에도 고스란히 투영된다.

6 · 식민지 규율권력과 주체화의 이중성 1 —선생님의 히사시까미 머리

1학년 담임선생은 내가 처음 만난 엄마가 말한 신여성의 구색을 한몸에 갖춘 분이었다. 머리를 반가리마를 타서 뒤에서 히사시까미로 빗어 올리고 흰 다부다이 저고리에 검정 지리면 통치마를 입고 까만 뾰족 구두를 신었다. 출퇴근 때는 까만 핸드백을 들었다. 물론 이 세상의 모든 이치를 모르는 거 없이 알고 있다는 것까지도 믿어도 될 것 같았다. (⋯중략⋯)
운동장에서 여러 아이들에게 둘러싸여 걸음도 제대로 못 옮기는 선생님을 볼 때마다 나는 햇병아리를 거느린 암탉과 같다고 생각했다. 나는 멀찌감치 서서 아이들의 존경과 사랑을 독차지한 선생님을 바라보면서 손톱을 질겅질겅 씹었다.[10]

박완서 문학에서 신여성과 서울에 대한 동경은 억척 모성의 이중성을 형상화하는 주된 기제이다. 신여성과 서울에 대한 동경에는 "무지를 떨치고 도시로 나온 엄마의 지식과 자유스러움에 대한 피맺힌 원한과 갈망"뿐 아니라 영원한 문 밖 의식으로 표현되는 "미처 도달하지 못한 이상향과 당장 처한 현실과의 갈등"이 담겨 있다. 억척 모성의 이중성을 바라보는 딸의 시선은 박완서 문학의 고유한 특질을 구성한다. 엄마에 의해 새로운 세계로 불려나왔지만 그 세계의 모순을 엄마의 이중성을 통해 바라보는 딸의 시선은 박완서 문학을 관통하는 엄마의 딸로서의 주체의 모순적인 구성 방식을 보여준다.

---

10) 「엄마의 말뚝 1」, 앞의 책, 50면.

엄마의 소망을 담고 있는 새로운 세계에 불려나와 그 세계를 인정하면서도 동시에 그로 인해 억압을 느끼는 딸의 모순적인 주체성은 박완서의 유년의 기억에 대한 묘사에 있어서 주로 학교 체험을 통해 드러난다.

"신여성이 뭔데?"
"신여성은 서울만 산다고 되는 게 아니라 공부를 많이 해야 되는 거란다. 신여성이 되면 머리도 엄마처럼 이렇게 쪽을 찌는 대신 히사시까미로 빗어야 하고, 옷도 종아리가 나오는 까만 통치마를 입고 뾰죽구두도 신고 한도바꾸도 들고 다닌단다."11)

아들과 똑같이 공부시켜서 딸이 엄마처럼 살지 않기를 바라는 엄마의 소망은 학교에 대한 맹목적인 신념과 연결된다. 엄마에게 자식을 학교에 보내는 것은 "지식과 자유스러움에 대한 피맺힌 원한과 갈망"을 대리 충족하는 유일한 방법이다. 그러나 딸에게 학교는 엄마의 과도한 소망 때문에 끝없이 짓눌리는 경험만을 안겨준다. 그러나 학교의 기억은 엄마의 과도한 소망에 짓눌렸던 유년의 기억뿐 아니라 식민지 규율권력이 근대적 주체를 형성하는 과정에 대한 경험이기도 하다. 엄마가 말하는 신여성의 전형인 담임 선생님은 아이들을 어미 닭처럼 품고 운동장을 가로질러 간다. "존경과 사랑을 독차지한" 선생님의 모습을 먼발치에서 손톱을 질겅질겅 씹으며 바라보는 어린 소녀의 모습은 학교 교육을 통한 식민지 규율화가 사랑, 지식 등의 이름으로 학생들을 식민지 체제의 국민으로 동화시키고 규율화하는 모순적인 방식을 상징적으로 투영한다.

---

11) 「엄마의 말뚝 1」, 앞의 책, 24면.

제2부 엄마들의 이야기―그녀들의 역사와 이야기 143

왠지 나는 선생님의 그런 세심한 안배에도 끼지 못하고 늘 가장자리에 처져 있었다. 가장자리에선 중심부에서 일어나는 일이 잘 보였고 선생님이 아무리 공평 하려고 노력해도 선생님 손이나 치맛자락을 잡을 수 있는 아이는 정해져 있다는 것도 알 수가 있었다. (…중략…)

나는 중심부의 그런 애들을 입을 헤벌리고 침을 흘릴 정도로 부러워하고 시기도 했지만 닮을 자신은 없었다. 사람에겐 누구나 죽었다 살아나도 흉내 못 낼 것 같은 게 있는 법인데 나에겐 그게 집단의 중심이 되는 것이었다.12)

선생님은 학생들에 대한 자상한 관심과 애정과 "세상의 모든 이치를 모르는 것이 없"어 보이는 지식을 갖고 있지만 어린 소녀에게 그것은 동화될 수 없는 먼 세계처럼 보인다. 어린 소녀는 그것을 중심부에 서 있는 것과 가장자리에 서 있는 것의 차이로 느낀다. 가장 자리에 서서 중심을 바라보는 태도는 박완서 문학을 관통하는 시선이다. 이는 문 밖 의식을 통해 문 안을 거리 두고 바라보는 방식과 상통한다. 또한 여기서 가장 자리에 서서 바라보는 어린 학생의 시선에는 학교라는 규율화된 제도를 통해 식민지 국민을 형성하는 식민지 규율권력에 대한 갈등이 경험의 형태로 드러난다. 학생들에 대한 자상한 관심은 어린 소녀에게 관심이라기보다 억압적인 공포로 각인된다. 사는 곳이 어디니를 반복해서 물어보는 선생님의 질문에 대한 공포, 가정 방문, 매 달 열리는 학부형회에 대한 공포 등은 식민지 규율권력으로서의 학교의 체험을 투영한다. 친척집 주소를 외워서 선생님의 질문에 가짜 주소를 대어야 했던 경험은 학교에 가기 위해 치러야 했던 곤욕으로 반복적으로 기술되는 데 이는 엄마의 학구열의 모순을 드러내는 서사적

---

12) 『그 많던 싱아는 누가 다 먹었을까』, 앞의 책, 79~80면.

기능 뿐 아니라 식민지 규율권력이 학교 교육을 통해 관철되는 과정에 대한 경험의 형식을 담지 한다. 정직 교육과 학적부, 개성 조사부 등을 통해 이루어지는 학생들에 대한 관리와 통제는 식민지 학교 제도의 중요한 토대를 이루고 있다.

> 초여름에 가정방문이 있었다. 엄마는 우리 남매에게 완벽한 정직을 요구했고, 자신에 대해서도 그렇게 믿고 있었다. 학교에서도 정직 교육에 가장 역점을 두는 듯 했다. 수신 교과서에 일관되게 흐르는 것도 천황에 대한 충성 다음이 정직이었다. 거짓말을 시킨 아이가 선생님에게 가장 큰 수모를 받았다. 물건이나 돈을 주웠을 때 학교에선 선생님에게, 학교 밖에서는 파출소에 갖다 주어야 한다는 것도 반복적으로 교육을 받았다.[13]

가장자리에 서서 중심부에 있는 선생님과 아이들을 바라보는 어린 소녀의 시선에는 질투와 선망의 감정이 실려있지만 동시에 중심부에 대한 거리감과 선생님의 애정·지식·관심을 다른 식으로 해석할 수밖에 없는 입장의 차이를 구성한다. 이러한 다른 시선은 박완서의 유년의 기억 속에서는 선생님에 대한 공포의 형태로 드러난다. 그 중 대표적인 것이 집 주소를 캐묻는 선생님, 가정방문을 하는 선생님, 학부형회에 꼬박꼬박 참석하는 엄마에 대한 심리적 갈등이다.

> 일제 시대의 운동회는 규율이 엄해서 처음부터 끝까지 일사불란하게 단체가 한 몸처럼 움직이는 걸 목적으로 삼았다. 점심시간을 빼고는 자기 자리를 이탈할 수 없었다. 화장실에 가는 것도 선생님한테 허락을 맡아야 했다. 나는 선생님과 일대 일로 대화하는 걸 거의 병적으로 공포스러워했기 때문에 오줌

---

13) 『그 많던 싱아는 누가 다 먹었을까』, 앞의 책, 83면.

이 마려운 걸 어떡하든지 참으려고만 했다. 운동회의 마지막 순서는 전교생의 마스게임이었다. 나는 마스게임 도중에 드디어 참지 못하고 오줌을 싸고 말았다. 아이들의 놀림감이 되는 데 길들여진 못난 계집애였지만 그 날 집으로 오면서, 내 종아리로 흘러내려 바닥에 흥건히 고이는 걸 목격한 동무들이 다 죽어 없어지게 해달라고 마음속으로 빌 정도로 그 때 내 어린 자존심이 입은 상처는 참혹한 것이었다.14)

이러한 유년기의 기억은 학교 제도의 규율화된 권력에 의한 억압의 체험을 그 이면에 담고 있다. 식민지 체제에서 근대 교육의 중요한 특징 중의 하나가 학교에서의 학생들에 대한 관리와 통제가 강화된다는 것이다. 이 관리와 통제는 학생 개개인에 대한 파악을 기초로 하는 것이다. 그것은 학적부와 개성 조사부를 기초로 하여 이루어졌다. 이런 관리와 통제는 학생이 입학하면서부터 시작된다. 교사는 신입생을 위한 준비물로 가정 조사 및 개성 조사를 실시하며, 학적부, 출석부, 성적 고사부, 개성 조사부, 성적 일람표, 성적 통지표 등을 준비했다. 개성 조사부는 학적부보다 훨씬 치밀한 것으로 1930년대 초 직업과가 도입되면서 등장한 것이다. 인간은 전일체로서의 개성을 가진다는 명제 아래 학생 개개인에 대한 세밀한 관찰을 하고 개성 조사표를 작성하여 사용하였다. 개성 연구는 개성의 기술 및 분류에 기초하여 분류의 원리를 발견하는 것이었다. 이를 위해 주로 실험법과 관찰법이 사용되었는데15) 지속적으로 조사 관찰하는 이 방법의 하나가 가정 방문과 학부형

---

14) 「포스트식민지적 상황에서의 글쓰기」, 앞의 글, 22면.
15) 이에 대해서는 「일제하 보통학교와 규율」(김진균 · 정근식 · 강이수), 『근대 주체와 식민지 규율권력』(김진균 · 정근식 편저), 문화과학사, 1997 참조.

회이다. 또한 일제 체제의 식민지 교육은 "자립정신과 규율적 습관"을 기르기 위해 훈육을 주요한 방법으로 삼았다. 훈육은 "국민성의 형성, 아동의 인격 도야와 사회 봉사의 자세, 생활에 필수적인 지식 기능의 습득, 신체의 건전한 발달, 개성에 맞는 교육, 교과목간 연관 등이 강조되었다. 이때 사용된 훈련의 개념은 '국민성의 발전완상'을 중심으로 사고되었다."16)

박완서의 유년의 기억에서 주소를 외워야 했던 기억과 정직에 대한 이중적 감정은 이러한 식민지 규율화의 억압의 체험과 결부된다. 특히 정직을 강조하는 수신 과목은 192~30년대에는 주당 6시간 교육에서 30년대 말에는 주당 12시간으로 40년대 초에는 62시간으로 급격하게 교육 시간이 증가한다.17) 주로 아동의 인격 도야에 대한 교육을 통해 국민정신을 교육하고 규율함으로써 이러한 교육은 식민지 주체들로 하여금 식민지 규율권력을 자율적 동의의 형식으로 내면화하게 만드는 주된 장치였다.

흥미로운 것은 학교, 신여성 선생님, 주소 외우기, 정직에 대한 기억이 엄마의 모순적인 면모에 대한 자각과 밀접하게 관련된다는 점이다. 여기서 엄마의 모순적인 면모에 대한 자각은 억척 모성의 이중성을 통해 식민지 규율권력을 내면화하면서 형성되는 식민지 근대 주체의 모순적인 면모와 결부된다. 학교를 통해 교육되는 식민지 체세의 규율적 질서는 억압적인 동시에 식민지 주민에게 그 질서 속에서 스스로를 규율해가도록 요구하였다. "그런 점에서 식민지에 강제된 근대의 경험은 일제하에 형성된 여러 가

---

16) 「일제하 보통 학교와 규율」, 앞의 책, 86면 참조
17) 「일제하 보통 학교와 규율」, 앞의 책, 83면 참조

지 신식 제도들, 그리고 거기에 내재해 있는 근대적 규율을 통해 현재의 우리에게 영향을 미치고 있다. 특히 총동원 체제하에서 작동했던 규율적 원리들은 친일파의 청산 여부에 관계없이 분단 체제하에서 지속적으로 작동한 측면이 있다."[18]

그런 점에서 신여성과 학교에 투영된 엄마의 소망의 모순과 그러한 모순적인 소망에 의해 엄마와는 다른 삶을 자식들에게 만들어주기를 바랐던 엄마의 바램은 주체 구성의 새로운(근대적) 방식에 대한 역사적 경험을 투영하는 것이다. 그리고 모순적 소망과 미처 도달하지 못한 현실 사이에 얽매여 살아온 엄마의 삶, 그 "엄마의 말뚝"은 한 개인의 삶에 대한 기억인 동시에 식민지 근대와 분단 체제를 살고 있는 우리들(집단적 주체)의 경험이기도 하다.

> 어머니가 낯설고 바늘 끝도 안 들어가게 척박한 땅에다가 아둥바둥 말뚝을 박으시면서 나에게 제발 되어지이다라고 그렇게 간절히 바란 신여성보다 지금 나는 너무 멋쟁이가 돼 있지 않은가. 그러나 신여성이 할 수 있는 일이라고 어머니가 생각한 것으로부터는 얼마나 얼토당토않게 못 미쳐 있는가. (⋯중략⋯)
>
> 어머니가 세운 신여성이란 것의 기준이 되었던 너무 뒤떨어진 외양과 터무니없이 높은 이상과의 갈등, 점잖은 근거와 속된 허영과의 모순, 영원한 문밖 의식, 그건 아직도 나의 의식 내용이었다. 그러고 보니 나의 의식은 아직도 말뚝을 가지고 있었다. 제아무리 멀리 벗어난 것 같아도 말뚝이 풀어준 새끼줄 길이일 것이다.[19]

"어머니가 세운 신여성이란 것의 기준이 되었던 너무 뒤떨어진

---

18) 「근대 주체와 식민지 규율 권력」, 앞의 책 참조.
19) 「엄마의 말뚝 1」, 앞의 책, 60면.

외양과 터무니없이 높은 이상과의 갈등, 점잖은 근거와 속된 허영과의 모순", 그 영원한 문 밖 의식은 식민지 근대의 경험과 분단 체제의 경험을 지속적인 역사적 과정으로 바라보는 박완서의 근대 비판의 시각을 관통한다. 엄마의 말뚝이 식민지 근대에서 분단 체제에 이르는 역사적 경험과 주체화 과정의 모순을 그려내는 상징적 지표가 될 수 있었던 것은 단지 박완서의 삶이 식민지 근대에서 분단 체제를 관통하고 있기 때문은 아니다. 신여성에 대한 엄마의 동경이 내포하고 있던 지식과 자유스러움에 대한 피맺힌 소망과 그 모순적인 실현 방식은 식민지 근대 속에서 새로운 삶의 형식들을 교육과 같은 식민지 규율권력을 통해서 충족할 수밖에 없었던 근대 주체 형성의 모순적인 과정을 반영한다. 또 식민지 규율권력이 작동하던 제도들과 제도 속에 투영된 이념들 그리고 이들을 통해 구성된 주체 형성의 모순적 방식이 여전히 분단 체제 속에 작동하고 있다는 점에서 우리는 모두 엄마의 말뚝에 매어져 있는 것이다.

학교에서 배운 식민지 규율권력이 훈련이라는 형식으로 학생들에게 증오심을 심어주고 서로에 대한 증오심과 자신에 대한 수치심을 형성하는 과정은 전쟁 경험과 함께 서로에 대한 맹목적인 증오에 의해 구성되는 파시즘적 주체 형성 과정을 선명하게 보여준다.

일제 고사 성적이 그 반보다 조금이라도 떨어지면 자기 점수에 상관없이 전체가 벌을 받았는데 선생님은 손끝 하나 까딱 안 하고 우리에게 가혹한 체벌을 가하는 법을 알고 있었다. 그건 짝끼리 서로 마주 보고 서서 상대방의 뺨을 선생님이 그만 하라고 할 때까지 때리게 하는 방법이었다.
우리끼리 때리면 살살 때릴 것 같지만 결코 그렇지가 않다. 살살 때리는 기미가 보이면 선생님이 입가에 비웃음을 띄우고 너희들이 그런 잔꾀를 부리면 마냥 때리게 할거라고 위협을 하기도 했지만, 내가 때리는 것보다는 상대방이 더 아프게 때리고 있다는 느낌은 피할 길이 없었고, 그렇게 되면 억울해서라도 상대방보다 더 세게 때리고 싶어진다. 생각해 보라. 열서너 살밖에 안 된 계집애들이 마주보고 서서 서로의 증오심을 무진장 상승시켜 가며 꽃 같은 뺨이 시뻘겋게 부풀어오르도록 사매질을 하는 광경을, 그거야말로 구원의 여지가 없는 지옥도였다.

복순이와 나는 성적도 비슷하고 키도 비슷해서 성적순으로 앉을 때나 키순으로 앉을 때나 짝이 되는 경우가 많았다. 우리도 별 수 없이 이 야만적인 증오심에 씌어 점점 강도가 높게 서로의 뺨을 때렸다. 어느 고비를 지나면 누가 더 아프게 때리냐는 별로 문제되지 않고 우리의 그 짓을 멈추지 못하게 하는 또 하나의 비인간적인 채찍을 우리의 배후에 느낄 뿐이었다. 선생님의 그만 소리가 떨어지고 나면 우리의 증오심은 곧 수치심으로 변해 서로의 얼굴을 바로 보지 못했다. 생각하기도 싫은 끔찍한 체벌이었다. 엄마의 말에 의하면 여태껏 만나 본 어떤 선생님보다 수더분하여 마음에 든다고 했지만 그런 분이 왜 우리로 하여금 그 나이에 그런 짐승의 시간을 갖게 했는지 참으로 모를 일이다.[20]

선생님의 애정어린 관심을 공포로 체험하는 과정은 애정과 자율, 지식이라는 이름으로 식민지 규율권력이 강제와 자율의 이중적 형식을 행사하는 과정에 대한 해석적 관심을 유도할 수밖에 없다. 박완서 문학에서 유년의 기억이 그토록 자주 등장하는 것은 이러한 해석적 관심에서 비롯된다. 또한 식민지 규율권력에 의해 자율과 강제의 모순적인 방식으로 근대적 주체로 형성되는 과정은 학교 교육에 대한 엄마의 이중성에서만이 아니라 어린 박완서에게도 이중적인 감정으로 드러난다. 그것은 억압의 체험과 한 축

---

20) 『그 많던 싱아는 누가 다 먹었을까』, 앞의 책, 154~155면.

을 이루는 학교 교육을 통한 해방감과 환희의 경험으로 드러난다. 그리고 이러한 해방의 체험은 주로 책 읽기와 관련된 경험이다.

7. 식민지 규율권력과 주체화의 이중성 2
—이야기꾼 엄마와 부립(府立) 도서관의 어린이 열람실

학교에 가기 전 어린 박완서에게 지식과 이야기의 원천은 엄마였다. 이야기는 농담과 함께 엄마에 대한 기억의 많은 부분을 이루고 있다. 농담을 통해 엄마는 어떠한 어려운 상황과 억압적인 경험 속에서도 그 상황을 카니발적인 색채로 재구성한다. 이야기는 세계를 카니발적으로 재구성하는 엄마의 예술가적 면모와 세계를 엄마의 방식으로 재구성하는 방식을 상징적으로 보여준다. 농담과 이야기는 어떠한 상황에서도 자신이 세계의 주인이 되는 엄마의 면모를 상징적으로 드러낸다. 그런 점에서 농담과 이야기는 엄마의 자율적 세계이다. 또 농담과 이야기는 권위를 비틀고 기존의 이야기를 재해석하는 과정이라는 점에서 현실의 권위적 서사에 대한 신성박탈의 작업을 통해 타자의 이야기를 만들어내는 과정이다.

엄마가 알고 있는 이야기는 무궁무진했다. 할멈 할멈 떡 하나 주면 안 잡아먹지, 혹 팔아먹은 얘기, 단 방귀장수 얘기, 콩쥐 팥쥐, 장화 홍련 등은 할머니한테도 여러 번 들은 거였지만 엄마한테 들으면 새 맛이 났다. 엄마는 그 밖에도 모르는 이야기가 없었다. 박씨부인전, 사씨남정기, 구운몽, 수호지, 삼국지 등 내 나이엔 어려운 이야기까지 엄마는 내 수준에 맞게 꾸며서 이야기 하는 특이한 재주를 가지고 있었다.

나는 그 중에도 박씨 부인전이 어찌나 재미있던지 몇 번씩 졸라서 또 듣고 또 듣곤 했다. 처음엔 심심풀이 삼아 자진해서 해 주던 이야기에 내가 흠뻑 빠지자 엄마는 "이야기를 바치면 가난하다는데" 하곤 걱정을 하면서도 못이 기는 척 다시 이야기 보따리를 풀곤 했다.

세상에 우리 엄마만큼 삼국지를 재미있게 말할 수 있는 사람이 또 누가 있을까? "옛다 조조야, 칼 받아라." 하면서 그 동작까지 흉내내느라 바느질하던 손을 높이 쳐들었을 때 엄마의 손끝에서 번쩍이는 바늘 빛은 칼 빛 못지 않게 섬뜩하고도 찬란했고, 나는 장검을 휘둘러도 시원치 않을 우리 엄마가 겨우 바느질품 밖에 못 파는 게 안타까워 가슴속에 짜릿하니 전율이 일곤 했다.[21]

엄마는 "처녀 적에 『삼국지』나 『수호지』를 읽고 그 내용을 외웠으며, 「옥루몽」, 「홍루몽」, 「춘향전」, 「심청전」 같은 소설들은 손수 베껴 책으로 엮어 놓"[22]을 정도로 이야기를 많이 읽고 사랑했다고 한다. 근대 전환기의 많은 여성들이 그러했듯이 국문소설들은 엄마에게 현실적 삶에서는 채울 수 없었던 세계에 대한 지식과 해방감, 자기 성취에 대한 이룰 수 없는 소망을 대리 충족할 수 있는 유일한 탈출구였을 것이다. 그러나 엄마에게 이야기는 딸이 배웠으면 하는 신지식과는 다른 것이다. 엄마 생각에 신지식은 세상의 모든 이치를 깨닫게 해 주지만 이야기는 가난만을 안겨준다.

---

21) 『그 많던 싱아는 누가 다 먹었을까』, 앞의 책, 112면.
22) 호원숙(박완서의 장녀), 「행복한 예술가의 초상」, 『박완서 문학 앨범』(박완서 · 호원숙 · 권영민 지음), 웅진출판사, 1992년, 33면 참조.

그러나 어린 박완서에게 엄마의 이야기는 세계에 대한 지식뿐 아니라 그 이야기에 투영된 엄마의 소망과, 이야기를 만들고 들려줌으로써 세계를 아름답고 신비롭게 재구성하는 엄마의 요술같은(카니발적인) 능력을 체험하는 것이다. "육년 동안 서울에서는 드물게 산을 넘어 통학을 하면서도 무섭다거나 심심하다는 생각이 조금도 안들었"던 것은 엄마의 이야기가 세상을 새롭게 만드는 요술 같은 능력을 갖고 있었기 때문이다. 엄마의 요술 같은 이야기 솜씨는 딸인 박완서에게 현실의 불행을 극복하게 하는 이야기 속의 세상을 만들어준다. 특히 유년의 기억 속에서 박완서의 정체성은 엄마의 이야기 세상 속에서 행복감을 느끼는 어린 딸과 학교 속에서의 어린 아이로서의 정체성 사의의 균열을 통해 형성된다. 앞서 살펴 본 학교 체험에서 드러난 공포와 억압감은 주로 학교 생활의 규율화 속에서 소외된 어린아이의 시선을 통해 자신의 정체성을 기술하고 있다면 이와 달리 학교 교육을 통한 독서 경험은 더 이상 엄마의 딸이 아닌 근대의 아이로서의 자기 정체성을 형성해 가는 과정을 보여준다.

그 애하고 짝이 된 첫 시간에 배운 국어가 도서관에 대한 거였다. 도서관에 가서 책을 대출해서 읽고 반납하는 과정이 자세히 나오는데 선생님은 너희들도 실제로 도서관을 한 번 이용해 보면 좋은 경험이 될 거라고 도서관의 위치를 가르쳐 주었다. 그런 일은 흔한 일이었다. 근면해서 성공한 이야기가 나오면 너희들도 그렇게 하라고 했고, 정직에 대해서 나오면 정직이야말로 가장 가치 있는 도덕이라고 강조하는 것과 마찬가지로 그런가 보다 들어 넘기면 그만이었다.

그런데 그 촌스러운 복순이가 다음 일요일날 같이 도서관에 가보자고 나를

꼬였다. 선생님이 가르쳐 준 공립도서관의 위치를 잘 들어 두었는데 찾아갈
수 있을 것 같다면서 국어 책에 나온 대로 거기서 보고 싶은 책을 실컷 빌려
보면 얼마나 신나겠느냐는 것이었다. 그 애는 책보는 재미에 대해 나보다 뭔
가를 더 알고 있었다. 그 애에 비해 나는 처녀지와 다름이 없었다. 선생님이
가르쳐 준 도서관은 지금의 롯데 백화점 자리였다. 그때 그 도서관을 우리는
공립 도서관이라고도 했고 총독부 도서관이라고도 했다. 해방되고 나서 국립
도서관이 된 바로 그 건물이었다. (…중략…)

도서관 가는 게 학교 숙제라고 했더니 단박 엄마의 허락이 떨어졌다. 공일
날 아침, 그 애네 집에서부터 도서관까지의 길은 나에게 멀고도 낯설었다. 그
애도 처음이어서 겁없이 이 사람 저 사람에게 길을 물어 간신히 당도한 곳은
아이들이 만만하게 이용할 수 있게 생긴 건물이 아니었다. 붉은 벽돌 건물엔
권위주의적인 정적이 감돌고 있었고 감히 어디로 어떻게 들어가 책을 빌리는
절차를 밟아야 하는지 도무지 감을 잡을 수가 없었다.

안에 충충하게 고여있는 어둡고도 서늘한 정적을 훔쳐보는 것조차 두려워
서 가슴을 졸이며 열려 있는 문을 이 문 저 문 조심스럽게 엿보고 다니는데
정복을 입은 수위가 달려왔다. 나는 나쁜 짓을 하다가 들킨 것처럼 어쩔 줄을
몰라하는데 내 동무는 또박또박 교과서에서 배운 도서관 이용법을 직접 해보
려고 왔노라고 말했다. 당장 몰아낼 듯이 눈을 부라리며 달려온 수위였지만
내 동무의 똑똑함에는 감동을 한 듯했다. "허, 고것들 참" 하면서 이 도서관
에는 아이들 열람실이 없으니 딴 도서관엘 가보라고 했다.[23]

일본어 시간인 국어 시간에 처음으로 배운 것이 도서관 이용법
이라는 것은 매우 흥미롭다. 도서관이란 어머니의 이야기 속 세상
과는 다른 근대적인 지식의 분류와 체계를 경험하는 장소이다.
"너희들도 실제로 도서관을 한 번 이용해"보라는 선생님의 권유는
근대적인 교육 체제를 통해 근대적 지식의 분류와 체계를 자율적
으로 학습하는 기제를 보여준다. 물론 여기서 근대적 지식의 분류

---

23) 『그 많던 싱아는 누가 다 먹었을까』, 앞의 책, 142~143면.

와 체계란 일본에 의해 구성된 식민지 근대의 분류와 체계에 대한 인식틀이다. 특히 도서관 체험을 기술하는 긴 묘사들은 박완서가 엄마의 이야기 속 세상으로부터 근대 체계로 진입해 가는 과정, 그리고 도서관이라는 신식 제도 속에 투영된 근대적 규율을 자율적으로 내면화하는 방식들은 보여준다. 운동회·체벌·정직과 관련된 선생님에 대한 공포스러운 기억이 집단적 경쟁의 방식과 규율화의 억압적 장치를 통해 훈육되었던 경험에 대한 것이라면 도서관은 이와는 달리 새로운 세계에 대한 경험으로 그려진다. 사실 도서관 체험은 운동회나 체벌, 정직에 대한 자발적 실천 등과 같은 연장선상에서 식민지의 규율화된 근대 권력을 체험의 형식을 통해 자발적으로 스스로 규율화하는 장치이다. 운동회가 집단 간 경쟁의 방식으로 조직되고 집단적 소속감(마스게임처럼)을 높이는 것을 규율의 원리로 하면서 그것을 학생들이 몸소 실현하도록 하는 방식이라면 학생들끼리 서로를 체벌하도록 하는 방식이나 정직의 원리를 반복해서 학습하여 내면화하는 방식은 체험을 통해 억압적인 규율을 스스로 지켜나감으로써 자율적인 것으로 구성하는 방법이다. 따라서 근대 체험은 이러한 억압과 자율의 이율배반적 구조를 개별 주체들 속에서 자율화와 자발성의 형식으로 경험하게 만드는 구조를 취한다.

집에서부터 도서관까지의 "멀고도 낯선" 길은 근대 체제의 질서와 규율에 들어서는 문턱에 선 존재들의 공포와 외경의 심리를 그대로 투영한다. 또한 그러한 공포와 외경의 심리가 "교과서에서 배운 도서관 이용법을 직접 해 보려고 왔노라"는 친구의 말과 "내 동무의 똑똑함에 감동을 한" 정복을 입은 수위 아저씨의 누그러진 태도를 통해 완화되는 것은 근대 체제의 규율화된 질서에 대한 공포가 그러한 질서의 내면화(학교에서 배운 지식을 실천하는 것)를 통해 극복되는 이중의 과정을 보여준다. 이것은 바로 자율적인 실천과 경험을 통해 근대의 억압적 규율이 내면화되는 방식이다.

　　수위 아저씨가 가르쳐 준 딴 도서관은 거기서 가까웠다. 지금의 조선호텔 정문 바로 건너편에 있는 부립(府立)도서관이었다. 해방 후엔 서울대 치대도 됐다가 여러 번 용도가 바뀌었지만 그때는 총독부도서관 다음으로 큰 도서관이었다. 그 도서관 역시 우리 같은 촌뜨기가 만만하게 이용할 수 있을 것 같지 않게 당당하고 음침한 분위기의 건물이었지만 아이들 열람실은 본관에서 따로 떨어진 단층의 학교 교실 만한 별관이었다.

　　들어가는 데 아무런 수속 절차가 필요 없었고 아저씨 한 사람이 선생님처럼 앞의 책상에 앉아 있고 아저씨 뒷면 벽이 온통 책장이었는데 아무나 자유롭게 꺼내다 볼 수 있는 개가식이었다. 교과서에서 배운 것 같은 열람을 위한 수속 절차가 따로 있는 게 아니었다. 제 집 서가의 책처럼 마음대로 꺼내다 보고 재미없으면 갖다 꽂고 딴 책을 가져오기를 아무리 자주 되풀이해도 그만이었다. 실제로 읽지는 않고 그렇게 촐싹거리기만 하는 아이도 있었다. 아저씨는 어린이들을 향해 앉아 있을 뿐 이래라저래라 말이 없었다. 그 또한 온종일 책을 읽고 있었다. 그런 곳이 있으리라고는 꿈도 못 꿔 본 별천지였다.

　　그 날 처음 빌려 본 책이 『아아, 무정』이라는 제목으로 아동용으로 쉽게 간추려진 『레 미제라블』이었다. 물론 일본말이었고 삽화가 이루 말할 수 없이 아름다워 읽는 재미에다 황홀감을 더해주었다. 간추려졌다고는 하지만 상당한 두께의 책이어서 도서관을 닫을 시간까지 속독을 했는데도 다 읽지 못했다. 대출은 허락되지 않았다. 못다 읽은 책을 그냥 놓고 와야 하는 심정은 내 혼을 거기다 반 넘게 남겨 놓고 오는 것과 같았다. 숙부네 다락방에서 만화책을 빼앗겼을 때와 비슷하면서도 그것과는 댈 것도 아니게 허전했다. 미칠 것 같다고 해도 과장이 아니었다. (…중략…)

　　내 꿈의 세계 창밖엔 미루나무들이 어린이 열람실의 단층 건물보다 훨씬 크게 자라 여름이면 그 잎이 무수한 은화(銀貨)가 매달린 것처럼 강렬하게

빛났고, 겨울이면 차가운 하늘을 향해 쭉쭉 뻗은 힘찬 가지가 감화력을 지닌 위대한 의지처럼 보였다.[24]

근대적 제도로서의 도서관 경험이 교과서에 나온 열람을 위한 수속 절차와는 달리 자유로운 어린이 열람실의 경험으로 그려지는 과정은 매우 흥미롭다. 먼저 근대적 제도로서의 도서관이란 지식의 엄격한 분류와 체계화를 상징한다. 따라서 열람을 위한 수속 절차는 이러한 엄격한 체계를 상징한다. 그러나 어린이 열람실은 이러한 엄격한 규칙을 수행하지 않고 자율적으로 아이들이 이용할 수 있다. 어린이는 어른과 달리 규율보다 보살핌과 보호를 통해 자율적으로 지식에 접근할 수 있도록 배려한다. 이러한 관념은 근대의 역사적 발견물로서의 어린이라는 개념에 공통적으로 내포된 것이다. 유년의 기억에서 엄마의 이야기는 딸을 위해 변형이 되기도 했지만 기본적으로 어린이를 위해 만들어진 이야기는 아니다. 옛날 이야기는 어린 아이를 위해 존재했던 것이 아니다. 계모에 의해 살해되는 딸들의 이야기, 온갖 권모술수와 전쟁, 탐욕스러움에 대한 이야기인 『삼국지』가 특별히 아이의 취향에 맞게 제작된 것은 아니기 때문이다. 따라서 이 엄마의 이야기는 딸을 위해 개작되었다고 해도 여전히 잔혹함이나 부조리를 내포하고 있다. 그 속에는 어떠한 문학에도 없는 현실의 감촉이 남아있는 것이다. 어린 딸이 엄마의 이야기를 통해 엄마의 이루지 못한 소망의 흔적을 애틋하게 느낄 수 있었던 것도 엄마의 이야기가 어린 딸에게 현실의 감촉을 느끼는 창이었기 때문이다.

---

24) 『그 많던 싱아는 누가 다 먹었을까』, 앞의 책, 144~145면.

그러나 어린이 열람실에서 접하게 된 아동용 세계 문학 전집은 엄마의 이야기와 달리 아이를 위해 만들어진 이야기이다. 이러한 아동문고는 소위 근대의 아동의 발견에 드러나는 근대적 기제를 상징적으로 보여준다. 18세기에 루소나 페스탈로찌에서부터 아이와 어른의 분리는 근대적 교육의 중요한 원칙이 되었다. 근대적 교육의 이념은 "아이의 발달에 따르는 교육학적 원칙에 따라 아이의 척도에 대응하는 세계를 만들어내려는 것이었다. 이에 따라 아이들 주위에 어른의 세계와는 전혀 관계가 없는 비현실적, 추상적, 원시적 환경을 만들어 두는 것이 허용되었다."25)

어린이 열람실에서 아동용 문고를 통해 만난 새로운 세계는 박완서를 엄마의 딸이 아니라 근대의 어린이로 형성하는 주체화 과정을 의미한다. 이제 박완서는 세계를 엄마의 이야기를 통해서가 아니라 어린이 열람실의 창을 통해 접하게 된다.

종종머리에서 단발머리로의 전환이 박적골의 아이로부터 서울의 아이로의 강제적 전환을 상징적으로 드러내고 이를 통해 근대적 주체로 구성되는 과정의 갈등적인 면모를 드러낸다면 도서관 체험은 근대적 주체로의 갈등적 면모가 자발성과 새로운 세계로의 각성이라는 형식으로 구성되는 과정을 보여준다. 그러나 엄마가 새로운 세계에 영원히 도달하지 못했듯이 도서관 체험이 상징하는 새로운 세계에 대한 어린 딸의 각성 역시 박완서 문학에서는 해석학적 관심의 대상으로 소환된다. 이 소환의 작업은 엄마의 이야기와 도서관의 아동 문고 사이에 놓여진 자신의 세계에 대한 반성적 성찰의

---

25) 가라따니 고진, 박유하 역, 「아동의 발견」, 『일본 근대문학의 기원』, 민음사, 169면 참조

결과이다. 그것은 식민지 근대 속에서의 이중 언어적 정체성에 대한 해석학으로 이어진다. 이러한 해석학은 언어의 문제뿐 아니라 엄마의 이야기와 어린이 열람실의 아동 문고로 상징되는 오래된 세계와 새로운 세계의 충돌, 오래된 세계 속에서 자기 세계를 갖지 못했던 타자화된 존재로서의 엄마의 세계와 자율적인 주체를 구성하는 근대적 세계와의 충돌과 갈등적 관계에 대한 탐색을 동반하는 것이다.

어린이 열람실의 체험을 통해 "나는 이제 엄마보다 더 많은 이야기를 알고 있다는 걸로 엄마를 무시하는 마음까지 품게 되었다. 일본말도 못하는 엄마는 무시당해 싸다고 생각했고, 그건 어쩌면 엄마로부터 비로소 분화된 것 같은 일종의 독립감이기도 했다."26) 어린이 열람실의 체험은 이처럼 엄마의 세계로부터 근대적 세계로, 언문의 세계로부터 일본어의 세계로, 타자화된 존재로부터 자율적이고 독립된 존재로 전환되는 경험의 형식을 지닌다. 그러나 이 경험은 해석학적 작업을 통해 엄마의 세계를 통해 근대적 세계를 성찰하고, 일본어의 세계를 통해 언문의 세계를 재해석하며 자율적이고 독립적인 존재라는 자의식을 통해 타자화된 존재를 성찰하는 끝나지 않는 성찰적 과정을 구성한다. 엄마의 세계와 근대적 세계는 서로를 되비추는 거울상을 구성한다. 따라서 해방이 된 후에도 "일본말을 섞어 써야 의사 소통이 자유로운 얼치기 세대"라는 자의식은 엄마의 세계를 통해 다시 근대를 성찰하는 기억과 경험에 대한 해석학적 작업에 의해 형성된다.

---

26) 「포스트 식민지적 상황에서의 글쓰기」, 앞의 글, 24면.

그 나이에 비로소 우리 역사를 배우고 고전문학을 접했다는 건 우리 세대의 특별한 불행인 동시에 행운이었다고 생각된다. 점잖고도 웅장한 시조, 자유분방한 속요, 단아한 규방 문학 등을 그렇게 맛있게 빨아들였던 것은 문학적인 감수성이 막 개화했을 때 아무런 선입관 없이 곧바로 와 닿았기 때문이 아니었을까. 그리고 그 가락이 그렇게 눈물겹도록 친근했던 것은 내 어릴 적 들던 옛날 얘기와 무관하지 않다고 생각한다.[27]

해방이 되고 일본말로 사유하고 인식하는 데 익숙했던 박완서에게 식민지 근대의 경험을 다시 해석하는 토대가 되는 것이 "내 어릴 적 들던 옛날 얘기"이다. 이처럼 박완서에게 역사에 대한 해석과 성찰의 작업은 엄마의 이야기 속에 투영된 개인적 경험을 재해석하는 작업과 맞물려 있다. 그리고 이러한 해석의 작업은 자신의 정체성에 대한 끝없는 질문인 동시에 식민지 근대와 전쟁, 분단의 경험 속에서 구성되는 주체 형성의 역사적 과정에 대한 질문과 성찰의 작업이 되는 것이다. 이러한 방식으로 박완서 개인의 경험에 대한 기억과 해석의 작업은 역사적 경험이 주체를 어떻게 구성하는가에 대한 기억과 해석의 작업이 된다. 개인사와 역사의 만남, 개인의 경험과 역사적 경험의 만남은 이렇게 시작된다.

---

27) 「포스트 식민지적 상황에서의 글쓰기」, 앞의 글, 25면.

8. 해방, 자유에의 예감과 불안

일제 말기에 숙명여고에 진학한 박완서는 해방으로 잠시 학교를 쉬었다가 다시 숙명여고에 복학한다. 해방기는 자주 바뀐 학제 때문에 중학교로 이름이 바뀐 학교나 미군과 소련군이 번갈아 진주하는 개성에서 어렵사리 서울로 피난하게 된 기억이나 오빠의 사상 활동으로 인한 잦은 이사와 엄마와 오빠의 갈등 등 말 그대로 혼란의 경험으로 기억된다. 해방기의 이념 갈등의 와중에서 겪었던 혼란은 박완서로 하여금 그 시절을 "다시는 생각하기도 싫은 더러운 시대였다"[28]라고 기록하게끔 한다. 특히 오빠의 전향에 대한 기억은 박완서에게 오빠의 이념과 엄마의 근거 있는 삶이라는 두 축을 중심으로 우리 삶의 모순을 천착하게 하는 중요한 기제가 된다.

오빠는 조직으로부터 멀어졌을 뿐 아니라 보도연맹까지 든 눈치였다. 그리고 구파발 지나 고양면 신도면에 있는 고양 중학교 국어 선생으로 취직을 했다. 취직을 하기 위해 보도연맹에 들었는지 취직하고 나서 들었는지 그 전후 관계는 분명하지 않다. 그러나 심리적이었든 실제적이었든 간에 그 두 가지는 서로 맞물려 있었다고 생각된다. (…중략…)

비록 취중일망정 오빠는 전에 없이 유치하고 졸렬하게 굴었다. 잉잉 소리내어 울면서 마치 엄마 때문에 좌익운동에서 발을 빼고 엄마 보란듯이 보도연맹에 가입한 것처럼 모든 것을 엄마 탓으로 돌렸다. 엄마는 이렇게 온갖 주접을 다 떨다 잠든 아들을 슬픈 눈으로 바라보면서 "생전 안 하던 술 처먹고

---

28) 『그 많던 싱아는 누가 다 먹었을까』, 앞의 책, 233면.

우는 버릇을 왜 했을꼬"라는 말밖에 안 했다. 아들이 자는 머리맡도 지나가
본 적이 없는 엄마로서는 그 정도만 해도 큰 욕을 한 셈이었지만 내가 보기
에는 본인보다도 엄마가 더 전향의 후유증 같은 걸 두려워하고 있는 것처럼
보였다.[29]

    오빠의 전향을 축으로 진행된 해방기와 전쟁의 혼란과 갈등 그
리고 인간 내면의 파괴는 박완서로 하여금 이념이라는 거대한 축
으로부터 인간 내면의 자기 근거에 이르기까지 인간 내면에 자리
잡고 있는 믿음의 체계에 대해 지속적으로 성찰하게 만드는 중요
한 요인이 된다. 변절에 대한 엄마의 신경질적인 불안감과 "그 옛
날 오빠가 어렵게 획득한 화평한 가정의 단란에 음흉하게 잠복해
있다가 시도 때도 없이 우리를 불편하게 하던 것도 바로 저런 자
랑스럽고 유구한 정조관념의 뿌리였구나"[30]라는 진술은 엄마의
근거 있는 삶에 대한 갈망과 이념으로 인한 오빠의 혼란 속에서
성찰과 비판을 허락하지 않는 이념과 믿음의 체계란 일부종사의
미덕이라는 "정조관념"처럼 맹목적이고 폭력적이며 인간 내면을
신경증적인 자기 파괴로 이르게 하는 것이라는 판단에 입각해 있
는 것이다.
    박완서 작품의 가장 큰 미덕인 신랄한 비판의 시선은 자신에게
가장 소중한 존재인 엄마와 오빠에게도 여지없이 가해지고 이러
한 신랄한 비판의 시선을 견지함으로써 작가 박완서는 현실의 모
순 뿐 아니라 작가 자신 내면의 허위의식조차도 파헤쳐 드러낸다.
박완서 그녀의 기억 속에서 해방기와 전쟁의 체험은 이러한 고통

---

29) 『그 많던 싱아는 누가 다 먹었을까』, 앞의 책, 232~233면.
30) 『그 많던 싱아는 누가 다 먹었을까』, 앞의 책, 236~237면.

스러운 성찰의 시간으로 끝없이 현재형으로 진행 중인 것이다.

한편 해방기의 기억은 이러한 혼란과 고통스러운 자기 성찰의 시간을 통해 박완서에게 주체적인 자기 의식을 형성하는 자각의 시간으로 기억된다. 혼란과 고통 속에서도 "그럼에도 불구하고 그 시기가 내 성장기의 매듭처럼 회상되는 것은, 어떤 의식을 가지고 내 주위에서 일어나는 일을 바라보기 시작한 시초가 되었기 때문이다"라는 진술처럼 이 시기는 박완서에게 자기 스스로 삶과 현실에 대해 판단하고 자신을 새롭게 발견하는 자각과 자기 발견의 시간이기도 하였다. 특히 문학적 측면에서의 자기 발견은 이 시기의 폭발적인 독서체험과 박노갑 선생과의 만남, 이광수와 강경애의 작품들과의 만남, 톨스토이에 대한 힘겨운 매료를 통해 이루어진다.

그때까지의 독서가 내가 발붙이고 사는 현실에서 붕 떠올라 공상의 세계에 몰입하는 재미였다면 새로운 독서 체험은 현실을 지긋지긋하도록 바로 보게 하는 전혀 새로운 것이었다. 『단종애사』는 소설이지만 나는 고스란히 사실로 받아들였고, 우리 역사를 좀더 깊이 계통적으로 알고 싶다는 관심의 단서가 되었다. (…중략…)

감수성과 기억력이 왕성할 때 입력된 것들이 개인의 정신사에 미치는 영향이 이렇듯 결정적이라는 걸 생각할 때, 나의 그런 시기의 문화적 환경이 가정적으로나 사회적으로 너무도 척박했었다는 게 여간 억울하지가 않다. 그러나 한편 우리가 밑바닥 가난 속에서도 드물게 사랑과 이성이 조화된 환경을 유지할 수 있었던 것은 엄마 덕이었다고 깊이 감사하는 마음이 생긴 것은 강경애의 소설을 읽고 나서였다.[31]

해방기는 독서체험에서나 현실 체험에서나 박완서로 하여금

---

31) 『그 많던 싱아는 누가 다 먹었을까』, 앞의 책, 196면.

"현실을 지긋지긋하도록 바로 보게 하는" 고통스러운 성찰의 시간 으로 기억된다. 특히 엄격한 문학교육을 시켰던 박노갑 선생은 박 완서로 하여금 "문학소녀에 대한 열등감을 극복할 수가 있었고, 나도 소질이 있을 것 같은 자기 발견의 계기"32)가 되었다.

9. 수난자가 되기보다는 증언자가 되리라

6월의 태양은 강렬하고 가로수는 싱그럽고 가뭄이 계속되는 날의 아스팔트를 축이는 살수차의 물줄기는 상쾌하다. 살고 있는 기쁨이 물줄기처럼 거침없이 피부에 끼얹혀 온다. 사는 건, 6월에 사는 건 소다수처럼 맛있다.33)

전쟁에 대한 기억은 여러 작가들을 통해 다양한 변주로 그려졌다. 그렇다면 박완서 문학이 보여주는 전쟁에 대한 기억은 어떤 특징적인 면모를 보여주는가. 해방기에 대한 박완서의 기억을 이루는 하나의 축은 이제 비로소 엄마와 오빠가 중심이 된 집으로부터 벗어나 그녀만의 세계를 갖게된다는 희망과 해방감이다.

그렇다, 그 계절에 나를 매혹시킨 것은 자유에의 예감이었다. 중학생에서 대학생이 된다는 것도 온갖 금기로부터의 해방을 의미했지만 나는 엄마로부터의 자유까지를 이미 예비해놓고 있었다. 시집이나 가면 또 모를까, 처녀시

---

32)『그 많던 싱아는 누가 다 먹었을까』, 앞의 책, 227면.
33)『목마른 계절』(『박완서 소설 전집』6), 세계사, 1994, 23~24면.

절에 엄마로부터 해방될 수 있다는 것을 어찌 꿈이나 꿔 봤을까. 아니 꿈도 안 꿔 봤다는 건 거짓말이다. 그건 내 꿈속의 꿈, 가장 내밀한 욕망이었다. 그 것이 현실이 되어 바로 목전에 예비돼 있었다. 그 엄청난 자유를 어떻게 쓸 것인가, 악용, 선용, 남용, 절제 아무거나 다 매혹적이었다. 앞으로는 모든 것 을 그것과 더불어 공모하리라. 그 꿈이야말로 장미와 라일락과 모란을 피게 하는 5월의 햇빛보다 더 찬란했다.[34]

이제 비로소 성인으로 하나의 독립된 개인으로서 자신을 의식 하고 자신의 자유를 예감하던 박완서, 그녀에게 1950년은 대학을 입학함으로써 엄마와 오빠로 이루어진 가족의 일원이 아니라 하 나의 독자적인 존재로 서는 희망의 연대로 기억될 수도 있었을 것 이다. 그런 자유에의 예감으로 암울한 해방기의 혼란을 거친 그녀 는 비로소 "사는 건, 6월에 사는 건 소다수처럼 맛있다"라는 생에 의 기대와 환희를 가질 수 있었다. 그러나 그녀에게 이러한 자유 와 생에의 환희의 시간은 너무나 짧았다. 전쟁통에 오빠를 잃고 다시 그녀는 "전쟁 중에 와해된 그녀의 가족을 봉합시키는"[35]일에 자신을 바칠 수밖에 없게 된다. 전쟁에 대한 기억은 주로 오빠의 죽음을 둘러싼 혼란과 갈등의 형태로 드러나는데 그 이면에 놓여 있는 것은 전쟁으로 인해 생의 환희를 차압당해버린 청춘기의 방 황의 흔적들이다. 특히 『나목』과 『목마른 계절』은 소설화의 변형 을 많이 거쳤지만 이러한 청춘기의 방황의 흔적을 뚜렷하게 보여 준다. 특히 집안의 생계를 온통 짊어진 채 전후의 난마 같은 생업 전선에 뛰어든 박완서는 그 생활의 현장 속에서 자신의 위선과 삶

---

34) 『그 많던 싱아는 누가 다 먹었을까』, 앞의 책, 241~242면.
35) 「포스트 식민지적 상황에서의 글쓰기」, 앞의 글 참조.

의 무게를 뼈저리게 실감한다. 박완서의 작품이 삶에 밀착된 글쓰기로 일관할 수 있었던 것은 이러한 체험과 무관하지 않다.

> 등뒤에서 들리는 화가들의 노골적인 원성을 통해 나는 우리 식구말고도 내 어깨에 이삼십 명의 식구가 더 실려 있다는 걸 실물의 무게처럼 절박하게 느끼곤 했다. 그 무게는 잘 때도 나를 천근의 무게로 가위눌리게 했다. 내 월급을 타기 위해 그들의 주급을 희생시킬 수는 없는 일이었다. 나는 밥줄의 준엄함, 그 신성불가침에 치를 떨면서 서서히 굴복할 준비를 하고 있었다. (···중략···)
> 나의 본래의 좋은 점, 관용, 신뢰, 겸허, 연민, 동경 따위를 더 이상 담아 둘데가 없을 정도로 발랑 까져 버린 자신을 느끼고 소스라치듯이 참담해지곤 했다.36)

전쟁 체험과 이후 미군 PX 초상화부에 근무했던 경험은 박완서 작품에서 전쟁이 인간의 내면을 어떻게 파괴하는가를 탐색하는 주요한 역할을 하게 된다. 박완서는 여러 지면을 통해 전쟁 체험을 계속 이야기 할 수밖에 없는 것은 그 체험이 자신의 글쓰기의 출발이자 근거이기 때문이라고 밝힌 바 있다.

> 순진하고 행복한 문학 애호가가, 나도 장차 글을 쓸 것 같은 계시 같기도 한 강력한 예감에 사로잡힌 것은 6·25 전쟁 중이었다. 대학에 입학하자마자 전쟁이 났다. 이미 중일전쟁, 태평양전쟁 등을 겪었지만 전 국토가 전쟁터가 돼보긴 처음이었다. 다만 이념이 다르다는 이유 하나만으로 같은 민족끼리 그렇게 불구대천에 원수가 될 수 있으리라고 누가 상상이나 했겠는가. 이념으로 양분된 동족상잔에는 전선이 따로 없었다. 민간인끼리 가족끼리 형제끼리 원수가 되어, 밀고하고, 등 돌리고, 죽고 죽였다. 식민지 시대에는 식민지

---

36) 『그 산이 정말 거기 있었을까』, 웅진출판, 1995년, 253, 257면.

종주국에 대한 적개심 때문에 오히려 더 굳건하게 유지되던 마을, 가족, 친족, 씨족 등 전통적인 공동체는 복구가 불가능할 정도로 산산이 와해됐다. 나는 이념 때문에 꼬이고 뒤틀린 가족 관계로 인하여 공산치하에서는 우익으로, 남한 정부로부터는 좌익으로 몰려서 곤욕을 치르지 않으면 안되었다. 그게 얼마나 치명적인 손가락질이라는 건, 그 더러운 전쟁의 와중에 있어보지 않고서는 도저히 상상도 못할 일이었다. 단지 살아남기 위해 온갖 수모와 만행을 견디어내야 했다. 그 때마다 그 상황을 견디어 낼 수 있는 힘이 된 것은 언젠가는 이걸 글로 쓰리라는 증언의 욕구 때문이었다. 도저히 인간 같지도 않은 자 앞에서 벌레처럼 기어야 하는 상황에서도 오냐, 언젠가는 내가 벌레가 아니라, 네가 벌레라는 걸 밝혀 줄 테다. 이런 복수심 때문에 마음만이라도 벌레가 되지 않고 최소한의 자존심이나마 지킬 수가 있었다. 문학에는 이런 힘도 있구나. 내가 글을 쓰게 된 것은 그 후에도 이십 년이나 뒤였지만 지금까지도 예감만으로도 내가 인간다움을 잃지 않도록 버팅겨 준 문학의 불가사의한 힘에 감사한다.[37]

박완서 스스로 복수로서의 글쓰기라 명명한 이 증언의 욕구는 무엇일까? 그것은 말 그대로 자신의 억울한 체험을 두고두고 새겨서 진상을 밝히겠다는 의미만은 아니다. 그리고 그녀의 소설에서 전쟁 체험이 증오와 원한으로 가득 찬 개인사의 복원이 아니라 전쟁 속에서 파괴되면서도 어렵사리 자신을 지탱하고자 하는 겨울나무의 힘겨운 삶의 방식으로 그려지는 것은 복수의 글쓰기가 한편으로는 이러한 자기 세계를 지키고자 하는 안간힘의 다른 표현임을 보여준다.

전쟁 체험을 소설화한 박완서의 작품에서 작가의 분신으로 드러나는 주인공의 내면은 극도로 분열된 모습으로 드러난다. 그 한

___
37) 「포스트 식민지적 상황에서의 글쓰기」, 앞의 글 참조.

측면은 세상 사람 누구에게랄 것 없이 "지금의 내가 비참한 것만큼의 다만 얼마라도 비참하게 만들어주고 싶었다"[38]라는 내면의 다짐처럼 전쟁의 상처를 불특정 다수에 대한 증오와 복수심으로 해소하는 수난자로서의 자기 의식으로 드러난다. 이러한 수난자로서의 자기 의식은 작품 속에서 아들을 잃고 삶의 의욕을 상실한 채 죽은 듯 삶을 살아내는 엄마의 표상에서도 드러난다. 딸인 나는 이러한 면에서 엄마처럼 전쟁의 유족으로서, 수난자로서의 자기 의식을 공유한다. 그러나 그런 이면에서 딸인 나는 수난자로서의 자의식에 사로잡혀 진정한 생을 포기하고 대신 왜곡된 기이한 생존본능을 발휘하는 엄마에 대한 성찰적 인식 속에서 수난자로서의 자기 의식의 모순을 자각한다. 이때 수난자로서의 자의식을 담지한 엄마의 표상은 억척모성의 형식으로 박완서 소설 곳곳에서 변주된다.[39] 또한 이러한 억척 모성의 이중성에 대한 성찰을 통해 박완서는 전쟁 체험이 우리에게 어떤 정체성을 구성하는가에 대한 성찰적 작업을 이끌어낸다. 이러한 작업의 동력이 된 것이 수난자가 아닌 증언자로서의 작가 박완서의 정체성이다. 그리고 이 증언자로서의 정체성은 전쟁으로 인한 수난의 고통과 상처를 타자에 대한 증오와 복수심리로 해소하는 수난자로서의 자의식이 결국은 자기 파괴적인 결과를 낳을 뿐이라는 뼈아픈 체험에 대한 성찰에서부터 비로소 형성된다. 전쟁 체험에 대한 기억과 해

---

38) 『나목』, 앞의 책, 231면.
39) 이에 대해서는 졸고 「박완서 문학 연구—억척모성의 이중성과 딸의 세계의 문학적 의미」, 『작가세계』(1994년 겨울호)와 「자기 상실의 근대사와 여성들의 자기 찾기」, 『역사비평』(1998년 겨울호) 참조.

석은 수난자로서의 자의식이 전쟁의 상처를 타자에 대한 맹목적 증오와 공포로 해소함으로써 결국 자신을 파괴하는 자기 파괴적인 형식일 뿐이라는 귀중한 성찰을 담고 있다. 이를 통해 작가 박완서는 자기 세계를 지키는 동시에 고독한 타자들을 발견할 수 있는 증언자로서의 자기 정체성을 구성하게 된다.

10. 고독한 타자들의 발견
─전쟁 체험의 소설화가 그녀에게 혹은 우리들에게 남긴 것

침팬지만이 사람들한테 아첨 떨기를 멈추고 한껏 외롭게 서 있었다.

그의 고독이 가슴에 뭉클 왔다. 사람과 동물로부터 함께 소외된 짙은 고독과 절망.

나는 옥희도씨를 쳐다보았다. 그는 하염없이 화필을 놓고 잿빛 휘장을 바라볼 때처럼 그런 시선으로 침팬지를 보고 있었다.

문득 나는 그도 역시 침팬지의 고독을 앓고 있음을 짐작했다. 그리고 나도 그를 도울 수 없음을.

좀전의 충족감이 포말처럼 꺼졌다. 나는 그에게서 소리 없이 밀려나 있었다. 침팬지와 옥희도와 나…… 각각 제 나름의 차원이 다른 고독을, 서로 나눌 수도 도울 수도 없는 자기만의 고독을 앓고 있음을 나는 뼈저리게 느꼈다.[40]

이 글의 출발에서 논의한 것처럼 박완서의 작품은 그녀의 이야

---

40) 『나목』, 앞의 책, 65~66면.

기이자 다른 사람들의 이야기이다. 전쟁 체험의 소설화에 대해 그녀 스스로는 "내가 겪은 전쟁을 총체적으로 그리지 못한 건 나의 개인적인 전쟁 체험이 아무리 시간이 지나도 도무지 멀어지지 않았기 때문이었다"[41]라고 말하고 있지만 실상 전쟁 체험을 해석하고 있는 그녀의 작품 속에서 우리는 전쟁이라는 경험의 공간을 가로지르는 무수한 다른 사람들의 목소리와 체취와 만나게 된다. 그리고 그 다른 사람들의 모습에는 "짓밟아도 시원치 않은 비루한 인간"부터 "무릎꿇어 경배하고픈 고귀한 인간성"[42]의 모습이 다양하게 드러난다. 거기에는 전쟁이라는 극한적인 폭력의 상황 속에서 증오와 공포로 고립된 인간 군상의 모습 뿐아니라 그 무지막지한 폭력을 견디며 누구와도 공유할 수 없는 고독을 짊어지고 꿋꿋하게 언 땅을 버텨낸 사람들의 발자취가 고스란히 남아있다. 고통 속에서도 유우머와 삶에 대한 희망을 잃지 않았던 엄마와 올케를 비롯하여 잠시나마 인간적인 위엄과 따스함을 느낄 수 있었던 박수근과의 만남, 아마도 증언자로서 박완서가 우리에게 남기고 싶었던 것은 바로 이러한 고독한, 그러나 바로 그 고독을 견디는 인간적 위엄으로 우리 가슴에 더 따스하게 남을 그 사람들의 모습일 것이다. 그리고 이러한 고독한, 그러나 따스한 인간의 모습은 언제 보아도 눈물겨운 나목 속에 담겨있다.

　　나무 옆을 두 여인이, 아이를 업은 한 여인은 서성대고 짐을 인 한 여인은 총총히 지나가고 있었다.

---

41) 「포스트 식민지적 상황에서의 글쓰기」, 앞의 글 참조.
42) 「포스트 식민지적 상황에서의 글쓰기」, 앞의 글 참조.

내가 지난날, 어두운 단칸방에서 본 한발 속의 고목(枯木), 그러나 지금의 나에겐 웬일인지 그게 고목이 아니라 나목(裸木)이었다. 그것은 비슷하면서도 아주 달랐다.

김장철 소스리 바람에 떠는 나목, 이제 막 마지막 낙엽을 끝낸 나목이기에 봄은 아직 멀건만 그의 수심엔 봄에의 향기가 애닯도록 절실하다.

그러나 보채지 않고 늠름하게, 여러 가지들이 빈틈없이 완전한 조화를 이룬 채 서 있는 나목, 그 옆을 지나는 춥디추운 김장철 여인들.

여인들의 눈앞엔 겨울이 있고, 나목에겐 아직 멀지만 봄에의 믿음이 있다.

봄에의 믿음. 나목을 저리도 의연하게 함이 바로 봄에의 믿음이리라.

나는 홀연히 옥희도씨가 바로 저 나목이었음을 안다. 그가 불우했던 시절, 온 민족이 암담했던 시절, 그 시절을 그는 바로 저 김장철의 나목처럼 살았음을 나는 알고 있다.

나는 또한 내가 그 나목 곁을 잠깐 스쳐간 여인이었을 뿐임을, 부질없이 피곤한 심신을 달랠 녹음을 기대하며 그 옆을 서성댄 철없는 여인이었을 뿐임을 깨닫는다.

<나무와 여인> 그 그림은 벌써 한 외국인의 소장으로 돼 있었다.[43]

겨울은 끝날 것처럼 보이지 않지만 그래도 봄에의 믿음으로 "보채지 않고 늠름하게 여러 가지들이 빈틈없이 완전한 조화를 이룬 채 서 있는 나목", 그것은 "우리가 이렇게 살았다우"[44] 하며 작가 박완서가 이 태평성세를 향하여 안타깝게 환기시키려는 "모진 세월"의 기억이자 "인간에 대한 신뢰"일 것이다.

그리고 나는 홀연히 작가 박완서, 그녀가 바로 저 나목이었음을 안다. 그녀가 불우했던 시절, 온 민족이 암담했던 시절, 그 시절을 바로 저 김장철의 나목처럼 살았음을 나는 알고 있다.

---

43) 『나목』, 앞의 책, 285면.
44) 『그 산이 정말 거기 있었을까』(앞의 책)의 「작가의 말」 중에서.

나는 또한 내가 그 나목 곁을 잠깐 스쳐간 여인이었을 뿐임을, 부질없이 피곤한 심신을 달랠 녹음을 기대하며 그 옆을 서성댄 철없는 여인이었을 뿐임을 깨닫는다.

2001년을 앞둔 오늘, 한국은 여전히 분단중이고 전쟁은 계속되고 있다. 그리고 박완서 그녀의 작품은 여전히 현재 진행형이다.

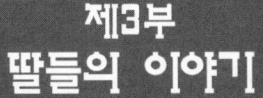

제3부
딸들의 이야기
그녀들의 오늘과 이야기

너는 어디냐

서하진론

1. 그림자를 그리다

서하진의 소설은 명확하지 않다. 그러나 서하진의 소설은 불명
확하지도 않다. 그녀의 소설은 현실의 명확한 반영이냐, 또는 그
반대로 명확함을 거부하는 의도된 불명확함을 서사의 원리로 채
택하고 있지 않다. 서하진의 소설은 어린 시절 언젠가 해보았던
그림자 그리기 놀이를 연상하게 한다. 햇빛에 반사된 그림자의 윤
곽을 흙바닥에 그려내려 했던 헛된 노력의 즐거움. 흙바닥에 그려
진 그림자는 그림자의 주인이라 할 사람들의 이목구비나 입고 있

는 옷의 색깔도, 웃는 모습과 웃을 때 드러나는 입 몸의 선홍빛도 담아내지 못하지만 그 모든 것들의 흔적임에 틀림없다. 유년기의 언젠가 그림자는 우리 모두에게 삶의 불가해성과 명확함 사이의 알 수 없는 경계에 대한 궁금증을 유발한 원초적인 대상이 아니었을까. 빛의 각도에 따라 변화하는 그림자는 빛의 굴절을 계산할 수 있는 지식을 알지 못했던(알 필요가 없었던) 우리에게 세상의 변화무쌍함과 예측 불가능함에 대한 작은 암시가 아니었을까.

서하진의 소설은 삶의 변화무쌍함과 예측 불가능함을 그림자 그리기의 형식으로 포착해보려는 헛된 노력의 즐거움을 보여준다. 그림자 그리기란 대상에 대한 미메시스적 관계를 포기하지 않으면서도 그러한 미메시스가 실제와 어긋날 수밖에 없는 예측 불가능함을 담아내려는 모색의 일환이다.

그렇다면 그림자 그리기란 삶의 불가해성을 드러내는 서사적 방식의(90년대 들어 아주 익숙해져 버린) 일환이라고 말할 수도 있을 것이다. 서하진 소설에서 그림자 그리기는 불균질한 방식으로 그 의미가 전이된다. 실재와 그림자의 이분법적 관계에서 볼 때 그림자는 실재를 담아내지 못하는 흔적이거나 분신일 뿐이다. 그리고 실재는 불변하지만 그림자는 시시각각 변화한다는 점에서 고정성을 갖지 못하는 일회적이거나 순간적인 것일 수 있다. 그런 점에서 서하진의 그림자 그리기는 삶의 명확한 의미를 반영하기보다는 명확함으로 표현될 수 없는 삶의 기미를 포착하는 소설적 시도의 연장선에 놓여져 있다고도 할 수 있다.

그러나 다른 측면에서 보자면 그림자는 실재보다 더 명확하고 불변하는 것이기도 하다. 그림자는 실재를 실재와 같은 모양으로 재연해내지 않지만 언제나 실재의 반영이라는 불변의 의미를 지닌다. 즉 그림자는 그 자체로 실재의 실제성을 환기한다. 그러나 그림자의 실제성은 실재의 실제성과 다르다. 그림자 그리기로서의 소설이란 그림자의 실제성을 통해 현실과의 미메시스적 관계를 유지한다는 점에서 보이는 것과 보이지 않는 것, 말 할 수 있는 것과 말 할 수 없는 것 사이의 경계를 넘어서려는 시도의 일환이라고 할 수 있다.

즉 그림자 그리기란 있음 / 없음, 명확함 / 예측 불가능함, 실재 / 허상, 존재 / 비존재 사이에 놓여진 회전문과 같은 것이다. 그 회전문을 통해 실재는 허상 속에서만 존재하고 허상은 실재의 부재 증명(알리바이)이 된다.

2. 그림자 / 그림자를 그리다

「그림자 여행」·「그림자 당신」·「그림자 거리」·「그림자 외출」 등 그림자를 표제로 내건 작품 뿐 아니라 거의 대부분의 작품에서 서하진은 그림자의 비유를 즐겨 사용한다. 서하진 소설에서 그림자란 말로 표현하고 포착해내기 힘든 삶의 기미, 흔적이기도 하고 때로는 보이는 것 자체를 허상으로 만드는 근원적인 것이기도 하며, 때로는 존재를 있게 하는 존재 진리이기도 하다. 즉 그림자란 보이는 것 저편에서 보이는 것의 실제성을 만들어내는 무엇이다.

따라서 그림자란 삶의 기미와 흔적, 존재 진리의 차원에서부터 보이는 것의 실제성을 만들어내는 이야기(소설)와 이데올로기의 차원에까지 확장되어간다. 이러한 의미의 확장이 가능한 것은 서하진의 소설이 그림자 / 실재의 이분법적 차원에서가 아니라 그림자 그리기의 행위를 통해 이 이분법적 세계 저편을 바라보려 하기 때문이다.

> 때로 늦은 밤 혼자 술을 마시는 그녀에게 안 자? 한마디 던지고 방으로 들어가는 남편의 뒷모습에서 깊은 허전함을 느낄 때도 있었다. 그럴 때 지수가 그 무심함에 대한 보복으로 꿈꾸던 비밀들. 취재를 핑계삼아 혼자 떠나는 여행. 남편이 모르는 누군가와 나누는 한 잔의 커피. 낯선 남자와 함께 오래도록 차를 달리는 일…… 선뜻 정신이 든 지수는 글자들이 사라지고 희부연 자신의 그림자가 비춰져 있는 화면을 보았다. 그 선들은 낮에 맞은 편에 앉아 있던 여자의 실루엣과 몹시도 닮아 있었다.[1]

"결혼이라는 것을 절실하게 생각하지도 않았지만 그것에 대해 남다른 거부감을 가진" 적도 없는 지수는 결혼과 가정 생활을 "태어나고 학교를 다니고 졸업을 하듯이 그것은 때가 되면 누구에게나 다가오는, 누구나 지나가야 하는 문"이라고 생각하며 살아왔다, 고 스스로 생각한다. 그리고 누가 보기에도 평범하고 정상적인 삶을 영위하고 있는 지수는 때로 아주 낯선 세계로 일탈하고픈 욕망을 욕망으로서만 간직하고 있다, 고 생각한다. 그러나 「그림자 외출」은 앞선 문장에서 보이듯이 '나는…… 이다'라고 생각하는 서술 구조 자체가 또다시 유보될 수밖에 없는, 확정적이지 못한 서

---

1) 「그림자 외출」, 『책 읽어주는 남자』, 문학과지성사, 앞의 책, 101~102면.

술 구조라는 것을 보여준다. 「그림자 외출」은 지수가 그저 욕망으로만 간직하고 있다고 생각했던 것들, 그리고 의식 속에서만 실현되었던 행위들이 자신도 모르는 새에(의식하지 못한 채) 현실화되는 과정을 보여준다. 서하진의 소설에 빈번히 등장하는 관계의 어긋남은 상호간의 이해와 소통의 부재를 보여준다. 그리고 그러한 이해의 어려움은 과연 저 사람이 내가 생각한 그 사람인가라는 질문의 형식을 취한다. 그러나 서하진 소설에서 이러한 질문은 타자를 향한 것일 뿐 아니라 나 자신의 존재의 확정성에 대한 질문으로 이어진다. 이는 나는 누구인가라는 자기 정체성에 대한 질문을 내포하면서도 동시에 '나는 누구이다'라고 생각하고 대답하는 과정 자체에 대한 회의를 내포하는 것이기도 하다.

즉 스스로 평범하고 정상적인 가정 주부라고 생각했던 지수의 삶이 자기 의식을 위반하면서 현실화되어 가는 과정을 통해 서하진은 '나는 누구이다'라는 정체성의 문장이 하나의 완전한 문장으로 구성될 수 없음을, 종지부를 갖기 힘든 문장임을 보여준다. 또한 이러한 질문은 '나는 누구이다'라는 문장을 가능하게 한 문맥들, 즉 태어나고 학교를 다니고 졸업을 하는 것처럼 누구나 거쳐가는 삶의 일상적인 제도적 메커니즘("누구나 지나가야 하는 문"으로 표현되는)에 복속된 것이라는 성찰을 내포한다. 즉 '나는 누구이다'라는 문상은 사실은 '너는 누구여야 한다'는 명령형의 문상을 자기 진술의 형태로 도착적으로 재구성한 것이다.

이처럼 명령 / 자기 확증의 모순적인 구조를 통해 구성되는 자기 정체성에 대한 질문들이 서하진 소설에서는 그림자의 비유와 그림자를 그리다의 수행적 작업을 통해 구성된다. 소위 주체성이 주체화와 복속의 모순적인 불균질한 구조에 의해 이루어진다고 할 때 그림자 그리기로서 서하진 소설은 이러한 주체화의 이중의 과정 속에서 해석될 수 있을 것이다. 그리고 주체화 과정의 이러한 불균질성은 스며듦이라는 의미 연쇄를 따라 구성된다. 서하진 소설에서 그림자와 스며듦은 동일한 의미의 연쇄를 따라 구성되지만 작품에 따라 차이를 보인다. 『책 읽어주는 남자』나 『사랑하는 방식은 다 다르다』에 실린 작품들이 주로 그림자와 스며듦의 의미 속에 주체화나 정체성 형성 과정의 모순적인 진행 방식과 보이는 것 저편에 놓여진 삶의 기미와 흔적을 그려내고 있다면 『라벤다 향기』에 실린 작품들의 경우 스며듦과 그림자는 징후(주로 병적 징후로 드러나는)의 형태로 변화된다. 근육 마비의 증세를 보이는 「라벤다 향기」의 여인이나, 구토 증세에 시달리는 「불륜의 방식」의 여자, 통감을 상실한 「무월의 시간」의 알프레드 등 이들 작품에서 질병과 징후는 일상이라는 이름으로 우리의 삶을 관통하는 제도화된 삶의 명령을 내면화한 인물들의 내적 갈등을 드러내는 주요한 모티프가 된다. 이 때 질병과 징후는 마치 몸의 일부처럼 내면화된 일상의 질서와 개개의 존재들의 내적 갈등을 말 그대로 징후적으로 드러낸다.

주체화와 복속의 불균질한 과정은 우리 삶 속에서 의식되지 못한 채 우리 내부에 스며들어있다. 소위 내면화라고도 할 있는 이러한 과정의 문학적 표현이 스며듦의 의미이다. '나는 누구이다'라는 자기 정체성의 문장에는 '너는 누구여야 한다'는 제도의 명령이 스며들어 있다. 따라서 '나는 누구이다'라는 확정적 문장 뒤에는 존재의 확증성을 뒤흔드는 그림자가 스며들어 있는 것이다.

내가 아니어서, 내가 아니었던가, 내가 아니었지……2)

　　결혼 전 사귀었던 남자의 집에 남기고 간 여자의 흔적, 여자의
흔적을 추궁하러 온 남자의 아내에게 지수는 그 흔적의 주인이 자
기가 아니라는 것을, 자기는 그곳에 없었다는 것을 명확하게 밝힌
다. "지수씨가 아니었다는 것을 알게 되어서 기뻐요"라고 남자의
아내는 지수의 부재 증명을 확인한다. 지수는 그 곳에 없었다. 아니
지수는 여기에 있다. 그 시간에 그녀의 집에 있었다는 것이 그녀의
부재 증명이 되므로. 그러나 '지수는 거기에 없다 / 지수는 여기에
있다' 이 두 문장 사이의 균열 속에 지수는 있다. 즉 지수의 존재는
거기에 없다 / 여기에 있다 사이의 균열 속에 그 틈 속에, 이 이항
대립적 문장이 만들어내는 문장 구조의 그림자 속에 있다.

3. 조수근은 그곳에 있다 / 없다
─존재의 부재 증명(알리바이)

　　그러니까…… 당신은 집에 있었다, 이거지? (…중략…)
　　문제는…… 당신이 집에 있었다는 것을 증명해 줄 사람이 없다는 건데 말
야.3)

---

2) 「그림자 외출」, 『책 읽어주는 남자』, 앞의 책, 92면.
3) 「라벤다 향기」, 『라벤다 향기』, 문학동네, 2000년, 15면.

교통 사고의 용의자로 몰린 「라벤다 향기」의 여자는 경찰과 남편에게 자신의 부재 증명(알리바이)을 요구받는다. 부재 증명의 요구는 곧 존재 증명의 요구이다. 그러나 서하진 소설의 인물들은 부재 증명에 대해서도 존재 증명에 대해서도 그것을 "증명해 줄 사람"을 갖지 못한 인물들이다. 그들은 자신의 존재에 대한 증거도 갖지 못하고 동시에 부재 증명조차 갖지 못한다. 이 딜레마가 서하진 소설의 인물들의 어긋남의 주요한 원인이 된다. 표면적으로 보자면 서하진의 소설은 대체로 가족간의 소통의 어긋남을 그려내고 있다. 아버지와 아들 / 딸 사이의, 아내와 남편 사이의 어긋남은 부부간의 불화와 가족 간의 불화의 표지일 뿐 아니라 이들이 스스로의 존재 / 부재 증명을 갖지 못한 존재라는 것을 드러낸다.

조수근, 그가 그곳에 있다는 것을 남편도 나도 잊은 적이 없다.[4)]

「그림자 여행」에서 윤주와 남편의 불화는 서로가 복잡한 가계를 지닌 사람들이라는 상처에서 비롯된다. 그리고 그러한 불화의 끝에 놓여진 것이 윤주가 사랑했던 남자, 조수근의 존재였다. 윤주와 남편은 조수근의 존재 때문에 불화의 골이 깊어지고 윤주는 결국 집을 나와 조수근을 찾아간다. "조수근, 그가 그곳에 있다는 것을 남편도 나도 잊은 적이 없다." 따라서 윤주와 남편의 관계는 조수근이 그곳에 있다는 사실에 대한 기억에 의해 불화의 방식으로 구성된다. 그러나 조수근은 그곳에 없다 아니 조수근은 그 곳(미국)에 있었지만 윤주와 남편의 관계를 구성한 바로 그 문장 조

---

4) 「그림자 여행」, 앞의 책, 14면.

수근, 그가 그곳에 있다는 것의 형식으로 존재하지 않는다. 조수근은 윤주를 사랑한, 남편의 후배로서 그곳에 존재한 것이 아니라, 이국의 낯선 남자를 사랑하는 전혀 다른 존재로 그곳에 있다. 따라서 조수근은 그곳에 있다, 그러나 없다, 아니 조수근은 '그가 그곳에 있다는 것을 남편도 나도 잊은 적이 없다'라는 형식으로는 없다, 그러나 조수근은 그곳에 있다. 따라서 '조수근, 그가 그곳에 있다는 것을 남편도 나도 잊은 적이 없다'라는 문장에 의해 구성된 윤주와 남편의 관계 방식과 그것에 의해 규정된 윤주의 존재 방식은 그 근거의 확증성을 상실하게 된다. 서하진의 인물들의 존재 방식은 이와 같은 방식을 따라 구성된다. 이러한 존재 방식에 의해 소위 기억과 아이덴티티의 연속적 관계는 균열을 갖게 된다. 이는 서하진의 소설이 기억의 서사로서의 자기 동일성의 서사와 구분되는 지점이다. 기억은 더 이상 나를 확증해 줄 수 있는 근원적인 것의 저장소가 아니다.

서하진의 인물들이 부재에 대한 강박적인 질문 속에서 나에 대한 질문을 제기하는 것은 바로 이 때문이다. 사라진 남자, 그가 사라진 길 위에서 자기 삶의 알리바이의 부재를 확인하는 「제부도」의 여자나 사랑했다고 생각했던 여자의 배신으로 자신의 존재에 회의를 갖게 되는 남자(그녀는 사라졌고 나는 남았다. 나는, 남아있는 나는 어느 나인가. 사라지고 싶었던 나는 어디 있는가. 그도 사라졌는가, 여전히 남아 있는가)[5]들, 이들은 한편으로는 자신의 근원적인 존재감을 상실하게 만든 아비의 부재(이들 인물들은 공통적으로 첩의 자식이거나 아버지이기를 포기한 아버지의 자식들, 또는 자신을 추방한 아버지로 인해 자기

---

5) 「홍길동」, 앞의 책, 33면.

존재의 근원을 상실했다는 의식을 공유한다.)와 그것을 보상할 수 있는 또 다른 상징적 아비의 부재에 시달린다. 서하진 소설에 자주 등장하는 이루어질 수 없는 사랑의 모티프에서 연인은 현실의 아버지를 대체하면서 자신의 존재 증명을 해 줄 상징적 아버지의 역할을 수행한다. 서하진 소설에서 연인과 아버지와 남편 / 아내는 자신의 존재 증명을 해줄 상징적 준거(상징적 아버지)라는 점에서 동일한 기능을 한다.6)

> 디즈니랜드에 갔었답니다. 미키마우스와 사진을 찍었지요. 그리고…… 그녀가 짧은 편지에 동봉한 것은 그녀의 실루엣이 오려진 종이를 붙인 작은 액자였다. 검은 색종이를 겹쳐 들고 옆얼굴을 힐끗힐끗 보면서 가위를 놀리는 앉은뱅이 여자가 디즈니랜드에 있더라고 했다. 여자가 오려 만든 옆얼굴이 놀랄 만큼 흡사해서 신기하더라고 했다. 그렇게 똑같이 만들어진 두 장 중에서 한 장을 보내노라고 한 그 편지 이후 그녀에게서 소식이 끊어졌었다. 그것은 그녀가 미국으로 떠난 일 년 쯤 후였던가. 문득 디즈니랜드에 가보고 싶다는 생각이 들었다. 오래 전 그녀가 걸었던 길을 걸으며 그녀가 갔던 가게들을 돌아본다면, 그녀의 흔적을 찾을 수도 있지 않을까.7)

「그림자 거리」에서 정보를 조작하고 타인의 인생을 날조하던 공안부장 출신의 아버지는 정권 교체로 인해 신상의 위협을 느끼자 자의반 타의반으로 미국에 체류하게 된다. 무기력한 나날을 보내던 아버지는 옆 집 사람들의 우체통에서 편지를 훔쳐내고 타인의 삶을 엿보는 일로 자기 위안을 삼는다. 그러던 중 젊은 시절 헤어졌던 여인의 편지를 발견한 아버지는 그녀의 흔적을 찾아 헤매

---

6) 이에 대해서는 다음 장에서 살펴보도록 한다.
7) 「그림자 거리」, 『책 읽어주는 남자』, 문학과지성사, 1996, 61면.

게 된다. 여인이 아버지에게 보낸 실루엣은 일종의 할부의 의미를 지닌다. 헤어지는 연인들이 목걸이를 반으로 나누어 가짐으로써 먼 훗날 다시 만날 때 서로를 확인할 수 있는 징표를 의미하는 할부는 그런 점에서 연인들이 서로를 확인할 수 있는 지표가 된다. 할부는 연인들이 나누었던 사랑의 기억의 저장소이자 서로가 아직도 사랑하는 사이라는 관계와 정체성을 확인할 수 있는 지표인 것이다. 이 할부는 연인 사이 뿐 아니라 불가항력적인 이유로 헤어지게 된 부모 자식간에 서로의 관계와 정체성을 확인할 수 있는 중요한 상징적 지표를 의미한다.

옆집의 우체통에서 훔쳐낸 편지에서 그녀를 찾아낸 아버지는 그녀의 흔적을 찾아 나선다. 실루엣을 오려서 액자를 만들어주는 디즈니랜드의 앉은뱅이 여자는 거기에 있었지만, 아버지의 여인은 거기에 없다. 그녀의 흔적은 아버지를 매장하기 위해 조작된 환상의 일부였던 것이다. 이 작품은 타인의 인생을 날조하고 조작하던 아버지가 거꾸로 그러한 날조와 조작의 대상이 되어 무너져가는 과정을 흥미롭게 보여준다.

그러나 이 작품에서 보다 흥미로운 것은 신성한 아버지의 권위와 그 해체를 서사화하는 방식이다. 여인의 흔적을 찾아 헤매는 아버지의 행위는 이제는 무너져버린 자신의 권위와 정체성을 복원하려는 헛된 시도의 일환이다. 그 과정에서 여인은 아버지에게 타락하기 이전의 순수한 나를 보증할 수 있는 유일한 상징물이다. 그 여인은 잃어버린 나를 찾아가기 위한 여정을 밝혀줄 수 있는 유일한 별인 것이다. 그러나 잃어버린 나를 찾아가는 아버지의 여행은 완전한 환상의 구성물일 뿐이다. 자기 동일성의 회복을 위한 흔적 찾기의 여행은 이미 하나의 환상이며 해석을 요구하는 만들어진 이야기이다.

「그림자 거리」는 서하진의 작품에서 유일하게 신성한 아버지의 권위의 해체를 직접적인 방식으로 보여주는 작품이다. 그러나 만들어진 환상에 의해 무너지는 아버지의 권위를 그려나가는 것은 신성한 아버지의 권위가 기억, 자기 동일성이라는 만들어진 환상을 통해 작동하는 방식에 대한 탐구를 내포한다. 만들어진 환상에 의해 작동하는 아버지의 신성한 권위를 탐색하는 방식은 주로 신성한 아버지의 권위가 아이들로부터 기억과 정체성과 관계를 확보할 수 있는 할부를 빼앗아가는 이야기로 드러난다.

> 책가방을 빼앗기고 덜미를 붙잡힌 채 질질 끌려가는 남자의 환영을 보면서 그는 훅 숨을 몰아쉬었다. 끌려가는 남자는 옷이 찢기도록 발버둥쳐대고 어는 순간 그 얼굴은 딸의 그것으로 바뀌어 있었다. 아버지, 아버지. 끌려가면서 절규하는 딸의 음성이 들리는 듯했다.[8]

아버지에게 자기 정체성을 확인할 수 있는 상징적 준거들을 빼앗기고, 덜미를 붙잡힌 채, 질질 끌려가는 아이들의 이야기, 서하진은 이러한 빼앗아가는 아버지와 빼앗기고 추방되는 아이들의 이야기를 통해 신성한 아버지의 권위가 아이들의 삶 속에 스며드는 방식을 서사화한다.

---

8) 「그림자 거리」, 『책 읽어주는 남자』, 앞의 책, 67면.

4 · 저 사람이 내 아버지인가
─빼앗아가는 아버지와 이상적 아버지 사이에서

서하진 소설의 주인공들은 모두 복잡한 가계를 갖고 있는 아이들이다. 그들은 복잡한 가계의 산물이어서 자신의 정체성에 심각한 균열을 일으킨다. 아니 그 인물들의 정체성의 균열은 복잡한 가계의 이야기로 구성된다.

누구에게나 당연히 있는 것을 가지지 못한 사람끼리의 동질감. 자신이 몸 담았던 태반을 알지 못하는 그 진한 상실감을 안고 살아온 사람들은 어디에서 어떤 삶을 살고 있더라도 표가 나는 법이라는 생각을 나는 미신처럼 갖고 있었다.[9]

그들은 첩의 자식(「제부도」)이거나, 도덕과 헌신의 대명사인 아버지로부터 추방된 아이(「나무꾼과 선녀」)이거나, 아버지에 의해 버림받은 아이들(「추일서정」), 가계가 어수선한 여자(「타인의 시간」), 여자 때문에 자살한 아버지의 기억에 사로잡혀 살아가는 아이들(「홍길동」), 사랑하는 사람과 아이를 아버지에게 빼앗기고 낯선 남자에게 팔려 낯선 이국 땅에서 자신이 누구인지 알지 못한 채 살아가는 여자(「깊은 물 속」)이다.

서하진의 인물들은 현실적인 삶을 무의미하게 느끼거나, 세상의 모든 집의 문이 자신의 등뒤에서 닫히는 것 같은("내가 자리를 옮아 앉자마자 세상은 다시 저만치 멀어져 내게 문을 닫았다. 등뒤에는 안개가 있

---

9) 「그림자 여행」, 『책 읽어주는 남자』, 앞의 책, 18면.

을 뿐이라는 듯 문을 닫던 남편")10) 추방의식을 공유한다. 이러한 추방
의식은 자신의 존재를 지탱해 줄 발 밑의 세상이 사라져버린 듯한
존재감의 상실로 이어진다. 그리고 이러한 추방의식과 존재감의
상실은 이들 인물들이 자신의 정체성을 확보해 줄 지표를 빼앗긴
존재라는 점에서 비롯된다.

> 아버지는 아무런 말없이 방 밖에 선 채로 우리를 무섭게 노려보았다. 좁은
> 방을 휘딱 둘러보던 아버지의 눈이 손을 모으고 선 내 배에 와락 붙박인 듯
> 꽂혀 움직이지 않았다. 그 눈을 어떻게 말할 수 있을까. 그때까지 내 기쁨이
> 고 행복이었던 나의 임신은 아버지의 그 시선 속에서 점점 부끄럽고 파렴치
> 한 일로 바뀌어가고 있었다. 아버지의 눈빛은 그렇게 차갑고 무자비했다.11)

"그 때까지 내 기쁨이고 행복이었던" 임신을 "부끄럽고 파렴치
한" 일로 바꿔버리는 아버지의 시선, 서하진의 인물들은 이러한 아
버지의 시선에 의한 의미 박탈과 동일화 대상의 박탈에 의해 추방
자로서의 자기 정체성을 구성한다. 서하진 소설의 인물들이 공통
적으로 보여주는 추방의식은 일종의 서자의식의 연장선에 놓여져
있다. 서하진의 소설에서 서자로서의 아이들은 끝없이 아버지를
선망하면서 아버지를 부정하는 복합적인 심리를 수행한다. 서하진
의 인물들에게 아버지에 대한 복합감정(콤플렉스)은 그들의 정체성
을 형성하는 근본적인 메커니즘을 구성한다. 물론 이러한 과정은
서하진의 소설이 표면적으로 복잡한 가계를 지닌 아이들이 부정
된 자신의 주체성을 복원하고자 하는 과정을 이루고 있다는 측면

---

10) 「깊은 물 속」, 『사랑하는 방식은 다 다르다』, 문학과지성사, 1998, 238면.
11) 「깊은 물 속」, 『사랑하는 방식은 다 다르다』, 앞의 책, 206면.

뿐 아니라 서하진의 소설이 근본적으로 아버지 / 부모를 부정하면서 아버지 / 부모에 관한 이야기를 만들어내는 가족 로망스의 구조를 취하고 있기 때문이다. 따라서 서하진의 인물들이 보여주는 서자 의식은 이러한 가족 로망스가 산출하는 환상적 이야기 속에서 아이들이 만들어내는 자기 동일성의 산물인 것이다.[12]

그렇게 자영은 버림받았다. 문식을 택하고 그의 자취방에서 며칠을 보낸 후 느닷없이 찾아온 언니에게서 결혼 승낙을 전해 들었을 때의 그 놀란 가슴이 진정되기도 전이었다. 오로지 자신의 체면을 위해 결혼식을 준비한 아버지에 대해 울분을 터뜨릴 겨를은 없었다. 말을 마치자마자 아버지가 뚜벅뚜벅 방을 걸어나갔기 때문만은 아니었다. 그것은 한 번도 본적이 없는 낯선 모습이었다. 저 사람이 내 아버지인가. (강조-인용자) 늘 일등을 놓치지 않는 언니들 틈에서 겨우 중간을 넘는 성적을 받아와도 괜찮다, 괜찮다고 나를 위로해주던 사람인가. 술에 취하면 언니들을 제쳐놓고 나를 어르며 이놈이 뭐가 되도 될 것이라고 추켜세우던 그 사람인가. 단 한차례의 부도 위기에 몰려 며칠을 수습을 위해 돌아다니면서도 가족 누구에게도 내색을 않던, 새벽녘에 지친 얼굴로 돌아와 입시 공부를 위해 깨어 있는 그녀를 바라보며 희미한 웃음을 짓던, 바로 그 사람인가. 이러지 마라, 애야. 그놈만 아니라면 네가 원하는 것은 다 해주겠다며 그녀의 마음을 돌이키려 애원하던 사람…… 그녀와 문식을 일별 하지도 않고 카펫 위에 발소리도 없이 걸어가는 그 모습은 너무도 낯설었다. 자신의 뒤에는 녹색 소파가 있을 뿐이라는 듯 딸깍 문을 닫는 그 남자를 자영은 아버지, 하고 부를 수가 없었다.[13]

---

12) 이에 대해서는 졸고, 『가족 이야기는 어떻게 만들어지는가』, 책세상, 2000년 참조
13) 「추일서정」, 『책 읽어주는 남자』, 앞의 책, 209~210면. 인용문의 마지막 구절은 자신의 등뒤에서 문을 닫는 남편을 서사화 하는 방식과 거의 동일하다. 서하진 소설에서 아버지와 남편, 연인은 자신에게 등을 돌리는(자신을 버리는) 사람들이자 그들로부터 사랑 받고 싶다는 동일화 대상이라는 점에서 상상적 아비라는 동일한 기능을 수행한다.

사랑하는 사람과 아이를 아버지에게 빼앗기고 그들과 함께 살 권리조차 빼앗긴 채 다른 곳으로 추방되는 아이들. 서하진 소설에서 아버지는 이처럼 가문과 집을 대표하는 지배자(dominus)로서의 아버지이자 아이들에 대한 자신의 권리(나는 이 아이의 아버지이다)를 선언함으로써 아버지임을 선언하는 입법자적 아버지이다. 입법자로서의 아버지에 의해 아이들은 나는 이 아버지의 아이이다라는 자기 정체성을 부여받는다. 따라서 이 아이들에게 입법자로서의 아버지는 동시에 나를 만든 창조자로서의 아버지이다.

따라서 서하진 소설의 인물들이 공통적으로 보여주는 서자의식, 추방의식은 이러한 입법자적 지배자이자 창조자로서의 아버지와의 동일시의 균열을 내포한다. 그러나 그 균열의 이면에는 실은 아버지와의 동일시에 대한 강한 선망이 내포되어 있다. 이들의 추방의식과 서자 의식은 '나는 이 아이의 아버지이다'를 선언하는 입법자로서의 아버지가 그 선언을 거두어들임으로써 '이 아이는 내 아이가 아니다'라는 부정의 전언을 내리는 데서 비롯된다. 즉 서하진 소설의 인물들이 보여주는 서자의식과 추방의식은 쿼바디스 도미네 (아버지 왜 나를 버리시나이까)의 형식을 따라 구성되는 것이다.

즉 서하진 소설에서 아버지는 "뭐든 당신 손아귀에 있다고 생각하는" 아버지이자, "도덕과 헌신의 대명사"로서의 아버지이다. 그들은 아이들로부터 사랑하는 사람과 아이를 빼앗고, 아버지의 아이가 될 수 있는 권리조차 빼앗아가는 아버지이다. 또 그들은 여러 명의 아내를 거느리고 그들에게서 난 자식들을 모두 자신의 아이들로 선언하는 아버지이다. 이 선언의 과정은 필히 어떤 여자들로부터 어머니됨의 권리를 박탈하는 과정이기도 하다. 따라서 표면적으로 볼 때 서하진의 소설은 아버지의 권위를 부정하는 과정을 취하는 것처럼 보인다. 그러나 그 이면에는 부정한 아버지와 이상적인 아버지 사이의 분리가 내재해 있다.

아이들에게 사랑하는 사람과 아이됨의 권리, 또는 아이됨을 넘어설 권리를 박탈하는 빼앗아가는 아버지에 대한 부정의 작업은 동시에 "괜찮다, 괜찮다고 나를 위로해주던 사람", 무릎 위에 나를 안고 "이 놈이 뭐가 되도 될 것이라고 추켜세우던" 아버지의 모습에 대한 이상화와 찬미의 작업을 동반한다. 어린 아이들의 아이덴티티 형성 과정에서 발생하는 가족 로망스의 분석에서 프로이트가 분석한 바와 같이 어린 아이들이 현실의 부모를 내가 생각한 그 부모가 아니라고 여기고 자신을 서자나 업둥이라고 여기는 과정에서 다른 부모를 상상하는 방식은 아이덴티티 형성 과정에 작동하는 이상적 아버지(상상적 아버지)와 현실의 아버지 사이의 갈등적 관계를 보여준다. 프로이트와 그 후의 연구자들이 지적한 바와 같이 아이덴티티 형성 과정에서 초자아의 도덕적 명령이 내면화되는 과정은 바로 상상적 아버지와 현실의 아버지 사이의 괴리의 과정 그 사이에 놓여진다. 즉 실재의 아버지를 지워버리고 상상적 아버지로 덮어씌움으로써 아이들은 아버지를 둘로 만든다. 즉 이 과정을 통해 아이들을 분열된 아버지 상을 갖게 된다. 이 과정이 바로 초자아의 도덕적 명령의 내면화 과정이라 할 수 있다.[14]

서하진 소설은 앞서 살펴 본 바와 같이 존재 증명과 부재 증명 사이의 딜레마 즉 있음 / 없음, 자기 진술과 타자의 명령의 내면화

---

14) 이에 대해서는 필리프 쥘리앵, 『노아의 외투―아버지에 관한 라깡의 세 가지 견해』, 한길사 2000, 참조.

사이에 놓여진 주체화 과정의 역설과 딜레마를 보여준다. 이 과정에서 공히 작동하는 것이 아버지로부터 버림받은 아이들의 존재의 알리바이에 대한 탐색이었다. 여기서 아버지로부터 버림받은 아이들의 자기 찾기의 과정은 소위 정체성 찾기로서의 서사의 형식을 구성하지 않는다. 아니 소위 균질적이고 통일적인 정체성 서사의 불가능함이 서하진 소설의 특징을 이룬다. 그것은 서하진의 소설이 아버지로부터 버림받은 아이들의 자기 찾기를 그리기보다는 아버지로부터 버림받았다는 것, 혹은 아버지를 갖고 있다는 것이 아이들에게 던지는 의미가 무엇인가를 추적하는 과정을 보여주기 때문이다. 이러한 질문의 과정은 서하진의 인물들이 내면화하고 있는 서자의식과 추방의식이 사실은 아버지를 부정하면서 동시에 (이상적인) 상상적 아버지를 만들어 가는 모순적인 과정이라는 것을 보여준다. 이를 통해 서하진의 가족 로망스는 억압적 아버지를 부정하고 새로운 자기 정체성을 찾아가는 과정이라는 가족 로망스가 상상적인 아이덴티티와 상상적인 아버지를 재구성하는 작업이라는 것을 드러낸다. 이러한 가족 로망스의 과정에 대한 탐구는 서하진 소설에서 서사, 혹은 이야기 만들기가 구성하는 상상적인 아이덴티티에 대한 탐구에서도 일관되게 드러나고 있는 지점이다.

5. 너는 어디나

서하진의 소설은 주체성의 서사이자 기원의 서사이다. 그러나 서하진 소설에서 드러나는 주체성의 서사와 기원의 서사는 하늘의 별을 보고 길을 찾는 자기 동일성의 세계, 그 너머를 포착하려는 시도를 보여준다. 아버지로부터 버림받았다는 의식의 집요함은 실상 아버지로부터 사랑 받을 수 있는 존재가 되고싶다는 동일화에 대한 욕망을 내포하는 것이다. 즉 서하진 소설은 아버지의 아이 이다 / 아니다(너는 나의 아이이다 / 아니다라는 반대 형식을 가진 메시지를 동반하는) 사이를 오고가는 억압과 위반, 금지와 내면화 사이의 불균질함을 주체성의 서사로 그려낸다. 서하진 소설에 자주 등장하는 이루어질 수 없는 사랑, 불륜의 방식 등은 이러한 이상적 동일화에 대한 갈망과 불가능성을 다루는 한 방식이다. 서하진 소설에서 연인(이루어질 수 없는 사랑의 대상인)과 아버지가 동일한 의미 연쇄로 구성되는 것은 그들이 동일화 욕망의 대상, 혹은 정체성 형성의 상징적 준거로 작동하고 있기 때문이다. 이 때 누군가를 사랑한다는 것은 사랑 받을 만한 특징들에 자신을 동일화함으로써 그 사람으로부터 사랑 받고 싶어하는 것이다. 이런 점에서 사랑한다는 것은 이상적 동일화에 대한 욕망과 같은 방식을 보여준다. 즉 서하진 소설에서 이루어질 수 없는 사랑(대부분 아버지의 명령으로 인해 용인되지 못하는)은 아버지로부터 버림받음과 같은 의미망 속에서 작동한다. 따라서 이루어질 수 없는 사랑에 대한 갈망은 한편으로는 아버지의 명령으로부터 벗어나고픈 욕망과 동시에 아버지로부터 사랑받고 싶은 욕망, 아버지와의 동일시에 대한 강한 욕망의 표현이기도 하다. 이러한 욕망의 모순적 방식과 주체화 과정의 불균질한 층위는 「조매제」에서 원형적으로 드러난다.

> 저마다 자유로운 차림새의 사람들이 주말의 행락을 마치고 돌아가는 이 길을 나는…… 목을 죄는 넥타이와 짙은 빛깔의 양복을 차려입은 나는 그림자를 모신 이틀을 보내고 이제, 그림자를 모시고 돌아가는 것이다. 내 삶에, 내 의식에 조용히 스며드는 지울 수 없는 그림자. 안전벨트에 묶인 채 의젓이 앉아 있는 신위를 내려다보던 나는 문득 그 옆의 전화기를 보았다. 밤·대추만 알고 살던 어른들을 카폰이 달린 차로 모시고 가는 내 모습을 생각하자 쓴웃음이 새어나왔다. 이렇게나 오래. 이렇게나 질기게 나를 감싸는 보이지 않는 그물.15)

「조매제」는 서하진의 인물들을 감싸는 "내 삶에 내 의식에 조용히 스며드는 그림자"의 모습을 원형적으로 드러낸다. 여기서 보이지 않지만 내 삶 속에 스며들어서 나를 옥죄는 그물은 신위로 상징되는 가문의 질서이다. 이것은 단지 소설의 화자가 "그저 귀신 모시는 일만 죽자꼬 해대는" 집안의 종손이기 때문만은 아니다. 표면적으로 「조매제」는 "자유로운 차림새의 사람들이 주말의 행락"을 즐기는 동시대의 삶의 모습에 비추어 시대착오적인 한 가문의 삶의 모습과 질서를 그려내고 있는 것처럼 보인다. 할아버지는 으레 여러 명의 할머니를 두고 있는 것을 당연하다고 여겨온 어린 시절, 전대의 할아버지의 삶과 다를 것이 없는 삶을 살고 있는 서자인 동택 아재, 어린 시절 급작스레 아버지를 여의고 "육십

---

15) 「조매제」, 『책 읽어주는 남자』, 앞의 책, 304~305면.

을 바라보는 전 생애를 가문을 융성케하는 일에 바친 아버지"의 삶, 수십 년 전이나 지금이나 "그들에게 나는 언제나 큰 집 덕이었고 어머니는 아직도 무실띠기(무실댁 : 어머니의 택호)"인 변하지 않는 삶의 모습 등 이 작품은 한편으로는 지금은 사라진 구시대적 질서에 얽매인 삶의 모습을 보여주는 듯 하다. 그리고 소설의 화자인 큰 집 덕이의 갈등은 이러한 구시대적이고 시대착오적인 질서에 얽매인 삶의 모습을 보여주는 듯하다.

그러나 이 작품은 가문의 질서에 얽매인 시대착오적인 삶이 화자에게 부과하는 자기 정체성의 균열적이고 모순적인 방식을 탐색함으로써 우리 삶의 시대착오적인(비동시적인) 층위와 주체화 과정의 모순적이고 불균질한 층위를 탐색할 수 있게 한다.

사람들의 배웅을 받으며 차에 올라 나는 다리를 건너고 포플러의 손짓을 따라 길을 달렸다. 멀어지는 고향 마을이 옆 거울 속에 머물러 있다가 점점 작아지고 이윽고 빈 하늘만 남게 되었을 때 나는 무언가를 남겨두고 온 사람처럼 자꾸만 뒤돌아보았다. 하나둘, 옆을 스치는 나무 그림자가 내 얼굴에 그늘을 만들었다 거둬가기를 되풀이했다. 고향의 사람들은 이제 놋그릇에 마른 행주질을 하고 남은 음식을 집집이 돌릴 것이다. 손님을 맞던 방의 불씨를 죽이고 가득한 재떨이를 비워내고 쓰레기를 모아 불지르는 일로 분주할 것이다. 그 연기가 사라질 때쯤 나는 어디를 달리고 있을까.
탁 트인 고속도로에 접어들자 차들이 빠른 속도로 나를 지나쳐갔다. 아버지가 탄 비행기는 벌써 서울에 도착했을 디이며 곧 아버지는 차로 전화를 걸어오리라, 막 도착했다, 너는 어디냐. (강조-인용자)[16]

고향 마을을 떠나듯, 우리는 우리에게 스며있는 오래된 질서를

---

16) 「조매제」, 앞의 책, 303면.

벗어난다고 생각한다. 길을 떠남으로서 정체성의 서사가 형성되듯
이. 그러나 이 오래된 질서는 나의 현재 위치를 확인하고 추궁하
며, 동시에 나의 위치를 지정해주는 '너는 어디냐'라는 아버지의
질문처럼 나의 존재의 경계를 확정하는 보이지 않는 그림자이다.
나의 길을 묻고 내 위치를 정해주는 '너는 어디냐'라는 아버지의
질문은 서하진 소설에서 아버지의 질서 속에서, 그 억압과 위반,
내면화의 모순적 과정 속에서 형성되는 주체화의 과정을 상징적
으로 드러낸다. 작품에서 "큰 집 덕이"인 화자에게 아버지의 질서
로부터 벗어날 수 있는 유일한 다른 길을 상징하는 연이는 '너는
어디냐'라는 아버지의 질문과 요청으로부터 벗어난 다른 길, 가보
지 못한 길, 아버지가 지정해 준 영토 바깥의 길을 상징한다. 덕이
는 '너는 어디냐'라고 집요하게 추궁하는 아버지가 정해준 영토의
경계로부터 벗어나고자 하지만 다른 영토(연이)로 건너가는 길을
모른다. 연이로 상징되는 다른 영토에 대한 동경은 덕이에게 자신
이 갇혀있는 영토의 경계를 벗어나 자신의 존재를 탈영토화하고
자 하는 욕망을 상징한다.
　'너는 어디냐'라는 아버지의 질문은 아이에게 아버지의 영역을
확정하는 동시에 아이의 영역과 경계를 배정하고 추궁하는 질문
이다. 그래서 '너는 어디냐'라는 질문은 아버지의 질서가 아버지의
이름이 아닌 아이(너)라는 이름으로 작동되는 형식이다. 즉 이는
아이에게 내면화된 아버지의 질서, 아이 스스로 자신의 존재를 아
버지의 이름으로 영토화하는 명령의 다른 이름이다. 그러나 서하
진 소설에서 아버지의 아이들은 '너는 어디냐'라는 아버지의 질문
과 추궁을 자기 자신에 대한 질문으로 고쳐 쓴다. 이 아버지의 아

이들, 가문의 아이들은 "태어날 때부터 익숙했던 그런 날들이 사라진 후의 집안을, 아버지를 쉽사리 상상할 수가 없"는 존재들이다. 그들은 '너는 어디냐'라는 아버지의 질문 속에 존재한다. 그들의 존재는 이렇게 영토화와 탈영토화의 갈등적 욕망 속에 존재한다. 서하진 소설에서 불륜, 외도(바깥 길), 이루어질 수 없는 사랑이 새로운 아이덴티티 형성을 위한 바깥 길로 의미화되지 않는 것은 이 때문이다. 바깥 길이라고 생각한 그 길도 역시 '너는 어디냐'라는 아버지의 질문으로부터 멀리 벗어난 길이 아니기 때문이다. 그들에게 바깥 길은 질문의 방식을 바꾸는 것 속에 존재한다. '너는 어디냐'라는 아버지의 질문과 추궁을 자기 자신에게로 돌리는 것, 그것이 아버지의 이름으로 영토화된 자신의 존재를 자신의 이름으로 탈영토화하는 다른 길의 시작일 것이다.

그래서 서하진의 인물들은 '나는 누구인가'를 질문하기보다 '너는 어디냐'라고 자신 스스로에게 질문한다. 나는 누구인가라는 질문이 완결되고 주체 중심적인 자기 정체성의 서사의 형식이라면 자신에게로 향하는 너는 어디냐라는 질문은 종결되지 않는, 대답을 기다리는, 주체성의 서사의 새로운 길을 향해 던지는 하나의 질문인 것이다.

제 2 장
나도 때로는 그녀에게 전화하고 싶다

신경숙 작품과 독자의 관계

신경숙의 작품을 비평하는 것은 내게는 참 힘들다.

난 신경숙의 작품을 읽을 때면 매번 얌전한 독자가 되곤 하는데, 난 그것이 좋다. 「감자 먹는 사람들」을 읽을 때의 느낌을 아직도 기억한다. 난 그때 『창작과 비평』에 실린 그 작품을 보면서 너무나 눈물이 쏟아져 나오고 목이 메어져 다음 문장, 다음 페이지를 읽기가 힘들었다. 마침 많은 사람들이 조용히 앉아 공부하던 합동 연구실에서 그 책을 읽던 나는 울음소리를 감추려고 무진 힘들었던 것이 아직도 기억난다. 「감자 먹는 사람들」은 나에게 울음소리를 죽이느라 목이 뻑뻑해지던 그 느낌으로 기억된다. 「모여있는 불빛」이나 『외딴 방』을 읽었을 때, 난 무어라고 표현할 수 없는 그런 아득함 속에 잠겨 있는 것이 너무 좋았다. 그리고 신경숙은 그런 뭐라고 표현할 수 없는 아득함을 나와 공유하는, 마치 오래 전부터 내 속마음을 다 알고 지내던 그런 친구처럼 느껴지곤 했다. 신경숙 작품에 간혹 등장하는 독자들, 한밤중에 그녀에게 전화를 걸어 힘겨움을 토로하는 독자들처럼, 나도 때로는 그녀에게 전화하고 싶어진다. 신경숙을 좋아하는 사람들은 나와 비슷한 체험을 하는 것 같다.

신경숙의 작품은 텍스트 내적으로나, 외적으로나 대화적 성격을 강하게 지닌다. 특히나 독자와의 관계의 측면에서 볼 때 신경숙 작품은 항상 독자에게 말을 건네는 독특한 어조를 보여준다. 당신에게, 또는 작중의 누군가에게 건네는 인물들의 말은 동시에 독자들에게로 건네 진다. 신경숙의 인물들은 독백적인 내면의 말을 갖는 것이 아니라 항상 누군가에게 건네는 말을 갖고 있다. 그것이 인물의 독백인 경우에조차 독자는 그것을 (무의식적으로) 자신에게 향하는 말건넴처럼 느낀다. 따라서 신경숙 작품은 이러한 텍스트의 전언들을 독자들이 말건넴으로, 대화로 받아들임으로써 독자의 마음을 움직인다. 신경숙의 작품에 뚜렷하게 드러나는 타자에 대한 사랑, 타자와의 합일에 대한 갈망은 독자와의 관계 속에도 투영된다. 다음과 같이 작품에서 한 인물이 다른 인물을 향해 건네는 대사는 동시에 독자들을 향해 건네 진다. 독자들은 신경숙이 건네는 말속에서 작품의 인물이 그러하듯이 위안을 얻는다.

잊으려고 하지 말아라. 생각을 많이 하렴. 아픈 일일수록 그렇게 해야해. 생각하지 않으려고 하면 잊을 수도 없지. 무슨 일에든 바닥이 있지 않겠니.

언젠가는 발이 거기에 닿겠지. 그때 탁 차고 솟아오르는 거야.[1]

또한 「풍금이 있던 자리」의 말건넴이 작중 인물인 당신에게로 보다 집중되고 『외딴 방』의 말건넴의 대상이 재희 언니나 그 시절의 사람들이라는 작중 인물을 중심으로 퍼져나가는 것과 비교하여 『기차는 7시에 떠나네』에서 말건넴은 작중 인물들을 넘어서서 본질적으로 독자를 향해 정향되어 있다. 즉 이 작품에서 신경숙은 이전 작품보다 훨씬 의식적으로 독자에게 말을 건네고 있다. 이 작품에서 신경숙은 고통에 힘겨워하는 사람들에게 "인간이 지닌 친밀성"의 힘으로 위로를 전하려고 한다. 작품 전편은 서로의 아픔을 매만져주는 사람들 사이의 따스한 손길, 그 뽀송뽀송한 감촉으로 충만하다.

그런 점에서 신경숙의 작품은 이성(理性) 중심적인 독서 체험을 욕망하는 독자들에게는 유치하거나 소녀취향이나 멜로처럼 보인다. 어쩌면 이런 표현은 조금은 맞는지도 모른다. 힘겨워서 견딜 수 없어 하는 사람에게 말없이 손을 내밀어 가만히 머리를 매만져주는 것, 그런 손길은 어린 아이 같은 마음, 타자에 대한 경계가 없는, 타자와의 관계를 육친적 친밀성 속에서 바라보는 시선이 없이는 가능하지 않은 일이기 때문이다. 『기차는』에서 육친적 친밀성 속에서 유지되는 타자들은 삶의 텅 빈 심연, 그 공허의 공포를 이겨나갈 수 있도록 서로의 등을 두드려준다. "인생이란, 어디에도 속시원한 대답이 없다. '모두 글쎄?'라고만 할 뿐." 신경숙이 타자와의 육친적 친밀성을 갈망하는 그곳에 동시에 삶이라는 텅빈 심

---

1) 『기차는 7시에 떠나네』, 문학과지성사, 1999.

연에 대한 존재의 본원적 두려움이 함께 한다.

아이들이 다 돌아간 운동장에 남아 서편 하늘을 벌겋게 물들인 노을을 바라보았을 때의 알 수 없는 슬픔. 함께 놀던 아이들이 엄마가 부르는 소리에 다 들어가고 어느 새 혼자라는 것을 알았을 때, 그때 그 골목의 적막감. 유년의 그 골목에서 우리는 삶의 텅 빈 심연을 갑자기 엿보게 된 것은 아니었을까? 그래서 이유를 알 수 없는 서러운 마음으로 집으로 달려가 엄마 품에 달려들었던 것은 아닐까? 성인이 된 지금, 우리는 그런 감정들로부터 얼마나 벗어나 있는 걸까? 『기차는』은 우리에게 말한다. 당신이 어느 날 다시 그 유년의 골목과 만나게 되었다면, 그때 뛰어가 달려들던 엄마의 품을 생각하라고, 아니 서로가 서로에게 그런 엄마의 품이 되어주라고 『기차는』은 우리가 어쩔 수 없이 삶의 텅 빈 심연에 맞닥뜨렸을 때, 울며 잠든 어린 시절, 젖은 머리칼을 쓸어 넘겨주시던 어머니의 일렁이던 눈빛, 짝꿍과 팔짱을 끼고 걷던 해질 녘의 하교길, 그 속에 간직된 친밀감을 우리에게 복원시켜준다.

살아가면서 많은 타인들이 우리 속으로 들어와 나와 하나가 되었다가는 사라져버린다. 지금, 이렇게 애틋한 마음으로 손을 맞잡고 있는 이 사람도 언젠가는 어딘가 알 수 없는 곳으로, 내 세계로부터 사라져버릴 것이다. 그러면 우리 삶이란, 우리 관계란 무엇일까. 이 목이 메이는 그리움도 다 무의미한 것일까? 『기차는』은 말한다. 그렇기 때문에 "우리, 가까이 있자"고 신경숙은 『기차는』을 통해 독자들에게 말한다. 당신이 있어서 고맙다고 작품에서 하진에게 밤마다 전화하는 여자처럼, 독자들은 신경숙의 작품을 보며 일종의 'confident', 즉 속내 이야기를 털어놓을 사람과 만난 그런 체험을 갖게 된다.

　신경숙의 작품은 따라서 작품에 대한 이해나 독해를 위해서는 텍스트의 말 건넴에, 그 마음의 파동에 주파수를 맞추는 것이 필요하다. 그 파동과 만나지 못한다면 독자들은 신경숙이 건네는 말들에 응답하지 못할 것이고, 이 경우 신경숙 작품의 독서는 무의미한(때로는 불쾌한) 체험에 머물 것이다. 스킨쉽에 익숙지 못한 사람에게 타인의 손길이 불쾌한 것이 되는 것처럼. 신경숙의 작품이 비평가들보다 독자들에게 더 많은 사랑을 받는 것은 이 때문인지도 모른다. 또한 신경숙의 독자가 대부분 여성인 것도 이 때문이다. 우리 사회의 많은 남성들은 스킨쉽을 이해하지 못하고 살아간다. 그들에게 성적 욕망이 아닌, 육친적 친밀성의 표현으로서의 스킨쉽이란 이해 불가능한 성격의 것이다. 그들에게 스킨쉽은 여전히 모욕적인 것이거나 유아적인 것이다. 비평가를 포함한 많은 남성적 독자들에게 신경숙의 작품이 불쾌하거나 유치한 것으로 느껴지는 것도 이 때문이다.

제 3 장

'당신'의 관계론을 위하여

김인숙론

1. 갈등의 미학─충돌하는 파토스를 통한 관계성의 탐색

1983년 「상실의 계절」로 작가 생활을 시작한 김인숙은 작품 세계에 있어 다채로운 변화를 보여주었다. 『핏줄』로 베스트셀러 작가로 이름을 날리던 즈음 김인숙은 노동 운동 현장 속으로 직접 들어가 80년내 민중문학의 강력한 한 축을 이루는 작품들을 발표하였다. 『함께 걷는 길』이나 『성조기 앞에 다시 서다』는 80년대 민중문학의 성과와 한계를 고스란히 내포하고 있다. 80년대 김인숙의 작품은 어떤 면에서는 자신에게 한껏 열려있는 미래를 향해 뒤돌아 볼 겨를 없이 달려나가는 20대의 모습 그 자체였다고 할 수 있다. 세상 모두가 내 품안에 안겨 있는 것 같은 거침없음과 그 거침없음으로 인해 세상을 나의 눈에 보이는 것과 동일시할 수 있는 겁없음, 그리고 그런 거침없음과 겁없음의 이면에 보이지 않게 도사리고 있는 생에 대한 막연한 불안과 소심함. 80년대를 씩씩거리는 힘센 호흡으로 달려온 사람들은 그들의 20대를 아마도 막연한 불안과 소심함이라는 자기 내면의 또 다른 모습보다는 거침없음과 겁없음이라는 일면만을 키워가며, 보여주며 살아온 삶이라고 느끼는 것 같다.

> 나는 지금 말한다. 결코 모두가 살아야 할 것이라고, 그래서 이 시대, 이 넓은 구속의 땅덩이 위에 수없이 많은 자유의 깃발을 세워야 할 것이라고 용기를 갖자. (…중략…) 누워, 편안한 잠자리에서 임종을 맞기보다는 두들겨 얻어맞고 허리가 꺾여 죽을 수 있게 모든 일이 준비되어진 세상…… 보자. 얼마나 유쾌한 세상인가.[1]

> 그랬습니다. 그래서 한때는…… 괜찮았던 적도 있었지요 진창에 빠져 버렸다고 생각할 때마다, 나는 그 절망과 맞바꿀 희망을 알고 있었던 겁니다. 수렁은 달콤했지요 진창도, 함정도 괜찮았습니다. 더 깊은 곳으로, 더욱 더 깊은 곳으로 내려갈 때마다 나는 보았으니까요 저 먼 곳에, 찬란히 빛날 황금다리…… 그 세상을…… 그 희망을……[2]

『핏줄』에서 「풍경」 사이에는 흔히들 말하는 80년대와 90년대 사이의 깊은 간극이 놓여져 있는 것처럼 보인다. 생에 대한 원초적 열정이 강렬하게 투영된 『핏줄』의 언어는 「풍경」에 이르러서

---

1) 『핏줄』(1983년, 문학예술사)의 「작가의 말」 중에서.
2) 「풍경(風磬)」, 『현대문학』, 1996년 3월호. 작품집 『유리구두』(창작과비평사, 1998), 97면에서 인용.

는 회환과 머뭇거림의 언어로 변화된다. 특히나 작품집 『유리구두』에 실린 작품들은 이러한 회환과 머뭇거림의 언어로 채워져 있다. 그러나 이러한 차이들에도 불구하고 초기작에서부터 줄곧 김인숙의 작품 세계를 특징짓는 것은 파토스를 통한 갈등의 미학이라 할 것이다. 생에 대한 원초적 열정은 김인숙의 인물들로 하여금 세계의 끝까지 내려가도록 하는 추동력이자 그 끝으로부터 다시금 솟구쳐 오르게 하는 원동력이 된다. "어두운 페시미즘 안에서 *끈끈하게 번뜩이는 생명의 욕구*"3)는 바로 김인숙 작품 세계의 뚜렷한 특징이라 할 만하다. 초기작인 「상실의 계절」4)이나 『핏줄』에서 이러한 생명의 욕구는 육체성 속에서 원초적으로 드러난다.

김인숙 작품을 특징짓는 이러한 파토스는 초기작인 「상실의 계절」·『핏줄』·『불꽃』 등에서는 생에 대한 원초적 열정의 형태로 트러난다. 이후 민중 문학 대열에 합류한 김인숙의 작품에서 이러한 생에 대한 원초적 열정은 인간다운 삶에 대한 추상적 정열과 긴장 관계를 유지하게 된다. 이러한 생에 대한 원초적 열정과 인간다움 삶에 대한 추상적 정열이 가장 균형 잡힌 형태로 조우하는 것은 아마도 작품집 『칼날과 사랑』이라고 보인다.

작품집 『칼날과 사랑』에 실린 작품들이나 이 작품집에 수록되지 않은 중편 『무너지는 세월』(『녹두꽃』, 1992년 겨울), 「희망의 봉인」(『세계문학』, 1993년 가을호) 등 90년에서 93년 사이에 발표된 김인숙의 소설들은 극단적 상황에 봉착한 인물들의 반성적 자기인식을 통해 우리 삶을 구속하거나 구성하는 관계성의 문제를 천착하고

---

3) 『핏줄』, 앞의 책.
4) 『조선일보』, 1983, 신춘문예 당선작.

있다는 점에서 공통적인 특성을 보여준다. 물론 이러한 관계성에 대한 탐색은 개인의 윤리와 기성 질서, 또는 체제와의 모순을 다루고 있는 이전의 소설의 연장선상에 놓여 있다고 할 수 있다. 그러나 김인숙의 이전 소설에서 추상적으로 다루어지던 개인과 기성 질서 사이의 관계는 90년대의 모색기에 이르러 오히려 구체적이고 복합적인 관계로 세분화되어 다루어진다.5) 이는 90년대 김인숙의 소설들 중 주로 부부 관계라는 관계항을 중심으로 구성된 작품들 속에서 뚜렷하게 드러난다. 물론 이는 80년대 작품들에서 보여준 역사와 사회에 대한 문제제기들이 가정이라는 사소성의 틀로 협소화된 것이라고 비판된 바 있지만, 오히려 이는 김인숙의 소설에서 관계에 대한 새로운 성찰의 가능성을 열어주었다는 점에서 긍정적인 기능을 하는 것이라고 평가할 수 있다. 특히 「칼날과 사랑」이나 「당신」과 같은 작품들은 개인들간의 충돌하는 윤리를 극단화된 갈등 속에 집약시킴으로써 이전 작품에서 보여준 올바른 삶의 윤리에 대한 추상적 열정과는 또 다른 자신의 정당한 윤리에 의해 갈등하는 인물들의 파토스를 보여준다. 『칼날과 사랑』에 수록된 대부분의 작품들은 개인들간의 소통의 불가능함, 인

---

5) 물론 김인숙의 작품 세계를 80년대와 90년대 사이의 단절로 평가할 수는 없다. 오히려 이는 작품의 구성력과 관계되는 것이다. 예를 들어 장편 『그래서 너를 안는다』(청년사, 1993)와 같은 작품과 「칼날과 사랑」이나 「당신」과 같은 작품의 경우 이러한 관계성에 대한 성찰은 극단화된 갈등을 중심으로 구성된 단편들에서 더욱 성공적으로 이루어지고 있음을 볼 수 있다. 또한 『그래서 너를 안는다』는 수줍은 소년 완기와 어려서부터 그의 보호자나 다름없던 씩씩한 소녀 인호의 관계를 중심으로 여성성과 남성성에 대한 기존의 이데올로기를 재점검하고 있지만 오히려 남성성과 여성성에 대한 추상적인 접근에 머물고 있으며 뒤에서 살펴 볼 「칼날과 사랑」과 달리 오히려 반동일화의 담론의 한계를 벗어나지 못하고 있다.

간 관계의 최소단위로서의 나와 너의 소통의 불가능함을 통해, 소통에 대한, 상호 이해에 입각한 상호성에 대한 갈망을 보여준다. 이러한 관계성에 대한 탐색의 진정성은 극단적 상황에 처한 인물들이 수행하는 자기인식의 성격에 의해 규정된다. 「한 여자 이야기」가 인물의 자기인식의 반성적 성격이 부재함으로써 결국은 관계성에 대한 탐색으로 이어지지 못한 감상적 극단성의 노출에 그치고 말았다면, 이와 달리 「당신」이나 「칼날과 사랑」은 일상적 삶을 영유하던 인물들이 봉착한 극단적 상황이 인물들의 성찰적 자기 인식의 매개가 되면서 인물들의 관계의 변환과 이와 동시적으로 수행되는 자기 인식의 변환이 주된 탐색의 대상이 되고 있다.

또한 「칼날과 사랑」이나 「당신」이 이해할 수 없는 세계 속에서도 마주해야 할 당신의 존재로 인해 피흘리는 싸움과 세계의 끝에 던져진 듯한 절망 속에서도 당신과의 관계를 재정립하기 위한 치열한 탐색을 보여줄 수 있었던 것과 달리 「그림 그리는 여자」[6]나 「풍경」[7]과 같은 최근의 작품들은 당신의 부재에 시달리는 나의 고립감과 상실감이 보다 전면화되어 나타난다. 이 작품들에서 당신의 관계론은 부재 하는 당신에 대한 상실감으로 인해 끝없는 욕망의 대상으로만 드러난다. 당신의 부재 혹은 상실 속에 작품은 고립된 나의 존재론이 보다 전면화되어 나타난다. 이들 작품들은 「칼날과 사랑」이나 「당신」과 비교할 때 당신의 관계론이 부재한 고립된 나의 존재론이 빠질 수 있는 한계들을 고스란히 드러낸다. 특히 「그림 그리는 여자」나 「나비의 춤」에서 드러나는 것은 나와

---

6) 『문예중앙』, 1995년 가을호, 작품집 『유리구두』(창작과비평사, 1998) 재수록.
7) 『현대문학』, 1996년 3월호(『유리구두』, 앞의 책) 재수록.

나의 분신들일 뿐이 타자들과 또는 나와 무관한 채 나에게 과도한 시선을 보내는 절대적인 타자들뿐이다.

2. '당신'의 관계론과 나의 존재론

나를 찾아가는 긴 여행은 어디서 시작하여 어디서 완성될 수 있는 것일까? 역사적으로 많은 예술은 이러한 자기 정체성 찾기의 과정을 보여주었다. 자기 정체성이란(identity) 무엇과의 관계를 통해 정립되는 '나'라는 점에서 본질적으로는 관계성에 대한 질문이라 할 수 있다. 자기 정체성이란 결국 이 세계를 구성하는 '너'와의 관계 속에서 구성되는 나의 존재 진리이며, '나'의 자기 관계 속에서 구성되는 '나'이다. 최근 들어 여성성이라는 질문을 중심으로 자기 정체성을 탐색하는 소설들은 '너'로 대변되는 남성성에 의해 훼손되고 박탈된 '나'를 회복하기 위한 치열한 몸짓들을 보여주었다. 그러나 최근의 페미니즘을 표방하는 일련의 소설의 경우 이러한 '나'를 훼손하는 '너'에 대한 성급한 추상적 일반화로 인해 '나'를 '너'와 무관한 존재로서, 이 세계에 홀로 존재하는 고립된 주체로서 정립하는 경우를 종종 볼 수 있다.[8] 사실 '나'와 '너'의 차이

---

8) 정체성의 문제를 관계성의 문제로 파악하기보다는 하나의 고정된 실체로서 파악하려는 태도는 여성성이나 남성성에 대한 추상적 일반화를 토대로 정체성 문제에 접근하게 되는 한계에 도달할 수밖에 없다. 문학 연구에서 실체론적 사

를 인정하면서 동시에 그 관계성을 존중한다는 것은 말처럼 쉬운 일은 아니다.

'나'가 아무리 '너'를 향해 배려와 존중의 말을 건넬지라도 '너'에 의해 그 존중의 말이 침해되고 결코 '너'에게 가 닿지 못한 채 오히려 '나'에 대한 침해로 되돌아 올 때 우리는 진정 '너'와의 상호성의 회복을 위한 '나'의 노력만을 종용할 수는 없다. 그러나 마찬가지로 '너'에 의해 침해받지 않기 위해 끝없이 '나'만을 내세울 때, 우리는 또다시 '나'에 의해 '너'를 침해할 수 있는 딜레마에 봉착하게 된다. 특히나 부부관계란 이러한 나와 너의 차이의 인정과 관계성의 존중이라는 문제에 있어 가장 첨예한 갈등과 난관을 보여주는 장소일 것이다. 김인숙의 「당신」[9]은 이러한 관계의 문제와 그 어려움을 매우 탁월하게 탐색하고 있다.

'나'의 '너'에 대한 친밀성과 사랑의 표현으로서 당신이란 진술은 그 본래적 의미에 있어서 상호적인 것이라고 할 수 있다. 나와 무관한 '너'는 당신이라는 진술을 부여받을 수 없기 때문이다. 따라서 '당신'이란 나와 너의 관계성을 가장 명료하게 표현하는 진술이기도 하다. 내가 너를 당신이라고 부른다는 것은 '나'와 '너'의 관계의 표명인 동시에 '나'에 대한 자기 관계의 표명이다. 예를 들어 사랑하는 대상으로서 '너'를 내가 '당신'이라고 부르는 것은 나와 너의 사랑이라는 관계성의 표명인 동시에 '나'는 너를 사랑

유의 한계와 관계론적 문제틀의 의미에 대해서는 최유찬,『한국문학의 관계론적 이해』, 실천문학사, 1998 참조.
9) 1992 신작 중편 소설집『바람부는 들녘』(민맥, 1992), 작품집『칼날과 사랑』재수록.

한다는 자기 이해(자기 관계)의 표명이기 때문이다. 또한 나의 '당신'이라는 부름은 너에 대한 나의 말 건넴인 동시에 너의 응답이다. 즉 '당신'이란 진술은 '나'의 '너'에 대한 말 건넴인 동시에 '너'의 '나'에 대한 응답을 내포할 때만이 가능한 상호성의 진술인 것이다. 결국 '당신'의 관계론이란 나와 너의 말 건넴과 응답으로 구성되는 상호성의 표현이며 동시에 말 건네는 나의 자기 이해의 표현인 것이다. 결국 '나'는 '너'를 '당신'이라고 부름으로써 '너'를 부르는 동시에 '너'를 사랑하고 존중하는 '나'를 부르는 것이다. 즉 '당신'이란 부름은 사실은 이중의 부름 / 호명 기제이다. 그러나 이러한 이중의 부름은 '너'의 응답이 존재할 때만이 가능할 뿐이다. '너'의 응답이 부재할 때 '당신'이라는 부름은 '너'도 '나'도 우리의 존재의 시선 앞으로 소환해 낼 수 없는 것이다. 이렇게 '당신'이란 진술은 언제든지 '너' / '나'라는 진술로 전환 가능한 위태로운 호명이기도 하다. '나'가 '너'를 부르기를 그치는 순간, '너'가 '나'에게 응답하기를 그치는 순간 '나'는 '너'를 부르는 것을 그치게 됨과 동시에 '나' 자신을 부르는 것도 그치게 된다.[10]

이는 '당신'이라는 진술의 본질적인 불균질함에서도 확인된다. 우리는 집안의 어른이나 자신이 존경하는 어떤 이들에 대해 친밀감과 공경(공경이란 한편으로는 '너'와 '나'의 친밀함과 거리의 동시적 표현이다)의 표시로 그 대상을 '당신'이라고 부르기도 한다. 또 때로는

---

10) '너'의 응답이 부재할 때 '당신'의 진술은 급작스럽게 '너' 또는 '나'의 진술로 전환된다. 라신의 『페드르』에서 페드르는 자신의 사랑을 거부한 이폴리트에게 격분하여 갑자기 당신에게서 너로 호칭을 바꾸며 "그렇다면 너는 페드르가 누구인지 그녀의 광란이 어떠한지 모두 알아두어라"라고 진술한다. 롤랑 바르트 『사랑의 단상』(문학과지성사, 1991)에서 재인용.

상대방에 대한 극단적인 공격의 표시로 '당신'의 진술을 사용하기도 한다('당신 말야 그렇게 살면 안돼'라는 식의 멱살잡이 싸움에 동원되는 '당신'처럼). 또 우리는 대상에 대한 극단의 친밀감의 표시로서 '당신'의 진술을 사용하기도 한다. 이때의 '당신'이라는 부름에는 '나'와 '너'의 관계에 있어 여타의 모든 다른 관계와의 극단적인 차별성과 관계의 유일무이함이라는 의미가 내포된다. 이 극단의 친밀감의 표지로서의 '당신'의 진술은 '나'와 '너'의 관계에 있어 어떠한 다른 관계로도 환원될 수 없는 유일무이함의 표지이며, 이 유일무이함의 표지에 의해 나의 존재의 유일무이함의 의미는 증폭된다. 사랑 속에서 갖게 되는 존재의 풍요로움과 확장이란 바로 이러한 유일무이한 관계에서 비롯되는 존재감의 확대에 다름 아니다. 그러나 이러한 존재감의 확대가 사랑의 상실로 인해 극단적인 존재 상실감으로 이어지는 것처럼 이 극단의 친밀감의 표지로서의 '당신'의 진술은 언제든지 거리감과 적대감의 표지로서의 '당신'의 진술로 미끄러져 갈 수 있다. 이때 '당신'의 진술은 더 이상 유일무이함이라는 존재와 관계성의 지표를 상실하고 그 상실에 의해 '나'와 '너'의 존재의 풍요는 일시에 파괴된다. '당신'의 진술이 그 내포에 있어서 더 이상 극단적 친밀감의 표지가 아닌 적대감과 거리의 표지로 전환될 때 존재의 상실감이 극대화되는 것은 바로 이 의미의 전이가 유발하는 파열, '당신'의 표지 속에서 드러나는 의미의 파열과 동시에 일어나는 관계성과 존재의 파열에 의해서이다. '당신'의 진술이 극단적 친밀감에서 거리와 적대감의 의미로 미끄러져 버리면서 우리는 유일무이한 관계성과 그에 의해 풍요로워진 존재의 의미를 박탈당하고 범속한, 평범한 존재들의 층위로 떨어져 버린다.

부부관계란 어떤 면에서는 이러한 '당신'의 진술이 유발하는 존재의 풍요로움의 극대화와 상실의 극대화라는 이중성이 항시적으로 존재하는 장소일 것이다. 일상적인 평온함을 아무리 가장하더라도 부부관계란 이러한 양극단의 파열 사이를 오가며 구성된다. 이 양극단의 파열 속에서 겪게되는 존재의 딜레마는 어찌할 수 없음이라는 표현 외에 더 다른 표현을 얻을 수 있을까? 그것은 우리가 이 양극단의 파열로 구성되는 관계를 자의적으로 파괴할지라도 그 딜레마로부터 구원될 수 없기 때문이다. "어느 쪽의 선택도 그들을 안전하게 지켜주지 못"하는 상황, 이것이 지금, 이곳의 부부관계라는 관계의 어찌할 수 없음이 아닐까? 이 어찌할 수 없음이라는 진술은 관계성에 의해 규정될 수밖에 없는 '나'의 존재론에 대한 표현이다. '나'의 존재론은 관계를 구성하는 규정항들의 운동과 변화의 복합성 속에서 구성되므로 단일한 하나의 진술로 확언되기 힘들다.[11] 따라서 「칼날과 사랑」과 「당신」에서 나의 존재론은 나를 둘러싼 모든 타자들과의 관계에 대한 탐색으로 나타나며, 이 타자들은 나와 무관할 수 없는 존재들로서 당신이라는 이름을 얻는다. 김인숙의 「칼날과 사랑」과 「당신」은 이러한 손쉬운 선택 대신 어찌할 수 없음이라는 진술을 통해 우리의 현실적인

---

11) 이런 점에서 김인숙의 어찌할 수 없음의 세계와 신경숙의 말할 수 없음의 세계는 그 궁극에 있어 유사점을 드러낸다. 말할 수 없음의 세계는 단지 무규정적인 내면의 표현이라기보다는 타자와의 관계 속에 놓여질 수밖에 없는 '나'의 자기 응시의 산물이다. 이 자기 응시는 타자를 삭제하는 내면으로의 함몰이 아니다. 신경숙의 작품이 끝없이 타자와의 관계를 품어내기 위한 힘든 고투의 흔적을 보여주는 것은 이 때문이다.

관계의 어려움을 힘겹게 탐색하고 있다. 「칼날과 사랑」이 난 엄마처럼 살지 않을 거야라는 식의 당신들의 삶에 대한 배제를 통한 배타적 자기 정립의 허구성을 섬세하게 포착하고 있다면, 「당신」은 서로의 차이를 존중하면서 동시에 진정한 관계성을 복원하는 것의 어려움을 탐색하고 있다.

3. '당신들'처럼 살지는 않는다?
─반동일화(反同一化) 이데올로기의 한계에 대한 고찰

  세상의 모든 사람들이 아무리 목숨을 걸고 지키는 중요한 것이라도 나와 무관하다고 여기는 사람에게는 없는 것이나 마찬가지이다. 그때 세상의 모든 사람들이 목숨을 걸고 지키는 중요한 것은 '나'가 나와 무관하다고 여기는 순간 나의 존재의 지평에서 사라진다. 물론 그것은 나를 둘러싼 현실의 지평 속에는 엄연히 존재하지만, 그것이 '나'와 무관하다고 여기는 '나'에게는 없는 것이나 다름없다. 그러나 그때 나는 진정한 '나'일 수 있을까? 그것과 마찬가지로 인간의 삶이 양자 택일적 선택에 의해 얼마든지 행복해질 수도 불행해질 수도 있다고, 또는 노예적인 삶과 자유로운 삶의 차이는 어떠한 삶을 의식적으로 선택하느냐에 따라 결정될 수 있다고 믿을 수 있는 사람은 순진한 몽상가이거나 초월론자가 아니면 어리석은 계몽주의자일 것이다. 그런 사람은 나와 무관하다고 여기는 다른 어떤 것은 나의 지평에 없는 것이나 마찬가지라고 여기는 사람처럼 나의 선택과 함께 나와 무관한 다른 어떤 것이 나의 지평에서 손쉽게 사라져서 나는 자유로워질 수 있다는 기만적인 환상을 즐길 수도 있을 것이다. 90년대 들어 페미니즘을 표방한 일련의 소설들 중에는 이러한 종류의 순진한 몽상이나 기만적인 환상을 진지하게 표방하는 작품들(또는 『선택』처럼 정반대의 기만적인 환상을 주장하는 작품들도 있다)이 양산되어 왔다. 이들 작품에서 '나'를 억압하는 가족이나 부부 관계는 손쉽게 해체되어 버린다. 그런 작품들에서 부부 관계란 더 이상 중요한 탐구의 대상이 되지 못하거나 일방적인 타도의 대상일 뿐이다.[12) 물론 이들 작가들의 작품에서 기존의 부부 관계와는 다른 종류의 대안적 관계에 대한 인식이 확장되어졌다는 점에서 일련의 인식의 변화를 찾을 수는 있다.

김인숙의 「칼날과 사랑」과 「당신」은 '나'와 '너'의 관계 속에서 구성되는 '나'의 존재론, 자기 정체성의 문제를 심도 깊게 제기하고 있다. 「칼날과 사랑」이나 「당신」은 여성으로서의 한 인간의 존재 진리를 찾아가는 작품이지만 여성적이라는 자칫 상호성의 또 다른 배제를 낳을 수 있는 일방적 정체성 탐구에 매몰되는 것은 아니다. 여성적 정체성이란 개별적인 인간 존재의 정체성의 변별적인 구성부분임에 분명하지만 (페미니즘이 의도하는 것과는 정반대로) 자칫 남성적이라는 대타항 속에서만 정립되는 또 다른 배제적 동일화의 기제로 함몰될 우려로부터 자유롭지 못하며 그런 점

---

12) 이러한 종류의 태도는 차현숙의 『나비……』 시리즈나 김이태의 작품들 등에서 손쉽게 발견된다.

에서 나=나라는 악순환적인 자기 동일성의 틀을 넘어서지 못하게 된다. 모든 인간 존재의 자기 인식은 근본적으로 나와 나 아닌 다른 것과의 관계, 즉 타자를 통한 자기 거리에 대한 인식과 이를 통한 자기 거리 속에서만 이루어질 수 있다.[13] 그런 점에서 개별 존재자들에 있어서 여성적 자기 정체성이란 타자와의 관계, 즉 나와 너의 상호성에 대한 인식과 그 포용 속에서만 가능한 것이다. 김인숙의 작품은 그런 점에서 상당히 고전적인 면모를 보여준다고 할 수 있다. 김인숙의 작품에서 여성성, 또는 '나'에 대한 인식은 '너'와의 상호성에 대한 갈망과 밀접하게 결부되어 있으며, '우리' 안에서의 '나'의 존재에 대한 질문과 동시적으로 진행되기 때문이다. 김인숙의 작품에서 인물들이 나의 문제를 질문하는 것, 나의 윤리를 문제시하는 것, 나의 정체성을 탐색하는 것은 본질적으로 '나'와 '너'의 상호성에 대한, 또는 그 부재에 대한 질문에 다름 아니며 나와 너의 상호성의 복원을 통해 이루고자 하는 '우리'의 세계에 대한 질문에 다름 아니기 때문이다. 따라서 김인숙의 작품에서 '나'에 대한 탐색(그것이 여성적 정체성의 문제일 때에도)은 '나'의 윤리와 '우리'의 윤리의 조화에 대한 회복, 즉 있어야 될 세계에 대한 갈망으로서의 인류성의 문제와 밀접한 관련을 맺는다.

---

13) 김상봉은 서구 철학의 역사에서 "자기 의식의 사물적 이해"의 한계를 지적하면서, "자기 의식이란 한갓 동어반복으로서의 추상적이고도 형식논리적인 자기동일성(나=나)의 의식도 아니며, 나를 비인격적인 대상인 그것과 동일시하는 사물적 자기 동일성(나=그것)의 의식도 아니"라고 지적한다. "나의 자기 의식이란 나 속에서 나와 너가 근원적으로 공속하며, 상호 제약하는 것을 뜻한다. 그리고 나는 이러한 인격적 자기관계 속에서만 「나」로서 존재한다." 김상봉, 「나의 존재론과 우리의 존재론」, 연세대학교 철학과 60주년 기념학술대회 발표문.

또한 김인숙의 작품에서 '나'와 '너'의 관계항의 확장으로서의 부부 관계 역시 언제든 손쉽게 해체될 수 있는 계약이거나 결합이 아니라 하나의 인격(one person)의 형태를 띤다. 고전적인 의미에서 하나의 인격으로서의 부부 관계는 서로 합의한 두 당사자를 "의식적인 사랑"이라는 보다 자유로운 영역 속에서 결합하면서 하나의 독립적 인격체인 두 사람이 동시에 또 다른 하나의 인격체를 구성하게 되는 것이다. 그러나 바로 이 때문에 부부 관계란 하나의 독립적 인격체로서의 개별 존재자들의 인격성을 다시금 훼손하는 사물화된 관계로 언제든지, 항시적으로 전환될 수 있다는 점에서 하나의 인격체인 동시에 인격체를 사물로 전환시키는 양면성을 항시 내포한 관계이기도 한 것이다.

그러나 그런 생각을 하는 순간 나는 벌써 알고 있었다. 무엇을 믿거나 무엇을 확인하기 이전에, 이미 우리는 같이 살고 있는 사이라는 사실을 말이다. 나는 갑자기 열렬히 전의를 느낀다. 나는 그와 싸울 것이다. 그의 얼굴에 손톱자국을 긁어가면서 치열하게 싸울 것이다. 그와 내가 여자와 남자 사이로서가 아니라 부부의 한 쪽과 한 쪽으로 살아가기 위해, 나는 내 가슴의 피를 흘리며 싸울 것이다. 나는 절대로 양보하지 않을 것이며 내 인생의 완성이 그의 인생을 더불어 완성시킬 것이라고, 그렇게 기고만장한 믿음을 갖기로 할 것이다. 어차피 쓸모 없을 수밖에 없는, 이 부부라는 관계에 조금이라도 그럴듯한 의미를 갖기 위하여 말이다. 아아, 어차피 산다는 게 그런 게 아닌가 말이다.[14]

물론 「칼날과 사랑」에서 부부란 여성을 억압하고 훼손하는 일방

---

14) 「칼날과 사랑」, 『창작과비평』, 1993 여름호, 61면. 『칼날과 사랑』(창작과비평사, 1993)에서 인용.

적이고 사물화된 관계의 집약체로 보인다. 그럼에도 불구하고 「칼날과 사랑」의 미경은 이 "어차피 쓸모 없을 수밖에 없는" 관계를 위해 "기고만장한 믿음을 갖기 위해" "애를 쓴다." 이것은 단지 탈출구 없는 현실적인 난관에서의 타협과 같은 것은 아니다. 이 어찌할 수 없음의 상황은 김인숙의 인물들을 극단적인 갈등으로 내모는 주요한 원인이며 그들은 결코 손쉬운 선택을 통해 이 갈등의 끝이 찾아오리라는 낙관적 기대에 자신을 내맡기지 않는다. 대신 그들은 서로의 "얼굴에 손톱자국을 긁어가면서 치열하게 싸"우고, "내 가슴의 피를 흘리며 싸"우기를 멈추지 않는다. 그 이유는 간단하다. 그것은 김인숙의 인물들은 '나'를 위해서 '너'를 결코 포기하지 않기 때문이다. 그들은 끝까지 "내 인생의 완성이 그의 인생을 더불어 완성시킬 것이라고, 그렇게 기고만장한 믿음을 갖기로" 작정하면서까지도 너를, 나와 너의 상호성의 회복을 위한 싸움을 포기하지 않기 때문이다. 그래서 김인숙의 작품들은 고집스럽게 관계의 문제를 결코 포기하지 않는 것이다.

또한 이 어찌할 수 없음이라는 진술은 실제 삶에 있어서 우리가 겪게 되는 부부 관계의 딜레마에 대한 가장 정확한 표현이라고 할 수 있다. 어찌할 수 없음이라는 진술은 현실 타협적이거나 자포자기적 순응의 표현이 아니라 우리 삶의 실제적 딜레마에 대한 냉철한 인식의 표현이다. 부부 관계에 대한 원론적 해명의 상점을 충분히 인정한다고 해도 실상 그러한 원론적 해명은 우리 삶의 실제적 딜레마를 모두 포괄하기에는 성긴 그물일 뿐이다.[15]

---

15) 이런 점에서 페미니즘이란 이론적 방법론이나 경험적 자기 진술 그 어느 것으로도 완전히 환원되거나 충족될 수 없는 어려운 문제 설정의 하나이다. 이

이 어찌할 수 없음에 대한 인식으로 인해 「칼날과 사랑」이나 「당신」의 인물들은 부부 관계 속에서 피흘리는 싸움을 결코 포기할 수 없게 된다. 또한 이 싸움은 '나'와 '너' 그리고 '우리'의 관계 모두에 대한 치열한 자기 부정과 재정립을 위한 투쟁의 장이 되는 것이다.

또한 여기서 나와 너의 관계는 단지 여성과 남성이라는 문제에 국한되지는 않는다. 김인숙의 작품에서 여성과 남성은 나와 너의 주요한 관계축의 하나이지만 모든 나와 너의 관계가 여성과 남성의 문제로 환원되는 것은 아니다. 「칼날과 사랑」에서 갈등의 축은 종희 이모와 이모부, 나와 남편의 갈등으로 양분되는 듯하지만 실상 가장 주요한 갈등의 축은 종희 이모의 삶의 태도와 나의 삶의 태도의 문제이다. 표면적으로 작품은 평생을 짐승이나 마찬가지로 외도와 폭력만을 일삼던 이모부를 인내와 끈기 하나로 참아내며 살아온 종희 이모의 굴종의 삶과, 어떤 일에도 절대로 참지 않고 타협하지 않으며 살기로 작정하며 언제나 손톱을 세울 준비가 되어 있는 미경의 삶의 대비로 읽힌다. 또한 이러한 대비는 이모의 인내의 삶이 사실은 그 속에 하나의 칼날을 숨기고 살았던 삶이었다는 것을 알게되는 구성상의 반전과 그럼에도 불구하고 또 다른 타협으로 봉착한 이모의 삶을 바라보는 미경의 회한으로 이어지는 것처럼 보인다. 이렇게 볼 때 작품은 인내냐 비타협적 투쟁이냐는 양자 택일적 선택의 문제를 제기하는 것처럼 보인다. 그러나 오히려 이 작품은 이러한 양자택일적 선택의 논리의 허구성을 치

어려움을 간과할 때 우리는 삶의 딜레마를 무시한 삶에 대한 이론적 도식화와 자기 경험에의 함몰이라는 단순화에 빠지게 된다.

밀하게 탐색하고 있다.

실상 작품은 이모를 가장 잘 안다고 여기며 이모의 삶의 태도와 선택, 행동들에 대해 "이모는 그런 여자였다", "내가 아는 이모는……"으로 이어지는 미경의 이모에 대한 생각과 판단이 차근차근 어긋나는 과정을 미묘하게 보여주고 있다. 작품은 표면적으로는 이모의 기이한 행동에 대한 이해의 과정으로 진행되지만 실상 그 이면에는 이모에 대한 미경의 오해의 축적 과정이 자리잡고 있다. 물론 그렇다고 해서 이 작품이 이모와 같은 삶도 미경과 같은 삶도 다 그들 나름의 이유가 있다는 식의 상대주의적 해석으로 기울고 있는 것은 아니다. 이모의 부부 관계와 미경의 부부관계는 서로의 인격성을 무참히 지워버리는 사물성으로서의 하나와 서로의 상호성에 대한 욕망을 결코 포기하지 않음으로써 서로의 존재를 확립하려는 인격성으로서의 하나라는 점에서는 뚜렷한 대비를 보인다.

> 집으로 돌아오는 차 안에서였다. 나는 남편과 나를 배웅하기 위해 아파트 광장에 서 있던 이모부와 이모의 모습을 잊을 수가 없어서 매우 복잡한 심정이었다. 밤 그림자를 등진 채 가로등 아래에 서 있던 그들은 더이상 서로를 분리해 낼 수 없는 하나의 뭉텅이로 바라보였기 때문이었다. 도대체 그것이 가능한 일일까. 평생을 서로에게 상처만 준 채로 살아온 두 사람이, 그 상처로 서로의 구석을 메워 한 뭉딩이가 된다는 것이 가능한 일일까.[16]

"서로를 분리해 낼 수 없는 하나의 뭉텅이"로 서 있는 이모 부부의 모습은 그러나 진정 서로의 상처를 어루만져 이루어낸 인격적

---

16) 「칼날과 사랑」, 앞의 책, 60면.

하나의 모습이 아니다. 이모부는 젊어서는 폭력과 외도와 이모에 대한 비인간적인 대우로 그들의 관계에서 이모의 존재를 지워버렸다면, 자신의 과거의 죄를 온전히 회개하고 새 사람이 된 지금도 역시 이모의 풀 수 없는 증오를 신경안정제와 종교라는 또 다른 허울로 지워버리고 있는 것에 불과하다. 종희 이모에게 증오는 사물화된 부부 관계 속에서 지워져 가는 자신의 존재를 간신히 유지할 수 있는 유일한 칼날이었다. 이모부는 자신이 회개를 통해 평화를 찾았듯이 이모에게도 자기와 같은 평화를 요구하는 것이다. 그러나 그 평화에의 요구는 사실은 이모의 존재를 겨우 유지할 수 있었던 증오의 소멸을 의미하는 것이라는 점에서 과거와 마찬가지로 일방적인 요구이며 이 집요한 일방성에 의해 이모의 존재는 완전한 소멸에 이르러 그렇게 "한 뭉텅이"가 되어버린 것이다.

사물화된 하나로서의 이모 부부의 관계와 달리 미경의 부부 관계는 비타협적 투쟁의 관계이다. "남편과 나는 마치 조금도 손해를 보기가 싫어서 아등바등 키재기를 하는 사람들 같았다." 이모 부부의 평화로운 식탁이 사물화된 하나로서의 부부 관계의 숨막히는 표상이었다면 미경 부부의 피 흘리는 싸움은 어쩌면 아직은 버릴 수 없는 인격적 관계에 대한 열망의 흔적이라 할 수 있다. 미경은 일상 속에서 부딪치는 사소한 편견들의 장벽에 맞서 "자칫 한순간이라도 틈을 보였다가는 내가 영원히 구제 받을 수 없는 함정으로 빠져들 것 같은 기분"에 사로잡혀 칼날을 내세우고 달려든다. 이러한 미경의 비타협적 투쟁의 방식은 다른 한편에서는 이모와 엄마로 대변되는 당신들의 삶에 대한 거부에서 기인하는 것이다.

나는 그 여인들의 끝없는 참을성이 정말 끔찍할 정도로 지긋지긋했다. 나는 그들이 내게도 역시 참을 것을 요구해 오기 전에 먼저 손톱을 드러내는 것이다. 어떻게 보면 내 피해 의식도 중증일지 모른다.[17]

미경은 여성의 일방적인 적응과 인내, 양보라는 것만이 존재하는 엄마와 이모의 삶을 보면서 "나는 절대로 저렇게는 안 살아"를 되뇌며 성장하였고, 그것은 지금의 그녀의 비타협적 투쟁의 추동력이 되어왔다. 따라서 작품은 이러한 미경의 비타협적 삶과 어머니들의 일방적인 적응, 인내, 양보의 삶을 대비하면서 가치 평가적인 시선을 줄곧 유지하는 것처럼 보인다. 그것은 미경 자신의 내면의 시선이기도 하다. 그러나 이러한 미경 내면의 가치평가적인 시선은 그녀가 생각하던 이모에 대한 자신의 이해가 진정 이해였던가라는 회의와 함께 흔들릴 수밖에 없다.

그렇다면 내 칼날은 무엇일까. 나는 절대로 참지 않고 나는 어떤 일에도 타협하지 않는다. 그것은 내가 갖고 있는 부부관계의 철칙과 같은 것이었다. 나는 매순간 날카롭게 군다고 자부하면서도 그러나 정작 내 인생 전체가 무뎌빠진 것 같은 느낌을 버릴 수가 없었다. 이모가 그렇게 함으로써 얻은 것이 아무것도 없는 것처럼 내 인생도 마찬가지가 아닌가. 나는 도무지 무엇을 위해 사는 것인지를 알 수가 없었다.[18]

미경은 지금껏 어머니나 이모와 같은 당신들과는 다른 삶으로서의 비타협적 삶의 방식을 살아왔고 이에 당신들과 다른 자신의 삶에 절대적인 가치를 부여해 왔다. 당신들과는 다른 삶을 선택한

---

17) 「칼날과 사랑」, 앞의 책, 33면.
18) 「칼날과 사랑」, 앞의 책, 54면.

미경은 사랑이라는 단어만 떠올리면 "등허리가 근지러운 야유를 느끼게" 되는 사랑 불감증 환자가 되어버릴 정도로 부부 관계에 대한 기존의 모든 것으로부터 반동일화의 지점에서 자신의 부부 관계를 구성해왔다.[19] 그녀는 소위 어머니와 이모와 같은 당신들의 이데올로기의 정반대의 지점에서 부부 관계의 한 항으로서의 자신의 정체성을 구성함으로써 스스로 자유롭고 책임 있는 하나의 주체라고 생각해 왔던 것이다. 「칼날과 사랑」이 문제적으로 읽히는 지점은 바로 이곳이다. 작품에서 이모의 삶과 미경의 삶은 정확히 인내냐 투쟁이냐 하는 대칭적인 지점에 놓여져 있다. 그리고 이 작품은 정확히 이 대칭의 지점이 노예적인 삶과 자유로운 주체로서의 삶이라는 환상적 이미지를 생산한다는 것을 보여준다. 그리고 미경이 이모의 삶이 자신이 이해했다고 생각한 그런 것이 아니었으며, 또한 자신의 삶이 결코 이모의 삶과 완전히 다른 삶이 아니었다는 것을 깨닫는 지점에서 작품은 이 환상적 이미지의 대칭 구도를 정확하게 겨냥하고 있다. 소위 '난 엄마처럼 살지 않

---

19) 미쉘 페쇠는 주체가 구성되는 세 가지의 기제를 동일화·반동일화·비동일화의 세 가지 기제로 설명한다. 동일화는 그들에게 주어진 이미지에 자유롭게 동의하는 '착한 주체'들의 양식이다. '나쁜 주체' 혹은 골치덩어리들은 이러한 동일화를 거부한다. 반동일화가 바로 이러한 골치 덩어리들의 양식으로서, 그들은 분명한 것만을 말하는 착한 주체들에 의해서 '생생하게 된' 의미들을 '너희들이 말하는 석유 위기', '너희들의 사회과학', '너희들의 성모 마리아' 식으로 말하며 그들에게 돌려준다(당신들이 말하는 여성의 삶이라는 식으로). 페쇠는 이 두 가지 양식은 즉각적인 대칭을 이루며 사실상 서로를 보완해 준다고 지적한다. 그리고 이 두 가지 양식 외에 페쇠는 비동일화라는 제3의 양식을 가정한다. 이 비동일화는 이데올로기 종속의 지배적 실천에 편승하는 동시에 저항하는 작업의 결과로 기술된다. 다이안 맥도넬, 임상훈 역, 『담론이란 무엇인가』, 한울, 1992 참조

을 거야'라는 식의 페미니즘적 반동일화의 담론, 착한 여자 이데 올로기에 대항하는 나쁜 여자의 반동일화의 담론은 개별 주체들 로 하여금 그러한 반동일화의 기제를 통해 스스로 자유롭고 책임 있는 주체라는 자신에 대한 환상적인 이미지를 창출하게 한다. 그 러나 이러한 반동일화 담론의 가장 큰 문제는 백설 공주의 계모인 마녀의 거울처럼 언제나 자신의 얼굴(마녀의 얼굴) 뒷편에 착한 백 설 공주의 얼굴만을 비추는 역상의 거울일 뿐이라는 점이다. 따라 서 이러한 주체들은 스스로가 자유로운 악녀라는 환상 속에서 기 존의 지배 이데올로기의 구조에 다시금 편입되어 버리는 것이다.

그런 점에서 「칼날과 사랑」이 보여주는 이러한 대칭적 구도에 대한 비판은 한국 페미니즘 문학의 현단계에 비춰볼 때 큰 의미를 지닌다. 즉 이러한 비판은 지배 이데올로기에 대한 동일화를 통해 착한 주체를 구성하는 것(인내와 굴종을 미덕으로 알고 살아 온 어머니와 이모들, 당신들의 삶)이 개별 주제들을 노예적 삶으로 이끄는 반면 지 배 이데올로기에 대한 반동일화를 통해 나쁜 주체(비타협적인 투쟁으로 살아가는 미경식의 선택)를 구성하는 것은 자유로운 주체를 생산한 다는 양분법이 주체화 과정에 대한 환상적 이미지를 재생산 할 수 있다는 문제 의식을 동반하는 것이다. 이는 우리의 여성 문학의 궤 적에서 쉽게 발견할 수 없는 하나의 성과라 할 만하다. 또한 「칼날 과 사랑」뿐 아니라 「당신」에서도 탁월하게 보여주는 양자 택일적 선택에 의해 손쉽게 해결되지 않는 어찌할 수 없음의 딜레마에 대 한 작가의 탁월한 포착은 여성적 삶을(그리고 인간적 삶 전체를) 억압 하는 지배 이데올로기에 대한 끝없는 투쟁이 바로 이 어찌할 수 없음이라는 현실의 지배 이데올로기의 메커니즘 바로 그 속에서 그에 저항하는 방식에 의해서 가능할 수밖에 없음을 함축적으로 보여주는 것이다. 또한 억압적이고 굴종적인 삶을 살아 온 당신들의 삶에 대한 일방적인 배제가 결국은 자신의 삶을 자유롭다고 믿을 뿐인 환상만을 창출하는 것처럼, 진정 자유로운 나는 당신들에 대한 일방적인 배제에 의해서는 결코 수립될 수 없다는 것을 「칼날과 사랑」은 보여준다. 이 작품에서 결국 미경이 끝까지 포기할 수 없었던 자유로운 나에 대한 갈망은 남편이라는 너 뿐 아니라 본질적으로는 종희 이모로 대변되는 당신들의 삶에 대한 일방적 배제가 아닌 상호적 포용에 의해서만 가능한 것이다. 온전한 나는 단지 남성으로서의 너뿐만이 아니라 종희 이모로 대변되는 나와 다른, 또는 내가 거부하고, 인정하고 싶지 않은 또 다른 타자로서의 다른 삶, 그 많은 당신들과의 상호성을 되찾음으로써 형성될 수 있는 것이다.

4. '당신'의 관계론—자기 망각과 타자에 대한 망각을 넘어서

「당신」은 교사였던 남편의 급작스런 해직과 이로 인한 남편과 아내의 갈등을 주된 축으로 구성된다. 결혼 후 10년 가까이 성실한 교사로, 얌전한 사모님으로 지내던 윤영 부부에게 남편의 해직과 방황, 그리고 전교조 가입을 기점으로 한 새로운 삶의 변화는 혼란과 갈등 그 자체로 다가온다. 그러나 윤영과 남편의 극단적 갈등은 단지 해직이라는 실제적 사실에서만 비롯되는 것은 아니다. 오히려 이들 부부간의 갈등은 이러한 새로운 상황 속에서 지금까지 유지되어왔던 관계가 송두리째 흔들리면서 맞게 되는 당신과의 관계의 혼란과 나의 자기 관계의 혼란에서 비롯된다.

　　― 난 사람이 아니야. 난⁺짐승이야. 아니 짐승만도 못해.
　　소주 한 병을 앞에 두고 그는 마치 소주 한 박스는 들이켜댄 사람처럼 그렇게 취해 있었다. 그때 윤영은 할 수 있는 일이 하나도 없었다. 윤영으로서는 남편의 갈등이 두려울 뿐이었다. 다만 이 시련기를 무사히 넘기게 해주소서. 누구에게랄 것 없이 기원을 할 뿐이었다. 남편의 울부짖음은 새벽녘이 가까울 때까지 지속되었다.
　　― 애들은 지 목숨을 걸고 스승을 지키는데, 난 뭐지? 무슨 자격으로 그 아이들 앞에 서 있는 건가? 아아, 부끄러워, 창피해. 얼굴을 못 들겠어.
　　― 여보, 난…… 내 생각은……
　　딱히 무슨 말을 할 작정으로 그렇게 입을 열었던 것은 아니었다. 다만 너무나 두려워서 무슨 말로든지 그의 심연에 제동을 걸어야 할 것 같았을 뿐이었다. 그러나 윤영의 말은 이어지지 못했다. 남편이 덥석 윤영을 끌어안으면서 이렇게 부르짖었기 때문이었다.
　　― 부탁이야. 날 좀 살려줘. 난 정말 죽을 거 같아. 당신이 날 살려줘. 당신이, 당신이…… 당신만이 날 살게 할 수 있어.[20]

　남편이 부끄러움 속에서 울부짖는 '당신'의 진술은 '당신'인 윤영에게 향힌 것이지만 그 심층에서는 자기 자신을 향한 것이기도 하다. 남편의 '당신'의 진술은 부끄러움과 죄의식으로 나타나는 자신에 대한 부정, 또는 자기 관계의 혼란의 표현이다. 그것은 '당신'의 진술이라는 형식을 띠고 있지만 그 내면의 의미에서는 '나'의

---

20) 「당신」, 앞의 책, 71면.

일방적 진술일 뿐이다. 따라서 남편이 울부짖으면서 건네는 '당신'의 진술은 마치 조난부호와 같다. 그러나 윤영에게 그것은 해독 불가능한 암호와 마찬가지이다. 그 암호를 풀지 못할 때는 둘 다 이 거센 변화의 파도에 휩싸여 목숨을 잃게 될지도 모르는. 그래서 윤영은 남편의 '당신'의 진술에 담긴 암호를 풀기 위해 "목숨을 건" 자세로 사력을 다해 애쓰지만 이해할 수 없는 암호로 이어지는 '당신'의 진술들은 윤영에게 두려움과 공포와 함께, 남편의 혼란을 온전히 받아들일 수 없는 자신 스스로에 대한 혐오감만을 남겨준다. 암호 해독의 열쇠를 갖고 있을지도 모르는 남편은 끝없이 암호만을 타전할 뿐 어떤 이해의 열쇠조차 주지 않는다. 윤영은 남편과의 결혼 이후 "10년 인생 전체를 통틀어서" 처음 맞이하는 이 "뜻밖의 상황" 속에서 "무섭도록 낯설어 보이는 남편을 이해하기 위해 피를 말리는 노력을 해야만 했다." 남편의 변화에 대한 숨막히는 불안감 속에서도 윤영은 "거의 본능 같은 직감으로 남편의 모습에서 대단히 위태한 느낌을"을 가질 수밖에 없었고, 남편의 그러한 새로운 결단을 자신조차 이해해주지 못할 때 남편이 더 이상 돌이킬 수 없이 무너져버릴 것이라는 것을 직감하고 있었기 때문이다. 또한 "그가 그런 식으로 무너졌을 때, 윤영 자신에게도 남아있는 것은 없"었기 때문이다. 남편이 윤영에게 건네는 '당신'의 진술이 남편 스스로의 자기 관계의 혼란의 한 표현인 것과 마찬가지로 윤영에게 있어 남편이 건네 오는 '당신'의 진술은 윤영 자신의 지금까지의 삶의 자리를 온통 뒤흔드는 자기 관계의 혼란을 유발한다. 이처럼 작품에서 윤영과 남편의 관계의 변환은 각자의 자기 관계의 변환을 동시적으로 수반하거나 촉구하는 것이다.

남편은 이러한 자기 관계의 혼란 속에서 지금까지의 자신의 삶을 부정하며 새로이 자신을 재정립해 나간다. 자발적인 해직과 전교조 가입은 남편에게는 일종의 자기 부정을 통한 자기 관계의 재정립의 일환이었던 것이다. 그러나 윤영이 맞게 된 관계의 변환은 남편에 의한 외적인 요청이었을 뿐 남편과 같은 내적인 자기 부정의 적극적인 표현은 아닌 것이다. 그런 윤영에게 남은 것은 남편이 박차고 나간 빈자리와 그 속에서 혼란에 빠진 스스로에 대한 자괴감뿐이다. 남편을 이해하기 위한 윤영의 거의 초인적인 노력은 남편에게 제대로 가 닿기는커녕 끝없이 어긋날 뿐이고 남편은 자신의 자리를 새로이 찾기 위한 모색에 골몰하여 윤영의 혼란스런 마음 자리를 살펴보지 못한다.

남편은 어느 날 갑자기 모든 것을 벗어 던진 듯 홀가분한 모습이었으나 자신은 남편이 벗어 던진 모든 것을 대신 되쓸 수밖에 없었고, 그랬다, 아주 자주 숨이 막힐 것 같았다. 엄청난 위기 의식과 두려움, 그리고 자기 자신의 도덕성에 대한 턱없던 믿음이 무너져 내리는 데에 대한 좌절감…… 그 엄청난 혼란을 윤영은 거의 초인적인 극기로 인내하고 있었다.[21]

윤영의 이러한 혼란과 불안과 공포감은 단순히 남편이 떠난 가정의 '안온함'의 상실이나, 미래에 대한 희망을 위해 남편이 벗어버린 현재의 짐을 짊어질 수밖에 없는 아내로서의 현실적인 갈등에 국한된 것은 아니다. 남편은 이전의 자리를 역류하여 박차고 나감으로써 윤영에게 새로운 관계를 요구하고 있지만 그 새로운 관계에 대한 요구는 윤영에게 기존의 자신의 자리를 만들었던 모

---

21) 「당신」, 앞의 책, 91면.

든 관계에 대한 혼란을 의미할 뿐이다. 그 관계의 혼란은 단지 남편과 만들었던 '당신'과의 관계의 혼란 뿐 아니라 그 '당신'과의 관계의 한 축에 놓여진 윤영 자신의 스스로에 대한 관계의 혼란을 의미하는 것이다.

작품은 윤영 부부의 극단적인 갈등 속에서 오가는 '당신'의 진술들을 통해 진정한 '나'와 '너'를 찾는 것이 결국은 상호적인 '당신'의 관계를 회복하는 것의 문제일 수밖에 없음을 보여주고 있다. "유달리 섬세한 성격"의 남편이 전교조 열풍이 강하게 일던 때에 드러내놓고 전교조에 가입하거나 어떤 행동도 취하지는 못했지만 속으로 심한 고민을 앓고 있다는 것을 모를 리 없던 윤영은 "그즈음 들어 작은 일에도 유난히 마음을 많이 상해하곤 하던 남편을 걱정"하는 마음에 의도적으로 냉정한 말들로 남편의 고민의 무게를 덜어주려고 한다.

> ─ 책가방이 누더기더군. 그 책가방에 두 유어 베스트라고 씌어있고 말야. 참 희극적이야. 누더기 책가방에 두 유어 베스트라……
> ─ 가난한 애들일수록 그런 말이 필요할지도 모르지.
> 윤영의 그 말은 의도적인 것이었다. 그 즈음 들어 작은 일에도 유난히 마음을 상해하곤 하던 남편을 걱정하고 있었기 때문이었다.
> ─ 흥! 당신도 별수 없군.
> 남편은 미끄러지듯 벽에 등을 비스듬히 기대며, 분명 야유가 틀림없는 그런 말을 내뱉었다. 그 말이 주던 섬뜩한 느낌이 아직도 기억난다.[22]

남편의 속내 고민을 쓰다듬고자 했던 윤영의 의도적인 냉정한

---

22) 「당신」, 앞의 책, 66면.

말 건넴은 남편에게는 가 닿지를 못한다. 남편은 윤영의 말 건넴에 담긴 겹의 의미를 이해하기에는 자신의 문제에만 너무 몰두해 있는 것이다. 그런 남편이 윤영에게 던진 "흥! 당신도 별수 없군"이란 진술은 윤영이 애써 '당신'에게 건넨 이해와 배려의 진술을 파괴하고 만다. 윤영에게 남편이 되건넨 '당신'의 진술은 상호 이해와 배려의 진술이 아닌 남편 자신의 이해만이 내포된 일방적인 '너'의 진술인 것이다. 윤영은 이러한 남편의 일방적인 '당신'의 진술에 의해 혼란과 증오와 갈등에 휩싸인다. 윤영은 남편을 이해하기 위해 그를 향해 어렵게 건네는 '당신'의 진술이 남편에게는 전해지지 않은 채 자꾸만 '나' 또는 '너'라는 일방성, 즉 독단의 진술로만 전달되거나 되돌아오는 과정에서 '당신'과의 관계와 자신 스스로에 대한 혼란에 빠지게 된다. 서로를 헤치는 이러한 '당신'의 진술의 일방성은 그것이 "분명한 야유"의 의미이건, 이해를 구하는 호소의 의미이건 '당신' 자체의 존재와 당신에 대한 배려가 없을 때는 마찬가지로 당신을 파괴하거나 혼란에 빠트릴 뿐이다.

이러한 '당신'의 진술의 어긋남 속에 투영된 관계의 파경은 단지 윤영이나 남편 어느 한 쪽의 일방적인 잘못에서 기인한 것은 아니다. 작품에서 윤영과 남편은 서로간의 관계와 자기 관계의 혼란을 대면하면서 관계를 재정립함에 있어 각기 상이한 태도를 보여준다. 자기 관계의 혼란 속에서 남녀의 자기 재성립은 ⏌ 출발에서 윤영에 대한 망각의 형식을 취한다. 즉 남편에게 '나'의 삶의 윤리를 되찾으려는 과정은 '당신'의 관계 속에서 이루어지기보다는 타자에 대한 망각에 기반한 자기부정과 재정립의 방식을 취한다. 이와 달리 윤영에게 혼란은 먼저 '당신'의 관계의 혼란으로 시작한다. 윤영은 이 혼란에 직면하여 그 출발에 있어서 철저한 자기 망각을 통해 남편(타자)을 이해하려는 태도를 보인다. 윤영이 남편을 이해하려던 노력이 좌절되면서 극단의 자기 상실감에 빠지게 되는 것은 이와 같은 윤영의 자기 재정립 방식에서 비롯된 것이다. 작품은 윤영 부부의 나름의 노력에도 불구하고 자꾸만 어긋나는 '당신'의 진술을 통해 타자에 대한 망각에 기반한 자기 정립과 자기 망각에 기반한 자기 정립을 통해서는 결코 상호적인 '당신'의 관계에 이를 수 없다는 것을 보여준다. 작품은 이 과정에서 타자에 대한 망각이나 자기 망각에 기반한 자기 정립 과정이 아닌 너를 부름으로써 동시에 나를 부르는 그러한 '당신'의 관계론만이 나와 너를 차이 속에서 하나로 품어내는 진정한 상호성에 이를 수 있다는 것을 부정적인(negative) 방식으로 보여준다.

'당신'의 진술이 '너'를 부르는 동시에 '나'를 부르는 이중의 부름이라고 할 때 그 이중의 부름은 '너'의 응답을 통해서만 완성된다. 그렇다면 응답은 어디서 오는가? '나'와 '너'는 서로의 부름을 어떻게 알아챌 수 있을까? 그것은 '나'일 뿐인 또는 '너'일 뿐인, '나'와 '너'로만 꽉찬 부름이 아닌 나의 부름 속에 '너'의 존재를 위한 잉여분의 공간이 쌓이는 곳에서만 가능하다.

> "당신하고 내가 다른 게 싫어. 당신의 미래와 내 미래가 다른 게 싫어. 그렇지만 당신하고 나는 너무나 멀리 앉아 있잖아. 마치 유치장 안과 밖처럼…… 당신이 앉아 있는 자리와 내 자리가 너무 멀어. 나는 같이 있고 싶은데…… 당신은 그걸 몰라."[23]

---

23) 「당신」, 앞의 책, 124면.

'당신'과 내가 다르지 않을 수 있는 같은 자리는 어디서 찾을 수 있을까. 그것은 '나'와 '너'가 소멸됨으로써 한뭉텅이가 되어버리는 그런 자리가 아님은 분명하다. 작품은 이에 대한 상징적인 장면으로 결말을 맺는다. 상처뿐인 남편의 몸을 돌려 앉혀 놓고 남편의 등짝을 내리치며 파스를 붙여주는 윤영의 시선 속에는 남편의 상처가 가득하고 윤영에게 등을 맡기고 돌아앉은 남편은 윤영의 거친 손길 속에서 그녀의 내면의 상처를 비로소 온 몸으로 감지하게 된다. 윤영과 남편은 서로가 서로의 등뒤의 세계를 바라봄으로써 비로소 서로를 '당신'으로 온전히 부를 수 있게 된 것이다. 지금껏 윤영과 남편은 서로의 눈앞의 세계만을 볼뿐이었고 자신의 눈앞의 세계, 자신이 볼 수 있는 세계 속에서만 '너'를 볼 수 있을 뿐이었다. 그러나 지금 윤영과 남편은 각자 서로가 볼 수 없는 자신의 등뒤의 세계를 서로에게서 봄으로써 비로소 '당신'의 자리를 볼 수 있게 된 것이다.[24] 즉 '당신'의 관계론의 세계는 '나'의 세계나 '너'

---

24) 바흐찐은 작품 속에서 서로 다른 인물들 사이의 시선의 잉여분이 나와 타자의 환원 불가능한 차이를 담아내는 방식은 다음과 같이 설명한다.
"삶 속에서 나-타자의 관계는 내가 보기에 뒤바꿔놓을 수 없는 관계임이 분명하고, 타자가 타자성을 갖기 위해서는 나와 타자 사이에 서로가 서로를 바꿀 수 없는데서 생기는 간주체적 공간이 있어야 한다. 이 간주체적 공간이 시선의 잉여분이 쌓이는 공간이다. 시선의 잉여분이란 내가 볼 수 있는 것과 타자가 볼 수 없는 것의 차이를 의미한다. 나는 그가 볼 수 없는 것들(자기 몸의 일부, 그가 볼 수 없는 시선, 자기의 머리, 얼굴, 얼굴 표정, 그의 등 뒤에 있는 세계 등)을 볼 수 있는 것이다. 나와 타자, 나와 세계의 이러한 차이에 의해 양자의 완전한 만남(완전한 동일화)은 불가능하다. 전기나 자서전, 독백, 고백에는 원칙적으로 이러한 시선의 잉여분이 존재하지 않는다. 내가 세계를 바라다보는 시선의 지평과 타자가 (혹은 외부 세계가) 나를 바라보는 시선의 환경 사이에는 건널 수 없는 차이가 있다. 그래서 나와 타자의 차이가 나의 삶의 사건을 풍요롭게 하고 그런 차이에 의해 사건은 생산적으로 된다"(바흐찐, 이득재

의 세계로 완전히 환원되지 않으면서 동시에 나와 너의 세계를 지워버리는 그러한 세계도 아닌, 서로의 존재의 차이 속에서, 그 차이의 인정이 산출하는 잉여의 공간 속에서 비로소 형성되는 세계라고 할 수 있다. 나로도 너로도 환원되지 않으면서 나와 너 모두를 온전히 품어내는 '당신'이라는 우리의 언어적 표현은 이러한 세계에 대한 우리의 오래된 지향을 잘 보여준다.

위기에 처한 '당신'과의 관계와 '나'의 자기 관계가 어긋남의 관계가 아닌 상호적인 관계로 재정립되기 위해서는 '당신'의 진술의 일방성이 말 건넴과 되울림의 대화적 관계로 변환되어야 한다. 서로를 향해 있는 말 건넴은 반드시 이해와 상호 인정, 배려를 통한 '너'로부터의 되울림의 과정이 있어야 한다. 이러한 되울림이 없을 때 '당신'의 진술은 상호적인 말 건넴이 되지 못한 채 자기독백이나 모노 드라마적 자기 진술에 그치게 된다. 이때 나는 당신에게로 갔다고 생각하지만 결코 '너'에게 도달하지 못하게 된다. 그리고 그때 '나'와 '너' 사이에는 끝없는 간극만이 있을 뿐이다. 그러나 그 간극은 사실은 '나' 속에 존재하는 것이다. 나의 일방적 요구에 의한 나와 너의 관계란 너에게로 갔다고 생각한 순간 항상 '나'에게로 되돌아 올 뿐인 악순환적인 추상적 자기 동일성의 반

역, 「미적 활동을 하는 저자와 주인공」, 『바흐찐과 타자』, 고려대학교 노어노문학과 박사논문, 1996에서 재인용).

최근 페미니즘 이론에서 전기나 자서전, 독백의 형식이 '여성적 글쓰기'의 한 사례로 논의되고 있지만 이러한 독백적 형식이 어떤 면에서는 여성적 자기 정체성의 독백성의 표현이라는 점에서는 엄밀한 평가를 요구하는 문제라고 하겠다. 이러한 독백적 형식과 독백적 자기 정체성은 필연적으로 나와 타자의 관계를 자의적으로 환원하는 결과를 낳는다. 이런 경우 환원 불가능한 차이의 인정을 위한 페미니즘의 작업이 역설적으로 또 다른 차이의 환원을 낳을 수 있다.

복일 뿐이기 때문이다. 이러한 악순환적인 자기 동일성의 과정 속에는 진정한 타자로서의 너는 소멸되고 나와 나의 분신인 '너'만 남을 뿐이다. 이때 나의 분신일 뿐인 '너'와의 관계 속에 구축되는 자기 동일화는 나르시시즘적인 '나'만을 생산한다.

'너'를 '나'의 시선 속에 온전히 담아내려는 욕망은 이런 점에서 상호성이 부재한 일방성의 표지에 다름 아니다. 나와 너의 상호성이란 오히려 '나'의 시선에 모두 담겨지지 않는 '너'의 시선의 차이, 나의 시선과 너의 시선이 교차하면서 어긋나는 지점에서 발생하는 시선의 잉여분을 '나'와 '너'의 관계 속에 오롯이 새겨놓는데서 시작하는 것이다. 이때 비로소 '나'와 '너'는 나와 같은 너가 아닌 나와 다른 '너'로서, 서로의 환원 불가능한 차이 속에서 진정한 인격적이고 독립적인 관계를 맺을 수 있게 되는 것이다. 나와 동일화된 너란 사실은 진정한 차이를 지닌 '너'가 아닌 '나'의 분신들에 지나지 않는다.[25] '나'와 '너'가 서로 독립적인 자유로운 인격체로서의 관계를 맺을 수 있는 것은 바로 이러한 동일화될 수 없는 '너'에 대한 인정에서 비롯되며 이때 비로소 '당신'의 관계론은 상호성을 회복하게 되는 것이다. 또한 이렇게 상호성을 회복한 '당신'의 관계론 속에 '너'와 '나'가 함께 하는 같은 자리는 마련될 수 있는 것이다.

「칼날과 사랑」이나 「당신」이 보여주는 작품 세계는 어찌 보면 부부관계라는 낡은 관계 속에서 '나'와 '너'의 관계론을 탐색하는

---

25) 최근의 페미니즘적 소설에 나타난 '나'의 분신일 뿐인 '너'의 문제는 졸고 「길목의 시간」(『내일을 여는 작가』, 1997년 9 · 10월호) 중 3장(「분신, 또는 흔적」) 참조

데 그치는 것이라고 할 수 있을는지도 모른다. '나'와 '너'의 관계를 통한 나의 존재 진리의 탐구는 이와는 다른 새로운 관계성 속에서 검토될 수도 있을 것이다. 그러나 이러한 새로운 관계성에 대한 탐색의 정당성을 인정하는 것이 부부관계라는 낡은 관계에 대한 탐색을 부정하는 것으로 귀결될 수는 없다. 또한 「칼날과 사랑」이나 「당신」에서 보여준 '당신'의 관계론에 대한 탐색은 부부관계라는 협소한 틀을 넘어 이 세계를 구성하는 나와 너로 이루어진 '당신'의 관계로 확대되는 것이다. 우리는 어떤 식으로든 이 세계 속에서 이러한 '당신'의 관계론을 부정한 채 살아갈 수는 없다. '당신'의 관계론이 사라진 '나'의 존재 진리에 대한 탐구는 무한 고립된 '나'의 존재론으로 귀속될 뿐이기 때문이다. 그런 점에서 사실 '당신'의 관계론이란 결국은 '너'와의 관계 속에서만 구성될 수밖에 없는 '나'에 대한 존재 진리를 탐구하는, '나'와 '너'를 동시에 내포하는 '우리'의 존재론이 될 수밖에 없다.

페니스로 가득 찬, 텅 빈 자궁들

김현영 소설집 『냉장고』(문학동네)

김현영의 첫 소설집 『냉장고』는 욕망에 관한 소설이다. 그 욕망
은 한편으로는 근대의 파국으로 선언되는 무한 증식하는 욕망이
기도 하고, 테크놀로지로 상징되는 인간 욕망의 파국을 의미하기
도 한다. 근대적 욕망의 극점으로서 테크놀로지에 지배되는 세계
는 인간 신체의 기계화라는 테마 속에서 자주 다루어진 주제이다.
김현영의 소설 역시 이러한 인간 신체의 기계화라는 주제를 주객
전도, 사물화 등의 테마를 통해 보여주고 있다. 모든 것이 0과 1의
무한 반복으로 구성되는 디지털의 세계에서 분할 불가능한 존재
로서 인간의 고유성이란 이미 존재하지 않는다. 그리고 이 세계에
서 분할 불가능한 존재가 되려는 인간들은 디지털의 세상에 적응
하지 못하는 아날로그적 인간들, "폼 나는" 세상에서 촌스럽게 살

아가는 인간들이다. 그들은 이미 사라졌거나, 사라져 가는 존재들이다. 0, 또는 1로의 환원을 거부하는 이들의 노력은 욕망의 무더기에 의한 존재 소거에 대항하는, 유익한 세계 속의 무익한 행위에 불과하다.

욕망에도 처음에는 이유가 있었을 것이다. 그러나 이제 욕망은 '나는 무엇을 왜 욕망 한다'라는 인간 주어의 통제를 벗어난 지 오래다. 욕망은 욕망을 욕망 한다. '나'라는 인간 주체의 자리가 사라진 자리에 욕망이라는 주어가 들어선다. 그리고 욕망은 스스로 대상과 서술어를 구성한다. 이런 식으로 욕망은 무한 증식한다. 흥미로운 것은 김현영의 소설은 욕망에게 자리를 내준 '나'의 위치를 어렵사리 복원하려는 동시에 그 '나'란 어떤 나였는가를 질문한다는 것이다. 결론적으로 말하자면 김현영의 소설은 '나는 무엇을 왜 욕망 한다'라는 문장에서 '나'란 근대의 담론이 생산했듯이 일반자로서의 나, 보편자로서의 나가 아니라 이미 젠더화된 '나'라는 것을 상징적으로 보여준다. '나는 생각한다, 고로 존재한다'라는 근대적 주체의 존재론이 '나는 욕망 한다, 고로 존재한다'로 전이된 것이 근대의 파국을 상징적으로 보여준다면, 그 '나'는 보편자로서의 나가 아니라 인간(men)으로서의 남성인 '나'의 존재론과 욕망의 파국을 의미하는 것이다. 그리고 그 파국에 의해 원하지 않은 파국을 맞고 있는 것이 근대인이라는 '나'의 욕망 구조에조차 편입되지 못했던 무수한 여성적 주체들인 것이다. 김현영의 소설에서 무한 증식하는 욕망과 그 욕망에 의해 소거되는 존재들은 따라서 아버지와 어머니라는 상징적 구도 속에 투영된다. 가장이라는 폼 나는 주체를 위해 언제나 그들의 뒤에 남겨져 있던 어머니들은 이제 아버지들의 욕망의 이벤트에 참가하지 못한 채 냉장고에 음식을 꽉 꽉 쟁여놓고 굶어 죽고 만다(「냉장고」). "언제나 아버지를 기다리고 있"다가 빈집에서 공포에 질려 홀로 죽어간 어머니(「그 날 놀이터는 텅 비어 있었다」), 노트북과의 섹스라는 글쓰기 욕망에 사로잡혀 있는 남자와 그 남자의 욕망의 세계에 한 번도 초대되어 본 적도 없지만 그의 글의 주인공 노릇을 함으로써 그 욕망의 노예가 된 그녀(「아이콘이 있으세요」), 가정이 있는 남자의 욕망의 대상은 될 수 있었으나 결코 그를 가져보지는 못한 채 텅 빈집에서 목을 매어 자살하는 여인(「그 날 놀이터는 텅 비어 있었다」), 이들은 욕망의 생산자로서 남성적 세계와 그 세계에 의해 소거되어 버리는 여성적 세계라는 상징적 구도를 함축한다. 따라서 김현영의 소설에서 욕망에 의한 존재 소거와 그에 대항하는 존재 복원의 노력은 아비 살해와 어머니와의 동일시라는 일견 오이디푸스 콤플렉스와 유사한 구도 속에서 진행된다. 『냉장고』에 수록된 작품들에서 먹기, 섹스 하기, 글쓰기 등의 모티프들은 주로 성적인 상징으로 의미화 된다. 남성들의 욕망이 부풀어오를수록 여성들의 자궁은 텅 비어간다. 아니 여성들의 자궁은 너무나 부풀어버린 남성들의 페니스적 욕망에 의해 텅 빈, 황폐한 "놀이터"가 되어버렸다. 그래서 어머니들의 아이들이 자신의 소거되는 존재를 복원하려는 노력은 어머니들의 텅 빈 자궁으로 들어가 스스로 페니스가 아닌 아이가 되어 어미들의 자궁을 채워주는 방식을 취한다. 「냉장고」에서 어미를 죽인 아비의 페니스적 욕망을 대신하여 스스로 냉장고로 상징되는 어미의 자궁으로 들어가는 아이의 행동은 이를 상징적으로 보여준다. 또한 이는 「아이콘이 있으세요」에서 노트북과의 섹스로 상징되는 남자의 글쓰기 욕망 속에 주인공인 노예로(이는 '주체화SUBJECT'란 이미 '노예화subject'라는 근대적 주체라는 것의 모순적 구성 방식을 상징한다.) 동참하는 대신 노트북을 자궁 속에 품어버리고 기계 인간 가제트가 되어버리는 여인의 행위 속에도 투영된다.

　김현영의 소설은 남성적 욕망의 세계로서 근대를 비판하는 일련의 근대 극복의 한 방식으로서 페미니즘의 문제틀 속에서 논의될 수 있을 것이다. 또한 남성적 세계로서의 근대를 비판하는 방식이 자칫 여성성의 신화화(자연과의 유비적 관계로서의 여성을 테크놀로지 사회에 대한 대안으로 제시하는 식의)로 이어지는 방식과는 일정한 거리를 두고 있는 것이 김현영 소설의 긴장을 유지하는 동력이 되고 있다.

제 5 장
신경증과 관조 사이에 선 소설

강석경의 『내 안의 깊은 계단』(창작과비평사)

한국 사회에서 모든 관계는 악연이다, 라고 말한다면 과도한 발언일까? 아니 혹자는 이런 식의 발언을 무책임한 허무주의적 태도의 표명이라고 할지 모른다. 그러나 우리 사회에서 행해지는 관계맺기는 관계에 대한 이상을 가지고 살아가는 사람들에게는 감당하기 어려운 억압으로 작용한다. 21세기를 앞둔 이즈음 혹자들은 테크놀로지에 의한 파시즘적 억압을 논하면서 이제 근대적인 형태의 억압을 논하는 것은 시대착오적이라고까지 말한다. 그러나 과연 그런가? 어찌 보면 우리 사회의 억압은 그 자체가 시대착오적인 내용물을 갖고 있다. 1mm의 공간만 있어도 설치 가능한 몰래 카메라에 의한 사생활 침해에서부터, 모든 개인의 발언을 감시하는 근대적 억압의 메커니즘과 가부장적 권위주의에 이르기까지

이토록 다양한 억압 속에서 우리의 삶 자체는 시대착오적일 수밖에 없다. 그래서 우리는 오늘도 시대착오적인 악연의 업 속에 허덕이고 있다.

강석경의 소설 『내 안의 깊은 계단』(창작과비평사)은 이러한 시대착오적인 악연의 업 속에 허덕이는 이들의 내밀한 고통을 섬세하게 그리고 있다. 작가는 "소멸과 재생이 되풀이되는 윤회하는 삶의 기나긴 길"을 고고학의 상징 속에 담아내고 싶었다고 후기에서 밝히고 있다. 삶에 대한 이러한 태도는 한동안 우리 문학계를 풍미한(그리고 여전히 위세를 펼치는) 명상적이고 신비적인 문학들을 떠올리게도 하지만 『내 안의 깊은 계단』은 이러한 명상문학류의 흔적으로부터 거리를 두고 있다. 제도로부터 벗어나되 사랑에 대한 믿음을 버리지 말자, 우리를 옥죄는 삶을 비판하되 그 삶을 혐오하지는 말자. 『내 안의 깊은 계단』을 본 뒤 이런 글귀를 떠올리게 된 것은 아마도 삶에 대한 작가의 관조적 태도 덕분일 것이다.

작품은 첩의 자식이라는 업에 고통받으며 살아가는 강희와 소정 남매와 이들과 이복. 형제간인 강주, 그의 애인인 이진이라는 네 명의 인물을 중심으로 구성되어 있다. 자신과 타인을 모두 파괴하는 카리스마적 힘으로 세상에 대한 복수의 저주를 가하는 강희, 세상에 대한 상처로 미모사처럼 안으로만 움추러드는 소정, 그들의 고통을 안타까운 마음으로 바라보는 강주, 세상의 모든 행복을 품고 살아왔지만 강주를 잃고 강희의 굴레에 묶여버리고 마는 이진. 작품은 이들 각각의 인물이 삶과, 상처와 사랑을 대하는 방식을 통해서 삶을 살아가는 방법에 대한 질문을 조용히 던지고 있다. 작가는 이 네 명의 인물들이 마주하게 되는 사랑과 상처에 대해 과도하게 부각하지 않는다. 또 이들은 한국이라는 사회가 요구하는 정상적인 관계에 의해 상처를 받게 되지만, 그렇다고 해서 이들을 세상과의 불화에 대한 신경증적인 자의식에 휩싸인 인물로 그려내지도 않는다.

이 작품에서 강희와 소정으로 상징되는 서얼의식은 90년대를 풍미한 개인을 억압하는 가족 관계에 대한 소설적 탐구의 작업과 연장선상에 있으면서도 몇 가지 변별점을 보여준다. 90년대를 풍미한 가족관계에 대한 소설적 탐구는(그것이 해체에 대한 탐구이든 억압에 대한 탐구이든) 한편으로는 독자적이고 자유로운 개인의 중요성이라는 문제를 제시한 것이기도 하다. 그러나 이러한 식의 탐구들이 한편으로는 개인의 문제를 끝없이 가족 관계와의 대립을 통해 강조함으로써 역설적으로 가족관계라는 문제를 담론의 중심으로 불러들이는 효과를 발휘하게 되었다. 개인을 억압하는 관계를 가족관계라는 틀로 환원함으로써 역설적으로 가족은 어느 때보다 중요한 화두가 된 것이다. 물론 특히나 여성 작가의 소설을 비하하는 의미로 사용되곤 하는 불륜소설이라는 비아냥에 동조하는 것은 아니지만 개인의 문제가 가족관계(그것도 극히 탈정치화된 방식으로 표상되는 가족관계)로 함몰됨으로써 개인의 자유는 그 가족관계로부터의 해방(소설에서는 불륜으로밖에 표현되지 못하는)에 국한되어 버리는 것이다. 이러한 작품들은 한편 일상으로부터의 가벼운 일탈의 카타르시스를 원하는 독자들을 만족시킬 것이지만, 진정 새로운 삶의 방법을 모색하려는 독자들에게는 공허감과 환멸만을 안겨줄 뿐이다.

"운명의 모태인 작고 메마른 땅. 벗어나려 할수록 올가미처럼 죄어드는 한국", "인생에 대한 상상력이 결여되어서 하나같이 도덕군자연하는" 이 땅의 삶 속에서 그나마 미미한 방식으로라도 숨통이 트일 새로운 삶의 대안을 꿈꾸는 사람들. 그들은 대단한 정치적 인간도 아니고, 급진적인 자유주의자도 아닌 일상을 허덕이며 살아가는 사람들이다. 그들은 대단한 정치적 비전을 꿈꾸지도 못하고 급진적인 해방구를 찾지도 못하지만 그래도 자신의 삶의 길을 열 새로운 길을 진지하게 목말라 하고 있다. 『내 안의 깊은 계단』에는 이러한 새로운 삶에 대해 사람들이 느끼는 갈증이 배어 있다. 강희와 소정의 갈등은 첩의 자식이라는 가족적 업에서 비롯되었지만, 그들의 갈등은 가족적 관계라는 틀로 환원되지 않는다. 그들은 다만 무언가 새로운 삶의 길을 찾아 헤매는 인물들이며, 가족의 억압에 대한 신경증적 자의식에 빠져있기보다는 새로운 세계를 찾아 길을 떠나는 인간들이다.

물론 『내 안의 깊은 계단』이 우리가 부딪치고 있는 많은 문제들에 대해 명쾌한 해명을 주거나 천지개벽할 만한 새로운 소설문법을 보여주는 것은 아니다. 작품 속에서 많은 여자를 전전하는 강희의 독백, "자신이 세상 여자에게 원하는 건 헌신도 정숙도 아닌, 삶의 스케일"이었다는 진술은 어쩌면 이 작품에 대해서도 적용될지 모르겠다. 새로운 삶을 꿈꾸지만 가족적인 너무나 가족적인 90년대 소설을 전전하다 지친 독자들이라면 이 소설은 삶의 스케일에 대해 어느 정도의 만족을 제공하지는 않을까? 물론 이는 이 소설을 접한 필자 개인의 감상일지도 모른다. 가족관계란 것이 우리를 억압하는 가장 중요한 제도이지만 우리가 자유롭고 독자적인 개인이 되기 위해 날이면 날마다 가족관계에 대해서만 고민을 해야하나? 물론 가족 관계를 탐구하는 것의 중요성을 아무리 강조해도 지나치지 않지만 가족관계가 모든 관계의 전부인 양 신경증에 빠져있는 태도야말로 오히려 가족주의적인 이데올로기일 것이다. 새로운 삶의 방식이란 것이, 내지는 오늘의 작가들이 상상할 수 있는 새로운 삶의 방식이라는 것이 불륜, 일탈, 조롱뿐이란 말인가? 그런 점에서 『내 안의 깊은 계단』은 불륜, 일탈, 조롱의 신경증으로부터 자유로울 수 없는 우리의 삶을 감싸면서 삶에 대한 새로운 상상력을 통해 그 신경증으로부터 벗어날 것을 권유하고 있다.

최근 몇 년간의 소설을 보다보면 그나마 젊은 세대는 신경증에 빠져있거나 나르시시즘적인 자기만족에 빠져있고, 더 이상 젊지 않은 세대는 명상과 자연의 세계로 회귀하여 속세를 버리고 산꼭대기에 앉아 미련한 중생을 계도하려하고 있다는 생각이 든다. 강석경의 소설은(그 연배 때문인지는 몰라도) 아마도 신경증과 탈속의 두 세계 사이에 아스라이 걸쳐있다고 할 수 있을 것이다.

연극적 생의 피로

유미리론

1. 연극적 생의 피로

한국에서 유미리에 대한 관심은 재일 교포로서의 그녀의 드라마틱한 인생 여정에 대한 관심과도 무관하지 않다. 유미리의 근황을 다룬 다큐멘터리에서 한국의 민족 지사로부터 아직도 한국어를 못하느냐고 핀잔을 받는 모습을 본 적이 있다. 유미리는 작가이기 이전에 재일 교포로서 한국인으로 귀화하기를 집요하게 요구받고 있는 것인지도 모르겠다. 유미리의 작품에서 핍박받는 한국 민족의 모습을 기대하는 독자들은 유미리 작품의 어떤 부분들이 재일 교포의 수난 현실로부터 비롯된 것이라고 추측할지도 모른다. 물론 유미리의 작품은 주로 아이덴티티의 붕괴를 다루고 있다는 점에서 재일 한국인으로서의 혼성적 정체성이 투영되고 있는 것이라고도 할 수 있다. 유미리의 작품은 한국인이냐 일본인이냐는 식의 정체성 규정의 메커니즘은 이미 붕괴된 가족을 다시 짜 맞추려는 희극적인 제스츄어에 불과하다는 것을 보여준다. 그런 점에서 재일 한국인이라는 규정은 유미리에게 유달리 혈통주의적 가족에 집착하는 두 민족(국가)을 관찰자적 입장에서 바라볼 수 있게 해준다는 의미 이외에는 없다.

유미리의 작품에 나타나는 인간 군상들은 자기 근원(뿌리)도, 타자와의 관계(줄기)도 없이 어떠한 생의 결실(붙임)도 맺지 못하는 고립된 인간들이다. 자기 근원도, 타자와의 관계도 소멸된 세계에서 이들의 삶은 아무 이유 없이 자신들에게 주어진 배역을 애써 연기하는 것일 뿐이다.

> "그럴 법하지 않은 것은 모두 이상해. 디자인은 형태지, 생활도 형태, 너도 슬슬 형태를 갖추지 않으면 안 돼"
> "너란 말 듣기 싫어요, 사이코라고 해요. 난 형태를 깨뜨리는 것이 디자인이라고 배웠는데"
> "사이코"
> "히치콕의 영화처럼 들리지만, 뭐, 그렇게 하지. 형태란 뭐지?"
> "열아홉 살이란 형태"
> "모르겠군"
> "과거에 살았던 열아홉 여자의 가장 아름다운 폼, 그 모방"[1]

---

1) 『타일』, 민음사, 1998, 127면

생활은 곧 형태이다. 그리고 생이란 단계와 상황에 따라 이미 만들어진 형태를 재연하는 것일 뿐이다. 인간이란 모두 자신에게 할당된 배역을 연기하는 배우들일 뿐이다. 그러나 이 배우들은 자신들이 출연하는 연극의 제목도 스토리도 알지 못한다. 그들은 스스로 선택한 배역을 연기하고 있다고 생각하지만 결국 그들의 역할이 바뀌어도 전체 스토리는 변하지 않는다. 『타일』에서 발기불능으로 아내에게 이혼 당한 남자는 남편과 가장으로서의 역할을 어느날 갑자기 박탈당함으로써 형태 없는 일상을 견뎌나가야 한다. 이남자가 자신의 새로운 배역으로 설정한 타일 모자이크 만들기는 이 세계 속에서 개별 인간의 역할이 무엇인가를 상징적으로 보여준다. 색색깔의 타일로 이수스의 전투를 재연하려는 남자의 노동은 자신의 인생 전체를 다시 무대 위에 올려놓는 복습의 작업이다. 피비린내나는 전투의 살기와 승리의 쾌감, 정복 후에 오는 흥분과 나른함으로 충만한 이수스의 전투를 형태화한 타일 벽화는 남자가 소속된 이 세계라는 극단의 모습을 반영하는 것이다.

정복과 살육의 거대한 드라마가 그것과는 아무런 연관성도 없어 보이는 하나하나의 아름다운 타일 조각들로 만들어지듯이, 아니 하나하나의 아름다운 타일 조각에는 정복과 살육의 드라마에 넘쳐흐르는 피 냄새와 살상의 흔적이 존재하지도 않았듯이 이 세계에서 할당받은 배역을 연기하는 개별 존재자들은 이 거대한 전투와 살육의 드라마를 만들기 위한 아름다운 부속품들일 뿐이다.

"경찰 놀이하자, 응"이라면서 손을 흔들고 있는 고이치를 무시하고 마유미가 회전탑에 매달리자, 나머지 네 명도 서둘러 쇠줄을 꼭 잡았다. 가오리가 돌리려고 땅을 찼는데, 마유미는 두 다리에 힘을 주고 세워, 고개를 돌리고 리나를 찾았다.

"걔 말이야, 야스다 리나란 애, 어떻게 하지? 끼워줄까?"

마유미가 별일 아니라는 듯 그렇게 묻자, 네 명은 비밀스런 담합으로 리나의 운명을 좌우하는 순간에 입회해있는 듯한 기분이 들었다. 마유미의 질문이, 같은 반으로 인정을 하느냐 마느냐를 뜻하는 것임은 알고 있다. 자신들이 같은 팀이라는 것을 확인하는 중요한 의식이기도 하다.

모두 쇠줄을 놓자, 다섯 명이 만든 원 안으로 긴장이 잉태되고, 놀고 있는 아이들의 목소리가 바닷물이 빠지듯 멀어졌다. 마유미는 이 긴장감이 뭐라 말할 수 없이 좋았다. 누군가 그 이유를 물어도 대답할 수는 없다.[2]

마유미를 비롯한 반 아이들에게 놀이에 정신이 팔린 순박한 아이 역할과 전학생에게 폭력을 서슴지 않고 행사하는 아이 역할 사이에는 그들이 놓여지는 형태의 차이만이 존재한다. 회선탑의 쇠줄을 잡고 있는 순간 이들은 놀이에 정신이 팔린 순박한 아이들의 역할을 수행했다면, 비밀스런 담합 끝에 "다섯 명이 만든 원"에 놓여지는 순간에 이들은 전학생에게 어떤 폭력도 행사할 수 있는 아이들의 역할을 연기할 수 있다. 그들이 순수와 폭력이라는 상반된 배역 설정 속에서 어떤 회의도 갖지 않는 것은 어떤 배역이든 그들은 하나의 배역일 뿐 연출자가 아니기 때문이다. 혹은 연출자가 아닌 하나의 배역에 불과하다는 자의식 때문에 이들 폭력의 수행자들은 스스로를 피해자라고 생각하는 역할 바꾸기를 손쉽게 수행한다.

"만약 그 전학생이 죽으면, 틀림없이 올 것이다. 유서도 없이 죽다니 불쌍

---

2) 「그림자 없는 풍경」, 『가족시네마』, 고려원, 1997, 162면.

하다. 리포터가 물으면 거짓말하지 말고 정직하게 대답해야지. 마유미가 나쁘다. 얼굴은 나오지 않게 가려 달라고 하고, 목소리도 바꿔 달라고 하면 누군지 모른다. 엄마한테 말하면, 방송국에 연락하는 방법을 분명 알고 있을 거야."

가오리는 자기 얼굴 한가득 웃음이 번지는 것을 깨닫지 못했다.[3]

이지메의 수행자인 가오리가 자신 스스로를 정직한 피해자로 연기하면서 "얼굴은 나오지 않게 가려 달라고 하고, 목소리도 바꿔 달라고 하면 누군지 모른다"고 스스로를 위안하는 과정은 가해와 피해의 역할을 전도하는 도착적 심리의 일단을 명확하게 보여준다. 이러한 가해와 피해의 전도 과정은 연출자가 아닌 배역 수행자에 불과한 대중들에 각인된 사도 메저키즘의 일단을 명확하게 보여주는 것이다. 그들은 사디즘적인 연출자이자 메저키즘적인 배역 수행자이다. 그리고 이러한 역할의 전도는 그들 스스로 사디즘적인 연출자(아무 곳에도 없는)의 희생자라는 공포감에 의해 형성된다. 실상 하나의 타일 조각에 불과한 익명의 존재들이 자신이 아무 것도 아니라는 사실을 자각하는 데서 오는 공포를 심리적으로 해소하는 과정이 이러한 사디즘적 역할 바꾸기로 드러나는 것이다. 그러나 이들 익명의 존재들이 사디즘적 연출자 역할에서 오는 불안과 공포를 해소하는 것 또한 익명적 대중의 역할로 되돌아가는 것을 통해서이다. 즉 전투와 살육의 거대한 드라마의 완성은 바로 그 부속품에 불과한 익명 대중들의 공포와 불안감에 의해 이루어진다.

『타일』에서 미완의 벽화의 삼분의 일을 차지하고 있는 공백처

---

3) 「그림자 없는 풍경」, 앞의 책, 191면.

럼 피비린내 나는 전투의 살기, 타자에 대한 증오와 승리의 쾌감, 정복 후에 오는 흥분과 나른함 뒤에는 심연을 알 수 없는 거대한 공백이 자리잡고 있다. 사도 메저키즘적인 역할 바꾸기는 전투와 살육의 거대한 드라마를 만들어내지만 이러한 역할 바꾸기를 통해서도 그들은 자기 생의 주관자인 연출자가 될 수가 없다. 이 딜레마 속에서 연극적 생의 피로는 반복된다.

『풀 하우스』와 『골드 러쉬』, 『가족 시네마』에 수록된 소설들이 연극적 제스츄어로 가득찬 가족이라는 틀 속에서 비극에서 희극으로 장르를 바꾸어 붕괴되고 있는 인간 관계를 탐구하고 있다면, 『타일』과 『남자』와 같은 소설은 남녀의 관계라는 형태를 통해 연극적 생의 피로를 탐구하고 있다. 연극적 제스츄어로 가득 찬 가족들 간에 남은 것이라고는 증오와 짜증뿐인 것처럼 주어진 역할의 수행자일 뿐인 익명의 존재들이 만들어내는 형태 또한 가학과 피학의 폭력 드라마라는 점에서 유미리의 주제 의식의 일관성을 살펴 볼 수 있을 것이다.

2 · 공포와 선망의 스포트라이트

이미 만들어진 형태를 모방하고 답습하는 것만이 인생의 전부인 세계에서 형태란 인간을 하나하나의 배역으로 만들어내는 주형이다. 그 주형이 만들어내는 형상이 아무리 찬란해도 결국 그 형상들은 주형이 찍어낸 모형물들에 불과하다. 이 모형물들의 세계에는 피와 살이 감도는 리얼리티는 존재하지 않는다. 아니 이 모형물들에게 피와 살의 실감은 모형물로서의 자신의 아이덴티티를 위협하는 공포스런 느낌으로 체험된다. 실제의 섹스보다 훔쳐보기에서 쾌락을 느끼는 남자, 입주자들의 방을 도청함으로써 쾌감을 맛보는 집주인, 여작가의 사생활을 스크랩함으로써 자신의 성적 불능을 대리 만족하는 남자, 가족이라는 실감을 카메라 앞에서 연기하는 가족 시네마를 통해서만 느낄 수 있는 가족 구성원들, 이들은 모두 피와 살로 이루어진 세계를 상실한 대신 모형물의 세계 속에서만 자신의 아이덴티티를 구성할 수 있는 인간들의 도착적 심리를 보여준다.

> 공백이 방 가득 팽창하여 상상을 재촉하고 있다. 자신의 안쪽에 진정한 자신이 있어 그것이 태어나려 몸부림치고 있는 느낌이었다. 상상력이야말로 생명의 근원이다, 성이야말로 상상력 그 자체다, 라고 책을 탁 덮었을 때, 말의 근육이 샅아구니 아래서 꿈틀거리고 말 특유의 체취가 코를 찌르다, 금속의 자극적인 냄새에 지워졌다. 여기는 언덕 위, 남자는 구릿빛 말을 타고 강 건너편에 진을 치고 있는 적군을 내려다보고 있다. 왕의 소망, 왕의 기대를 짊어진 기사는 색도 형태도 녹아버릴 만큼 많다. 그리고 남자의 눈앞에는 바닥, 천장, 벽, 공백이 펼쳐져 있다. 마치 누군가가 산 채로 거기에 붙박여 꺼내달라고 신음 소리를 내지르는 것 같다. 풀과 말 냄새를 압도하는, 마치 온 공기 중에 철분이 날아다니는 듯한 피냄새.[4]

『타일』의 남자에게 타일 모자이크 만들기란 사디즘적인 연출가의 역할을 수행함으로써 배역 수행자로서의 무기력함을 보상받고

---

4) 『타일』, 앞의 책, 47면.

자 하는 대리 만족의 행위이다. 타일 모자이크의 삼분의 일을 차지하고 있는 공백은 사디즘적 연출가와 배역 수행자 사이의 해소될 수 없는 간극을 상징적으로 보여준다. 아무리 혼신을 다하여 사디즘적 연출가의 역할을 수행해도 그 자신은 결코 이 드라마의 주인공이 될 수 없다. 대중의 관심을 한 몸에 받고 있는 여작가를 납치하여 살해함으로써 그 공백을 메우려는 남자의 행위는 주인공 역할의 수행자에 대한 익명적 대중들의 선망과 공포의 복합 심리를 투영하고 있다. 배역 수행자로서 유미리의 인물들은 아무도 자신을 알아보지 못하는 곳에 숨어있고자 하는 욕망과(노출에 대한 공포), 타인의 삶을 훔쳐보려는 욕망(관음증적 시선들), 자기 과시적인 제스츄어(노출증) 사이에 불안하게 놓여져 있다. 이 전투와 살육의 드라마는 그 공백 속에 이러한 노출 공포와 관음증적 시선, 노출증을 잠복하고 있다. 그리고 이 잠복된 욕망이야말로 전투와 살육의 드라마의 진짜 연출자이다. 이러한 폭력의 드라마 속에서 인간이 세계를 경험하는 방식은 다음과 같은 구절 속에 인상적으로 그려진다.

> 그림자가 없다. 한여름의 햇살이 기름을 쏟아 부은 것처럼 운동장 한가득 넘치고 있는데, 수돗가와 나무들, 철봉 등에 그림자가 없다는 사실이 이상했다. 운동장에 뒹굴고 있는 슬리퍼가 지금이라도 둥둥 떠오를 것처럼 보인다.[5]

모든 세계가 하얗게 표백된 듯이 지워져 버리는 것, 세계가 지워지고 '나'는 기이한 방식으로 도드라져 있다. 이 도드라짐은 바

---

5) 「그림자 없는 풍경」, 『가족 시네마』, 앞의 책, 147면.

로 폭력의 징후이다. 이질적인 존재에 대한 증오와 공포의 시선에
갇혀서 '나'는 마치 스포트라이트에 갇힌 배우처럼 도드라져 있다.
나는 관객석을 볼 수가 없다. 무대 위에 나만 홀로 스포트라이트
속에 갇혀 있다. 관객들은 모두 나를 바라보고 있지만 나는 그들
을 볼 수 없다. 관객들은 스포트라이트를 받고 있는 무대 위의 배
역을 선망과 공포의 시선으로 바라본다. 주인공이 될 수 없는 관
객들은 스포트라이트를 받는 배역을 조롱하고 멸시함으로써 관객
으로서의 동질감을 형성한다. 그리고 이러한 동질감 속에서 주인
공에 대한 선망을 대리 만족하는 것이다. 그러나 관객의 시선에
갇혀버린 스포트라이트 속의 인물은 희생양으로서의 주인공 역할
을 수행하도록 요구받는 것이다. 관객들의 공포와 선망의 시선에
갇혀 버린 스포트라이트 속의 주인공은 이 드라마가 계속되기 위
해 필요한 희생양일 뿐이다. 그들은 타자들의 시선에 갇혀 자신의
존재감을 상실하고 만다. 증오와 공포의 스포트라이트가 만들어내
는 존재감에는 "그림자가 없다". 여기서 존재가 도드라지게 되는
것은 풍요로운 존재감에 의해서가 아니라 증오와 공포로 충만한
시선에 의해서이다. 이렇게 해서 전투와 폭력의 드라마는 서로가
서로를 부정하고 추방함으로써 유지된다.

　유미리의 작품은 전투와 살육의 드라마를 만들어내는 낱낱의
인간의 내면에 잠복된 이러한 복합적 심리를 냉철하게 그려나간
다. 폭력의 위계화라고도 할 수 있는 가학과 피학의 질서화는 마
루야마 마사오가 하사관 체제라고 불렀던 일본 파시즘의 구성 방
식을 연상하게 한다. 그러나 이러한 폭력의 드라마가 일본 사회의
특성이라고만은 할 수 없을 것이다. 피해자라는 심리 속에서(수난

의식) 타자에 대한 배타적 공포와 맹목적 증오를 양산하는 폭력의 드라마는 지금 이곳에서도 여전히 진행 중이기 때문이다.

제 **7** 장

사랑하는 존재로 세상을 살아가는 방법

윤영수의 「착한 사람 문성현」에 대해

1. 평범한 진실의 아름다움

윤영수의 「착한 사람 문성현」[1]은 소설을 읽는 이로 하여금 겹겹의 삶을 살게 하는 힘을 갖고 있다. "출생, 희망, 혼란, 평온, 분노, 살아있음"의 작은 장들로 구성된 이 소설은 그 모든 세부마다 삶의 다면적이고 역동적인 리듬으로 충만하다. 우리의 삶이 그 안의 하나하나의 순간으로 구성되는 과정이면서 동시에 그 한 순간들이 이미 삶 자체이듯 소설 전체를 구성하는 각 장들 또한 한 사

---

[1] 『창작과비평』, 1997년 봄호.

람의 연대기를 구성하는 한 부분에 지나지 않고 삶 자체의 역동적인 순간으로서의 의미를 갖는다. 우리는 소설을 다 읽고 나서 아주 늙어버린 것도 같고 새로 태어난 것도 같은 감정을 갖게 된다. 소설 읽기가 우리로 하여금 삶을 되살게 한다는 것, 또는 미리 살게 한다는 것은 아마도 이런 의미에서일 것이다.

어찌 보면 이 작품은 상당히 평범한 작품이라고도 할 수 있다. 절망과 희망이 교차되고 공존하는 삶, 온통 가능성이 차단된 상황에서도 그 폐쇄된 절망의 한계를 뛰어넘으려는 우리 생의 자유 의지, 속악하고 이기적인 인간들에 의해 상처받으면서도 때로는 그 속에서 세상을 사랑할 힘을 발견하는 우리네 삶. 그런 우리 삶에 대한 한 평범한 이야기인 이 작품은 그럼에도 불구하고 평범하지 않은 감동을 낳는다. 그것은 이 작품이 삶의 의미라는, 모든 문학의 근본 문제이지만 모든 문학이 명료하게 보여주지는 못하는 삶의 의미를 우리에게 환기시키고 있기 때문이다. 착한 사람 문성현의 삶 또한 평범한 우리의 삶과 다르지 않다. 다른 '정상인 / 비장애인'에 비해 성현에게 주어진 '비정상 / 장애'의 굴레가 좀더 강하고 벗어나기 힘든 본원적 굴레이기는 하지만, 우리는 어떠한 식으로든 모두의 존재론적, 현실적 굴레 속에서 몸부림치다가 일생을 마감하는 존재라는 점에서 성현의 삶과 그리 다를 것은 없다. 그런 의미에서 이 작품은 우리가 절망의 늪에서도 버릴 수 없는 희망이나 자유 또는 사랑과 같은 이제는 낡아버렸을지도 모르는 인간적 가치에 대한 도덕적 질문을 내포하고 있다. 그리고 그 질문 속에는 우리 존재의 인간적 가치란 우리가 성취한 어떤 결과들에 있는 것이 아니라 인간적인 가치에 도달하기 위한 우리 삶의 힘겨운 과정 바로 그 곳에 존재한다는 평범한 진실이 새겨져 있다.

그런 의미에서 "착한 사람 문성현"이라는 표제는 흥미롭다.

작품에서 뇌성마비로 선천적인 장애를 갖게 된 성현은 그를 헌신적으로 보살피는 어머니에게나, 그악스럽게 그를 모멸하는 상주댁이나 예산댁에게나, 그에 대한 애처로움과 사랑을 항시 보여준 양품점 과수댁에게나 "우리 착한 성현이"로 불린다. "우리 착한 성현이"라는 단일한 표현 속에는 불쌍한 애물단지라는 성현에 대한 타인들의 동정과 경멸과 함께, 불구로 태어난 성현을 평생의 한으로 여기며 그에 대한 헌신을 아끼지 않은 어머니의 고통과 사랑이 어지럽게 뒤섞여 있다. 타인의 호명은 세상 속에서 한 존재의 위치를 나타낸다는 의미에서 존재의 위상과 가치를 함축하고 있다. "우리 착한 성현이"라는 타인들의 호명은 작품 속에서 문성현이라는 존재를 바라보는 타인의 시선의 층위들과 그 변화를 감지할 수 있는 조그만 비밀 열쇠이다. 우리는 그 비밀 열쇠를 통해 문성현이라는 인간의 존재 위상과 가치의 역동적인 변화를 볼 수 있다. "우리 착한 성현이"라는 타인들의 호명은 작품 속에서 점차 의미의 변화를 겪으면서 시간적으로 작품의 끝에 해당하는 도입부에서는 새로운 의미로 전이된다. 혼자만의 삶을 살기로 한 성현을 악착같이 괴롭힌 예산댁이 성현과 그 부모의 묘소 앞에서 "우리 착한 성현이헌테 잘해야 허는 건디, 이년이 무슨 맘으루다 홍뚱항뚱했구먼유, 아줌니, 이년 잘못한 거 용서해주서유" 하고 진심어린 용서를 빌 때, "우리 착한 성현이"는 더 이상 비장애인의 시선에서 보내는 동정과 경멸이 착종된 호명이 아니라 사랑과 용서를 비는 화해의 의미로 바뀐다. 용서를 구하는 그 호명

속에서 성현은 자신을 끝까지 배척한 세상 속에서도 온전한 하나의 존재로 정립된다.

어쩌면 우리의 삶이란 하나의 이름을 부여받고 끝에 가서는 그 이름에 부가되는 몇 개의 수식적이고 한정적인 단어들로만 남는 것인지도 모른다. 한 인간의 탄생과 죽음은 호적에 박힌 이름과 묘비명의 짤막한 몇 자에 불과한 보잘 것 없는 것이고, 타인의 죽음은 우리에게 신문 부고란의 짤막한 이력만큼이나 조그만 의미만을 갖는지 모른다. 또한 그렇기 때문에 우리 모두의 삶은 "착한 사람 문성현"이라는 조그만 표제만을 남겨놓은 채 이 세계를 스쳐지나가는 보잘 것 없는 생명체에 불과하다는 점에서 모두 평등한 것이기도 하다. 이 작품은 타인의 동정과 경멸 속에서 끝없이 세상의 인정(認定)을 구해야했던 착한 사람 문성현으로서의 삶이 그에게 용서를 구하는 세상을 포용할 수 있는 평등하고 자유로운 온전한 존재로서의 착한 사람 문성현의 삶이 되기까지, 그 기나긴 여정을 보여준다.

2 · 삶의 푸르스름한 기운을 찾아서

하늘은 푸르지도, 딱히 희지도 않았다. 겨울 날씨치고는 그저 그만 했다. (…중략…) 낮게 드리운 겨울 하늘은 자세히 보면 그래도 푸르스름한 기운이 있었다. 바람은 없었다.[2]

겉으로 보기에는 "그저 그만"한 우리네 삶의 세부를 "자세히" 들여다볼 때 찾아낼 수 있는 "푸르스름한 기운", 「착한 사람 문성현」은 그 삶의 힘찬 아름다운 기운을 발견해내는 방법을 보여준다.

착한 사람 문성현은 집안의 장손이자 외아들인 아버지 문덕규의 첫아들로 태어났다. 그의 출생은 그 자체로는 집안의 경사요 부모에게는 "꿈같은 축복"이었다. 그러나 그 축복은 성현이 "정상"이 아니라는 사실을 알게 되면서 곧 불행의 시작으로 바뀐다.

그러나 성현에게도 세상에 대한 가슴 벅찬 희망이 있었다. 막내동생 승현의 돌날, 모든 사람들이 문 저쪽에서 와자하게 떠들고 있는 소리 속에서 아무도 없는 어둔 방에서 홀로 힘겹게 버르적대던 성현에게 들려온 사람들의 소리.

> 뭘 잡나 보자구. 돈을 잡아 재벌이 되려나, 책을 잡아 학자가 되려나.
> 잡는다, 잡아…… 았따따 활이다 활! 큰 장군이 될라. 좋지 좋아.[3]

돌상 위에 돌잡이 물건을 올려놓고 아이가 무엇을 잡나 기대에 찬 눈초리로 바라보며 건네는 사람들의 말에는 아이의 희망찬 미래에 대한 축원과 소망이 담겨 있다. 상 앞으로 한 발 한 발 다가가 물건을 잡는 아이의 행동은 세상 사람들이 축원 속에 보내는 소망의 말들을 수행하는 최초의 소망 충족 행위가 되고 그로써 아이는 세상으로부터 어엿한 하나의 존재로 인정받는 통과제의를 마치게 된다. 그러나 세상으로부터 이미 "비정상"의 판결을 받은

---

2) 「착한 사람 문성현」, 앞의 책, 117면.
3) 「착한 사람 문성현」, 앞의 책, 127면.

성현은 홀로 어둠 속에서 그러한 통과제의를 수행한다. 동생 승현의 돌상에 돌잡이로 올렸던 활, 방구석에 놓여진 그 활을 스스로 "그가 몸을 뒤치어 자신의 요 밑에 집어넣었던 것이다." 성현에게 그 활은 어린 시절 이후 절망적 삶의 갈피마다에 힘겹게 꽂아놓은 "희망의 상징"이었다.

죽는 날까지 요 밑에 깊이 간직한 그 활은 성현에게는 자신도 세상 속으로 힘껏 발디딜 수 있다는 부푼 희망의 상징이었다. 그 희망을 갖게 되면서 성현은 자신의 삶에 대해 꿈꿀 수 있게 되었다. "언젠가는, 얌전히 개켜놓았던 바지가 주인의 손에 들려 입혀지듯, 그의 홀쭉한 다리에 빵빵하게 살과 피가 들어차는 날, 그는 산꼭대기에 올라가 야아아호오오 고함을 칠 것이다." 그 희망의 상징은 성현의 꿈을 바이올린 케이스를 든 일류 고등학교의 잘생긴 학생이 되게도 하고, 새의 깃털을 꽂고 어깨에 활통을 멘 힘센 사냥꾼이 되게도 하고, 검은 양복에 나비 넥타이를 멘 유명한 성악가가 되게도 한다. 자신의 몸조차 가누지 못하고 방바닥에서 버르적대는 성현에게 그 희망의 상징은 절망의 바닥으로부터, 그 너머로 솟구치려는 비상에 대한 갈망과 같은 것이다.

비록 큰 장군이 되지도, 자유롭게 걷고 뛰지도 못하였지만 성현이 절망적 삶의 바닥에 스러지지 않을 수 있었던 것은 그가 자신의 절망적 삶 속에서 어렵사리 부여잡은 그 "푸르스름한 기운", 희망의 상징에 의해서이다. 세상이 비록 그를 끝없이 배신하고 비정상의 한계 속으로 그를 내몰지라도 성현은 그 절망의 깊은 바다에서도 그를 솟아오르게 하는 그 푸르스름한 기운을 잃지 않는다. 많은 사람들 앞에서 노래하는 유명한 성악가는 되지 못하였지만,

비록 뒤틀린 몸짓에 발음조차 제대로 되지 않지만 아무도 없는 자신의 방 속에서 세상을 향해 부르는 성현의 노래는 그가 내뿜는 푸르스름한 기운에 의해 절망의 노래가 아닌 아름다운 노래로 우리 가슴속에 울려 퍼진다.

　　성치 못한 제게 삶을 주신 어머니, 오늘도 안녕하세요, 오오 저는 왜 살아야 하는지 모르겠어요, 그런데도 계속 살아가고 있어요, 오오 나쁘지는 않아요, 견딜만해요, 제 목소리 어때요? 오오[4]

3. 사랑하는 존재로 세상을 살아가는 방법

　　그러나 세상을 향한 아름다운 노래를 부르게 되기까지 성현의 삶은 너무나 긴 고통과 혼란의 여정이었다. 그것은 "정상"이라는 잣대로 성현에게는 성치 못한 삶이라는 제한되고 결여된 존재의 미만을 허락하는 세상 속에서 성치 못한 그 자신의 온전한 존재의 미를 획득하는 긴 과정이었다. 따라서 성현은 그 긴 여정의 끝에서 성치 못한 삶을 제게 주신 어머니라고 노래하지 않고 성치 못한 제게 삶을 주신 어머니라고 노래할 수 있게 된 것이다. 우리가 종이 위에서 말장난처럼 뒤바꿀 수 있는 관계의 전도, 그것은 성현의 삶 속에서는 세계를 온통 뒤집는 혁명과도 같은 긴 고난의

---

　　4)「착한 사람 문성현」, 앞의 책, 166면.

과정이다.

현실적 삶 속에서 우리 존재의 위상과 가치는 사회적 타자들에 의해 부여되는 자기 외적 규정과의 끝없는 교섭과 갈등, 충돌 속에서 구성된다. 이러한 관계 속에서 구성되는 자기의식은 외적 규정이 부과하는 규제와 제한으로부터 자유롭기 힘들다. 따라서 세상 속에서 평등하고도 자유로운 존재로 자기를 온전히 정립하기 위해서는 우리의 존재를 부자유와 유한성의 경계로 속박하는 외적 규정들과 그 외적 규정이 내재화된 자기 의식의 왜곡으로부터 벗어나야 한다.

세상과의 자유로운 교섭이 차단된 성현에게 헌신적인 사랑과 우애를 보여주는 가족은 세상과의 교섭을 위한 최소한의 가능성의 공간이었다. 그러나 평범하지 않은 헌신적인 사랑을 받는 존재라는 것은 결국 그만큼 온전한 존재가 되지 못한다는 한 지표이기도 하다. 따라서 성현은 부모의 헌신적인 사랑과 형제들의 우애 속에서도 자괴감과 자기 모멸의 감정에서 결코 자유롭기 힘들다. 부모의 사랑의 깊이를 느끼게 될수록 성현의 내면에서는 알 수 없는 자괴감과 비애가 커져가기도 한다. 부모의 죽음 앞에서 성현이 극도의 혼란과 배신감과 자괴감을 느끼는 것은 이 때문이다.

어린 성현은 죽음을 앞둔 아버지를 위해 무엇이든 해드리고 싶었지만, 결국 아무런 도움도 되지 못한 자신에 대한 자괴감과 자신을 아버지 잡아먹은 화근덩어리라고 몰아붙이는 세상 사람들에 대한 억울함으로 자살 시도까지 하게 된다. 어린 성현에게 임종의 순간에 끝내 자신을 바라봐 주지 않던 아버지의 외면하는 시선은 크나큰 상처로 남는다. 자신을 외면하는 세상을 사랑할 힘을 가질 수 없었던 성현에게 평생 자신을 위해 헌신적인 사랑을 보내주던 아버지의 외면하는 시선은 성치 못한 자신의 존재의 불구성을 되새기게만 할 뿐이었다. 성현은 아무것도 할 수 없는 자신에 대한 모멸과, 세상 사람 누구에게랄 것도 없이 퍼부어 대고 싶은 저주와 그러는 자신에 대한 자기 모멸 속에서 극단적인 자기 방기의 방편으로 수용소행을 결심한다. 바로 그곳에서 무관심과 냉대 속에 짐승처럼 버려져 수용된 그들의 모습 속에서 성현은 세상이 불구인 그들에 대한 냉대와 경멸과 무관심을 당연한 것으로 여기는 것처럼 자신도 부모의 헌신적인 사랑을 당연한 것으로 여겼을 뿐이라는 것을, "그가 살아 온 이십 여 년은 치욕과 궁핍의 지옥이 아니라 너무나 포실하여 감히 짜증을 내었던 꿈의 천국이었음"을 가슴 깊이 깨닫는다. 사랑과 호의로 충만한 천국인 그의 집으로 돌아온 성현은 다른 이들과 같아질 수 없다는 절망과 자기 모멸, 그리고 세상에 대한 저주에서 벗어나 비로소 평온을 찾게 된다. 그 평온은 어찌 보면 이제 더 이상 자신이 남과 같아질 수 없다는 깊은 절망의 결과이지만 자신도 사랑받는 존재라는 당연한 사실을 깨닫게 해 준 소중한 평온이다.

집안의 기둥이던 아버지가 일찍 세상을 떠난 후 가족을 위해 헌신적인 희생을 감수하며 평생을 살아 온 어머니는 성현에게 사랑받는 존재로서가 아니라 사랑하는 존재로서 세상을 살아가는 법을 깨닫게 해주었다. 삶은 어머니에게 왜 끝없는 고통만을 주는가? 그럼에도 불구하고 어머니는 어떻게 자신을 그토록 헌신적으로 사랑할 수 있었을까? 그 풀리지 않는 의문과 삶에 대한 배신감 속에서 성현은 과연 어머니는 자신에게 아무 책임이 없었을까? 아무 잘못도 없었다면 어떻게 자신을 위해 그토록 헌신적일 수 있었을까하는, 어머니의 사랑을 의심하고 어머니의 삶 전체를 부정하는 "사악한" 의문에 부딪친다. 그리고 너무나 늦게서야, 어머니의 가슴을 온통 찢어놓은 고통을 안겨드리고서야 비로소 평생을 어머니로부터 사랑받는 존재로서만 살았던 자신은 언제나 사랑하는 존재로서 살아 온 어머니의 삶을 이해하기에는 너무나 "뒤틀린" 존재였다는 사실을 깨닫게 된다. 그러나 어머니에 대한 속죄와 참회의 긴 고통 뒤에 온 그 깨달음을 통해 성현은 세상의 일방적인 경멸과 냉대, 가족의 일방적인 헌신적 사랑 속에서 경멸받는, 동정받는, 사랑받는 존재로서의 수동적인 삶에서 벗어나 사랑하는 존재로서의 삶을 살 수 있게 된다. 그 깨달음의 끝에서 성현은 비로소 "성치 못한 제게 삶을 주신 어머니"로 시작하는 아름다운 노래를 부를 수 있게 된 것이다. 성현이 죽는 날까지 자신을 그악스럽게 모멸하고 괴롭히는 예산댁을 끝까지 포용할 수 있었던 것은 예산댁에게서 보는 어머니의 추억, 사랑하는 존재로 살아가는 사람들이 가질 수 있는 그 큰 포용의 힘에 의해서이다.

성현은 사랑하는 존재로 살아갈 수 있게 되면서 자신을 "성치 못한" 결여된 존재로 인식하게 하던 세상의 시선에 대한 의존으로부터 벗어나, 비록 몸은 성치 못하지만 온전한 하나의 독립된 존재로서의 자유를 획득하게 된다. 이제 성현은 자신의 불행에 앙앙불락하던 시선에서 벗어남으로써 세상을 충만한 시선으로 바라볼 수 있게 된다. 더 이상 세상의 시선에 그를 가두지 않음으로써 성현은 그 자신의 시선 속에 세상을 모두 품을 수 있게 된 것이다.

소위 정상적인 삶의 잣대로 볼 때 "아무것도 하지 않고, 아무런

족적도 남기지 않고" 태어날 때와 같은 "성치 못한" 불구의 상태로 죽어간 성현의 삶은 그저 하나의 슬픈 흔적에 불과한지 모른다. 그러나 그 슬프고도 짧은 성현의 삶의 흔적에는 본원적인 부자유의 굴레 속에서 어쩔 수 없이 타인에게 의존해야하고 세상의 곱지 않은 시선에 좌절하고 절망하면서도 자신의 삶을 자유롭고 평등한 하나의 독립된 존재로 정립하려는 한 평범한 인간의 힘겨운 몸짓이 갈피마다에 힘차게 새겨져 있다.

ㄴ. 인생은 진지하고 예술은 쾌활하다

다른 사람들과 살 부대끼며 살아가야 하는 우리들의 삶은 서로에게 상처만을 안겨주거나 서로에게 아무 의미 없이 그저 스쳐 지나가는 사람들끼리의 그런 저런 무의미한 관계로 메워지는 것만은 아닐 것이다. 「착한 사람 문성현」에는 "나름대로 머리를 굴려 자신은 남보다 낫다고, 자신만은 존재가치가 있다고 착각하고 사는" "졸렬하고 야비하고 어리석은 인간들"이 만들어내는 속악한 삶의 양태 속에서도 예기치 않게 만나게 되는 타인들의 호의와 사랑의 흔적이 돌올하게 새겨져 있다. 우리가 서로에게 깊이 남기는 상처의 흔적 속에 돋을새김된 사랑의 흔적은 그저 스쳐 지나가는 덧없는 우리 존재들 사이에 깊은 메아리를 남긴다. 슬프고도 짧은 시간을 살다 소멸하는 우리 존재들은 그 깊은 메아리 속에서 결코 소멸되지 않는 아름다운 울림을 갖게 된다.

현실 속에서 점점 더 풍요로움을 상실하고 마모되어 가는 우리 존재가 예술을 통해 일직선의 삶을 너머 겹겹으로 풍요롭게 되는 것은 예술이 속악한 삶 속에 덧없이 흘러가는 우리 존재의 의미를 그 표면의 부박함을 넘어 더 깊은 곳으로 이끌기 때문이다. 덧없이 흘러가는 우리 존재의 시간은 예술의 아름다움 속에서 응축되고, 우리 존재의 모든 부박한 흔적들은 충만한 세계로 확장된다. 우리는 예술 속에서 깊은 갈등과 분규로 우리 존재가 갈기갈기 찢어질 것 같은 그러한 순간에도 그 속에 구현된 개성적인 힘과 응축된 구체적인 자유의 모습 속에서 예술이 제공하는 "고요한 쾌활함"을 맛보게 된다. 그런 의미에서 지난 세기의 한 시인의 말을 빌자면 인생은 진지하고 예술은 쾌활하다. 지금 이 "진지한 세기말"에 예술은 그늘진 무대 위에서 더 높은 비상을 시도할 수 있고, 또 반드시 그리해야한다. 「착한 사람 문성현」은 그런 점에서 "뮤즈가 진실의 어두운 상을 예술의 쾌활한 영역으로 옮겨줌을 감사"[5]할 수 있는 드문 경험을 제공한다.

---

5) 프리드리히 쉴러, 안인희 역, 『발렌슈타인』, 청하, 1986.

제8장

새로운 세상? 그러나 세상은 변하지 않았다

배수아론

1. 그리고 세상은 계속된다

한 때 사람들은 만나서 미치도록 사랑하고, 서로에게 자신의 흔적을 깊이 남기고자 몸부림친다. 그리고 어느 날 거짓말처럼 이 모든 것에 끝장이 찾아온다. 사람들은 더 이상 사랑하지 않고, 서로의 흔적을 남기지 말았어야 할 삶의 오점으로 씻어내고자 발버둥친다. 모든 것은 사라진다. 서로를 감싸던 뜨거운 숨결도, 서로가 더 가깝게, 더 완벽하게 하나가 되지 못해 안타깝게 몰아쉬던 뜨거운 입김도, 몸이 기억하는 떨림도, 그리고 애타게 서로를 향해

부르던 사랑의 외침도

이제 모든 것이 끝나는 곳에 우리의 낮, 일상이 시작된다. 우리는 끝을 인정하고 한 낮의 세계로, 아무 일 없었다는 듯이 걸어가야만 한다. 누구라도 그러하듯이.

그러나 모든 사람이 돌아간 자리에 남아 왜……, 모두들 어디로 간 것인가, 같은 시간, 같은 공간을 나누던 그 사람들은 다들 어디로 사라진 것일까라는 질문에 사로잡혀 끝을 낼 수 없는 이들에게 갑자기 이 곳은 너무나 낯선 곳이 되어버린다.

> 인생을 통틀어 다시는 볼 수 없었던 사람들은 많았다. 기억의 손을 놓으면 풀린 연처럼 생이 흩날려가 버리고 치열하게 매달려야 하는 것은 아무것도 없었다.[1]

이 곳은 너무나 낯설다. 사람들은 모두 끝장에 너무나 익숙하고, 살기 위해서는 그런 끝장을 수백 번도 더 자연스럽게 맞이할 수 있을 것만 같다. 아무도 서로 사랑하지 않는다. 그리고 아무도 나를 사랑하지 않는다. 그러면 그들은 자신은 사랑하는 걸까. 그들은 자신들을 사랑해야 하는지 알지 못한다. 삶은 살아지는 것이고, 당연히 살아가야 하는 것 일 뿐, 아무도 왜라고 묻지 않는다. 나 또한 왜 살아야 하는지는 알 수가 없다. 다만 나는 나에게로 왔다가는 사라져버리는 사람들의 흔적을 지우지 못할 뿐이다. 그리고 흔적을 지우는 것, 망각이 곧 삶이라는 그들의 당연한 삶의 원리를 배우지 못했을 뿐이다. 망각을 배울 때 나는 낮의 세계의 한 주민이

---

1) 「나의 첫 개」, 『심야통신』, 해냄, 1998, 169~170면.

될 것이고, 기억 속에서 나는 여전히 작은 여자아이일 뿐이다. 이해할 수 없는 삶의 낯선 풍습들 앞에서 어리둥절한 이방인처럼, 낯선 별에 떨어진 안드로메다성의 주민처럼, 건전한 부르주아의 도시에서 단 하루의 꿈도 허용 받지 못한 낯선 종족처럼, 그렇게…… 이유도 모른 채 힘센 어른에게 얻어맞은 뺨을 가만히 만져보면서 그 어른들의 세계를 마치 소리가 들리지 않는 화면 속의 슬로우모션처럼 낯설고 기이하게 바라보는 상처받은 철부지 어린 아이의 눈길로 배수아는 세계를 본다.

배수아의 소설은 낯선 세계를 바라보는 아이의 눈을 줄곧 유지한다. 그러나 그 아이의 눈은 세계에 대한 원초적 호기심에 사로잡혀 있는 경이감에 빠져있는 눈은 아니다. 배수아의 인물들의 눈은 세계를 향해 있으나 결코 세계를 볼 수 없는 눈이다. 아니 정확하게 말하자면 그의 눈은 세계를 향해 있다기보다는 자신의 망막을 향해 있는 눈이다. 그가 보는 것은 세계가 아니라 자기의 망막에 맺힌 상이다. 그 눈은 세계를 보지만, 망막이 비추어주는 세계의 역상을, 그것도 자신의 눈 안 세계의 어둠 속에서만 볼 수 있는 눈이다. 배수아의 인물들은 따라서 자신의 내면을 관찰하는 인물들과도 구별된다. 그들에게는 내면이 없다. 배수아의 인물들은 줄곧 성장을 거부하는 아이의 모습을 유지한다는 점에서 자기애와 자기 집착이 강한 나르시스트적 면모를 확인할 수도 있다. 그러나 배수아의 인물들이 온전한 의미의 자기애로 가득찬 나르시스트적 면모와 구별되는 점은 이들 인물들은 사랑할 자기를 갖추지 못한 인물들이라는 점이다. 성장이란 세계로의 입사의 제의이며 이를 통한 정체성의 형성이라는 점에서 하나의 존재들이 이 세계의 일원이 되는 동시에 개별적 존재자로서의 개별성을 획득하는 과정이하고 여겨진다. 그러나 배수아의 인물들이 어른이 되기를 거부하는 것은 이 세계에서 어른이 된다는 것은 개별성을 획득하는 과정이 아니라 이미 만들어진, 게다가 변하지 조차 않을 굳건한 세계의 기성품의 대열에 합류한다는 것을 의미한다. 그러나 배수아의 인물들은 이러한 기성의 세계에 저항할만한 대안적 아이덴티티를 모색하거나 수행하는 인물들이 아니다. 그들은 이미 자신의 존재도 기성(ready-made)에 불과하다는 자각과 허무의식에 휩싸여 있기 때문이다.

> 그렇게 미칠 것 같은 기분으로 일생을 살았다고 생각되어지는데 어느 순간에 정신을 차리고 보면 아무런 일도 일어나지 않았단 말이야. 정말로 아무런 일도 일어나지 않았어. (…중략…) 미쳐버린 것은 나 혼자였던 거야. 세상은 조금도 미치지 않았고 앞으로 일어날 일들을 모두 다 미리 알고 있었던 것 같아. 아니 앞으로 일어날 일들이 아니고 앞으로 어떤 일도 안 일어나리라는 거지.[2]

배수아의 소설에 일관되게 드러나는 허무의식은 한동안 90년대 문단을 풍미하던 세기말적 허무의식과 맥을 같이 하는 부분이 있는 것이 사실이지만, 배수아의 소설의 허무의식은 변하지 않는 세계와 기성품으로서의 자기 존재에 대한 성찰과 결부된다는 점에서 그 의미를 찾을 수가 있다. 배수아의 소설을 90년대적 소설의 전형으로 평가하는 담론의 경우 배수아 소설의 특징을 탈이념적인 것으로 규정하곤 하지만 오히려 배수아의 작품은 우리 존재를

---

2) 『랩소디 인 블루』, 고려원, 1995, 188면.

결박하고 있는 현실적, 물질적 기반의 강고함에 대한 두려움을 통해 소위 90년대의 급속한 변화라는 담론의 허구성을 드러낸다. 이런 점에서 배수아의 소설은 90년대의 소설들 중 보기 드물게 솔직한 자기고백을 보여주는 소설이라고 할 수 있다. 배수아의 소설에는 다른 젊은 작가들의 작품에서 유난히 강조되는 소설에 대한 자의식이나 작가로서의 자의식, 자기 존재에 대한 강력한 자의식이 드러나지 않는다. 이는 사인화(私人化)의 성격이 또렷화 되었던 90년대 소설들과의 변별성이기도 하다. 물론 배수아의 소설 역시 철저한 개인의 세계에 머물고 있다는 점에서는 90년대 소설의 사인화 경향과 일맥 상통하고 있기도 하다. 그러나 90년대 소설의 사인화 경향은 소설이 소설 이전의 개인의 고백(작가로서의 개인이 아닌)이나, 소설 이전의 자의식의 표출에 의해 추동된 것이라고 할 수 있다. 따라서 90년대 많은 소설들에는 형태화된 소설 방법이나 미학보다는 소설에 대한 자의식, 방법에 대한 자의식이 더 강렬하게 부각되는 경향이 드러난다. 이는 90년대 소설들이 강렬한 개인의 자의식에 의해 추동되었으나 하나의 형태화된 미학이나 이전 시대와 구별되는 변별적인 예술 방법을 얻지 못한 것과 관련된다. 배수아의 소설 역시 이러한 점에서는 90년대적이라는 공통성 속에 결부된다. 그러나 배수아의 소설은 타자와 구별되고자 하는 뚜렷한 자의식을 표출하는 방식으로 구성되지 않는다. 오히려 배수아 소설은 타자와 구별되지 못하는 자기, 하찮은 존재에 불과한 자기에 대한 고백으로 이루어진다. 물론 자신을 하찮은 존재로 여기는 자의식은 자기애의 한 표현이라는 점에서 나르시시즘과 동전의 양면처럼 결부되어 있는 것이기도 하다. 배수아의 소설에는 바로 이러한 자신의 이중성에 대한 자각과 자각하는 자신에 대한 부정과 회의가 공존한다.

이는 이 세계를 수락한 개인의 자기 내적 성찰이라는 점에서 김승옥이나 최인호, 가깝게는 장정일의 소설세계와 맞닿아 있는 것이기도 하다. 그러나 흥미로운 점은 김승옥이나 최인호·장정일의 소설에서 이 세계를 수락한 개인의 자기 내적 성찰이 때로는 위악을 통한 자기 부정을 동반하는 것과 달리 배수아의 소설에는 자기부정의 한 방식으로서 위악의 형식이 드러나지 않는다는 점이다. 배수아는 장정일이 그랬듯이 위악 또한 또 하나의 안전한 악몽의 형식일 뿐이라는 점을 안다. 그러나 장정일이 자신이 제공하는 안전한 꿈을 우리가 악몽으로 경험하기를 요구한 것과 달리 배수아는 자신이 제공하는 안전한 악몽조차 우리가 하나의 꿈으로 경험하기를 바란다. 이런 점에서 배수아의 소설은 건전한 부르주아의 도시[3]의 일원인 아니 일원일 수밖에 없는 존재들의 솔직한 자기고백이라고 할 수 있다. 90년대는 어떤 의미로든 '아비 죽이기'의 시대였다. 동시대의 작가들이 '아비 죽이기' 작업에 몰두해 있을 때 배수아는 결코 아비를 죽일 수 없는 아이들의 세계를 줄곧 보여주었다. 이 아이들은 집을 떠나고 싶어하고, 때로는 이미 떠나있는 아이들이기도 하지만 결코 이 세계를 떠날 수는 없다. 그들이 아무리 먼 곳까지 떠나더라고, 그들은 항상 이 세계의 주민일 뿐이며, 그들이 수행하는 광기에 찬 행동도, 그토록 갈망하는 악몽도 결코 이 세계 밖의 것이 아니며, 그리고 세상은 계속되기

---

3) 「건전한 부르주아의 도시」, 『심야통신』, 해냄, 1998.

때문이다.

2. 변하지 않는 세상, 그 악몽에 대하여

배수아는 「천구백팔십팔년의 어두운 방」[4]으로 데뷔한 이래 작
품집 『푸른 사과가 있는 국도』(고려원, 1995), 장편 『랩소디 인 블
루』, 『부주의한 사랑』(문학동네, 1996), 작품집 『바람인형』(문학과지성
사, 1996), 작품집 『심야통신』(해냄, 1998)을 펴냈다. 이 중 장편 『랩소
디 인 블루』가 배수아 작품의 원형을 모두 담아내고 있는 작품이
라면 최근의 작품집 『심야통신』에 실린 작품들에는 배수아 소설
의 기본 모티프들이나 이미지가 우화나 악몽의 형식으로 좀 더 변
형된 형태로 드러난다. 『랩소디 인 블루』에는 배수아 소설에서 줄
곧 반복되고 변형되는 모티프와 이미지의 원형이 날 것으로 간직
되어 있어 배수아 소설의 원천을 확인하게 해준다. 아이들에게 무
관심하고 자신의 삶에 몰두해 있는 부모들의 삶, 사회적으로 용인
되지 못하는 사랑과 사랑의 상처 후 건조하고 무의미한 일상속으
로 편입되어 가는 이들, 또래 아이들보다 어른의 세계에 이미 발
들여 놓고 있으나 어른들 세계의 위악을 이미 알아버린 조숙한 아
이들, 신분이 다른 아이들의 삶의 여정을 통해 드러나는 기성 질

---

4) 『소설과 사상』, 1993년 겨울호.

서의 복사판, 또는 재생산의 장으로서의 아이들의 세계에 대한 성찰 등 배수아의 작품들을 관통하는 주된 모티브와 사촌들과의 삶, 물에 빠진 기억, 기억 상실의 반복, 오빠와의 불편한 관계 등의 사소한 모티프와 이미지들이 『랩소디 인 블루』를 장식하고 있다. 이러한 모티프들 중 배수아 소설을 이해하는 데 가장 중요한 모티프는 건전한 부르주아의 도시의 주민과 그 도시의 낯선 종족으로 표상되는, 속물의 삶과 노동자의 삶의 대비이다. 물론 이러한 대비는 배수아 소설에서 다른 형식을 취한다. 이 대비는 주로 자기 성취를 위해 직장을 가질 수 있는 아이와 생계를 위해 직장을 가져야만 하는 아이의 대비로 드러나거나, 돌아갈 집이 있는 아이와 돌아가야 할 집이 있는 아이, 자기를 돌봐주는 부모가 있는 아이와 자기가 돌봐야 할 부모가 있는 아이 사이의 대비로 드러난다. 이러한 대비는 우화적이거나 환상적인 형식의 소설에서는 안정된 질서로 위장된 어른들의 세계와 짐승들의 숲, 부랑자, 검은 늑대의 무리의 대비 등으로 확산, 변형된다. 『랩소디 인 블루』에서 이러한 대비는 화자인 미호를 둘러싼 사촌 윤이와 신이 사이의 대비로 드러난다.

어린 시절의 신이는 코를 아무렇게나 흘리고 목욕을 시켜주거나 머리를 빗어주는 사람도 없이 그렇게 보냈을 것이다. 피아노라든가 <트리스테스 드 로라>같은 것과는 너무나 멀리 있었을 것이다. 신이의 아버지는 너무나 가난하여서 결혼을 할 수도 없었고 부모님들이 눈이 멀었기 때문에 집을 떠날 수도 없었다. (…중략…) 얼마간의 시간이 흐른 다음에 나는 어두운 영화관에서 터키의 감독이 만든 영화 <욜>을 보았다. 그 화면에는 신이에게서 들었던 나라가 있었다. 신이는 어느 날 잘 자란 아이가 되어 영화 <욜>에서 밖으로 나와 불루 진에 농구화를 신고 서울의 재수학원을 다녔고 거기에서 가장 아름다웠던 여자아이를 좋아하였고 그리고 <트리스테스 드 로라>를 연주하면서 나도 좋아하였다. (…중략…) 신이는 도시로 나오면서 시니컬해졌어요. 자기가 가질 수 있는 것이 너무나 적다는 것에 언제나 조금은 화내는 기분을 버릴 수가 없어서 가슴이 답답하다고 해요5)

표면적으로 보면 배수아의 아이들은 다 비슷비슷한 신세대적 외양을 보여준다. 스웨이드 가죽 재킷을 걸치고 공원 벤치에 앉아 유명 메이커의 청바지를 입은 다리를 흔들거리면서 무료하게 캔 맥주를 마시고 있는 이 아이들은 90년대의 풍요가 낳은 신세대 같은 외양 속에서 같은 모습으로 다가온다. 그러나 배수아 소설에는 이 아이들 속에 놓여진 결코 같아질 수 없는 처절한 다름에 대한 인식이 놓여져 있다. 음주 운전 사고의 죄과를 걸머지고 홀로 그 대가를 치러야 했던 신이와 죽음에 이른 경원이, 그 사고의 주동자임에 틀림없지만 한치의 대가조차 치르지 않은 채 철저한 속물의 영악한 삶을 영위할 수 있었던 윤이, 이들은 처음에도 같지 않았고, 지금도 앞으로도 영원히 같아질 수가 없다.

이러한 같아질 수 없는 두 세계의 대비는 배수아 소설에서 지속적으로 드러난다. 특히 신이와 경원이와 같은 아이들의 모습은 배수아 소설을 관통하는 하나의 인물상을 형성한다고 할 수 있다. 「건전한 부르주아의 도시」에서 건전한 부르주아의 도시의 평범한 시민 피리는 실직한 지 3년이나 되었고 집 안에 먹을 것이라고는 바퀴벌레를 잡는 살충제밖에 없는 상황에서 자신의 아이들 세 명을 도끼로 살해한 사내를 변호하겠다고 찾아가지만 다음과 같은

---

5) 『랩소디 인 블루』, 앞의 책, 104~105면.

답변만을 들을 뿐이다. "난 당신과 다른 종족이오 다르게 태어났고 다르게 자랐소 그리고 이제 상당히 다르게 죽게 되겠지요. 그러니 나에게 신경 쓰지 마시오." 또 「한나의 검은 살」[6]에서 화자인 나 또한 "난 가난하고 비천하게 태어났고 앞으로 영원히, 죽을 때까지 얼마 남지 않은 생 내내 그럴 것이다"라고 되뇌인다.

이러한 두 세계의 대비 속에서 배수아의 시선은 불확정적이고 부유하는 미정형의 것으로 드러난다. 그러나 이는 배수아의 시선이 두 세계에 대한 상대주의적인 가치평가에 사로잡혀 있기 때문이 아니다. 오히려 배수아의 소설에는 이 세계를 수락할 수밖에 없는 자신에 대한 자각과 허무주의가 이 세계로부터 추방된 이들의 존재에 대한 사랑과 기묘한 긴장관계를 구성한다. 『랩소디 인 블루』에서 화자인 미호가 신이가 놓인 세계를 마치 영화속 세계로 생각하듯이 그 세계는 자신의 존재론적 기반과는 너무나 먼 그러한 세계이다. 그리고 자신은 결코 그 세계를 이해한다고 조차 말할 수 없다는 것을 안다. 배수아 소설에서 언제나 어른이 되기를 거부하는 아이들이 나르시시즘적인 자기애로부터 구원받는 것은 바로 이들 신이와 같은 아이들에서이다.[7] 이들은 윤이처럼 어른들의 세계로 슬며시 걸어 들어가 철저한 속물이 되는 것에서 자신의 길을 발견할 수가 없다. 그들은 언제나 신이의 세계를 동경한다. 그들의 발은 윤이의 세계에 놓여져 있지만 그들의 눈은 신이의 세계를 향한다. 그러나 두 세계는 나로부터 멀리 떨어져 있다. 그리

---

6) 『심야통신』, 앞의 책.
7) "난 너에게서 내 길을 발견했어" 「한나의 검은 살」에서 습관적인 자살벽과 히스테리에 시달리는 한나는 자기소멸을 택한 '나'에게서 '구원'을 구한다.

고 나는 신이에게로 내가 갈 수 없다는 것을 안다. 따라서 이 아이들에게 구원은 오지 않는다. 그것은 이들이 단지 세기말의 아이들이기 때문만은 아니다. 배수아는 자신의 세계가 결국은 건전한 부르주아의 도시를 벗어나지 못하며 자신이 꾸는 꿈 또한 현실에는 아무런 영향을 미치지 못하는 안전한 악몽일 뿐이라는 것을 알기 때문이다.

그러나 배수아 소설이 보여주는 기성품으로서의 자신의 존재론적 기반에 대한 인정과 성찰은 한편으로는 어떠한 역담론의 형태를 취하지 않으면서도 기성품의 세계, 이 건전한 부르주아의 도시의 꿈 없는 삶을 성찰하게 한다. 즉 배수아 소설은 당신들의 건전한 부르주아 도시라는 식으로 자신을 이 세계로부터 대타화시키는 식의 자의식을 보이지 않는다는 것이다. 배수아 소설은 거꾸로 자신이 수락한 이 세계의 질서를 그 안으로부터 뒤집어 보여주는 방식을 취한다.

배수아 소설이 갖는 새로움은 신세대의 일상에 대한 묘사라든가 포스트모더니즘적 현실의 풍속도를 보여준 것에 있지 않다. 오히려 배수아의 소설은 기성품으로서의 자신의 존재론적 기반을 인정하고 그 발밑을 바라다봄으로써 이를 통해 신세대를 구성하는 이미지들의 동일한 코드 체계 밑에서 작동하는 현실적이고 물질적인 차이들을 표면화시킨다. 우리의 삶은 터어키 감독의 영화에나 나옴직한 「욜」의 세계와 결코 도달할 수 없는 낭만성의 표지로서의 "트리스테스 드 로라"의 세계, 그리고 부유한 "악어"들이 하루에도 몇 벌씩 장만할 수 있는 최신 유행의 옷 몇 벌 값에 불과한 땅덩어리에 온 가족이 매달려 살아가는 사람들이 함께 살아가는 불균등한, 비균질적인 삶이라는 것을 배수아의 소설은 드러 내 보이고 있는 것이다.

물론 배수아의 소설이 전해주는 우리 삶의 불균등성, 해소될 수 없는 차이들, "마음이 부유한 사람들은 더욱더 부유해지고 가난한 사람들은 더욱더 가난해지리라"[8]는 이 시대의 묵시록은 단지 안 전한 악몽에 불과한 것으로 치부되어도 좋을 그런 것일지도 모른 다. 또한 배수아가 보여주는 이미지들, 이야기 구조, 모티프들, 형 식들이 이러한 세계에 대한 비전을 담아내기에는 너무나 가벼운 것이어서 배수아의 소설의 세계가 세계를 수락한 자의 가벼운 제스 츄어에 불과한 것이라고 볼 수도 있다. 그러나 배수아의 소설이 90 년대적인 징후를 담아낸 작가라고 한다면 그것은 바로 이러한 변하 지 않는 것들로 가득찬 오늘의 삶과 기성품일 수밖에 없는 자신에 대한 성찰과 탐구에서 그 새로움을 찾을 수 있을 것이다.

---

8) 「1999년, 네델란드 모텔을 떠나며」, 『심야통신』, 앞의 책.

제 9 장

여성의 권태, 혹은 여성적인 것에 대한 권태

차현숙, 『오후 3시 어디에도 행복은 없다』(문학과지성사)

차현숙의 소설집 『오후 3시 어디에도 행복은 없다』(이하 『오후 3
시』)에 실린 작품들은 「어느 쓸모없는 자의 고백」을 제외하고는 대
부분 30대 중산층 가정의 위기를 다루고 있다. 「어느 쓸모없는 자
의 고백」은 "공장에서 일하는 누이동생의 청춘으로 삼류대학을 겨
우 졸업하고 오랫동안 실업자로 애인의 꽃다운 청춘을 야금야금
갉아먹다 결국 나 스스로 그들에게서 줄행랑을 쳐버"린 한 "주변
부 인간"의 일상에 대한 기록이다. 교정 일로 근근히 생활을 하는
그는 "사회적으로 존경받는 어느 회장"의 글을 교정하다가 "인류
는 진보할 것이고 그것은 아름다울 것이다"라는 대목을 "인류는

진보하지 않을 것이며 그것은 아름다울 것이다"라고 고쳐놓고 그 대가를 혹독히 치른다. 이는 그가 사회에 던진 처음이자 최후의 항변이다. 그는 "숱한 세상살이로 몸과 마음이 말랑말랑하게 무두질당한 결과" "온순하고 지극히, 내 운명을, 무능을, 그리고 그 마음의 시련을 남김없이 받아들일 준비"를 하고 있는 자이다. 타인에 대해 자기방어로 일관하는 이 남자는 그악스런 동네 아낙들의 놀림감이 되기 일쑤이고 어린 소년 석이에게도 무시당하고 망나니 학철에게도 번번이 당하기만 한다. 작품은 그런 순진하고 무능한 남자와 세상에 대한 분노로 삐뚤어졌지만 순진한 영혼의 소유자인 석이와의 짧은 우정과 씁쓸한 이별을 중심으로 구성된다. 작품은 귀가 들리지 않고 언어 소통이 부자유스러운 석이의 눈을 통해 주변부 인간들의 세상사는 방식을 그려낸다. "원망과 분노로 가득 찬, 그러나 어찌 보면 그 눈은 어찌해볼 수 없는 슬픔에 잠겨 있다. 그래, 슬픔. 분명 그 눈은 슬픔으로 한껏 세상을 꿰뚫어보고 있다." 세상에 대한 원망과 분노로 가득 찬, 그러나 어찌해볼 수 없는 슬픔으로 세상을 꿰뚫어보는 눈, 이것은 차현숙 작품 세계의 원형질이라 할 것이다.

이러한 시선은 「유년의 강」과 같은 작품에서 부모의 삶의 터전인 시장통을 벗어나 대학과 결혼으로 신분상승을 꿈꾸는 영숙의 모순적인 욕망에도 고스란히 드러난다. 대학 진학으로, 결혼으로 신분상승을 꾀해서 이제는 그토록 바라던 "부르주아"의 세계에 편입했지만 영숙에게 결혼 생활은 "내 자리를 지키기 위해 안간힘을 쓰고 언제 추방될지 모르는 세계에 대한 불안으로 잔뜩 겁을 먹으며 매일 밤 잠 대신 베란다의 난 이파리를 닦는" 위태로운 줄타기이다. 영숙은 자신의 존재 기반을 탈출하기 위해 "많은 노력을 했지만 그 전쟁에서 늘 졌다." 「아무 쓸모없는 자의 고백」과 「유년의 강」을 관통하는 것은 이처럼 아무리 노력해도 어찌해 볼 수 없는 현실의 벽에 부딪친 주변부 인생의 슬픈 시선이다. 그리고 그 슬픈 시선에는 아무리 노력해도 결국은 패배자로 남을 수밖에 없는 이 무서운 사회에 대한 공포가 담겨있다.[1]

이러한 패배자의 "원망과 분노로 가득 찬" 그러나 슬프고도 공포스러운 시선과 한 번도 나의 편이 되어주지 않는 무서운 사회 사이의 간극은 부부 관계를 탐색하는 다른 소설들에 변주되어 나타난다. 남편의 외도로 인한 부부 관계의 파탄과 이로 인한 여성의 정체성의 혼란을 그리고 있는 소설들은 주로 사회적 약자로서의 여성의 위치를 중심으로 구성된다. 남편보다 "수준이 낮다"는 자의식에 시달리며 사회생활을 해보지 못한 것이 콤플렉스인 아내들, 그녀들은 "많은 여대생들이 할 수 없이 결혼을 취직으로 생각할 수밖에 없는 그런 상황"(「2와 2분의 1」)의 희생자들이다. "엄마만 빼고 세상 다른 여자들에게는 좋은 사람"(「세상에 빛이 있어라」)인 남편, 첫사랑 여인을 만나 공공연히 아내를 모욕하는 남편(「이브의 거울」), 가난한 여자와 결혼하는 것으로 자신의 허위의식을 충족하고 한 때의 운동권 경력을 훈장처럼 내세우는 부르주아 남편(「유년의 강」), 유명한 여자 화가와 연애하는 것을 인생공부라며 자랑해대는 온통 허위의식 덩어리인 지식인 남편(「2와 2분의 1」), 이 남편들

---

1) "나는 패자다, 나는 무서워졌다, 나는 울었다. 우는 것조차 용서받을 수 없을 것 같아 더 무서웠다, 내가 왜 우는지를 이제는 알 수 있기 때문에 무섭고 또 무섭다." 「어느 쓸모없는 자의 고백」, 277면.

과 약자인 아내들의 부부 관계는 예정된 파탄의 행로를 밟을 수밖에 없다. 이 작품들은 무서운 사회와 패배자로 남을 수밖에 없는 주변부 인생들이라는 구도를 남편과 아내의 관계 속에 고스란히 투영하고 있다. 따라서 언제나 나의 편이 되어주지 않는 남의 편인 남편은 위선적이고 속물적인 지식인이거나 부르주아로 그려지며 언제나 무능하고 순진하기만 했던 아내들은 결혼 관계의 파탄으로 남편에 대한 원망과 분노에 사로잡히게 된다. 이 작품들은 결혼 관계의 파탄으로 인해 아내들이 자신의 삶의 방식의 모순을 깨달아가는 각성의 과정을 극적으로 부각시킨다. 이러한 극적 구성이 가능한 것은 이 작품들이 순진무구한 아내들이 남편이라는 "무서운 사회"의 논리에 부딪치면서 패배자이자 피해자인 자신을 깨달아가는 과정을 중심으로 서사화되기 때문이다. 이혼 후 하는 일마다 패배하면서 "나쁜 놈들! 사기꾼들! 난 맨날 왜 속고, 손해만 보는 거지"(「세상에 빛이 있어라」)라고 한탄하는 엄마, "세상이 얼마나 부당하게, 혹은 그냥, 아무 의미 없이 한 대 때릴 수도 있다는 걸 상상조차 하지 못"(「이브의 거울」)하고 "묵묵한 받아들임"으로 일관하는 희주, 위선적인 남편에게 욕 한번 못해보고 "개새끼"라고 글씨로 써서 혼자 읽으면서도 "온 몸이 벌벌 떨"릴 정도로 순진한 아내(「2와 2분의 1」), 남편이 외도를 하기 전까지는 "그때만 해도 순종적이고 남편을 무서워하는 여리고 세상 물성 모르는 주부"(「유리 구두」)였던 아내들, 이 아내들은 남편의 외도로 인해 부부 관계의 파경을 맞게 되자 자신의 순진 무구한 삶이 여성을 억압하는 이데올로기를 내면화한 결과라는 것을 깨닫는다. 그러한 각성 끝에 그녀들은 정숙이니 순결이니 하는 이데올로기를 설파하는

"그들에게 달려가 머리채를 낚아채서 마구 짓밟아버리고 싶다. 그리고 거리로 뛰쳐나가 나 같은 스타일의 여자들은 뺨을 한 대 쳐버리고 그놈의 정숙이니, 순결이니 하는 따위의 것들은 집어 내던지라고 소리지르고 싶다. 그녀들이 나를 미친년 보듯하며 얼얼한 뺨을 만질 때 나는 다시 한번 큰 목소리로 남자는 정숙하냐! 순결하냐구! 그걸 자기 생의 가장 중요한 것으로 생각하냐구! 그것 때문에 살아가는 데 언제나 자기 육체에 대해 조심하고 겁내냐구! 하며 바락바락 소리지르고 싶다"(「유리 구두」)는 인식의 전환을 얻는다.

이러한 각성의 플롯은 앞서 살펴 본 것처럼 패배자인 아내와 무서운 사회의 대변자인 남편이라는 구성에서 비롯된다. 그러나 본질적으로 이러한 각성의 플롯은 순진무구한 착한 아내로부터 (각성한) '미친 / 나쁜 여자'로의 급격한 전환에 의해 구성된다. 문제적인 것은 이러한 구성이 도식적이라거나 인물의 성격 전환의 매개가 없다는데 있는 것만은 아니다. 오히려 이러한 구성의 문제점은 이러한 각성의 플롯이 순진무구한 착한 아내와 각성한 미친 / 나쁜 여자라는 여성에 대한 남성적 환상을 고스란히 반복하고 있다는 데에 있다. 남성적 환상 속에서 여성은 순결하고 무구한 여성, 악녀, 미친 여자, 창녀 등의 남성적 범주로 구성된다. 또 이때 순결하고 무구한 여성은 주로 어머니, 아내 딸들처럼 가족 속의(남성적 가부장의 지배하에 놓인) 여성들의 이미지로 그려진다. 또 남성적 환상 속에서 미친 여자, 악녀, 창녀들은 가족 밖의, 혹은 공공 영역의 여성들을 표상하는 데 동원되는 이미지이다.

이러한 순진무구한(혹은 정숙한) 여성으로부터 미친 여자로의 이미지의 전이는 부부 관계의 권태를 다루고 있는 작품들에서도 드러나는데 "참을 수 없는 권태, 시간이 주는 잔인한 형벌"(『폭우』)에 사로잡혀 있는 아내는 남편에 대한 증오와 분노를 낯선 섬 사내와의 외도로 해소한다. 그리고 그 해소의 끝에서 여자는 "갑자기 미친 여자로 돌변"하여 발작적인 웃음으로 낯선 섬 사내를 공포로 몰아 넣는다. 여기서 남편과의 부부 생활 속에서 정숙하고 권태로운 또는 분노와 증오에 사로잡혀 있던 아내는 낯선 남자와의 외도의 순간, 즉 가족 관계의 바깥으로 나서는 순간 미친 여자의 이미지로 전이된다. 그리고 이러한 이미지의 전이를 통해 아내의 남편에 대한 분노는 해소되고 그녀는 다시 정숙한 아내로 따뜻한 가족의 품으로 돌아온다. 그리고 그러한 집으로의 귀환에서 얻은 진실은 부부 관계란 "그녀가 바라는 열정적인 사랑은 아니지만 연민과 서로에게 우정같은, 아니 우정을 넘어선 가족애"(『폭우』)에 의해 새롭게 정립된다는 것이다. 가족 속의, 부부 관계 속의 순진무구한 아내에서 원망과 분노로 가득 찬 '미친 여자 / 악녀'로의 여성 이미지의 전이는 남성적 환상에 의해 창출된 순결한 여성들과 미친 여자, 창녀, 악녀의 이미지를 고스란히 반복한다.

차현숙의 소설들은 표면적으로는 왜곡된 부부 관계와 가족 제도에 의해 패배자가 되어 버리는 여성의 삶을 극적으로 부각시키는 것처럼 보이지만 이러한 극적 효과가 실상은 여성에 대한 남성적 환상의 재생산에 의해 구성된다는 점에서 매우 문제적이다. 이러한 텍스트 내적인 모순에 의해 결혼 제도의 피해자임을 깨달은 아내가 남편에게 가하는 복수가 결국 가족의 신성함을 강조하는 역설적인 귀결을 보여주게 된다.

자신이 어떤 인간인가 하는 걸 제대로 알려면 부모가 뭔지, 자식이 뭔지를
지옥처럼 겪어봐야 해요. (「2와 2분의 1」)

아이를 낳아봐야 인간이 되고, 결혼을 해야 사람이 되고, 부모
가 되어봐야 인간 노릇을 한다는 등의 수사들은 가족 관계를 인간
본연의 것으로 의미화하는 가족 이데올로기의 전형적인 문법이다.
위의 구절은 지금까지 가족의 일을 담당했던 아내가 남편에게 가
하는 명령이라는 점에서 (남성에서 여성으로의)발화자의 위치에서만
차이가 있을 뿐 가족 이데올로기의 문법과 체계를 고스란히 반복
하고 있는 것이다. 이러한 문제는 단지 차현숙 소설의 문제에 국
한되기보다 이른바 페미니즘이 처해있는 현재적 딜레마와 관련된
다. 차현숙 소설이 보여주는 각성의 플롯이나 피해자인 아내들의
목소리를 전달하는 방식들은 여성의 삶의 모순을 소설화하는 작
품들에서 자주 발견된다. 그리고 이러한 작품들이 한편으로는 여
성의 목소리를 사회 전면에 내세우는 효과를 발휘하는 것처럼 보
이지만 실상은 소위 커져 가는 여성들의 목소리에 대한 반발감을
표명하는 반페미니즘적 정서를 합리화시켜주는 이데올로기적 효
과를 생산하게 된다.
　소위 90년대는 문학의 영역에서 여성 작가들의 약진과 여성적
삶에 대한 관심이 고조된 시기이지만 한편으로는 여성적인 것에
대한 거부감과 반발 심리 또한 극대화된 시기이기도 하다. 소위
사회적으로 만연한 이른바 페미니즘적 정서에 대한 반동 심리인
이러한 거부감들은 주로 페미니즘에 대한 대중적 이미지를 통해
유통된다. 특히 대중 매체를 통해 유행처럼 번진 이른바 페미니즘

적 정서는 대중들에게 주로 여권 신장에 따른 가족 해체의 위기감으로 각인된다. 바람난 여자들, 집을 뛰쳐나가는 여자들, 이 때문에 무기력해진 아버지들, 밖으로 떠도는 아이들……. 이것이 오늘날 한국 사회의 대중에게 각인된 페미니즘에 대한 이미지이다. 그리고 이러한 페미니즘에 대한 대중적 이미지는 여성에 대한 남성적 환상에 의해 창출된 것이다. 따라서 페미니즘에 대한 거부감은 실상 남성적 환상에 의해 구성된 페미니즘의 이미지에 의해 구성된다. 남성적 환상 속에서 페미니즘은 이전에는 조신하게 집에 잘 있던 순진한 여자들을 충동질해서(각성시켜서) 바람나고 미쳐 나대고 집밖으로 뛰쳐나가게 하는 그런 것이다. 물론 페미니즘은 기존의 가족 제도와 남성 중심적 이데올로기에 대한 전면적 해체라는 점에서 남성적 권력에 대한 심각한 위협으로 인식될 수밖에 없다. 그러나 페미니즘이 남성 / 여성이라는 정체성을 비롯한 근대적 구성물에 대한 해체와 재구축의 작업이라는 점에서 페미니즘이 여성의 문제로 환원될 수는 없다. 그러나 실상 90년대 들어 생산된 많은 작품들 속에서 페미니즘은 여성의 문제라는 협소한 테두리를 재생산하고 있는 측면이 존재한다. 페미니즘이라는 기치 하에 작가들과 비평가들이 여성적인 것, 여성적 언어, 여성 문제에 골몰해 있는 동안 페미니즘은 '여자들, 너희들의 문제'로 환원되어 버렸다. 차현숙의 작품에서 확인되는 바와 같이 순진한 아내, 바람피는 남편, 피해자인 아내, 부부 관계의 권태로움과 일탈 충동으로 채색된 여성의 삶은 남성적 환상에 의해 구현된 여성의 이미지를 재생산할 뿐 아니라 남성적 환상에 의해 구성된 페미니즘에 대한 이미지를 더욱 극대화시킴으로써 이러한 남성적 환상에 의해 구성되는 페미니즘에 대한 대중적(남성적) 거부감을 합리화할 수 있는 역효과를 불러일으킨다는 점에서 더욱 문제적이다. 피해자인 여성, 권태로운 여성을 그릴수록 여성적인 것에 대한 사회적 권태를 유발하는 이데올로기적 효과에 갇혀버릴 수 있다는 것, 이것은 차현숙의 작품 뿐 아니라 오늘날의 한국의 페미니즘이 당면한 딜레마이기도 하다.

제 10 장
딸아, 괜찮다 괜찮아

1.

이 땅 어디메고 아름답지 않은 고장이 있으랴. 그러나 아직도 얼마나 뿌리내리기 힘 든 고장인가.

사십 세라는 이르지는 않은 나이에 작가라는 공식적인 이름으로 글을 쓰기 시작한 박완서 선생은 70년대 초반「카메라와 워커」라는 작품에서 이렇게 쓰고 있다. 작가의 작품에는 전쟁과 분단으로 뿌리를 송두리째 뽑힌 채 척박한 땅에서 어떻게든 "뿌리내리기

쉬운 무난한 품종"이 되기 위해 억척스럽게 살아야 했던 이 땅의 사람살이의 고통이 깊이 새겨져 있다. 그 고통은 때로는 망각의 세월 속에서 홀로 지난 시절의 고통에 몸부림치는 사람들의 모습으로, 때로는 이 척박한 땅에서 버둥거리는 인간 군상의 모습으로 나타난다. 작가의 작품을 관통하는 것은 이러한 인간에 대한 깊은 이해라고 할 수 있다. 작가의 작품 곳곳에서 발견되는 삶에 대한 여성주의적 시각 역시 이러한 인간에 대한 깊은 이해에서 비롯된다. 따라서 여성주의적 시각이나, 분단 문제에 대한 천착, 소시민적인 삶의 양태에 대한 탐색 등 작가의 작품을 이루는 부분적인 특질들은 파편화된 개별 특질이 아니라 인간에 대한 깊은 이해라는 더욱 근본적인 태도와 어우러지는 한에서 의미를 갖는다. 그러나 작가 박완서에 대해 말할 때 유독 여성주의적 시각의 문제만으로 이야기하는 경우를 종종 발견하게 되는 것도 사실이다. 이는 작가의 작품을 이루는 많은 어우러진 요소들을 부분적으로 이해하는 식의, 개별 작가에 대한 파편적인 이해에서 비롯된 것이라는 점에서도 문제적이지만 본질적으로는 우리 사회에 여전히 존재하는 여성주의라는 문제에 대한 이중적인 태도에서 비롯된 것이라고 할 수 있다.

우리 사회에서 여성주의란 여전히 의식적인 공감과 무의식적인 적대감이 혼재된 모순적인 대상이다. 물론 여성주의에 대해 의식적이고 노골적인 적대감을 표명하는 사람들도 많지만 자신이 조금이라도 진보적인 사고를 갖고 있다고 자부하는 사람들은 적어도 의식적으로는 여성주의에 대해 공감을 표명한다. 그러나, 여성주의가 협소한 의미의 여성문학으로 환원되는 현실에서도 확인되듯이 남성 중심적 문학제도에서 여성주의는 여성의 문제로 한정되면서 용인되는 딜레마에 처해 있다. 최근 문학계를 휩쓸고 있는 여성 작가에 대한 평가 역시 이러한 여성 문제에 대한 남성 중심적인 문학 제도의 이중적인 태도를 극명하게 보여준다. 문학의 위기로 통칭된 90년대 문학계에서 여성 작가들의 활발한 활동은 '거대서사의 붕괴', '이념에서 일상으로의 패러다임의 전환의 지표', '문학의 상업주의화 경향'의 흔적 등과 맞물린 부정적인 징후로 평가되는 경향이 점차로 팽배해지고 있다. 또한 개별 작가에 대한 긍정적인 평가는 여성 작가라는 통칭 속에서는 흔적조차 찾기 힘들 때가 많다. 여성 작가의 작품에는 소녀취향이라든가, 다듬어지지 못한 강퍅함이라는 꼬리표가 끝없이 따라 다닌다. 물론 최근 물밀듯이 출판되는 여성 작가들의 작품에는 이러한 우려를 충분히 불러일으킬 만큼 다분히 문제적이고 상업주의에 편승하는 작품들이 존재하는 것이 사실이다. 그러나 이러한 작품들의 문제는 개별 작가들의 차이 속에서 논의되어야 하며 문학계의 상업주의화 경향과 밀접한 연관을 갖는 현상이지 여성 작가라는 공통 분모로 매도될 현상은 아니다.

또한 여성 문제에 대한 우리 사회의 태도가 이중적인 만큼 여성 자신들의 태도 역시 이중적이다. 여성 운동을 가장 경멸하는 사람들도 여성인 경우가 많고, 반대로 생각은 급진적이지만 행동은 극도로 보수적이거나, 여성 문제에 대해서는 이성을 잃고 피해의식 속에서 극도로 감정적이 되는 경우도 많다. 여성 작가에 대한 부정적이고 모순적인 평가보다는 작가 개개인에 대한 온전한 평가가 더 많을 수도 있지만, 그러한 부정적인 평가에 대해서는 극도로 민감해지게 되는 것이 여성으로서 필자가 직면한 어쩔 수 없는 모순인지도 모른다. 어찌 보면 여성 문제에 대해서는 남자, 여자를 막론하고 우리 모두가 약간은 이성을 잃고 당황하거나 혼란에 빠지는 경우가 많은 지도 모른다.

여성 작가 박완서 선생을 만나러 가는 필자의 뇌리에는 이런저런 두서 없는 생각들이 줄곧 떠나지 않았다. 이런 저런 생각에 머리는 어지럽고, 괜스레 심사가 꼬이고 말소리도 높아지고, 체온도 올라가고 누구에게랄 것도 없이 화도 나는 것 같다. 그렇게 꼬이고 불만스럽고 투덜거리는 내 마음을 부드럽게 어루만지며 나직하게 속삭이는 소리가 들려오는 것 같았다.

딸아, 괜찮다 괜찮아.

작가 박완서 선생의 많은 작품 중에 나는 「엄마의 말뚝」연작을 참 좋아한다. 그중 마지막 편의 마지막 부분 때문에 나는 이 작품을 때때로 다시 꺼내 읽곤 한다. 별일 아닌 일로 속상할 때, 진짜 심각한 일로 속상할 때, 아무도 모르게 잠깐 울고 싶을 때 나는 이 작품의 마지막 부분을 혼자 몰래 꺼내 보곤 한다. 아들이 누운 곳, 고향이 지척에 있는 곳에 몸을 누이고 싶어했던 어머니, 어머니와 고통의 기억을 공유하며 살아 온 딸. 그 어머니와 남들이 모르게 둘만이 한 약속을 지키지 못하고 조카들의 뜻대로 어머니 누우실 곳을 정한 딸의 아픈 마음의 소리와 그 소리에 응답하는 나지막한 어머니의 목소리, 그 소리는 마치 어머니와 딸이 이 세상에서 처음이자 마지막으로 나눈 말인 것처럼, 꼭 그만큼의 애틋함과 안타까움으로 다가온다.

　　어머닌 부드럽고 나직하게 속삭이며 아직도 내 의식 밑바닥에 응어리진 자
　　책을 어루만지는 것 같았다. 딸아, 괜찮다 괜찮아. 그까짓 몸 아무데 누우면
　　어떠냐. 너희들이 마련해 준 데가 곧 내 잠자리인 것을.

　딸아, 괜찮다 괜찮아
하고 울리는 그 소리를 듣고 나면 왠지 진짜 괜찮아지는 것 같고,
조금은 너그러워지고 마음속에 잠시나마 품었던 미운 마음도 부
끄러워진다.

2.

　"요즘 집필 중인 작품이나 주된 관심사는 어떤 것인지요?"
　작가와의 대담의 서두는 이렇게 멋없고 경직된 질문으로 시작
되었다. 그러나 작가는 줄곧 필자의 멋없고 딱딱한 질문을 부드럽
고 재미있게 풀어냈다. 작품 얘기는 최근 본 영화 얘기로, 주변의
친구나 가족 얘기로 너무나 자연스럽게 이어지고 펼쳐졌다. 더 신
기한 것은 그렇게 두서 없이 풀려 가는 얘기들이 줄곧 얘기의 심
도를 더하게 하고 삶과 문학의 경계를 침투해 들어간다는 점이었
다. 작가는 아마도 자신의 글쓰기에 큰 영향을 미친 어머니로부터
그 뛰어난 얘기꾼 기질을 물려받은 것 같다.

작가는 지난 해 『그 산이 정말 거기 있었을까』를 발표한 이후로 휴식기를 갖고 있다. 등단 이후 매년 거의 장편과 중·단편, 에세이나 시평 등을 함께 써 온 작가로서는 당연한 일일 것이다. 또한 작년에는 건강도 좋지 않아져서 이번 기회에 육체적, 정신적으로 정리도 하고 휴식기를 가질 예정이라고 한다. 「환각의 나비」나 「마른 꽃」과 같은 최근의 작품들을 보면 노년의 삶에 대한 작가의 관심이 예전보다 더 각별해졌음을 알 수 있다. 「오동의 숨은 소리여」 같은 작품들에서도 줄곧 젊은이들의 시각에서는 알 수 없는, 또는 젊은이들의 시각에 의해 소외되고 밀려난 노년의 삶에 대한 작가의 특별한 관심이 드러나기도 한다. 몇 년 전 사랑하는 사람들을 떠나보낸 고통의 기억이 작가로 하여금 죽음에 대해 각별한 관심을 갖게 한 계기이기도 할 것이다. 「환각의 나비」에서 작가는 죽음과 삶, 이 세계와 저 세계 사이의 건널 수 없는 단절이랄까, 차이에 대해 이렇게 쓰고 있다.

> 암만해도 저건 현실이 아니야, 환상을 보고 있는 거야. 영주는 그래서 어머니를 지척에 두고도 한 발자국도 앞으로 나가지 못했다. 그녀가 딛고 서 있는 곳은 현실이었으니까. 현실과 환상 사이는 아무리 지척이라도 아무리 서로 투명해도 절대로 넘을 수 없는 별개의 세계이니까.

"아무리 지척이라도, 아무리 서로 투명해도 절대로 넘을 수 없는 세계", 그 세계는 현실과 환상 사이만큼, 삶과 죽음 사이만큼, 살날만 남은 젊은이의 나이와 "늙는 일밖에 안 남은 나이를 죽음보다 더 두려워하는" 노인의 나이 사이만큼이나 멀리 떨어져 있는 세계이다. 작가는 "최근 들어 부쩍 노년의 삶에 대해 관심을 두게 된 이유가 있습니까?"라는 질문에 아주 가볍게 "이번에는 이 문제에 관심을 갖고 이게 끝나면 저 문제에 관심을 가져봐야지 하는 식으로 특별히 의식적으로 관심을 갖는 것은 아니예요"라며 얘기를 꺼냈다. 작가는 언제나 그랬듯이 그저 "내가 가장 잘 아는 것"을 쓸 뿐이라고 한다. 『나목』이나 「엄마의 말뚝」 연작 등의 작품들이 작가의 젊은 날의 삶을 온통 장악하고 있던 분단과 전쟁으로 인한 고통의 기억을 토대로 한 것이었다면, 일상적 삶 속에서 여성이 직면하는 여성으로서의, 인간으로서의 불평등과 모순을 그린 작품들 또한 작가의 삶 속에서 "가장 잘 아는 것"이기 때문에 독자들에게 너무나 생생하고 현실적인 생동감으로 다가온다. 이제 노년에 접어든 작가는 자신이 가장 잘 아는 노년의 삶에 대해 자연스럽게 관심을 기울이게 된 것이다. 그러나 개인들의 삶 속에 깊은 흔적을 남긴 분단과 전쟁, 인간적 불평등에 대한 "가장 잘 아는 것"에 대한 이야기가 언제나 그에 대한 냉철한 비판과 탐색으로 이어지는 것과 마찬가지로 노년의 삶에 대한 작가의 이야기 역시 삶의 중심부로부터 밀려난 노년의 삶의 권리에 대한 비판적인 문제제기로 이어지고 있다. 작가는 젊은 사람들의 시각에 의해 이해되지도 못하고 그저 다 산 사람 취급이나 당하는 노년의 삶을 그들 자신의 시각에 의해 삶의 중심부로 복권시킨다. "지금까지 젊은 사람들이 늙은 사람들을 소외시켜 온 것이 사실이고, 나이든 사람들도 그저 젊은 사람 눈치 보기가 급급하게 살아왔지요. 그러니까 이제는 노인들도 제 목소리를 내도 되지 않을까……"라며 웃음으로 말을 맺는다.

사실 이번 대담을 준비하면서 필자는 작가 박완서 선생의 개인적인 삶보다는 조금 딱딱한 얘기들을 하기로 작정했었다. 물론 내내 필자는 이런 딱딱한 질문들만을 내놓았지만 작가는 줄곧 이 얘기들을 자연스럽게 풀어내곤 했다. 대담 곳곳에 작가의 웃음이 스며있어 딱딱하고 경직되어 우스워진 필자의 얼굴도 진짜 웃는 얼굴로 돌아오곤 했다.

작가의 작품은 "기억으로서의 소설"이라는 소설 장르의 특질과 아주 가깝게 맞닿아 있다. 『그 산이 정말 거기 있었을까』는 제목 그대로 기억에 관한 소설이라고 할 수 있다. 이 작품의 서두에서 작가는 "'우리가 그렇게 살았다우.' 이 태평성세를 향하여 안타깝게 환기시키려다가도 변화의 속도가 하도 눈부시고 망각의 힘은 막강하여, 정말로 그런 모진 세월이 있었을까, 문득문득 내 기억력이 의심스러워지면서, 이런 일의 부질없음에 마음이 저려오곤" 했다고 쓰고 있다. 그러나 작가에게 기억이란 단지 "그런 모진 세월"만을 환기시키는 것은 아니다. 작가는 지난 시절에 바쳐진 기억은 사랑의 징표라고 말한다. 물론 작가가 단지 개인적인 기억에만 의존하여 글을 쓰는 것도 아니며 작가 박완서가 유달리 기억력이 좋은 것도 아니다. "자기 기억에 대한 취사 선택"이라는 점에서 "기억도 상상력의 일종"이라고 생각한다고 작가는 말한다. 사람마다 기억은 "어느 부분이 강하게 남아 있거나 때로는 어느 부분이 미화되고 증식하는 것이어서 상상력이나 다름없다"는 것이다. 상상력으로서의 기억에 대한 얘기 도중에 선생은 "저기 제는 나보다 고향에 더 오래 있었지만 고향에 대해 나보다도 훨씬 기억을 못해요. 제는 나보러 언니는 그런 게 다 기억이 나느냐고 해요. 자기는 하나도 기억이 안 난다고. 제는 거기를 지긋지긋해 했거든요. 결국 기억이란 사랑하기 때문에 존재하는 것이지요. 나는 고향을 너무나 사랑했어요"라며 아까부터 부엌에서 무언가 일을 하시느라 바쁜 동생 분을 끌어들이면서 말을 이었다(선생은 대담 틈틈이 부엌으로 들어가 동생 분의 일을 참견하시는 것 같았다. 아마도 오이지를 무치는 것인지 "아니야 그건 맑은 물이 나올 때까지 꼭 짜야돼" 등등).

사랑의 징표로서의 기억, 상상력으로서의 기억에 대한 얘기를 들으면서 작가의 작품 곳곳에 말 그대로 서사시적인 세계로 펼쳐지는 박적골의 모습과 함께 필자의 눈앞에 떠오른 것은 아쿠아마린의 푸른빛이었다. "깊은 바다에 애인을 빼앗긴 청년이 따라 죽는 대신 바다 빛깔 결정체에다 자신의 혼을 수없이 던진 이야기"를 간직한 아쿠아마린이라는 보석은 「마른 꽃」의 분위기를 시종 푸른 바다의 빛깔로 가득 차게 했다. 그러나 「마른 꽃」에서 아쿠아마린이라는 보석이 간직한 전설의 푸른색이 빛을 발하는 것은 노년의 삶과 사랑을 둘러싸고 있는 낭만을 허용하지 않는 무미건조한 현실을 통해서이다.

필자는 이 작품을 보면서 언젠가 우연히 본 「카이로의 붉은 장미」라는 영화를 떠올렸다. 텔레비전에서 방영된 영화를 우연히 본 것이어서 작품의 원 제목도 감독도 모르지만 그 영화는 오래도록 필자를 사로잡았었다. 공황기 미국을 배경으로 한 그 영화는 카이로의 붉은 장미라는 고대 전설에서 빌려 온 하나의 상징을 축으로 전개된다. 아내를 너무나 사랑한 이집트의 한 왕이 아내가 죽자 그 무덤에 아내가 좋아했던 장미를 새겨두고는 날마다 찾아가 아내를 바라보듯이 사랑으로 그 꽃을 바라보았더니 그 장미가 어느 날 붉은 진짜 장미가 되었다는 낭만적인 고대 전설 속의 상징은 낭만이

라는 것을 찾아보기 힘들게 된 현대인의 무미건조한 삶 속에서 예
술이 갖는 상상력과 사랑의 문제로 변형된다. 공황기의 미국 시골
구석에 그저 초라한 직장을 다니며 하루하루를 보내는 노처녀는 매
일 같은 영화를 수도 없이 보는 것이 유일한 낙이다. 그녀는 영화
속의 피사체를 너무나 사랑하여서 영화의 스크린을 뚫어져라 보기
도 하고 화면 속의 피사체와 말을 나누기도 한다. 그러자 어느 날
피사체 속의 그 인물이 화면 밖으로 나와 그녀를 찾아오고 온 세계
가 일대 소동에 휘말린다는 그 영화는 무미건조한 이 세계에서 예
술은 상상력을 통해 사랑을 회복하고, 상상력은 환상이나 허상조차
도 살아 움직이게 하고 현실로 불러들이는 위대한 힘을 갖고 있다
는 진실을 어느 예술론보다도 더 잘 보여주고 있었다. 「마른 꽃」의
아쿠아마린의 푸른빛은 카이로의 붉은 장미의 붉은 빛과 더불어 박
적골이라는 낙원을 온갖 아름다운 사랑의 색으로 뒤덮을 것이다.
또 그 아쿠아마린이나 카이로의 붉은 장미가 말해주는 것은 사랑이
란 저마다의 색깔을 갖고 있다는 것이다. 또 그 사랑의 색이 빛을
발하기 위해서는 무미건조한 무채색의 현실 속에서 길고 긴 또 다
른 싸움을 거칠 수밖에 없다는 것이다. 환갑을 맞은 여인의 사랑은
젊은 날의 불타오르는 사랑과 같은 색을 갖지 않을 것이다. 그러나
그 사랑은 푸르다 못해 투명한 아쿠아마린이라는 결정체처럼 자기
만의 사랑의 색으로 충만한 것이기도 하다.

애기는 자연스럽게 원초적인 기억이라고 할 고향에 대한 애기
로 넘어갔다. 작가의 작품에서 고향은 우리의 삶이 아직 자연과
친구이던 때, 사람들과 어우러진 열린 공간이던 때의 기억을 많이
내포하고 있다. 그러나 오늘을 사는, 또는 그런 기억을 가진 사람

들보다는 대도시의 아파트촌에서 어린 시절을 보낸 사람들이 더 많아지는 오늘, 작가는 이 대도시민들과 감수성에 있어서 어떤 차이를 느끼는지 궁금했다. 작가는 이렇게 말문을 열었다. "저는 그런 사람이 좋아요. 시골에서 어린 시절을 보내고 중, 고등학교는 시골의 소읍에서 나오고, 이건 지적 허영심일지 모르지만 좀 공부를 잘해서 대학은 서울 같은 대도시에서 나온 사람. 그런 사람들은 왠지 속이 깊어 보이고 달라 보여요." 작가는 언젠가 계간지의 지면을 통해 후배 작가 신경숙에게 비슷한 글을 띄운 적이 있다. 작가는 글을 잘 쓰는 것 말고도 후배 작가 신경숙에게 부러운 점은 시골 출신, 그것도 남도 출신이라는 것이라며 "신경숙 문학의 진국스러움을 더듬어 내려가면 뿌리가 그런 데 닿아있을 것 같은 느낌"을 받는다고 적고 있다.

젊은 작가 얘기가 나온 김에 최근 문단을 휩쓸고 있는 여성 작가의 열풍과 비판, 몇몇 작품들에서 나타나는 가족의 해체에 대한 급진적인 주장이나 여성들로 이루어진 새로운 가족 개념의 제기 등에 대한 작가의 생각을 들어보기로 하였다. 작가의 작품에는 여성이 현실 속에서 겪는 억압과 불평등, 남성적인 이기주의 등이 날카롭게 제기되는 동시에 전통적인 어머니들의 미덕이라든가 가족 관계의 중요성들이 서로 상충되는 것처럼 보이기도 한다. 또 「꿈꾸는 인큐베이터」나 다른 작품들, 또 대담들에서 작가는 여성이 일을 하기 위해서는 또 다른 여성이 희생되어야 하는 현실을 깨닫고는 이 문제에 대해 좀 회의적이 되었다고 밝히기도 하였다. 따라서 요즘들어 새로이 제기되는 여성 문제에 대한 작품이나 이에 접근해 들어가는 방식, 또는 여성 작가들이라는 통칭 속에 부여된 부정적인 의미에 대한 작가의 의견을 들어보고 싶었다. 이 대목에서 작가는 꽤 오래 말이 없었다. 한참을 생각하고는 어떤 질문에 대해서보다도 심각하고 진지하게 말을 이어갔다. "그것은 (최근 여성작가들의 작업) 기존의 고정관념이나 인습으로부터 자유로워지려고 하는 것인 것 같아요" 사실 최근 여성 작가들에 대해 어떻게 생각하시냐는 질문에 대해 작가는 이 말 한 마디 뿐이었다.

작가는 여성 작가들의 작품들에 대해서만이 아니라 최근 문학계에 나타나는 여러 현상이나 신인에서 기성, 중진 작가들에 이르기까지 물밀듯이 쏟아지는 작품들까지도 꼼꼼히 찾아보고 있었다. 물론 그러한 작업 역시 의식적으로 찾아보는 것은 아니지만 작가의 세상에 대한 창은 역시 책을 통해 나 있었다. 작가는 집으로 보내오는 십여 종의 계간지나 작품집, 소설들을 거의 다 보는 편이라고 한다. (작품이나 에세이에서 볼 수 있듯이 작가의 다독은 어려서부터의 버릇이었다. 또 작가의 집 거실에는 주로 젊은 층들이 많이 보는 시사 주간지나 영화 잡지들도 눈에 띄었다.) 작가가 문단과의 특별한 교류나 관계를 맺지 않으면서도 문학계 상황이나 현실 변화의 진폭을 민감하게 탐지하고 있는 것은 수십 년 동안 게을리 하지 않았던 책읽기의 덕이라고 한다. 물론 어느 글에서도 밝히고 있듯이 작가가 그토록 책읽기를 즐기는 것은 "남한테 읽은 척하기 위해서도, 시대에 뒤떨어지지 않을 정보를 얻기 위해서도 아니다." 작가에게 책읽기란 "책 쪽에서 나를 끌어 당겨주길 바라고 기웃대는 것이다."

요즘 흥미 있게 읽은 책들에 대한 얘기로 넘어가자 작가는 영화 얘기를 꺼냈다. 어떤 사람이 좋다고 권해서 「동사서독」을 두

번이나 보았다고 한다. 두 번이나?라고 필자가 속으로 생각을 품으려는 찰나에 작가는 "재미있어서가 아니라 도무지 줄거리가 이해가 안돼서요 두 번째로 볼 때는 종이를 갖다 놓고 화면을 보면서 쟤는 누구고, 또 쟤는 누구고 하는 식으로 적어가면서 봤어요 그 영화 어땠어요?" 갑자기 질문을 받고 필자는 또 잠시 당황했다. "그 감독이 요즘 젊은 사람들한테는 최고의 인기를 끌고 있죠"라며 어물거리자, "아 왕가이 감독이죠?" 하고 작가는 되묻는다. "근데 그 영화가 왜 그렇게 좋다고 하는 거죠?" 또 질문. "그 영화가 아마도 시간에 대한 나름의 탐색을 보이고 있어서 그런 건지……" 필자가 시간 얘기를 하자 작가는 기다렸다는 듯이 영화를 보면서 요즘 작가들이 많이 쓰는 시간의 교차나 병치 등의 기법들이 영화적 기법에서 왔다는 생각을 했다고 말을 잇는다. 또 작가는 영화를 볼 때 자꾸 줄거리를 따라가거나, '저 영화는 무슨 말을 하고 싶은 걸까' 하는 방식에 익숙해져 있어서 줄거리 자체가 이해가 안되면 영화 자체를 이해할 수 없는 곤경에 빠지게 되는 것 같다고 한다. 그런 경험에 비추어서 요즘 젊은 작가들의 작품도 마찬가지로 자꾸 줄거리를 이해하려고 할 것이 아니라 영화를 보듯이 부분 부분의 이미지를 보아야 하는 것이구나 하는 생각도 했다고 한다. 또 그 영화가 부분 부분의 이미지만이 아니라 시간에 대한 탐색처럼 무엇인가 거창한 듯한 그런 것들이 슬쩍슬쩍 들어가 있는 것처럼 요즘 작가들의 작품도 부분 부분의 이미지의 종합으로 구성되어 있으면서도 그 사이로 그런 거창한 듯한 얘기들이 끼어드는 방식을 보이는 것 같다며 요즘 젊은 작가들의 작품에 대한 작가의 시각을 언뜻 내비치기도 했다. 또 작가는 그런 작품들을 보면서 요즘 젊은 세대가 작가가 생각했던 것보다 더 유치한 구석이 있는 것 같다는 생각도 들었다고 한다.

요즘 작가들의 작품에 대한 얘기를 듣는 김에 최근 문단에서 논의되는 여성성에 대한 이야기를 주제로 삼아보았다. 여성성은 억압되고 소외된 여성의 삶을 현실의 중심부로 불러들이는 긍정적인 역할을 하지만 여성성이라는 이름으로 여성을 제한된 위치에 묶어 놓는 족쇄가 되기도 하는 이중적인 것이다. 작가의 작품에서 여성성은 줄곧 평등한 삶과 권리의 문제로 제기되었다. 물론 작가의 작품에 드러난 남성상이 편협하거나 비인간적이고 왜소하게 그려지는 경향이 있다는 비판도 제기되곤 했지만 작가의 작품에서 여성성은 남성성과 대타적인 것이라든가 남성성에 대한 대안으로 나타나지는 않는다.

"여성적인 것은 있는 것 같아요. 온순하고 섬세하고, 조화롭고 그렇지만 여자가 꼭 여성적인 것만도 아니고 남자가 다 남성적인 것만도 아니지요. 문제는 이 여성적인 것이 약한 것으로서 강한 것에 의해 억압되어왔다는 것이지요. 사실 남성들은 여전히 기득권을 갖고 있고, 우리 사회는 여전히 남성성에 의해 지배되는 사회 아닙니까? 옛날에야 남성들이 힘으로 해야 할 일들, 뭐 농사나 사냥이나 이런 것들 때문에 남성적인 것이 지배했다고 하지만, 옛날에는 힘 좋은 남성들이 하던 도배며 청소 같은 것이 지금은 죄 여자들 몫이 되어버렸죠. 오히려 요즘은 여자들이 육체적으로 힘든 일을 주로 많이 하죠. 이것은 결국 사회에서 육체적인 일들을 저급한 노동으로 보는 사회가 되니까 여성들이 그런 일에 내몰리고 정신 노동이나 섬세한 일들은 주로 고급 영역이 되었는 데도 오히려 남자들이 다 차지하고 있죠. 결국 이 사회는 여전히 남성들이 기득권을 갖고 있는 사회이니까, 기득권을 빼앗는 일이 중요하죠. 여성 운동 하는 사람들더러 너무 한다거나 하는 비판도 많지만 기득권을 갖고 있는 사람들한테 뺏으려면 운동이 필요할 수밖에 없죠."

기득권을 갖고 있는 사람으로부터 빼앗아 오려면 운동이 필요하다는 대목에서 작가는 역시 예의 웃음으로 말을 마무리하였지만 이번에는 웃음보다는 운동이라는 말의 파장이 필자에게 오래도록 남았다. 인간의 삶은 다 그렇겠지만 여성의 삶만큼 이중적인 것도 없다. 특히 요즘의 젊은 세대인 우리 세대는 머리는 급진적이지만 몸은 보수성에서 벗어나기 힘든 경우가 많다. 또 페미니스트라는 말이 그저 싸움꾼과 동의어처럼 인식되는 경우도 많고 삶의 작은 영역들에서 벌어지는 문제들에 대해 일일이 대처하다 보면 하루하루가 피곤한 삶의 연장이 되기 쉽다. 물론 사람은 각자마다 제 몫의 삶이 있게 마련이어서 각자의 삶 속에서 부딪치는 문제들은 가지각색이고 그 문제들을 하나의 도식으로 묶어낼 수는 없을 것이다. 인생의 선배로서 작가는 여성의 삶에 있어 가장 큰 질곡을 무엇이라고 생각할까?

작가는 이전에는 여성이 부딪치는 가장 큰 문제가 가사 노동이라고 생각했었지만, 지금은 오히려 남자의 집이 여자에게 주는 억압이 큰 문제라고 생각된다고 한다. "남자의 집이 여자에게 주는 억압이 사라지지 않는 한 여성들이 결혼을 두려워할 수밖에 없는 현실이 지속된다고 생각해요. 남성 우위의 사회에서는 남자의 집은 곧 권리를 가진 집단을 의미하죠. 아들은 곧 권리라는 생각 때문에 여자에 대한, 또는 여자 집에 대한 억압이 아무렇지도 않게 지속되고 있는 것이죠" 남자의 집이 여자에게 주는 억압의 문제는 단지 남자의 집 사람들의 개인적인 인격이나 도의 등의 차원의 문제는 아니다. 며느리를 딸처럼 이해하고 배려하는 시부모들도 많고, 시댁보다는 친정과의 관계로 불화를 겪는 부부들도 많을 것이다. 남성 위주의 사회에서 권리를 가진 집단으로서의 남자의 집이라는 권력이 가하는 억압은 이러한 개별적이고 개인적인 차원의 문제라기보다 사회 구조 차원의 문제일 것이다. 그러나 사회 구조 차원의 모순에서 비롯되는 남자의 집이 가하는 억압은 개인적인 삶 곳곳에 미풍 양속이나 도리 등 이데올로기적인 편견이나 관습으로 작동되기 때문에 이에 위배되는 경우 사회로부터 도덕적이고 윤리적인 지탄의 대상이 되기 쉽다.

사실 대담을 준비하면서는 여성 문제보다는 가능한 다른 문제에 초점을 맞춰서 얘기를 하려는 의도를 갖고 있었지만 필자나 작가 모두 여성의 삶에 대한 얘기, 즉 자신들이 가장 잘 아는 얘기를 하는 것이 맘이 편했던 것 같다.

대담도 막바지에 이르러 필자가 작가의 작품에서 가장 감동 받았던 부분 중의 하나인 어머니와 딸의 관계로 말머리를 돌려보았다. 작가의 작품에는 어머니 세대와의 끝없는 갈등과 마찰 속에서도 그 세대에 대한 어쩔 수 없는 공감의 지표들이 곳곳에 드러난다. 또 이 갈등은 단지 세대적 갈등의 차원에서만이 아니라 엄마와 딸의 관계라는, 딸들이라면 누구나 느껴보았을 미묘한 관계를 중심으로 드러남으로써 특히 여성 독자들에게 공감을 얻는 지점이다. 작가의 작품에서 엄마와 딸의 관계는 엄마와의 반목과 갈등과 때로는 증오심에도 불구하고 여전히 엄마의 말뚝에 놓여있는 딸들이 엄마에게 건네는 "눈물과 위안으로 잡는 최초의 악수"를 통해 그 감동의 진폭이 높아진다. 엄마와의 갈등에는 누구보다 강한 엄마에 대한 사랑이 자리잡고 있는 것이다. 작가의 작품 속에서 어머니의 모습이 그토록 다양하게 변주되어 자리잡고 있는 것은 바로 사랑의 징표로서의 기억의 흔적일 것이다. 작가는 그 공감과 사랑을 "고통을 공유한 세대로서의 동질감"이라고 표현한다. 또한 그 세대는 오늘의 세대에 비해 좀더 "튼튼한 가치관과 기본"을 유지하고 있었던 세대로 작가에게 남아있다. 그 세대는 오늘의 세대보다 "덜 개인주의적"인 세대였기 때문에 자연스럽게 그 세대와의 공감대가 더욱 많은 것 같다고 한다. 물론 작가의 작품에서도 나타나듯이 그 세대의 가치관이 온전히 튼튼한 것만은 아니었다. 그 세대들의 가치관은 바로 오늘의 세대의 가치관 상실을 낳은 그 가치관이기도 하다. 그러나 그들 세대가 올곧게 지키고 있던 "기본"들 마저도 오늘의 세대는 망각의 저편으로 보내버린 것도 사실이다.

작품과 달리 실생활 속에서 기억하는 작가와 어머니의 관계는 "큰 소리 한번 내보지 않은" 관계였다고 한다. 그러나 어머니가 돌아가셨을 때 작가는 어머니와 관계를 잘 해냈다는 안도감이 컸던 것도 사실이라고 한다. 이 세상에서 좋아하는 사람들을 한꺼번에 잃고 심한 고통 속에 있을 때 천수를 누리시고 돌아가신 어머니의 죽음은 그렇게 큰 고통으로 다가오지는 않았었다고 한다. 그러나 요즘 늦은 밤 홀로 깨어나 이 세상에 없는 사랑하는 사람들을 떠올릴 때면 어머니가 없는 자리로 밀려드는 고통은 참척(慘慽)의 고통만큼, 오히려 그보다 더 큰 아픔으로 밀려오곤 한다고 한다. 딸만 가진 친구가 하도 서운해하기에 딸이 부모에게 갖는 애틋함을 말해주려고 그런 얘기를 해줬다며 작가는 담담하게 말을 이었다. 그러나 그 담담한 말을 듣고 있는 필자의 뇌리에는 늦은 밤 홀로 깨어 사랑하는 사람들을 기억하며 서성이는 작가의 어두운 그림자가 떠나지를 않았다.

어두운 그림자를 지워버리기 위해 대담의 마지막은 작품 얘기로 돌아갔다. 박완서 선생의 작품을 본 사람이라면 누구나 작가의 작품 속에 인간에 대한 깊은 공감과 연민과 애정이, 인간의 욕망이나 이기심 등에 대한 적나라하고 때로는 무서우리 만치 냉정한 탐색과 공존하고 교차한다는 것을 알 수 있다. 작가로서가 아닌 인간으로서 선생은 어느 쪽에 가깝다고 생각할까?

"실생활에서는 남에게 싫은 소리를 하거나 누구의 부탁을 거절하지를 못해서 곤란해진 적도 많아요. 이건 자기 분석이라고 할 수 있는데 실생활에서는 작품에서처럼 꼬집는 것이 억압되어 있는 것 같아요. 실제로는 남들에게 싫은 소리, 독한 소리를 못해봤어요. 어릴 때는 곧이곧대로 말하는 성격이었는데 어머니가 부덕(婦德)이라든가 그런 것을 통해 여자다운 애로 기르려고 하시면서 그러한 성격이 억압된 것 같아요. 그래서 그런 억압이 습관화된 것 같아요. 학교 때 친구들은 제 소설을 보면 "애, 네가 어떻게 그런 독한 얘기를 하니"라며 놀라거든요. 꼬집고 독한 소리하는 것은 제게 감춰진 면인 것 같아요. 어떤 때는 그런 글을 쓰면서 그런 말들이 억제할 수 없을 정도로 쏟아지는 것을 느껴요. 아마 내 자신의 양면성이라고 할 수 있을 거예요."

3.

 이런저런 얘기와 수다로 시간이 많이 흘렀다. 사실 대담은 필자의 서투름 때문에 삐걱거리는 점도 많았다. 또 딱딱한 얘기로 진짜 하고 싶은 얘기는 못한 것은 아닌지, 작가의 말을 자연스럽게 이끌어내기보다는 질문하기에 급급한 것은 아닌지 하는 걱정스러운 마음도 남았다. 작가가 자연스럽게 터득한 부드러움과 여유와 넉넉함을 갖추기에는 나는 아직 젊고 조급하고 여유가 없는 것 같다.

 떠나보낸 사랑하는 사람들 얘기를 할 때도, 거북스런 질문을 받았을 때도, 또는 질문의 요지가 뭔지 영 아리송하기만 할 때도 작가는 웃음을 잃지 않았다. 작가를 만나 본 사람이라면 누구나 그 웃음이 정말 삶의 깊은 그늘 밑에서 길어 올려진 웃음이라는 것을 알 수 있을 것이다. 그래서 그 웃음은 조금, 아주 조금은 쓸쓸함을 갖고 있는 웃음처럼 보였다. 그래서인지 작가의 환한 웃음 뒤에서 늦은 밤 홀로 깨어나 서성이는 그림자를 본 것도 같다. 괜히 내 감정에 겨워 약간은 우울한 마음으로 지하철 계단을 내려갈 때 누구에게랄 것도 없이 이런 소리가 들린 것도 같았다.

 딸아, 괜찮다 괜찮아.

(1996년 가을)

동상이몽의 로맨스

박완서와 배수아

1. 로맨스를 꿈꾸는 시대

일반적으로 남녀 관계에서 여자들은 사랑을 원하고 남자들은 섹스를 원한다고들 말한다. 그 말은 어느 정도 진실인지 모른다. 여성들은 대체로 친밀성과 애정을 통해 존재의 충만함을 느끼는 경향이 있다면 남성들은 대체로 야성적인 섹스에 대한 무용담을 통해 자기를 확인한다고 한다. 여성과 남성의 대체적인 경향이라고 일반적으로 말해지는 이러한 진술은 실상 남성적 영역과 여성적 영역의 이분화에 의해 작동되어 온 근대의 역사적 산물일 뿐이다. 젠더의 배타적인 경계 속에 갇힌 현실의 남성과 여성 역시 사랑을 통해서건 부부 관계를 통해서건 서로가 하나가 된다는 것은 현실적으로 거의 불가능하다. 충족감을 주는 관계의 불가능함은 개별 존재들에게 일종의 존재의 결핍감을 안겨주기 마련이다.

최근 한국 사회의 두드러진 문화 경향 중의 하나가 로맨스의 붐, 혹은 "불륜"의 붐이다. 문학의 경우 이러한 로맨스와 불륜을 다루는 소설들은 주로 여성 작가들의 작품에서 발견된다. 그리고 여성 작가들의 작품에서 로맨스와 불륜은 근대의 배타적인 젠더 경계 속에서 소외되고 억압되어 온 여성의 충만한 관계에 대한 선망과 존재의 결핍감을 채우려는 보상 심리의 한 표현이다. 물론 로맨스와 불륜을 통해 충만한 관계와 존재의 결핍감을 채우려는 시도들은 그 자체로 낭만적 사랑에 대한 이데올로기를 재생산하는 과정이라고 볼 수도 있다. 이런 점에서 본다면 근대의 메커니즘 속에서 억압되어 온 여성의 자유롭고 독립적인 관계와 삶에 대한 요구들이 로맨스의 형식을 빌어 표현되는 것은 매우 모순적인 것처럼 보이기도 한다. 그러나 이러한 현상에는 한편으로는 근대 체제 속에서 감성 노동의 수행자 역할을 할당받은 여성들이 이로 인해 소위 공적 영역으로부터 배제되어 온 한편 감성 노동 혹은 친밀성의 영역의 전문가가 되게 된 후기 현대의 역설적인 상황이 놓여 있다고도 보인다. 또한 소위 요즈음의 여성 작가들의 작품에서 드러나는 로맨스나 불륜의 형식은 주로 여성의 자유롭고 독립적인 새로운 삶의 모델을 구축해 가는 과정의 일환으로 드러난다. 또한 로맨스나 불륜의 형식들이 사랑이라는 문제를 통해 정체성의 서사를 구축해 간다는 점에서 로맨스와 불륜의 붐이라는 문화적 현상 속에서 사랑이나 섹슈얼리티와 같은 친밀성의 영역이 문제적인(problematic)것으로 대두되는 후기 현대의 특징적인 면모를 확인할 수 있다.

그러나 로맨스를 꿈꾸는 사회적 욕망의 한켠에는 바로 이 로맨스의 미학과 서사를 위반함으로써 다른 관계와 다른 정체성을 꿈꾸는 욕망이 공존한다. 박완서의 『아주 오래된 농담』은 남녀 관계 속에서 여성은 사랑을 원하고 남성은 섹스를 원한다는 오래된 근대의 문법을 뒤집어 보인다. 박완서의 작품에서 이 오래된 근대의 문법은 남녀 관계 속에서 남성은 사랑을 원하고 여성은 자유를 원한다는 새로운 진술로 변환된다. 이는 근대의 메커니즘 속에서 사랑과 자유라는 영역으로부터 배제되어 온 남성과 여성이 로맨스의 형식 속에서 새로운 방식으로 대면하게 되는 상황을 정확하게 반영하는 것이다. 또 배수아의 『나는 이제 니가 지겨워』는 집요한 남성들의 애정 공세[romancing]가 여성의 정체성의 서사를 가로막는 남성적 간섭[male scrutiny]의 다른 이름이라는 것을 냉정하게 파헤친다. 로맨스에의 요구는 남성적 간섭의 다른 이름이며 여성들은 이 지긋지긋한 애정 공세, 혹은 로맨스에의 요구로부터 해방되기를 갈망한다. 이 두 작품은 사랑하는 대상과의 동일시와 타자가 자기를 발견해 줌으로써 비로소 자기 정체성이 인정받기를 소망하는 로맨스의 형식으로 기술되는 정체성의 서사와는 매우 이질적인 정체성의 서사를 구축한다. 두 작품은 어떤 점에서는 로맨스로 기술되는 정체성의 서사에 대한 해석적 작업의 일환이라고 할 수 있다. 그런 점에서 『아주 오래된 농담』과 『나는 이제 니가 지겨워』는 로맨스를 꿈꾸는 사회의 모순된 욕망의 구조에 대한 해석학적 작업이자 이를 통해 다른 정체성의 서사를 기획하는 새로운 문화적 경향을 대변한다고 할 수 있다.

2. 동상 이몽의 로맨스―후기 자본주의 시대의 로맨스

최근 장편으로 출간되어 문학적으로나 대중적으로 큰 호응을 얻은 박완서의 『아주 오래된 농담』(실천문학사)은 가족―시장이라는 두 가지 틀을 중심으로 우리 삶을 구성하는 이데올로기―자본 복합체의 중층적 구조를 그려내고 있다. 특히 『아주 오래된 농담』은 이데올로기―자본 복합체의 형식으로 이질적이면서도 동질적인 원리로 구성되는 가족―시장이라는 메커니즘이 여성의 삶을 어떻게 철저하게 억압하고 관리하며 마침내 파괴하는지를 냉철하게 추적하고 있다. 작품은 성공한 의사인 중년 남성 영빈과 그의 가족들, 그리고 영빈의 누이 영묘와 그녀의 시집 간의 갈등적인 관계를 중심으로 구성된다. 영묘의 시집은 "돈과 혈통의 동일시와, 그 두 가지를 꼭 한 묶음으로 지켜내려는 가부장의 인정사정 없는 의지"를 체현하고 있는 집안이다. "가정도 기업 윤리로 운영되는 것처럼 억압적"인 영묘의 시집은 혹시나 생길지도 모르는 유산 파동을 막기 위해 시한부 생명인 아들 경호가 자신의 병에 대해 알지 못하도록 철저하게 계산된 논리로 일관한다. 작품은 경호의 죽음을 둘러싼 시집과 영묘, 그리고 영빈 가족 간의 갈등을 한 축으로 하면서 이러한 허구 덩어리의 가족 관계와 가장의 짐으로부터 탈출하고자 하는 영빈의 모순적인 욕망을 중심으로 구성된다.

"가족이라는 게 이렇게 엉성한 허구 덩어리라는 걸 알고 있으면서도 만약 이 세상에서 가장 소중한 게 뭐냐고 묻는다면 가족이라고 대답하는 게 가장 정답인 걸로 돼 있는 모범적 시민에 지나지 않"는 영빈은 숨막히는 가족 관계의 억압과 가장의 짐으로부터 탈출하고자 하는 불가능한 욕망을 현금과의 불륜의 관계에서 해소하고자 한다.『아주 오래된 농담』에서 보여주는 가족─시장이라는 이데올로기─자본 복합체에 의해 억압되는 여성의 삶에 대한 탐색은 박완서 작품의 원점에서부터 지속되어 온 문제 의식이다. 박완서의 작품 세계는 한국의 근대라는 메커니즘을 가족-시장-국가라는 삼각 구도하에서 이데올로기 자본, 국가의 복합적인 구조가 산출하는 모순을 탐구하는 일관된 면모를 견지하고 있다. 또한 표면적으로는 젠더 중립적인 듯이 보이는 자본, 국가의 복합적인 구조가 여성의 삶을 억압하는 구조를 탐색하는 과정을 통해 박완서는 자본과 국가의 젠더 중립성을 박탈함으로써 근대라는 메커니즘을 총체적으로 재검토하고 있다. 따라서 박완서의 작품에서 가족은 단지 사적인 영역에 대한 탐구가 아니라 자본-국가의 메커니즘과 결부되어 형성되고 재구성되는 이데올로기적 기구의 의미를 지닌다. 따라서 가족에 대한 탐구는 박완서에게 역사적이고 현실적인 변화에 따른 민감한 변화의 징후를 포착하는 주요한 거점이 된다.『아주 오래된 농담』에서 자본─이데올로기 복합체에 의한 모순에 대한 탐구와 함께 흥미로운 지점은 영빈과 현금의 불륜, 혹은 로맨스에 대한 탐색이다.

가족 모두가 방 하나씩을 차지하고 방마다 물건이 넘쳐도 집 속에서의 자신의 공간이라고는 베란다의 좁은 창고뿐인 영빈은 "가족 안에 자신의 방이 없는 대신 자신이 가족을 한울타리 안에 보호하고 있는 단단한 외피라고 생각했다." 그리고 그는 "단단한 외피"로서의 역할을 하기 위해 성공한 의사로서의 삶에 더욱 매달려야 했다. 작품에서 현금과의 관계, 아니 현금에 대한 영빈의 애정 공세[romancing]는 바로 이러한 가족 속의 텅 빈 자리와 공적 영역에서의 단단한 삶 사이의 공허감에서 비롯된다. 아내와 어머니 사이의 평화를 위장한 갈등과 불화, 영묘의 시집의 기이한 행태에 대해 가장으로서 영묘를 책임져야만 하는 부담감, 그 속에서 영빈은 "그 안의 균형이 아슬아슬해질수록 가족이라는 본래의 외피는 견고해질 수밖에 없"는 가족 관계의 중압감에서 헤어 나오지 못한다. 그러나 어린 시절부터 선망의 대상이던 현금과의 우연한 만남과 그녀를 사로잡고자 하는 애정 공세, 그리고 그녀와의 불륜의 관계 속에서 영빈은 "아아. 이 평화, 이 무책임, 이것보다 더 좋은 건 없다"는 총족감을 느낀다. 영빈에게 현금과의 관계는 허울뿐인 가족의 신성함이라는 이데올로기와, 가장으로서의 부담감, 자본의 냄새가 스며든 위선적인 관계로부터 벗어나 관계 그 자체에 몰두할 수 있는 "순수한 관계"의 의미를 지닌다. 후기 현대의 인간 관계의 유형을 분석하면서 앤소니 기든스는 관계 외적인 다른 것에 의존하지 않고, 순수하게 관계 그 자체의 내적인 속성에 따라 형성되고 지속되는 관계를 순수한 관계라고 명명하였다(앤소니 기든스, 『현대 사회의 성·사랑·에로티시즘』). 즉 순수한 관계란 사회적 관계가 그 자체를 목적으로, 즉 개인이 다른 사람과 나누는 지속적 교제에서 파생될 수 있는 것들을 목적으로 시작되는 상황을 의미한다. 영빈에게 현금과의 관계는 그러한 의미에서 순수한 관계의 의미를 지닌다. 영빈은 가족과 병원, 즉 사적 영역과 공적 영역에서 의무와 관습과 억압과 당위에 의해 묶여지고 수행해야만 하는 관계들로부터 벗어나 현금을 통해 순수한 관계를 맛보고자 하는 강한 욕망에 사로잡혀 있다. 현금 역시 영빈의 이러한 순수한 관계에 대한 요구를 받아들인다. 그러나 이 순수한 관계를 통해 영빈과 현금이 추구하는 바는 이질적이라 할 수 있다. 영빈은 현금과의 관계를 통해 현실에서 불가능한 순수한 관계를 맺는 동시에 그 관계의 고리를 사랑, 혹은 로맨스로 엮어내고자 한다. 그러나 현금에게 영빈과의 순수한 관계란 현금 자신의 자기 결정권과 자유로운 욕망의 실현에 의해 그 매개 고리를 갖는 것이다. 즉 순수한 관계라는 형식 속에서 영빈은 사랑을 추구하고(로맨스의 추구) 현금은 자유를 추구한다.

이처럼 순수한 관계에 투영되는 영빈과 현금의 이질적인 욕망은 소위 후기 현대의 특징적인 국면을 반영하는 것이다. 성공한 의사로서 영빈의 삶은 실상 가족 속에서 정신적이고 물질적인 공간을 갖지 못한 채 그저 "단단한 울타리"로서의 역할밖에 수행하지 못하는 것처럼, 현대 사회에서 공적 영역에서 남자들이 누리는 지위가 친밀성의 구조 변동으로부터의 그들의 배제를 대가로 성취되어 온 것이라는 사실을 반영한다.

반면 어린 시절 집안의 몰락으로 돈의 위력을 실감한 현금은 오직 돈의 논리에 따라 자신의 의사로 돈 많은 남자와 결혼하고 남편과의 사이에 아이를 갖지 않기 위해 남편 몰래 철저하게 피임을 하고 절대로 집안에서 가사 노동을 하지 않는 여성이다. 자신의 부부 사이가 관계로서의 의미를 지니지 못한다고 판단하여 이혼을 하고 이제 돈 많은 이혼녀가 된 현금은 "단순 소박하고 외"로운 삶을 살아보고자 노력한다. 육체 노동에 매혹되어 농사를 지어보았지만 결국 실패하고 현금은 자신의 자유가 결국 미모와 돈이 뒷받침된 결과일 뿐이라는 걸 실감한다. 현금은 자유롭고 독립적인 삶의 형태를 갈구하지만 현실적으로 그녀의 선택지에 놓여지는 것은 미모라는 남성 중심적 이데올로기와 자본의 위력에 의해서 가능한 것들이다. 작품은 자유롭고 독립적인 삶을 모색하는 현금의 갈등을 통해 자본-이데올로기의 메커니즘으로부터 자유로울 수 있는 진정한 삶의 방식에 대한 새로운 고민의 형태를 보여준다. 현금에게 영빈과의 로맨스는 농사짓기에서 카페의 피아노 주자에 이르는 자유롭고 독립적인 삶의 방식(라이프 스타일에 대한 선택)의 일환이다. 현금에게 자유롭고 독립적인 삶에 대한 모색은 섹스 파트너와 식사 습관, 옷 입는 방식, 신체에 대한 자기 기율, 아이를 갖는 문제에 이르기까지 라이프 스타일에 대한 선택의 문제와 무관하지 않다. "집 밥"을 둘러싼 남편과의 집요한 싸움 역시 가사 노동을 둘러싼 아내와 남편 사이의 갈등의 측면보다는 라이프 스타일의 선택을 자기 정체성의 주요한 지표로 삼는 현금의 면모와 밀접한 관련을 갖는다. 남편에게 집에서 밥을 먹는 것, 즉 현금이 해준 밥을 먹는 것은 아내는 남편에게 밥을 해주어야 한다는 가부장적 이데올로기의 집요한 표현이었다. 반면 현금에게 집에서 밥을 해먹지 않는다는 것은 주부로서의 가사 노동을 거부한다는 의미와 함께 남편에게 "집 밥"을 해먹이는 삶의 스타일과 부부가 함께 외식을 하는 삶의 스타일을 선택하는 것이 부부 관계 속에서 그녀의 정체성을 설정하는 데 매우 중요한 상징적 의미를 지닌다는 것을 보여준다. 현금에게 이러한 라이프 스타일의 선택은 단지 주부로서의 역할을 수행할 것인가의 문제뿐 아니라 자신의 생활을 설계하고(삶에 대한 계획) 그에 입각하여 자신의 정체성을 구성하는 주요한 장치인 것이다. 이는 현금이 이혼 후 집에서 밥을 해 먹는 것이 자신의 삶에 있어서 매우 충족적인 경험을 구성한다는 것을 발견하고 "집 밥"을 먹는 라이프 스타일을 선택하는 과정과도 결부된다. 또한 현금에게 영빈과의 관계는 자유롭고 독립적인 섹스 파트너의 선택을 의미하며 동시에 집 밥을 해먹는 자신의 라이프 스타일을 공유할 수 있는 파트너의 선택을 의미한다. 현금에게 영빈은 로맨스의 대상이기보다는 자신의 삶의 패턴을 공유할 수 있는 파트너에 대한 선택을 의미한다. 그러나 현금은 아이를 갖기를 소망하게 되면서 영빈과의 이러한 관계에 균열을 느끼게 된다. 즉 자신의 삶의 패턴을 공유하는 파트너로서의 영빈과의 순수한 관계가 유지될 수 있었던 것은 그 관계가 다른 준거에 의해 유지되지 않는 순수한 관계였기 때문이다. 그러나 아이를 갖는다는 것은 로맨스든 자유로운 파트너 쉽이든 간에 둘 사이의 순수한 관계가 불륜이라는 외적 준거의 잣대로 미끄러지는 것을 의미하기 때문이다.

『아주 오래된 농담』에서 현금과 영빈의 관계는 로맨스를 통해서, 혹은 자유로운 섹스 파트너의 선택과 다양한 라이프 스타일의 선택을 통해서 새로운 생활을 설계하고 그 속에서 자기 정체성을 구축하려는 이 시대의 욕망의 구조를 반영하고 있다. 또 로맨스에 대한 선망과 자유롭고 독립적인 파트너쉽에 대한 요구, 다양한 라이프 스타일 속에서 행위 양태를 선택하는 것을 통한 정체성의 구축이 매우 이질적이면서도 동시대적인 욕망의 구조를 담지한다는 것을 작품은 명확하게 보여준다. 즉 『아주 오래된 농담』은 소위 불륜의 범람이라고 피상적으로 평가되는 요즘의 문화적 경향 속에 자리잡은 로맨스에 대한 욕망과 자신의 삶과 관계의 근본 요소로서 성적 쾌락을 추구하는 섹슈얼리티의 의미 변화, 다양한 라이프 스타일의 선택이 정체성의 구축과 관계 맺는 방식 등 말 그대로 친밀성의 영역에서의 구조 변동을 섬세하게 드러내고 있는 것이다.

형식적이고 무신경하고 동시에 의무와 습관으로 묶인 아내와의 관계와 달리 현금에 대한 애정 공세 속에서 영빈이 그녀가 무엇을 좋아하는지, 그녀를 방문해도 좋은지, 어떤 선물을 할까, 오늘은 무엇을 하며 지낼까를 고민하면서 그 로맨스의 들뜬 감정 속에서 생의 활기를 느끼는 것은 단지 낭만적 사랑이 주는 일시적 위안이라기보다는 그러한 관계가 끝없이 협상하고 열심히 해내야 하는 복잡한 상호 작용의 연속인 "관계[relationship]"라는 의미를 충족하는 영역이기 때문이다. 즉 로맨스를 꿈꾸는 사회의 집단적 무의식은 실상 가장 순수한 관계에 대한 갈망과 그를 통해 충족되는 정체성에 대한 갈망을 내포하는 것이다. 그리고 이러한 로맨스에 대한 갈망에 내포된 욕망의 구조는 다양한 라이프 스타일을 선택함으로써 자유롭고 순수한 관계를 구상하고 독립적인 파트너 쉽을 통해 진정한 관계를 꿈꾸는 욕망과 나란히 그러나 때로는 모순적으로 공존하는 것이다.

로맨스를 통해 현금과의 순수한 관계를 유지하고자 하는 영빈에게 독립적이고 자족적인 라이프 스타일을 꿈꾸는 현금은 도무지 종잡을 수 없는 "나쁜 년"의 이미지로 남아 있다. 로맨스를 받아들이지 않는 현금을 바라보는 영빈의 시선은 자유롭고 독립적인 삶을 꿈꾸는 여성을 나쁜 여자로 규정하는 남성적 환상으로부터 그리 멀지 않은 지점에 놓여져 있는 것이다. 또한 새로운 라이프 스타일을 지속적으로 모색하는 현금의 자유로운 삶에 대한 갈망은 끝없이 자본-이데올로기의 메커니즘으로 미끄러져 가는 모순적인 측면을 보여준다. 즉 로맨스 대신 다른 삶의 "리듬" 속에서 자기 충족감을 찾으려는 현금의 시도는 개개인의 삶에 있어서 행위 양태에 대한 선택을 정형화시키는 자본-이데올로기의 위력으로부터 그리 멀지 않은 지점에 아슬아슬하게 놓여져 있는 것이다. 즉 소위 공적 영역과 사적 영역의 분화 속에서 생산의 수행자와 재생산의 수행자로, 정신 노동의 수행자와 감성 노동의 수행자로 서로 다른 길을 걸어 온 영빈과 현금은 로맨스라는, 혹은 순수한 관계라는 형식 속에서 잠시나마 결합된다. 그러나 그 로맨스 혹은 순수한 관계 속에서 영빈이 바란 것이 그 동안 그에게 배제되어 온 사랑의 영역이고 현금이 바란 것은 역시 그 동안 그녀에게 배제되어 온 자유의 영역이라는 것은 오늘날의 남성과 여성의 로맨스가 필연적으로 동상이몽의 로맨스가 될 수밖에 없는 현실적이고 역사적인 맥락을 반영하는 것이다.

이처럼 『아주 오래된 농담』은 순수한 관계를 통해 사랑, 혹은 자유를 꿈꾸는 우리 시대의 모순적인 욕망의 형식을 보여준다.

3 · 그녀는 전투 중—핑크 칼라의 리얼리티, 혹은 판타지

배수아의 최근작인 『나는 이제 니가 지겨워』(이룸)는 서른 세 살의 직장 여성인 유경과 그녀가 맺고 있는 관계의 지평을 통해 직장으로 대변되는 공적 영역이나 가족으로 대변되는 사적 영역, 연애와 결혼·사랑·섹슈얼리티와 라이프 스타일에 이르기까지 집요하게 작동하는 남성적 환상의 구조를 파헤쳐 보인다. 소위 화이트 칼라 계층인 사무직 종사자 유경은 동료 남성들과 달리 단순 노동과 잡일까지 떠맡아야 한다. 그녀는 남성들과 동등한 사무직의 일을 수행하지만 그녀의 노동은 소위 여성의 일 즉, 핑크 칼라의 노동으로 의미화된다. 『나는 이제 니가 지겨워』에서 가장 흥미로운 부분은 바로 여성이 소위 일을 통해서 미래를 계획하고 미래에 대한 계획을 통해 자신의 삶에 대한 비전과 일상의 생활에 대한 설계를 수립하고 이를 통해 정체성을 확립하는 것이 얼마나 비현실적일 만큼 지난한 과정인가를 보여주는 부분이다. 여성 사무직 노동자는 같은 남성 사무직 노동자처럼 화이트 칼라가 아닌 단순 노동의 핑크 컬러로 여겨지는 현실 속에서 여성이 일을 통해 생활을 설계할 수 있는 가능성은 봉쇄되는 것이다. "걸려오는 전화도 받고 화분에 물을 주거나 사내 이메일에 공지사항을 띄우는 일도 모두 나에게만 맡긴다. 그러나 불평할 수는 없다. 직장을 다니며 내가 배운 것은 사람들은 연출을 신뢰한다는 것이다." 유경은 십 년 간의 직장 생활을 통해 남성적 이데올로기로 가득 찬 사회 속에서의 여성의 삶이란 "개인적인 감정의 그늘을 최대한 없애주"는 "완벽한 화장"으로 표정을 지우고 대신 남성 중심적 사회가 부과하는 여성성의 가면을 쓰고 철저하게 무표정한 얼굴로 투쟁하는 것이라는 것을 체득한다.

박완서의 『아주 오래된 농담』이 가족-시장이라는 이데올로기-자본 복합체에 의해 작동되는 삶 속에서 자본의 냄새와 이데올로기의 억압으로부터 자유로울 수 있는 새로운 관계에 대한 욕망을 순수한 관계에 대한 서로 다른 지향을 통해 그려준다면, 배수아는 『나는 이제 니가 지겨워』를 통해 그러한 순수한 관계라는 것이 과연 존재할 수 있을까라는 회의적인 시선으로 일관한다. 아니 어떤 면에서 모든 관계에 대한 유경의 전투적인 대응은 삶에서 대면하는 어떠한 관계 속에서도 관계 그 자체의 목적에 의해 작동하는 순수한 관계의 전망을 찾을 수 없는 딜레마로부터 비롯되는 것이다. 또한 『아주 오래된 농담』에서 중년의 이혼녀인 현금이 영빈과의 순수한 관계와 자기 나름의 독자적인 삶의 리듬에 대한 모색 사이에서 유동하며, 현금의 독자적인 삶에 대한 설계가 여전히 무정형인 점과 비교한다면 『나는 이제 니가 지겨워』에서 서른 세 살의 유경은 순수한 관계에 대한 낙관을 저버린 대신에 모든 관계에 대해 냉소적이고 그에 비례하여 자신의 독자적의 삶의 방식에 대해 배타적일 정도로 집요한 전투를 수행한다.

여자에게는 결혼이 지상 최고의 과제라는 남성 중심적 이데올로기와 쓸만한 상품을 고르는 것과 다를 바 없는 결혼 시장의 법칙을 그대로 수행하는 가족들이나, 자발적으로 독신의 삶을 선택했지만 자기 연민과 어리광과 멋진 연애에 대한 판타지에서 벗어나지 못하는 여자 친구들, 그럴듯한 로맨스를 가장하여 "안전한 자유주의자 여자들을 사냥하려 하는 기회주의자 기혼 남자" 길, 이들과의 관계 속에서 유경이 발견하는 것은 정도의 차이는 있으나 모든 관계를 파고드는 남성적 이데올로기와 남성적 판타지의 모습들이다. 따라서 유경은 로맨스를 통해서나 친구 관계를 통해서나 가족과의 관계를 통해서나 순수한 관계가 불가능하다는 것을 깨달을 뿐이다. 이 세계는 순수한 관계가 들어설 여지가 없는 "예의 범절이나 온화함이나 타인에 대한 배려 같은 것은 자신에게 손해가 오지 않을 경우에만 해당"하는 "폭력이 지배"하는 사회이다. 직장이든 결혼 관계이든 모든 관계는 "잘 체계화된 폭력"에 지나지 않는 것이다.

따라서 유경은 "타협은 곧 패배다"를 외치며 전투적인 삶을 살아간다. "비가 내리거나 폭풍이 치거나 아랑곳하지 않고 난 호랑이처럼 달려왔다"고 스스로 자부하는 유경은 십 년 동안이나 직장 생활을 해온 소위 커리어 우먼이지만 그녀는 언제나 여성의 일을 이류 노동으로, 여성을 이류 노동력으로 치부하는 남성 중심적인 이데올로기와 전투를 치러야만 한다. 명백히 오랜 커리어를 가진 사무원이면서도 남성 동료들의 잡무를 떠맡아야 하고 "해야 할 일들이 단순 노동이고 생색이 나지 않는 잡무일수록" 유경에게 떠맡긴 채 "그런 일은 스커트를 입은 여자들에게나 어울"린다는 남성 중심적 사고로 철서히 일관하는 남성 동료들과의 직장 생활 십 년에 그녀가 얻은 것은 전투 의지와 남성 혐오증, 그리고 그에 못지않은 여성 혐오증이다. "스물 일곱 살이 넘도록 결혼해서 퇴사하지 않고 회사에 남아 있는 여사원들이란 성실하고 책임감 있는 가장인 이 세상 남자들의 밥그릇을 빼앗는 짓을 하는 것"이라고 여기는 직장 상사 광견병과의 일상적인 전투와 나이든 노처녀에게 남은 일은 재빨리 시집가는 것밖에 없다고 생각하는 가족들과의 전투 속에서 유경은 언제나 이빨을 드러내고 으르렁대는 "여자 빨치산"처럼 인식된다.

또한 유경은 오랜 경력을 지닌 사무직 종사자임에도 불구하고 자신의 커리어를 인정받기보다는 끝없이 이류 노동력이나 단순 노동력으로 치부되는 사무직을 벗어나 자신의 일을 갖고자 수의사 공부에 매달린다. 유경에게 수의사 공부란 임시적이고 이류 노동력인 핑크 컬러의 한계를 벗어나고자 하는 안간힘에 다름 아니다. 유경의 일이 남성 중심적 이데올로기에 의해 핑크 컬러, 즉 소위 여성의 일이라는 단순 노동의 의미로 치부되는 과정은 여성이 일을 통해 미래를 계획하고 삶을 설계한다는 것이 얼마나 지난한 과정인가를 명확하게 보여준다. 한 여직원이 선배 여직원에게 "늙어서도 비서할래? 한국에서 나이든 여자 사무원 봤어?"라고 비아냥거리는 대목은 한국 사회에서 여성이 일을 통해 미래를 기획한다는 것이 여전히 지난한 난제라는 것을 보여준다.

독신의 나이든 직장 여성인 유경의 일상적인 삶은 결혼·일·연애 등 모든 것에 있어서 남성 중심적 이데올로기와 남성적 간섭과의 전투의 연속인 것이다. 작품은 이렇게 언제나 전투중인 유경의 삶을 마치 한편의 진지한 블랙 코미디처럼 그려나간다. 물론 작가가 희극적인 효과를 의도한 것은 아니라고 보인다. 작품은 일에서 연애에 이르기까지 삶의 모든 세부적 관계를 시시콜콜 제어하고 간섭하는 남성적 간섭[male scrutiny]과 여성의 일과 삶에 대한 남성적 환상[male fantasy]으로부터 벗어나 자신만의 삶을 꾸리고자 하는 유경의 좌충우돌하는 분투를 매우 객관적이고 냉정하게 추적해간다. 그 결과 작품은 피해자로서 여성의 수난기를 그리는 작품들이 종종 보여주는 신파적인 비장미나 사랑과 미지의 세계에 대한 그리움을 통해 완전한 관계와 자기 쇄신을 꿈꾸는 로맨스의 형식과 아주 대조적인 미학을 구성하게 된다.

> 살아간다는 것은 밥과 권력을 위한 투쟁. 노력해야 한다.
> 오랜만에 컴퓨터 앞에 앉아 일기를 썼다. 나는 사회봉사 단체에 가입한 것도 없고 종교도 없고 열광적으로 좋아하는 취미도 없고 애인도 없다. 내 존재의 대의 명분이 없는 것이다. 내가 가지고 있는 장점이라면 죽도록 성실하다는 것이고 단점이라면 차갑다는 것이다. 아직도 불투명한 미래의 희망에 매달려 있다. 수의사, 동물 다큐 작가, 그리고 좀 더 먼 미래에는 해양 생물학, 남들이 여자로서의 인생이 끝난다고 평하는 서른 세 살. 여전히 나는 그리운 것도 사랑하는 것도 없다, 단지 성취하고 싶은 것만 있다. 행여 내가 벼랑에 굴러 떨어지게 될 때 나를 위로할 것이라고는 아무 것도 없다. 서른 세 살, 잘 살고 있는 것일까?[1]

작품은 "살아간다는 것은 밥과 권력을 위한 투쟁"이라는 확언적 진술과 "서른 세 살, 잘 살고 있는 것일까?"라는 자기 심문[self-interrogation] 사이를 오가면서 구성된다. 직장에서의 관계들과 독신 여자 친구들, 가족들 그리고 남자들과의 좌충우돌의 관계는 실상 유경의 의식 속에서 이러한 확언적 진술을 자기 심문하는 성찰적 인식을 촉발한다. 그리고 이러한 자기 심문의 과정에는 유경을 바라보는 타자의 시선들이 줄기차게 개입된다. 그리고 이렇게 개입하는 타자의 시선은 일에서 연애에 이르기까지 유경의 삶 세부를

---

1) 『나는 이제 니가 지겨워』, 이룸, 2001, 186면.

시시콜콜 들여다보고 간섭하고 참여하려는 남성적 간섭의 세계에 다름 아니다. 유경이 스스로에게 던지는 자기 심문을 파고 들어오는 남성적 간섭의 세계는 직장에서의 업무 수행과 복장에 대한 남성적 요구들과 참견들로부터, 어떤 삶을 살 것인가라는 정체성에 대한 질문에 이르기까지, 누구와 사귈 것인가, 혹은 연애를 할 것인가 말 것인가를 결정하는 선택의 순간에도, 또는 무엇을 먹고 입을 것인가 하는 라이프 스타일의 선택에 이르기까지 여성의 의식과 무의식, 일과 생활의 계획 세부를 일일이 관찰하고 엿보고 개입해 들어오는 요구와 강제들이다. 따라서 "잘 살고 있는가"를 묻는 유경의 자기 심문의 과정은 이러한 남성적 개입의 세계에 대한 대면과 극복의 지난한 과정일 수밖에 없다.

"연애에 빠져서 설탕물 속을 헤매는 파리"가 되기보다는 "육십 살이 되어도 정글 속의 고릴라와 키스하는 그런 인생"을 선택한 유경의 삶은 다른 사람들에게는 남성 혐오증이거나 이기적인 행태로만 여겨진다. 유경에게 연애와 삶은 양립 불가능하다. ("이 세상은 불확실성과 어둠으로 이루어져 있었다. 단순한 시각을 가진 연애가 끼어들 여지가 없었다") 독립적이고 자유로운 자신의 삶을 선택하고 미래를 자신의 것으로 만들어나가고자 하는 유경의 분투가 일견 블랙 코미디처럼 그려지는 것은 이처럼 유경의 선택과 자기 의식이 타자들에게 다른 의미로 환치되고 해석되는 시선의 불일치에 의해서이다.

너에게는 내가 그렇게 보였니? 그러나 나는 아무런 말도 하지 않았다. 대개의 사람들이 그러는 것처럼 교진 역시도 나를 좋게 표현한 '쿨 걸' 정도로 생각하고 있다는 것은 그다지 놀랄 일은 아니다. 그러나 내가 알고 있는 나는 그렇지 않다. 나는 언제나 전투중이다.[2]

"내 걱정은 말아, 난 다 잘되고 있어, 난 지금 필 소 굿이야."
"여자 빨치산처럼 보이는데 그래"[3]

연애보다는 독자적인 삶의 설계와 자기 성취감을 통해 자기 존중와 자기 긍정을 얻고자 하는 유경은 첫사랑 남자 교진이 자신의 삶의 방식을 이해해주길 바라지만 교진에게 그녀는 관계에 얽매이지 않고 자유롭게 살아가는 '쿨 걸' 정도로 인식된다. 반대로 사촌 금성에게는 전투중인 자신의 상처투성이의 삶을 드러내고 싶지 않지만 그녀가 "필 소 굿"을 외쳐도 사촌 금성은 그녀가 "여자 빨치산"처럼 과격하게 투쟁중이라고 여긴다. 사실 쿨 걸과 여자 빨치산, 기회주의자 기혼 남자들이 사냥하기 좋은 자유주의자 여자, 남성 호르몬을 게걸스럽게 탐하는 전투적인 여자 공산주의자, "성실하고 책임감 있는 가장인 이 세상 남자들의 밥그릇을 빼앗고 있는 짓"을 하고 있는 나이든 독신 여사원이라는 유경에 대한 타인의 규정들은 서른 세 살의 평범한 독신 여성이 이 사회 속에서 어떤 위치와 역할과 아이덴티티를 규정받는지를 명확하게 보여주는 지점이다. 유경이 아무리 결사적으로 전투를 수행할지라도 유경의 아이덴티티는 이러한 다인들의 규정 속에서 모순적으로 구성되는 것이다.

따라서 작품은 유경에 대한 타인들의 규정과 유경 자신의 자기

---

2) 『나는 이제 니가 지겨워』, 앞의 책, 130면.
3) 『나는 이제 니가 지겨워』, 앞의 책, 51면.

규정이 어긋나고 불일치 하는 과정을 냉정하게 탐색해나감으로써 유경의 분투의 현실성을 거의 풍자적인 시선으로 그려나간다. "타협은 곧 패배다"라는 확언적 진술과 "잘 살고 있는 것일까"라는 자기 심문의 성찰적 되풀이 속에 개입되어 오는 타자들의 시선(남성적 간섭의 세계)은 유경의 확언적 진술을 하나의 선언이 아닌 성찰적 자기 인식의 형태로 보다 확고하게 만든다. 『나는 이제 니가 지겨워』가 일견 풍자적이고 희극적으로 보이는 것은 유경의 전투가 현실 속에 명백히 존재하는 경향이지만 여전히 역사적으로 현실화되지 못한 특정 욕망들을 담지한 것이기 때문이다. 즉 유경의 전투는 일종의 시대착오적인 전투인데 그것은 시대에 뒤떨어진 삶의 패턴을 고수하고자 하는 좌충우돌이 아니라 역사적으로 아직 도래하지 못한 특정한 삶의 태도를 위해 분투하는 데서 비롯되는 좌충우돌인 것이다. 따라서 단지 미래를 기획하고 그것을 위해 자신 나름의 독자적인 삶을 위해 분투하는 유경이 사람들의 시선에 의해 "남성 호르몬을 게걸스럽게 탐하는 전투적인 여자 공산주의자"쯤으로 치부되는 과정은 서른 세 살의 독신 직장 여성에게 자신의 독립적인 삶을 위한 노력이 거의 혁명에 준하는 난제로 여전히 우리 앞에 놓여져 있음을 매우 현실적으로 보여주는 것이다.

작품은 유경이 질문과 요구와 간섭과 억압의 형식으로 개입해 들어오는 남성적 간섭의 세계와 대면하여 자기 삶을 선택하는 과정을 "나는 이제 니가 지겨워"라는 명료한 진술 속에 투영한다.

지금 당장 나에게도 꿈이 있다. 탈한국(脫韓國)도 아니고 돈도 아니고 프라이드도 아니다. 바로 웨이터가 서 있는 저 문으로 누군가가 걸어오는 것이

다. 근사하게 옷을 차려입고 있는 척하는 계급의 그런 사람이. 상대편보다 잘
났다고 생각하는 거드름과 자신이 아주 중요한 일을 하는 존재라는 오만한
관용으로 뭉친 사람이. 그리고 나를 쳐다본다. 헤게모니의 승자가 된 자신만
만한 미소를 띠고. 바로 그 순간 그 사람에게 아주 쿨하게 말해 주는 것이다.
한 치의 망설임 없이.

　나는 이제 니가 지겨워, 하고[4]

　사실 여기서 유경이 "나는 이제 니가 지겨워"라고 선언하는 것
은 바로 자신의 삶 곳곳에 그물처럼 얽혀 들어오는 남성적 간섭의
세계에 대해서이다. "거드름을 피우고 회사에서는 배를 쭉 내밀고
다니며 관리자인 척하며 목소리를 굵게 내려고 애"쓰며 "야간 여
상 졸업자나 혹은 자신보다 더 높은 레벨의 학위를 가지고 있는
여자에 대해서는 경멸과 시기에 찬 모함을 뒤에서 늘어놓는" 남성
관리자로 대변되는 공적 영역에서의 남성적 간섭들, "여자는 로맨
스 앞에서는 불에라도 들어가는 것이 아닌가. 그런 게 여자잖아.
너는 뭐가 그렇게 따지는 것이 많고 야멸차기만 한가"라며 거드름
을 피우고 로맨스를 빙자하여 유경의 삶을 헤집고 들어오는 남성
들, 공부에 투자하는 것도 좋지만 영양 크림에도 투자해야 한다고
시시콜콜 유경의 삶의 방식에 충고를 아끼지 않는 여자 친구들,
결혼식에는 우아하고 여성스러운 옷을 입고 오기를 요구하는 가
족들. 유경이 대면하는 모든 관계들은 사회석 관계에서나 개인적
인 친밀한 관계에서나 남성적 간섭이 지배하는 세계이다. 일견 남
성 혐오증에 가득 찬 발언으로 보이는 다음과 같은 진술은 남성적
간섭이 지배하는 일상적 삶의 지겨움을 선명하게 보여준다.

---

4) 『나는 이제 니가 지겨워』, 앞의 책, 208면.

남자란 비퀴벌레 같은 존재이고 없애려 해도 도저히 사라지지 않는다, 때
려도 죽지 않고 이사를 가도 따라오고 불을 끄면 침대 속에 비비고 들어오고
아침이면 흔적도 없이 사라진다.5)

절대 사라지지 않고 집 안 곳곳을 헤집고 다니는 바퀴벌레처럼
남성적 간섭은 여성의 일상적 삶 곳곳을 헤집고 다닐 뿐 아니라
끝없는 요구와 강요를 동반한다. 유경에 대한 호감을 빙자하여 끝
없이 질문을 해대는 해부학 교실의 '남학생 2PAC'처럼 남성적 간
섭의 세계는 질문의 형식을 띠건 애정 공세의 형식을 띠건 본질적
으로 여성의 삶에 대해 끝없는 요구와 강제를 행사한다. "나는 이
제 니가 지겨워"라는 작품의 진술은 바로 이러한 남성적 간섭의
세계로부터 떠나 "소중하고 강한 자아"를 얻기 위해 혼자만의 고
독한 길을 떠나는 유경의 출사표라 할 것이다.

이런 점에서 『나는 이제 니가 지겨워』는 배수아의 기존의 작품
경향에서 매우 돌출적인 작품처럼 보이기도 한다. 거의 비슷한 시
기에 나온 『붉은 손 클럽』은 배수아의 이전의 작품 경향의 연장
선에 놓여 있다. 이 작품은 아방가르드 요리 편집장이라는 미지의
남자에 대한 집착으로 파괴되어 가는 한나의 연애를 통해 소위 연
애란 카리스마적인 지배와 자기 파괴적인 집착의 다른 이름일 뿐
이라는 것을 보여준다. 『붉은 손 클럽』은 아방가르드 요리 편집장
에 대한 한나의 집착과 자기 파괴적인 충동을 일종의 판타지의 방
식으로 그려낸다. 이 작품은 「한나의 검은 살」이나 「여점원 아니
디아의 짧고 고독한 생애」와 동일한 구성을 보여준다. 이러한 경

---

5) 『나는 이제 니가 지겨워』, 앞의 책, 149면.

향의 작품들을 관통하는 것은 "누구도 개별의 생을 살 수는 없는 것"이라는 여점원 아니디아의 진술에 내포된 개별적 생의 불가능성에 대한 비극적 인식이다.『붉은 손 클럽』에서 무열에게 살해당하면서 한나가 그토록 집착했던 아방가르드 요리 편집장이나 그 누구도 "무열과 다르지 않다"는 것을 비로소 깨닫는 과정에 내포된 것 역시 이러한 개별적 생에 대한 열망의 무상함이다. 또한『붉은 손 클럽』은 아방가르드 요리 편집장에 대한 집착이 한나를 자기 파괴적으로 몰고 가는 과정을 통해 순수한 관계의 불가능성을 판타지의 형식으로 보여준다. 이는 전투적인 삶의 태도 속에서만 자기 긍정의 계기를 갖을 수 있는 유경의 좌충우돌의 투쟁이 실은 순수한 관계가 불가능한 현실에서 비롯된다는 것을 탐색하는『나는 이제 니가 지겨워』를 관통하는 세계관이기도 하다. 그러나『나는 이제 니가 지겨워』에서 순수한 관계와 개별적 생의 불가능성에 대한 비극적 인식은 오히려 유경의 전투적 삶을 진지한 희극의 형식으로 구성하는 주요한 동력이 된다. 그런 점에서『나는 이제 니가 지겨워』는 배수아의 작품 세계에서 하나의 전환점, 혹은 새로운 시도의 의미를 지닐 수 있다고 보인다.